KB075101

분례기

아카이브
시리즈 1

분례기

방영웅 장편소설

일러두기

---

* 현행 맞춤법에 맞지 않더라도 문학적 범주에 있다고 할 만한 표현들은 그대로 두었으며, 명백한 오자 또는 오류라고 판단되는 것만 바로 잡았습니다.
* 1967년 홍익출판사에서 처음 출간된 『분례기』와 1997년 창작과 비평에서 마지막 출간된 『분례기』의 작가 후기로 '작가의 말'을 대신하였음을 알려드립니다.

『분례기』 초판 후기

『분례기』의 발표로 내 문학활동이 시작되었다고 본다. 『창작과비평』에 발표되었을 때의 독자들의 지지와 성원을 감사드리고 뒤에서 나를 걱정해 주신 선배님들께 우선 인사를 드려야겠다.

『분례기』는 3부작으로 된 장편이다. 장소는 저자의 고향인 충청남도 예산으로 잡았고, 지명도 그대로 사용했으나, 여기에 나오는 인물들은 거의가 실제 인물이 아니다. '콩조지' '옥화' 등은 실제 인물이지만.

저자가 어렸을 때 고운 새 상여를 본 적이 있는데 그것의 인상은 아직도 강렬하다. 『분례기』를 쓰게 된 동기는 아마 그런 데서 일어나지 않았을까? '똥예'란 똥처럼 천한 인간이고 운명적으로 그렇게 되어버린 인간인데 그런 인간들은 이땅에 너무나 많기 때문에 '똥예'란 이름을 가진 여인이 있다는 말을 연전에 들었을 때 나에게 무엇인가 꽉 들어오는 것이 있었다. '똥예'란 이름 두 자를 두고 작품 하나는 충분히 만들 수 있다는 자신이 생겼다. 저자의 머리에 금방 떠오르는 것은 예의 새 상여였다. '똥예'는 새 상여에 대한 집념이 강할 것이 아닌가. 똥예와 새 상여를 연결해본 것이 『분례기』가 된 것이다.

애초 문학에 뜻을 두면서부터 문화 풍토가 야릇한 이 땅에선 문학이란 예술이 아니라, 하나의 종교라는 결론이었다. 종교란 피눈물 나는 고행이 뒤따르는 법이지만, 그것이 견뎌볼 만한 것이라면 견뎌볼 수도 있지 않겠는가. 문학을 하는 사람들은 대개가 그렇게 말한다는데 나도 어쩔 수 없이 문학을 할 운명이니까 한다는 그런 말밖에 할 수가 없을 것 같다. 그렇다면 잘 해봐야 할 게 아닌가. 나의 마음가짐과 노력이 앞으로 내 문학적인 성장을 결정해 줄 것이다.

『분례기』의 단행본을 좋은 문학작품을 내겠다는 홍익출판사(弘益出 版社)에 맡기기로 했다. 저자로서는 어찌나 기쁜지 모른다. 『분례기』는 틀림없이 내 유산 중의 하나가 될 것이다.

1967년 12월 6일

저자

창비판 『분례기』를 펴내며

꽃은 원래 자기 모습 그대로 피어 있을 때 가장 아름답다. 모양과 색깔, 그리고 크기가 각기 다른 수많은 꽃들이 제 모습을 뽐내며 어우러진 모습은 얼마나 장관인가. 그러나 요즘은 장밋빛 인생, 장밋빛 세상을 꿈꾸며 요염하고 아름다운 장미만을 선호한다. 또 그렇게 되기를 강요당한다.

날카로운 가시가 있는 장미는 웃는 법이 없다. 콧대 높은 도회 여성이라고나 할까. 그러나 꽃 중에서 제일 못생겼다는 호박꽃은 언제나 따스함과 정겨움이 담긴 웃음을 짓고 있다. 장미가 이기주의를 상징한다면 호박꽃은 이타주의를 상징하고, 물신주의 과학만능주의에 빠져 있는 현대가 장미 사회라면 비록 가난하게 살망정 환하게 웃고 살던 옛날이 호박꽃 사회는 아니었을까.

어린 시절, 고향집 안마당에 깔린 밀대방석에 누워 있으면 하늘 전체가 무슨 꽃밭인 양 별들이 무수하게 깔려 있었다. 거기 잠깐만 누워 있어도, 저쪽에서도 유성이 흐르고 이쪽에서도 유성이 흐르고 별똥별이 떨어지는 광경을 수차례 목격하게 된다. 호박덩굴이 무성하게 어우러진 사방의 담장에서 들려오던 여치와 베짱이들의 그 가냘프면서도 짜랑짜랑한 소리, 별빛에 드러난 노란 호박꽃의 모습을 어찌 잊을수 있을까.

고향을 떠난 것은 열다섯 살 때였다. 그런 다음 서울 금호동 무수막 이란 동네에서 십년 정도를 살았다. '뒷간에서 낳았다 하여 이름이 똥례다' 하는 말을 들었던 것은 그 동네에 살 때였다. 물론 실제인물일 수 없지만 고향에 있는 어떤 친구는 똥례가 예산(山)에 실재했었다고 우긴다. (초판 이래 '똥예'로 표기해왔으나 '똥례'로 쓰는 것이 더 알맞을 것 같다.) 그 친구는 『분례기(糞禮記)』가 단행본으로 출간되자 깜짝 놀랐다는 거였다. 아무개의 머리가 그렇게 좋은 줄 몰랐다. 옛날에 있었던 일을 토씨 하나 틀리지 않고 그대로 외워서 소설로 옮겨놓았으니 얼마나 그 기억력이 비상한가— 또 어떤 친구는 옥화가 낳은 어린애를 가져갔던 것은 광시 사람 누구인데 왜 도수장지기 용팔이에게 업으로 들여보냈느냐, 네 기억이 틀렸다. 이렇게 나무라기도 한다. 말하자면 고향사람들은 『분례기』를 실화라고 생각한다. 설령 그렇게 생각하지 않는 사람들도 예산을 왜 그토록 안 좋게 그렸느냐, 나에 대한 반감이 대단하다.

그거야 어찌 됐든 '똥례'라는 이름을 처음 들었을 때 심한 충격 같은게 느껴졌다.

그런 이름을 주인공으로 소설을 쓴다면 틀림없이 뭔가 될 것 같은 영감을 받았다고 해야 할지. 『분례기』가 아닌 다른 제목으로 중편소설을 만들어 어느 월간지에 응모했다. 박태순씨가 당선됐고, 내 소설은 낙방했다. 그런데 낙방된 그 원고가 어느 경로를 통하여 계간 『창작과 비평』을 막 창간한 백낙청 선생의 수중으로 들어가게 된다.

1966년 늦여름으로 기억된다. 조계사 근처 어느 다방에서 백선생과 초대면하게 되었다. 백선생은 나를 아주 조심스럽게 대했다. 낙방된 원고에 대하여 몇마디 지적이 있었다. 다방에 앉아 있던 시간은 삼십 분 정도, 기껏해야 한 시간 정도가 안 된다.

다방을 나와 버스정류장이 있던 미도파 쪽으로 걸어가던 내 모습이 지금도 생생하게 기억된다. 내 머릿속엔 새로 정리된 소설의 내용들이 그득하게 들어 있었다. 백선생의 몇마디 훈수가 그토록 나에게 도움이 되었던 것은 가히 놀랄 만한 일이었다.

당장 개작에 착수하고 싶었지만 그럴 수 없는 사정이 있었다. 쓰고싶은 맘을 애써 참아가며 그해 서너 달 동안은 그냥 보낼 수밖에 없었고, 이윽고 대망의 67년 새해 첫날이 밝았을 때 집필에 착수할 수 있었다.

'糞禮記', 이렇게 제목을 떡 써놓고 이 소설을 쓰던 당시의 내 모습은 스스로 생각하더라도 존경스러울 정도다. 쓸데없는 욕심은 전혀 없었다. 참선에 몰입한 수도승이라고 해야 할지. '하늘을 우러러 한점 부끄러움 없기를……' 이렇게 노래한 시인의 마음과 흡사했다고 해야 할지.

계간 『창작과비평』 67년 여름호에 『분례기』가 첫 분재되었을 때의 반응은 대단했다. 3회에 걸친 소설 발표와 함께 단행본으로 발행되었 을 때의 반응은 그야말로 야단법석이었다. 우선 『분례기』라는 소설도 소설이지만, 당시 동인지나 다름없던 『창작과비평』과 편집인 백낙청 에 대한 관심이 쏠리게 되었다. 『분례기』 발표 이전 『창작과

비평』지에 신인의 작품이 전혀 없었던 것은 아니지만, 문단에 등단하는 기존 관례를 결정적으로 깨버린 것도 이때부터가 아니었나 싶다.

작품을 발표하고 나서 가장 많이 들었던 얘기는 왜 역사의식이나 사회의식이 없느냐, 그런 뜻의 질문이었다. 부끄러운 얘기지만 이 작품을 쓸 때까지만 하더라도 역사가 뭔지 사회가 뭔지 몰랐다. 다만 내가 태어난 이 삶의 터전이 무언가 잘못되었지 하는 낌새를 강하게 느끼고 있었던 듯하다. '똥례'라는 말을 처음 들었을 때 무엇이 나를 강타했던 것도 그런 까닭이 아니었을까.

이를테면 이런 일이 있었다. 백범(白凡) 선생이 암살당한 것은 내가 국민학교 2학년 때였다. 그분이 큰 지도자라는 사실은 알고 있었지만 그런 분이 왜 흉탄에 쓰러졌는지, 그것은 이해하기 어려웠다. 이 세상은 정의와 진실이 이겨야 한다. 하지만 누가 그런 것들을 살해하는가, 내가 하느님이라면 절대 백범 선생을 치지 않을 것이다. 이런 따위의 생각들……. 하지만 '천지 조홧속'이란 말을 그후에 알게 되었다. 말하자면 '하늘의 뜻'을 알게 된 셈인데, 그후부터는 체념하는 버릇과 함께 '운명'이란 말을 비교적 자주 사용했던 듯하다.

그러니까 이 소설은 역사나 사회의식보다 운명의식을 가지고 썼다는 편이 옳을 듯하다. 그렇다 하더라도, 작품 발표 직후 어느 신문기자와의 인터뷰에서 '이 소설은 농촌소설이 아니다'라는 말을 분명히 했던 적이 있다. 그렇다면 무슨 소설인가. 외람된 얘기지만 그 어떤 소설도 뛰어넘는 그런 소설을 희망했던 듯하다. 말하자면 내 분신이나 다름없는 똥례가 당신의 분신일 수도, 당신의 친구나 이웃일 수 있기를…… 누구나 금기시하고 혐오하는 '똥'자를 주인공의 이름으로 등장시켰지만 그 인물을 특별한 사람이 아닌 평범한 보통사람으로 그리느라 무던히 애를 썼던 것도 사실이다.

소설의 시대배경이 되는 해방 후만 하더라도 그렇다. 그 엄청난 해방공간의 역사를 알았다면 시시하여 『분례기』 같은 소설은 못 썼을 것이다. 하지만 나는 시대배경에 관계 없이 그 어느 시대에도 통할 수 있는 그런 소설을 원했던 듯하다. 『분례기』를 썼던 60년대 그 무렵이나 장미 사회가 된 현재, 또 앞으로도…….

"전에 썼던 내 소설책이 표지만 바뀌어서 서점 진열대에 놓여 있는 걸 보면 늙은 창녀가 곱게 화장하고 손님을 기다리고 있는 것 같아 얼굴이 화끈거린단 말야."

이것은 어느 소설가가 킬킬거리며 했던 얘기지만 나에겐 웬일인지 그런 느낌이 들지 않는다. 오히려 그 반대다. 호박꽃 같은 『분례기』가 '창비'의 출판 목록에 끼게 된다면 장미만을 선호하던 독자들에게 호박꽃의 미덕을 알아보는 안목도 키워줄 수 있을 것 같고……

1997년 6월

방영웅

차례

제1부

1

전불(典佛)에서 수철리(水鐵里)를 넘어가는 계곡을 따라 냇물이 은빛을 발하며 흘러내린다. 어떻게 보면 살얼음이 앉은 것도 같고 어떻게 보면 아침 햇살을 받아 그렇게 빛나는 것도 같다. 계곡은 완만한 경사를 이루며 냇물은 조용히 흘러내린다. 골짜기에 죽죽 늘어선 쥐똥나무, 황철나무, 자귀나무, 덧나무 등은 움이 트려고 가지마다 파란 순이 돋고, 똥례는 용팔을 따라가려고 바작바작 애를 썼으나 몸은 자꾸만 뒤로 처지고 하얀 고갯길이 까마득해지는 것이다. 착각을 하고 있는 것일까. 어쩐지 올겨울을 넘긴 것 같은. 어떤 골짜기에 지금도 눈이 쌓여 있어 그 눈 녹은 물이 이쪽으로 흘러내리는가. 그러나 올겨울 들어 눈은 한 번도 오지 않았다. 팥죽을 후후 불어가며 언 동치미 국물을 훌쩍훌쩍 떠먹으면 한 살을 더 먹게 된다는 오늘은 동짓날. 그러나 화창한 봄날이다.

똥례는 진달래를 보고 걸음을 멈춘다. 냇물 건너 양지바른 자그마한 바위 옆에 진달래가 곱게 피어 있지 아니한가. 한 가지에 달려 있는 몇 개의 노란 송이들은 부는 바람도 손대지 않는 곱디고운 분홍 꽃잎을 살짝 드러내고 막 피려 하고 있다. 놀랄 것은 없다. 전불에 들어섰을 때 한데 붙어 있는 서너 송이의 진달래를 보았고, 이번이 두 번째다. 똥례는 고개 중턱을 부지런히 올라가는 용팔을 힐끗 쳐다본다. 새끼로 휘감은 부대뭉치와 손갈퀴를 길바닥에 내려놓고 아래로 내려온다. 냇물을 뛰어넘는다. 씨근덕거리며 바위 쪽으로 기어 올라가서 냉큼 꽃송이를 손아귀에 움켜쥔다. 공연한 질투가 불길처럼 솟아오른다.

숨구멍이 발딱발딱하는 것들이 벌써 바람을 피워……젖내가 몰씬몰씬 난다, 야……지금이 어느 땐 줄 알구. 동짓달 설한풍이 불 때란 말여……

똥례는 꽃잎을 발기발기 찢는다. 막 피려고 우쭐대는 꽃봉오리들도 으깨놓는다. 똥례의 손엔 분홍 꽃물이 들었다. 이것을 보자 자신의 행동이 금방 후회된다. 전불에 피어 있던 진달래와 함께 가엾은 생각이 드는 것이다. 손바닥의 꽃물이 채 마르기도 전에 이런 짓을 다시 하다니……이 가엾은 생각은 꽃잎들을 다시 줍게 한다. 똥례는 그것들을 양손에 펼쳐놓고 유심히 쳐다본다. 부는 바람이 한 개의 꽃잎을 날려 보낸다. 그쪽으로 쫓아간다. 그것마저 집어 들고 냇물 쪽으로 내려온다. 그것들을 냇물 위에 뿌려주며 똥례는 그 자리에 주저앉는다. 얼음처럼 차가운 냇물에 양손을 담그고 일렬로 떠내려가는 꽃잎들을 바라보며 분홍 꽃물을 황급히 씻어낸다. 똥례는 마지막 꽃잎이 보이지 않자 일어난다. 꽃잎들이 떠나간 쪽을 바라보며 냇물을 뛰어넘는다. 물 묻은 손을 바지 궁둥이에 썩썩 문지르며 엉금엉금 길 위로 올라온다. 아무렇게

나 팽개쳐진 부대뭉치와 손갈퀴가 남의 물건처럼 생소하다. 그것들을 마지못해 집어 들며 크게 한숨을 쉬고 다시 걸음을 옮긴다.

매일 넘어 다니다시피 하는 이 고개가 오늘은 유난히 힘이 든다. 똥례는 양다리에 힘이 폭폭 빠지며 그 자리에 그대로 쓰러지고 싶다. 그러나 용팔을 따라가야 한다. 겨우 이런 주제꼴로 고자(鼓子)를 따라다니며 나무를 하게 된 자신의 신세에 역정이 난다. 속바지만 하더라도 오줌구멍이 뻥 뚫린 남자 옷을 입었으니 이건 너무 망측하다. 그걸 꿰매려고 생각해 보았으나 일손도 잡히지 않는 데다 떨어진 곳이 너무 많아 그만두었다. 그뿐이랴. 모두 아버지의 찌꺼기를 주워 입은 것이지만 작업복을 걸쳐 입고 신발까지 작업화를 신었으니 이건 꼭 머슴애 같다.

"아저씨, 같이 가유……."

똥례는 고개를 흠씬 젖히고 크게 소리친다. 산울림이 쩡 울리는 속에서 용팔은 고개를 돌리며 걸음을 멈춘다. 똥례는 궁둥이를 씰룩대며 쫓아 올라간다. 그러나 용팔은 걸음을 다시 옮길 눈치다. 똥례는 다시 고함을 친다.

"아저씨, 더 가지 말구 거기 서 있유……."

그러나 용팔은 더 올라간다. '혼자만 가면 워티기 헌댜.' 똥례는 중얼대며 고개를 부지런히 올라간다. 길 옆에 듬성듬성 서 있는 소나무를 스치고 똥례의 그림자가 바쁘게 쫓아온다. 용팔은 고갯마루까지 올라가서 지게를 벗어놓고 그 위에 앉아 똥례를 기다린다. 똥례는 그곳에 거의 당도하자 숨이 턱턱 찬다. 그것을 가까스로 참아가며 원망스런 목소리로 소리친다.

“아이구, 진달래가 폈유…….”

흰 바지저고리에 작업복을 걸쳐 입은 용팔은 입가에 야릇한 미소를 띄우며 일어난다. 작대기를 양손에 받쳐 들고 머리에 맨 수건꼬리를 꿈틀거리며 덩실덩실 춤을 춘다.

달래야 달래야 진달래야
바위야 바위야 가새바위
구름 같은 말을 타고
수철리 고개를 넘어가서
곱사대야 문 열어라
춘향이 얼굴 다시 보자

산 위에서 퍼지는 고운 목소리는 맑은 아침 공기를 뚫고 산속으로 잦아든다. 그 소리엔 무엇보다 신명이 넘쳐 있다. 이쁜 항아리처럼 깨끗한 용팔의 얼굴은 번들번들 아침 햇살에 빛나며 장대같이 큰 키는 하늘을 찌를 듯이 껑충껑충 뛰고 있다. 똥례는 벌써 손갈퀴와 부대뭉치를 내던지고 있다. 풀밭에 그대로 주저앉아 미친년 통곡하듯 마른 풀잎을 쥐어뜯으며 깔깔거린다. 얼마나 웃었던지 눈물이 찔끔거리며 목구멍이 아파온다. 똥례는 꿈이 아닐까 의심하며 용팔을 쳐다본다.

너 죽어서 꽃이 되고
나 죽어서 나비 된다

나비 됐다 설워 마라

꽃밭으로 날아든다.

춤이 끝나자 용팔의 얼굴엔 웃음기가 싹 사라져 있다. 그렇다고 화난 얼굴은 아니다. 내가 언제 춤을 추고 노래를 불렀더냐. 그저 무표정한 평소의 모습이다. 용팔은 그런 모습으로 벌써 저 아래를 내려가고 있다.

산 위로 약간 차가운 바람이 불어온다. 송림에 가리어 용팔의 모습은 하얗게 입은 아래만 보인다. 흙 묻은 빨간 신바닥이 번갈아 뒤집히며 그것은 사라진다. 똥례는 용팔을 따라갈까 하면서도 그가 사라진 쪽만 바라본다. 그의 여자같이 아름다운 목소리는 똥례의 마음을 산산이 헤쳐놓았던 것이다. 더구나 이런 겨울 속의 봄날에 그의 노랫소리가……

똥례는 용팔의 웃음을 본 적이 없다. 보았다면 언젠가 지는 해를 쳐다보고 빙긋이 웃는 모습을 훔쳐보았을 뿐이다. 꼭 닫혀 있는 그의 입은 언제나 깨끗하다. 똥례와 점심을 같이 먹을 때도 양초에 물방울을 떨어뜨릴 때처럼 무엇을 칠하지 않고 용케 먹는다. 이렇게 그의 입언저리가 깨끗한 것은 무엇 때문일까. 그것은 수염이 없기 때문인지도 모른다. 사람들은 용팔과 같은 병신은 수염이 없다고 했다. 그 대신 목소리는 여자 같고 힘은 굉장히 세다는 것이다. 아닌 게 아니라, 그의 힘은 굉장히 세다. 똥례 나뭇짐의 예닐곱 배나 지고도 '아저씨, 같이 가유…….' 소리치게 만든다. 똥례가 이런 사실을 일러주면 석서방댁은 '그런 병신은 그렇게 힘이 센 법이여…….' 말하는 것이다. '통 말두 하지 않아유.' '오줌 누는 것두 못 봤유.' 똥례가 용팔의 이상한 사실을 들추어 자꾸만 지껄이면 석서방댁은 그거 다 알 수 있는 일이 아니냐는 듯 픽 웃는다. 오줌을 몰래 누는 것은 병신이니까 그런 것이고 그런 병신은 여자 같은 목소리를 피하기 위하여 되도록 말을 않는 것이라고……

용팔의 물건에 대해 사람들은 말한다. 호두 두 개는 말짱한데 그놈의 무가 없다는 것이다. 어떤 사람은 무가 완전히 없어 여자처럼 앉아야 된다는 것이다. 그러면 무가 있을 자리에 뚫린 송곳만 한 구멍에서 오줌이 쫄쫄 나온다는 것이다. 또 어떤 사람은 용팔이 서서 누는 것을 내 눈으로 똑똑히 보았다고 우기면서 호두는 꺼풀만 있고 속은 빈 쭉정이인데 갓난애 고추만 한 그것이 달렸다는 것이다. 이것과 조금 다르게 얘기하는 사람도 있다. 겉으로 보기엔 말짱한데 속이 차지 않아 물건이 도무지 힘을 못 쓴다는 것이다. 아니다. 호두 속엔 콩알만 한 것이 들어 있고 무는 완전하다. 심한 것은, 호두와 무가 달린 곳은 새하얀 절벽이고 오줌도 똥구멍으로 함께 눈다는 것이다.

용팔의 물건은 아무래도 좋다. 사람들의 구설은 이렇게 분분하지만 그가 고자라는 사실만은 누구나 믿고 있다. 사십에 가깝도록 용팔은 자식이 없다. 게다가 그의 첫 번째 마누라는 아무 이유 없이 도망친 것이다. 그것도 시집와서 며칠 안 돼서다. 틀림없이 말 못 할 곡절이 있었을 것이다. 사람들은 그것을 이해할 수 있었다. 사실은 용팔이 장가든다니까 가소롭게 여기던 터였다. 그러나 용팔은 다시 장가를 들었다. 이것이 십 년 전이다. 사람들은 또 어떻게 될까 기다렸다. 그러나 병춘은 이상하게도 도망치지 않고 여지껏 용팔과 그런대로 잘 살고 있다. 사람들은 병춘을 이상하게 여겼다. 필경 병춘도 병신이라고 생각했다. 무더운 여름날 짓궂은 동네 여편네들은 병춘에게 목욕을 가자고 조르기도 한다. 벗었을 때 병춘의 몸뚱이를 구경하자는 것이다. 그러나 병춘은 여기에 응한 적이 한 번도 없다. '그거 보라니께.' 할 일 없는 여편네들은 자기들 마음대로 상상하는 것이다. '그걸 보구 어지자지라는 거여. 닭을 잡아서 배를 쭉 가르면 말여, 김이 모락모락 나면서 창새기가 고스란히 튀어나오지 않남. 당장 거길 잘 드는 칼로 갈러보란 말여. 쌩쌩한 총각이 튀어나올 테니께……' 병춘은 자기를 두고 이런 말이 도는 것도 모르는 모양이다. 서방이 도둑이면 결국 계집도 서방을 닮아 도둑이 된다더니 병춘도 제 서방처럼 동네 사람들과 어울리는 법이 거의 없다. '워디 가슈?' '진지 잡수셨유?' 누구를 만나도 인사하는 법이 없다. 소 죽은 귀신처럼 말이 없다. 용모며 행동이 너무나 용팔과 닮았다. 그러니 용팔과 병춘은 천생연분이라는 것이다. 그런 병신은 그런 병신끼리 얼려 살아야 한다는 것이다.

똥례는 가새바위 쪽을 쳐다본다. 거의 단애에 가까운 가파른 산중턱에 뾰족하고 긴 바위가 두 개 나와 있다. 하나는 길게 하나는 짧게. 모양이 흡사 가위 같아 사람들은 '가새바위'라고 부른다. 그러나 똥례의 눈에 보이는 것은 짧은 바위뿐이다. 긴 바위는 산등성이에 가리어 보이지 않는다. 그 위에 새털구름 몇 쪽이 걸려 있는 하늘은 마냥 푸르다. 어떻게 보면 늦은 가을도 같고 어떻게 보면 봄 하늘 같기도 하다. 해는 벌써 공중으로 치솟기 시작한다. 일어나야 한다. 그러나 다리가 꾀병처럼 갑자기 아파온다. 하기야 이삼십 리를 걸어 왔으니 무리도 아니지만 다른 때는 아픈 것을 느끼지 못했다. 똥례는 용팔을 따라다니며 나무하게 된 자신의 신세에 다시 역정이 난다. 으흠 ― 일어나는 대신 크게 한숨을 쉬며 푸른 하늘을 멍청히 쳐다본다.

그래도 순이네들이랑 나무 다닐 때는 재미가 있었다. 이렇게 멀리 오지 않아도 되었고 무엇보다 그들은 웃기를 잘했다. 그들은 남편을 일본으로 징용 보내고 혼자 사는 과부들이다. 해방이 되고 이삼 년이 지났어도 돌아오지 않는 것이다. 죽은 것이 틀림없다. 그러나 그들은 슬픔을 몰랐다. 그중에서 순이네는 타령을 잘하기로 유명하다. 순이네가 '지리산 밑에 조랭이장수…….' 하며 물레 잣는 시늉을 하면 젊은 과부들은 눈물이 나오도록 웃어젖히지만 끝에 가선 꼭 한숨을 쉰다.

어느 추운 겨울날이다. 안방에서 물레를 잣던 노파는 '조랭이 사료' 외치고 다니는 조리장수의 목소리를 듣게 된다. 인정이 많은 노파는 조리장수를 불러들여 일부러 조리 하나를 팔아준다. 그러나 이 떠꺼머리총각은 물건 하나 파는 것보다 청이 있다. 하룻밤을 잘 데가 없다. 역시 인정이 많은 노파는 '웃방은 젊은 아들 내외가 자는 방이라 안 되고 늙은이 자는 방이니 여기서 잘 테면 자라'고 한다. 조리장수는 고맙다고 치사한 후 늙은이 방에서 잘 잔다. 이튿날 아침이 되자 효성이 지극한 아들은 버릇대로 어머님의 요 밑에 손을 넣어보며 '어머님, 춥지 않게 잘 주무셨유?' 문안을 드린다. 아무리 군불을 때 주어도 '아유 추웠다…….' 짜증을 부리던 노파는 '오래간만에 잘

잤다'라고 한다. 노파의 기분은 유난히 좋다. '며늘아기'를 불러 '소금에 절인 조기'를 찌게 하고 아침 대접을 잘해서 젊은이를 보낸다. 그러나 노파는 날이 가며 슬픔에 잠긴다. 물레를 자으면서 징징 우는 소리다. '지리산 밑에 조랭이장수 한번 이별터니 소식이 망연이네……' 아들은 어머님의 이 소리를 알아들을 수 없다. '어머님, 그게 무슨 소리유.' '아유, 내 속 답답한 줄 누가 안단 말이냐. 아유, 아유……' 노파는 물레를 잣다 말고 앙가슴을 주먹으로 콩콩 짓찧으며 그 소리가 그 소리다. 아들은 겨우 어머님의 마음을 알아차린다. '머리꼬리는 쥐꼬리' 만하고 지리산 밑에서 조리장사하는 떠꺼머리총각을 찾아 어머님을 업고 떠난다. '이게 기유?' 떠꺼머리총각만 만나면 아들은 등 뒤에 있는 어머님에게 보인다. '아녀…….' 어머님의 짜증은 점점 심해갈 뿐이다. 지리산 밑을 해가 질 때까지 방황했으나 그 젊은이는 찾을 수가 없다. 결국 이 노파는 '지리산 밑에 조랭이장수 한번 이별터니 소실이 망연이네…….'를 찾다가 죽었다는 것이다.

줄거리는 이런 것이다. 그러나 순이네한테 직접 들어봐라. 호물딱하는 늙은이 목소리며 구수한 손짓은 정말 천하일품이다. 이것뿐 아니라 그의 두툼한 입술이 터지며 나오는 오만잡가는 모두가 그렇다. 그러나 올여름부터 똥례는 그들과 떨어져야 했다. 석서방댁은 그들을 못마땅하게 여겼던 것이다. 그 새파란 과부들은 모여앉기만 하면 사내 얘기요, 그들의 눈 속엔 사내독이 들어 있어 무섭다는 것이다. 느지막이 계집끌이 된 내 딸이 그들과 어울리면 틀림없이 바람이 난다고 펄쩍 뛰었던 것이다.

석서방댁은 딸이 열일곱이 되도록 월경이 없다고 안달을 했다. 음전이는 열셋인데 '그게' 있고, 언년이는 열둘인데 '그게' 있고, 우리 친정어머니는 열다섯에 '그게' 있었고, 우리 동세는 열넷에 '그게' 있었고, 이쁜엄니, 복돌엄니, 숙희엄니, 점순엄니…… 동네 여편네들의 월경이 몇 살부터 있었다는 걸 모두 들추며 나는 친정어머니를 닮아 열다섯에 있었는데 왜 똥례년만 없느냐, '아마 돌지집이 될라나벼…….' 푸념하면서도 '똥례야 그게 나오면 말해라, 잉…….' 똥례에게 일러두었던 것이다. 그런데 올여름이다. 똥례는 밥 지을 생각도 하지 않고 방금 이고 온 나뭇짐에 기대앉아 우울한 표정을 짓고 있었다. 석서방댁은 눈치를 챘다. 똥례의 속옷을 걷어치고 몸엣것이 묻은 연한 풀잎을 꺼내 쥐며 좋아서 어쩔 줄을 몰라 했다. '이년아, 여기다 이런 걸 처넣으면 되니?' 이튿날은 아낙네들이 많이 모이는 동네 앞 정자나무 밑으로 달려갔다. '어제 똥례가 산에서 그게 있었다는디 말여……아따, 첨인디두 여주 속 같은 게 겁나게 두 나오데, 잉…… 내가 쓰던 걸루 콱 막어줬지…….' 석서방댁은 이제부터 딸을 누가 잡아가는지 수선을 떨었다. 말괄량이 같은 똥례를 나무라기도 하며 점잖게 어르는 것이다. '똥례야 너두 얌전 해봐…… 쥐구멍에두 볕 들 날 있구, 세 살 먹은 놈 돈 쓸 날 있구, 벌거벗은 놈 옷 입을 날 있구, 메밀두 굴러가다 설 때가 있는 법여…… 내가 너만은 천하 없어두 고운 원삼 족두리에 꽃가마를 태워설랑 이쁘구 돈 잘 버는 신랑헌티 시집을 보내줄 테니께 너는 정조만 잘 지키면 되는 거여.' '열 지집 몽땅 줘봐라. 싫어하는 사내가 한 놈이나 있나. 사내란 건 몽땅 도둑놈이라니께……' '그 아저씨랑 함께 다니면 낭구하기두 좀 편할라.' 똥례의 아저씨뻘이 되는 용팔은 똥례와 같은 석씨(石氏)로 촌수도 알 수 없는 먼 친척이다. 똥례를 다칠 염려가 조금도 없는 힘센 장사니까 석서방댁은 용팔이 믿음직스러웠던 것이다.

똥례는 코를 행 풀고 귀까지 덮은 수건을 다시 싸맨다. 궁둥이를 툭툭 털며 부스스 일어나자 저쪽 봉우리에서도 똑같은 소리가 난다. 원래 이곳은 사명당(四溟堂)의 탄생지라는 전설이 있다. 그러나 어디쯤에서 태어났을까 도무지 짐작이 가지 않는 첩첩산중이다. 똥례는 터덕터덕 용팔이 사라진 쪽으로 내려간다. 정말 내키지 않는 걸음이다.

얼마 후, 똥례는 용팔이 벗어놓은 지게 옆에 손갈퀴와 부대뭉치를 집어던지고 사방을 둘러본다. 지게에 낫이 꽂혀 있고 그 앞에 작대기가 누워 있으나 용팔은 보이지 않는다. 그러나 바람이 쌩 불더니 골짜기로 빠지며 산모롱이에서 나무 긁는 소리가 은은히 들려온다. 똥례는 그쪽으로 걸어간다. 소나무가 울창한 산 아래에 큰 솔가리더미가 쌓여 있다. 그 나뭇더미 옆엔 이질풀, 구리때, 궁궁(芎藭)이, 맥문동(麥門冬), 수리취, 더덕 같은 약초 다발이 놓여 있다. 용팔은 나무를 하다 눈에 띄는 족족 이런 것들을 뽑아놓은 것이다. 똥례는 그 중에서 수리취를 집어 들고 용팔이 있는 쪽으로 더 걸어간다. 저쪽에 솔가리더미가 또 쌓여 있다. 용팔은 벌써 두 더미를 긁어놓은 모양이다. 그 옆에도 약초 다발이 흩어져 있다.

용팔에게 가까이 다가가자 오싹 무서움까지 느껴진다. 기다란 허리를 구부리고 일하는 용팔은 무슨 귀신처럼 보인다. 갈아입은 새옷을 자랑이나 하듯 작업복을 나뭇가지에 벗어 걸치고 호젓한 산속에서 소복을 드러낸다. 머리에 썼던 수건은 바짓말 뒤에서 흔들거리고 빡빡 깎은 머리가 새끼중의 그것처럼 깨끗하다. 똥례는 나무 그림자가 얼룩이 진 용팔의 등허리를 쳐다보며 주춤주춤 그에게 다가가서 수작을 걸어본다.

"아저씬 춤두 잘 추구 소리도 잘허데유, 잉……."

칼로 싹 도린 듯한 표정이 얄밉고 섭섭하다. 어떻게 해서든지 엿을 늘이듯 죽 늘여 놓고 싶다. 그러나 용팔은 나무 긁는 데에 열중해 있다.

"워디서 그런 걸 알었대유. 참 잘허데유, 깔깔……"

똥례의 공연한 웃음소리에 용팔은 허리를 편다. 허리를 펴는 데도 시간이 걸린다. 고자는 저렇게 키가 크다지. 똥례는 더 크게 깔깔거린다. 용팔은 갈퀴를 손에 쥔 채 똥례를 쳐다본다. 자세를 안 고치고 눈을 껌벅인다. 똥례는 조롱스런 시선을 힘껏 보내주며 수리취를 내보인다.

"이건 워디다 쓸 거랴. 이 수리취 말유……."

용팔은 대답을 하지 않고 돌아선다. 똥례는 대답 못하는 그 사정을 이해할 수 있다. 아무렴, 바로 '거기'가 이상한 데 쓰려고 산에 있는 약초를 모두 거두는 것이리라. 용팔네 부엌에서 언제나 끓고 있는 약탕을 동네 사람들도 다 알고 있다. 부부관계할 때 서로 이어주는 그것을 고치려고 용팔이 부부는 똑같이 약을 먹는다는 것이다.

"누가 늑막염을 앓어유?"

똥례는 짐짓 다시 묻는다.

"………"

"늑막염을 앓는 디 이걸 먹으면 낫는다는디…… 남자는 암수리취 먹어야 허구, 여잔 숫수리취 먹어야 헌대유……."

"………"

"왜 수놈은 암놈을 먹구 암놈은 수놈을 먹어야 헌대유. 세상은 참 이상두 허지……"

"………"

사람이 무슨 말을 하면 대꾸가 있어야지 용팔은 이상하다. 고자란 할 수 없다. 똥례는 그가 이상한 것은 그의 물건 때문이라고 생각한다. 생각하면 사내의 그 조그만 물건은 세상을 주고도 못 살 것 같다. 귀중한 보물이다. 그러나 시집을 가면 나도 가질 수 있다는 흐뭇한 마음— 똥례는 수리취를 집어던지고 냉큼 돌아선다. 산속은 고요하다. 똥례는 저벅저벅 낙엽을 밟으며 제자리로 돌아온다. 갈퀴를 손에 집어 든다. 해는 부쩍부쩍 솟아오른다. 이쪽 산에 꽉 들어찬 울창한 소나무들. 솔가리가 그 아래로 수북이 널려 있다. 잠깐만 긁어도 많이 모을 것이다. 그러나 풀어졌던 마음을 모으기란 좀체로 힘이 든다. 똥례는 몇 번인가 갈퀴질을 하다 그것을 다시 집어던진다. 신기하고 아름다운 이날 고작 나무를 하다니 정말 따분하기 짝이 없다.

똥례는 잡목이 많이 서 있는 저쪽 등성이로 걸음을 옮긴다. 소나무, 전나무, 쥐엄나무 등 교목이 듬성듬성 서 있는 사이로 홀아비 꽃, 대사초, 벌개덩굴, 개불알풀, 솜나물, 세잎양지, 산작약 같은 속잎을 퍼뜨린 봄풀들을 헤쳐가며 어슬렁어슬렁 산속으로 들어간다. 그러나 똥을 발견하고 그곳에서 주춤 서버린다.

며칠 전 똥 누려고 쭈그리고 앉자 마른 풀잎이 궁둥이를 찔렀다. 이곳은 그때 앉은뱅이걸음으로 자리를 한 발짝 옮기고 똥을 누었던 곳—똥은 말라서 검다. 똥례는 바짝 그 앞에 다가앉아 한참 동안 들여다본다. 냄새가 없다. 아무 준비, 생명도 없다. 마른 풀들만 우거진 속에 외로이 앉아 있는 똥. 이곳은 산속에서 제일 초라하고 빈궁한 곳이다. 겨울 속에 잠깐 봄을 탄 나무며 풀들은 발랄하게 약동하지 않는가. 똥례는 제 똥이 불쌍하고 가엽다. 가엾어 그렇게 앉아 있는 것이다.

똥례를 낳을 무렵 석서방댁은 변소를 자주 드나들었다. 드나들다 똥례를 변소 바닥에 낳아놓았다. 그러나 그곳에 한 무더기의 똥이 쌓여 있었고 갓난애는 그 위에서 울고 있었다. 방정도 맞다. 똥독에 빠질 뻔한 것을 픽 쓰러지며 낳아놓은 곳이 바로 똥 위였으니.

"암, 정성을 들여야지. 난 너를 똥 위다 낳았지만 말여, 똥독에 빠치지 않은 것만두 큰 다행이여. 그러기만 됐어봐라. 어떻게 됐것나. 다 삼신님의 덕분이여, 덕분이구 말구……."

석서방댁이 이런 말을 했을 때 똥례는 삼신할매를 생각했다. 갓난애의 볼기짝이 시퍼런 것은 세상에 빨리 나가라고 그 양반이 때렸기 때문이라던가. 그러나 그 양반은 왜 똥례로 만든 것일까. 이것은 공연한 동네 노인들의 극성 때문이 아닐까. 그들은 변소에서 낳은 애는 꼭 '분(糞)'자를 넣어 이름을 지어야 좋다는 것이다. 오래 살 수 있고 복도 많고, 집에서는 똥례라고 부르지만 민적(民籍)에는 '석분례(石糞禮)'였다. 해서 어렸을 때는 동네 아이들의 놀림감이었다.

자식 자식 못난 자식
똥독에 빠진 자식
대꼭지로 건진 자식
구정물에 헹군 자식
양지쪽에 말린 자식
똥례야 똥례야
강밥 먹고 강똥 싸고
똥례야 똥례야

똥례는 그곳에서 일어난다. 마른 수풀 속에 자디잔 파란 싹들이 뾰족뾰족 숨어 있다. 포근히 내리쪼이는 햇살을 받으며 그런 채로 산 전체에 퍼져 있다. 숨어 있는 생명들, 똥례는 비탈길로 올라간다. 저쪽 풀숲에 아기나리가 피어 있다. 똥례의 가슴은 울렁거린다. 엷은 황록색의 작은 꽃잎이 흔들리며 누구든지 와보라고 손짓한다. 달려간다. 그것을 꺾어든다. 똥례는 한참 동안 그것을 쳐다보다 작업복 단춧구멍에 끼운다. 눈알을 더 굴린다. 이 산엔 무슨 꽃인가 잔뜩 피어 있을 것이다. 꽃을 꺾으러 온 산을 헤매기 시작한다.

얼마 후 똥례는 진달래 한 묶음과 노루귀, 족두리풀을 각각 한 송이씩 들고 산에서 내려와 제자리에 가 앉는다. 손갈퀴와 부대뭉치가 일이 없는 머슴처럼 히죽 웃고 있다. 망령 난 봄바람이 똥례의 뺨에 부딪친다. 땅에서 올라오는 냉랭한 습기와 함께 똥례는 완전히 봄기운에 녹아 있다. 똥례는 공연히 한숨을 쉬며 사방을 둘러본다. 꾸불꾸불하게 이어진 아름다운 산의 곡선, 파란 하늘이 그 위에 뻗쳐 있고, 고요 속에 파묻힌 산속에서 똥례는 들고 있는 꽃들을 바지 위에 펼쳐놓는다.

똥례는 아기나리, 족두리풀, 노루귀를 집어 들고 유심히 바라본다. 음력 삼월달에 겨우 피는 꽃들이 계절의 장난을 타고 겨울철에 피어 있다니…… 연지 곤지 찍은 이쁜 각시가 수노루를 타고 시집을 간다. 각시가 수줍은 웃음을 띄우면 머리 위에 얹은 족두리가 건들거리고 많은 동네 사람들은 그것을 구경하고 있다…… 이런 엉뚱한 환상이 머리에 떠오르자 똥례는 노루귀같이 예쁜 담홍색의 꽃가마를 타고 시집가고 싶다. 이것은 분명 석서방댁도 약속한 것이다. 그러나 똥례는 제 손등을 보고 한숨을 쉰다. 올해는 춥지도 않았는데 논바닥 갈라지듯 손이 쩍쩍 텄다. 게다가 마디가 진 큼지막한 손은 꼭 머슴애의 그것 같다. 똥례는 바늘을 쥐고 있던 분실의 손이 떠 오르자 분통이 터진다.

내년 가을에 혼인하게 된 분실은 길쌈한 것이 수북이 쌓여가는 걸 보면 재미가 깨처럼 쏟아져 밤을 새워도 졸음이 안 온다고 바늘을 쥔 예쁜 손으로 버선을 뒤집으며 종알대는 것이다. 박속처럼 하얀 손등은 포동포동 살이 쪄서 탐스러웠다. 옥양목버선도 하얗고 분실의 손도 하얗고…… 하얀 속에서 분실은 곱게곱게 혼수를 만들고 있었다. 하얗게 쌓여 있는 버선은 백 켤레였다. 이러니 이불, 요, 치마, 저고리, 속옷 등 다른 것들은 얼마나 많을까. 그러나 이것보다 놀라운 사실은 청혼이 여기저기서 들어온 것이다. 그중에서 분실은 '이쁘고 돈 잘 버는 신랑'을 찍었다는 것이다. 얼마나 부러운 사실인가.

—아무래도 시집은 못 갈 것 같다. 때를 놓쳐 그러는 것도 아니다.

재취나 첩이라면 몰라도 누가 나를 데려갈까. 그러나 돈 많은 늙은이나 어떤 홀아비가 그런 말만 비쳐보아라. 당장 숨통을 칵 따고 죽어버릴 테다. 똥례는 남이 쓰다 남은 찌꺼기는 절대 싫다. 가난은 하더라도 마음 착한 새것이 제일이다.

해가 한나절을 넘고 있다. 그래도 똥례는 일어나기 싫다. 일어나보지그려…… 겨울철에 꽃피는 날도 있는데 사람 일을 가지고 뭘…….

그러나 이것으로 똥례의 마음을 달래기엔 너무 약하다. 그러나 일어난다. 궁둥이가 너무 시리다. 만져보니 축축하게 젖어 있다.

똥례가 일어나자 꽃들이 푸수수 떨어진다. 왠지 꽃들에 대한 증오가 다시 끓어오른다. 발로 그것들을 짓이긴다. 노란 진달래 줄기도 보기 싫어 저쪽으로 집어 던진다. 그러나 자신의 행동이 또다시 후회된다. 그 고운 꽃들이 무슨 죄가 있다고……똥례는 죄스러움을 느끼며 나무 긁는 소리가 들리는 용팔 쪽으로 걸어간다. 그는 여전히 나무를 긁고 있다.

똥례는 용팔이 만들어놓은 나뭇더미 위로 올라간다. 팔베개를 하고 그 위에 눕자 하늘이 그토록 높게 보인다

"아저씨—"

똥례는 용팔을 부른다. 산울림이 쩡 울리며 골짜기로 빠지자 용팔이 고개를 돌린다.

"오늘 낭구를 하나두 못했는디 아저씨 제 거까지 해주실래유?"

똥례는 상체를 일으키고 고래고래 고함친다.

"그렇기 허지……."

저쪽에서 용팔이 선선히 대답한다. 저 여자 음성. 똥례는 신이 나

흥얼거리기 시작한다.

"성님, 성니임, 사촌온 성니임, 시집사아리 어떠업데까? 아이고 애야 말도 마라, 고추당추 맵다더니 시집살이 더 맵더라…… 동지선달 긴긴 밤에 바느질 못 배운 요 내 팔자, 삼사오륙 긴긴 해에 글을 못 배운 요 내 팔자. 광천(廣川) 독배로 시집가긴 다 틀렸네. 시집가긴 다 틀렸네…… 요 내 팔자야—"

똥례는 악을 쓰다 나뭇더미 위에서 그대로 잠이 든다.

산속의 하루는 짧은 법이다. 더구나 오늘은 일 년 중 낮이 가장 짧다는 동짓날. 눈을 떴을 때 해가 서산마루에 한 뼘쯤 걸려 있다. 똥례는 눈을 멀거니 뜨고 잠깐 동안 하늘을 쳐다본다. 그러다 소스라치게 놀라며 벌떡 일어난다. 산속이 너무 고요하다. 용팔은 벌써 가버리고 나 혼자뿐이라는 생각이 들자 무서움이 엄습했던 것이다.

그러나 용팔은 바로 건너편에 있다. 그런데 야릇한 정경이 벌어지고 있다. 용팔은 허리띠를 풀며 큰 소나무 앞으로 걸어가는 것이다. 오줌을 누려는 것일까. 고자가 오줌을 눈다? 생전 처음 보는 희한한 일이다. 똥례는 큰일이 난 것처럼 자기 자리로 달려간다. 잠깐 잠든 사이 오줌을 누려는 심보가 얄밉기도 하고 동정도 가는데—용팔은 소나무 둥치에 벌써 오줌을 깔기고 있다. 똥례는 손갈퀴를 집어 들고 그것을 볼 수 있을 만한 장소로 비호같이 날아간다. 우악스럽게 나무 긁는 시늉을 하며 얼굴을 소나무 쪽으로 홱 돌린다. 그러나 용팔은 이쪽의 기척을 벌써 알아차린 모양이다. 그것을 허겁지겁 집어넣고 야릇한 표정을 짓고 있다. 소나무 둥치에서 모락모락 피어오르던 김이 없어지자 냉큼 돌아선다. 똥례는 히쭉 웃고 솔가리더미

쪽으로 걸음을 옮긴다. 손가락을 잘못 본 것인지 모르지만 그것보다 부드럽고 좀 굵은 듯한 살덩이를 분명 본 것이다. 그러나 이보다 더 아리송한 것은 용팔이 서서 오줌을 누었다는 사실이다. 어리둥절할 수밖에 없다. 전에 그에게서 느끼지 못했던 그도 사람이라는 친밀감을 느끼는 것이다.

서산마루에 걸려 있는 햇덩이가 빨간 노을을 산 전체에 퍼붓고 있다. 저쪽에 나와 있는 '가새바위'가 더한층 아름답다. 얼굴을 붉게 물들이고 똥례는 다시 솔가리더미 위에서 하늘을 향하고 누워 있다. 하늘은 점점 빛을 잃어가고— 이상한 새의 울음소리에 상반신을 일으킨다.

참새와 비슷한 몸매를 한, 한 쌍의 새가 바로 맞은편 전나무 가지에 앉아 있다. 한 놈은 온몸이 은은한 석판색인데 잔등에 붉고 검은 반점이 있고, 다른 한 놈은 날개가 진한 갈색인 반면 가슴이 불그레하다.

서로는 부부간일까. 석양이 굽이친 전나무 가지에 앉아 있는 모습은 정말 아름답고 정답다. 똥례는 그것들에 정신을 팔고 있다. 도대체 저것들은 무슨 새일까? 성삼새, 콩새, 고지새, 방울새, 장박새, 되새, 멧새, 촉새, 무당새, 쑥새……?

용팔은 솔가리더미를 한곳에 모으고 있다. 이제 나뭇짐을 만들어 지게에 올려놓을 모양이다. 흩어졌던 나뭇더미는 모두 한곳에 모아졌고 똥례가 차지할 더미만 남아 있다. 용팔은 그것마저 모으려고 갈퀴를 들고 똥례에게 다가온다.

"이제 가잔 말여…….

용팔의 퉁명스런 목소리에 깜짝 놀라 그를 올려다본다. 용팔은 잔뜩 화가 나 있다. 하얀 얼굴이 벌겋게 달아 있다. 노을의 탓만은 아니다.

"잠깐만 기다리슈. 저 새 좀 봐유……."

똥례는 샐쭉 웃으며 전나무를 가리킨다. 그러나 용팔은 똥례를 무섭게 노려보며 다시 소리친다.

"빨리 일어나라니께……."

똥례는 용팔이 화난 것이 재미있다. 양팔을 크게 벌려 나뭇잎을 가슴에 듬뿍 안으며 다시 전나무를 올려다본다. 나란히 앉아 있던 새들은 서로 자리를 바꾼다. 주둥이를 허공에 찍기도 하며 이쪽의 광경을 내려다보고 있다.

"저 새 좀 봐유. 무슨 새랴?"

"매일 보는 새 가지고 뭘 그러느냐 말여."

용팔은 말하고 입을 꾹 다문다. 화나는 것을 억지로 참고 있다. 벌겋게 단 얼굴이 더욱 이글거린다.

"………"

똥례는 공연히 웃으며 용팔을 쳐다본다. 용팔은 새들에게 시선을 조금도 주지 않는 것이다.

"말 안 듣는 앤 침 줘야지."

용팔은 한의원이 진찰할 때처럼 똥례의 허리에 손을 가져간다. 꽁꽁 묶은 허리띠의 매듭을 찾고 있다.

"맘대루 허슈."

똥례는 환자처럼 힘없이 대답하고 새를 쳐다본다. 새들이 날아가면 일어날 참이지만 그것들은 꼼짝하지 않고 있다. 호젓한 산중에서 사람을 만났으니 반가운 것일까. 서로 얼굴을 마주대고 무슨 얘긴가 주고받는다.

"왜 이런디야……"

똥례는 아무래도 이상한 생각이 들어 용팔을 쳐다본다. 용팔은 똥례의 허리띠를 풀어내고 있다. 입을 초생달처럼 꾹 다물고.

"아저씨, 왜 이러슈?"

"………"

"정말 왜 이런디야?"

"………"

똥례는 점점 이상해지는 용팔의 손등을 양손으로 감싼다. 용팔의 손이 움직일 때마다 똥례의 손도 들썩거린다.

"차거워 죽겠구먼 왜 이런디야."

용팔의 찬 손이 자신의 뜨뜻한 배를 슬쩍 스치자 똥례는 깜짝 놀라 소리친다. 그러나 용팔은 끄떡도 않고 손을 부지런히 놀린다.

"증말 침 줄라구 해유?"

"………"

이윽고 용팔은 허리띠 매듭을 풀어낸다. 똥례는 마음이 갑자기 불길해진다. 몸을 일으켜 세우려는 순간 비명을 지른다.

"아이구 엄니야, 이게 워쩐 일이랴. 아이구……"

똥례의 비명은 노을이 짙게 깔린 산 전체에 날카롭게 울려 퍼진다.

이 소리에 전나무 가지에 앉아 있던 한 쌍의 새가 이상하게 울부짖으며 푸릉, 어디론가 날아가 버린다. 기막힌 솜씨를 가진 땅꾼처럼 용팔은 똥례의 아래 껍질을 단번에 벗겨버리고 동시에 올라탄

것이다.

산속에 어둠이 깔리고 있다. 솔가리더미가 다 흩어진 알바닥에서 똥례는 아랫도리를 드러낸 채 울고 있다. 배암껍질이 벗겨지듯 작업복 바지가 신발 밑으로 길게 뻗쳐 있다. 용팔은 똥례의 아랫도리에 한 움큼의 솔가리를 뿌려주고 저쪽으로 저벅저벅 걸어간다. 똥례는 다시 오열을 터뜨린다.

"엄니, 난 워티기 살어, 엄니야……"

똥례의 처절한 울부짖음은 산 전체에 메아리 되어 해 저문 하늘로 올라간다. 무엇보다 세상에 속은 것이 원통하다. 용팔이 덮칠 때에도 그것을 쳐다보는 데 급급하지 않았던가.

"왜 고자가 아니라고 말하지 안했유."

똥례는 용팔 쪽에 소리치고 얼굴을 땅에 박으며 격렬하게 통곡한다. 그러나 용팔은 아무 죄책감도 느끼지 않는지 구김 없는 표정이다. 나뭇짐을 새끼로 묶으며 저쪽에서 소리친다.

"비밀여. 비밀……."

똥례는 솔가리더미를 걷어버리고 바지를 추켜올리며 일어나 앉는다. 그렇다. 울고만 있을 때가 아니다. 어서 집으로 돌아가야지. 그러나 머리는 몽롱하고 몸은 천근처럼 무겁다.

용팔이 나뭇짐을 지고 일어나자 똥례는 그를 힐끗 돌아보며 헹 코를 푼다. 귀를 싸맸던 수건을 풀어 눈물도 씻고 코를 훔친다. 헝클어진 머리칼을 쓸어 넘기고 흙 묻은 옷을 툭툭 턴다. 용팔은 그러고 앉아 있는 똥례 앞을 지나 저쪽으로 사라진다. 똥례는 머리에 수건을 다시 쓰고 울상이 되어 용팔을 좇아가며 소리친다.

"아저씨, 같이 가유—"

용팔은 보기 드문 큰 나뭇짐을 지고 있다. 그래도 성큼성큼 잘도 걷는다. 걸을 때마다 출렁이는 나뭇짐 소리가 상당히 묵직하게 들린다. 그러나 똥례는 덜렁 손갈퀴와 부대뭉치만 쥔 채 허리를 잔뜩 구부리고 뒤뚱거리며 용팔을 뒤따른다. 무엇보다 용팔이 다쳐놓은 데가 쓰리고 옥죄고 아파온다. 끈끈하고 뜨끈한 것이 허벅지와 장딴지까지 내려오나보다. 그래도 용팔에 대한 증오심이 일어나지 않는다. 세상 소문과 이상한 날씨, 그리고 누군가가 노해서 벌을 주었는지도 모른다. 하루 종일 하라는 나무는 하지 않고 막 피어난 꽃들을 모조리 짓밟아놓았으니. 그 이름 모를 새들은 누군가의 심부름꾼(使者)인지도 모르지. 똥례는 아픈 것을 참아야 된다고 생각하며 용팔을 따라 부지런히 걸어간다. 똥례의 모습은 잔뜩 웅크렸다고 할까, 다리만 뒤뚱거릴 뿐 몸과 팔의 동작은 조금도 변하지 않고 있다.

어느덧 그들은 전불을 지나 신작로를 걷고 있다. 똥례는 좀 쉬어 가고 싶었으나 용팔을 따라 그런대로 걸어간다. 용팔도 아무 말이 없고 똥례의 입도 죽어 있다. 발자국 소리와 나뭇짐 흔들리는 소리가 번한 신작로를 따라 어둠을 뚫고 지나간다. 똥례는 머리에 무엇을 이고 올 때보다 머리가 더 무겁고 어쩐지 고통스럽다. 무엇에 결박된 듯 똥례의 몸은 굳어 있는 것이다.

시름이고개에 올라서자 읍내의 불빛이 보인다. 시름이고개가 끝나는 신작로 바른편에 공동묘지가 있다. 그 아래는 빈 보리밭이고 보리밭이 끝나고 공동묘지가 시작되는 곳에 화장터가 있다. 붉은 벽돌집의 창문은 모두 달아났고 굴뚝의 한쪽이 깨어져 있다. 옛날에만 쓰던 화장터는 지금은 폐허다.

공동묘지 앞 신작로는 움푹 들어가 있어 읍내의 불빛이 보이지 않는다. 다만, 읍내 동쪽의 제일 끝인 쌍소나무박이가 보일 뿐이다. 그들은 쌍소나무박이를 저 앞에 두고 읍내로 들어가는 신작로를 벗어나 왼편으로 꺾어든다. 개울을 건너면 논과 밭이 약간 펼쳐졌고 그 앞을 가로막고 있는 야트막한 산—삽티를 넘으면 그들이 살고 있는 호롱골이다.

"아저씨, 나무 안 해왔다구 엄니한티 혼난단 말유."

삽티고개에 올라서자 똥례가 근심스럽게 중얼거린다. 용팔은 동네를 내려다보며 지게를 받쳐 놓는다. 맨 꼭대기에 있는 약초단을 내려놓고 나무를 덜어 준다. 똥례는 그것으로 부리나케 나뭇짐을 만든다. 머리에 이었으나 걸음이 떨어지지 않는다. 똥례는 나뭇짐을 다시 내려놓고 퉁명스럽게 소리친다.

"아저씨 먼저 내려가슈."

용팔이 많이 작아진 나뭇짐을 지고 어둠 속으로 내려가자 똥례는 후 한숨을 쉬며 나뭇짐 위에 앉는다. 그렇게 멍청히 앉아 하늘을 쳐다보고 동네를 내려다본다. 비가 오려는지 하늘은 검은 구름이 덮여 있다. 삼태기 형상을 한 산들이 오십여 호의 집들을 쓸어 담은 동네는 개 짖는 소리 하나 들리지 않고 조용하다. 호롱골 맞은편에 있는 도수장도 조용하다. 용팔은 그쪽을 향하여 걸어가고 있다. 나뭇짐은 밭둑을 지나 논둑으로, 도수장 앞으로 흐르는 개울을 건널 때 보이지 않다가 개울둑에 올라설 때 다시 보인다. 도수장 옆에 있는 함석집이 용팔의 집이다. 전에 살던 도수장지기가 어디로 사라진 다음

부터 용팔이 살게 된 것이다. 그 집에서 누가 달려 나오고 있다. 아마 병춘일 것이다. 병춘과 용팔은 잠시 개울둑에서 머뭇거린 다음 함께 집안으로 들어선다.

똥례는 시선을 자기 집으로 돌린다. 다 쓰러져가는 초가삼간, 그러나 불빛이 유난히 밝게 보인다. 지금 석서방댁은 등잔불 앞에 도사리고 앉아 딸을 기다리고 있을 것이다. 똥례는 무엇이 생각난 듯 부리나케 나뭇짐을 이고 산을 내려온다. 철봉네 담을 돌아 울타리도 없는 넓은 안마당에 들어서자 안방에서 석서방댁의 음성이 들려온다.

"오늘은 왜 그렇게 늦었니?"

똥례는 부엌 안에 나뭇짐을 푸썩 부려놓는다. 머리에서 수건을 풀어 옷을 털어내며 방 안에 대고 날카롭게 소리친다.

"엄닌 오늘이 동짓날인지두 모르나…… 다른 때 같으면 지금이 대낮이란 말유."

방에서 아무 소리가 없자 똥례는 킥 웃는다. 그러나 어둠 때문에 똥례의 웃음을 아무도 보지 못했다. 똥례는 시장한 배를 채우려 부엌 안을 둘러본다. 어두운 부엌 안은 밥 지은 흔적이 없다. 불기가 없는 아궁이는 을씨년스럽고, 구수한 숭늉 냄새도 나지 않는다. 그러나 솥 안엔 먹다 남은 팥죽 한 그릇이 덩그러니 놓여 있다. 물론 집에서 쑨 것이 아니다. 식구들은 이 집 저 집에서 들어온 팥죽으로 저녁을 때우고 똥례의 몫으로 한 그릇 남겨둔 것이다. 그러나 똥례 동생들이 그대로 둘 리가 없다. 너도 한 숟갈, 나도 한 숟갈, 저들의 몫을 먹고서도 부족해서 쥐새끼 들랑거리듯 한 숟갈씩 맛보고 남은 것을 똥례는 부뚜막에 앉아 먹기 시작한다.

이때 후두둑 후두둑 빗방울이 떨어진다. 그것은 금방 억수처럼 퍼붓는다. 똥례가 죽그릇을 채 비우기도 전에 안마당으로 여름 장마 때처럼 물이 빠져나가고 있다. 똥례는 성냥갑을 찾아들고 부엌 뒷문을 빠져나간다. 빗소리가 모든 것을 삼켜버리고 있다. 굴뚝 옆에 몸을 바싹 숨기고 바짓말을 내린다. 칙 하며 퍼지는 성냥불에 똥례는 그곳을 비춰본다.

2

이튿날 비는 진눈깨비로 변하여 그친다. 그러면서 날씨는 갑자기 추워진다. 이것은 사람들도 예상한 것이다. 날씨만 계속 따뜻했더라면 농작물에도 더 좋았을지 모른다. 그러나 모든 것은 꽁꽁 얼기 시작한다. 똥례네 뒤꼍 장광 옆에 활짝 피었던 개나리꽃도 여지없이 사라진다. 겨울을 잠깐 타고 산과 들에서 망령을 피웠던 꽃들도 저승으로 가버린다. 이번 비로 농작물의 피해가 막심할 거라고 사람들은 걱정한다. '춥더라도 좀 서서히 추웠으면' 농작물에 대해서는 걱정도 않겠다고 게다가 눈은 펑펑 쏟아져 내린다. 얼마나 계속될지 모른다.

석서방과 석서방댁은 매일 싸움질이다. 이렇게 눈이 쌓이는 겨울에 양식 장만, 나무 장만도 하지 않고 석서방은 술집으로 노름방으로만 드나든다. 계집 새끼야 굶든지 먹든지 상관없이 저만 처먹고 다닌다.

"몽땅 그대로 드러눠…… "

아이들은 아침이 되었어도 일어날 생각을 않지만 여기에 겹쳐 석서방댁이 소리친다. 추워지며 부썩 성해진 노름에 미쳐 석서방은 엊그제부터 들어오지 않는 것이다.

"너두 드러눠……."

석서방댁은 일어나는 똥례에게 다시 소리친다. 엊저녁을 하고 남은 밀기울이 한 됫박쯤 남아 있다. 똥례는 그것으로 아침을 지을까 하다가 다시 눕는다. 아랫목부터 석서방댁, 명수, 명정, 명철, 옥례, 똥례…… 이런 순으로 이불 속에 나란히 누워 있다. 똥례와 옥례는 석서방이 안 들어올 때만 안방에서 자게 하고 다른 때는 윗방으로 넘어간다. 다 떨어진 이불 위에 내민 여섯 개의 초라한 몰골들은 제각기 먹을 것을 연상하는지 눈을 껌벅이며 천장을 향하고 있다.

쌩쌩 불어치는 바람에 문풍지가 파르르 떨린다. 싸르륵 싸륵 눈발이 섞인 바람이 뒷문에 부딪힌다. 잠깐 눈은 그치고 햇빛이 번쩍 든 모양이다. 추녀 끝에서 눈 녹은 물이 흘러내려 고드름을 만들 참인가. 아니 그냥 떨어지는 낙수의 그림자가 환한 방문에 어른거린다. 그래도 이 집 식구들은 간밤에 눈이 얼마나 내렸는지 알 수 없다. 엊저녁에 풀떼기 한 그릇씩 먹고 잠자리를 본 대로 누워 있는 것이다.

"엄마, 배구 퍼……히잉……."

석서방댁 바로 옆에 있던 다섯 살배기 막내가 칭얼거리자 석서방댁은 명수를 한참 동안 노려보다 주먹으로 이마빡을 쥐어박는다.

"이 육시랄 놈의 새끼야. 왜 날 봒니. 잉…… 왜 죄 없는 날 봒느냐 말여. 니 애비를 볶어, 니 애비를……."

명수는 앙, 울려다 삐죽삐죽하고 그만둔다. 석서방보다 석서방댁을 아이들은 그만큼 무서워한다.

"니들 그렇기 누워 있는거여. 굶어 죽을 때까지…… 그럼 니 애비가 와서 송장은 쳐줄라."

석서방댁의 무서운 말이 떨어지자 아이들은 더 눈을 껌벅거린다. 어머니의 공연한 말이라고 생각하면서도 무서워지는 모양이다. 아니면 점점 고파지는 배가 참기 어려운가.

"넌 뭣 허러 일어나니?"

똥례가 주춤주춤 일어나자 석서방댁이 소리친다. 똥례는 치마허리를 여미며 되받아 소리친다.

"오줌 눌라구 그류."

"이년아, 오줌 눌라는디 수쌕이 그렇게 복잡허니, 저기다 누면 되지……."

석서방댁은 요강을 가리킨다.

"똥두 눌라구 헌단 말유."

똥례는 방문을 열고 나온다. 엊저녁 때까지 희끗희끗하던 세상이 완전히 눈으로 덮여 있으나 다른 집들은 바깥마당이 깨끗이 쓸려 있고 집에서 집으로 통하는 작은 길도 노랗게 쓸려 있다. 그러나 똥례네 집 주위는 손모가지가 모두 부러졌는지 어느 응달진 깊은 산속처럼 눈이 그대로 쌓여 있다. 똥례는 안마당을 쳐다보고 싸리비를 집어 든다. 그러나 그것을 그대로 놓아두고 부엌으로 들어간다. 눈을 쓴다면 방 안에서 불호령이 떨어질 것이다. 석서방댁은 그럴 때가 가끔 있다.

새끼들을 아무것도 못하게 하고 그냥 누워 있게 하는 것이다.

"똥례야"

"………"

똥례는 절구통 속에서 밀기울 바가지를 꺼낸다. 다시 들리는 소리는 조금 거칠어진다.

"똥례야, 이년아……"

"………"

똥례는 방 안의 동정을 살피며 밀기울을 손가락으로 쑤시어본다.

"이 육시랄 년아……"

이번에는 질그릇 깨지는 소리다. 똥례는 바가지를 절구통 속에 다시 넣으며 절구 찧는 소리로 대답한다.

"왜 그류"

"똥뒷간에 간 년이 똥독에 빠져 뒈졌니, 거기서 뭘 허는 거여. 빨랑 못 들와."

똥례는 방으로 다시 들어온다. 아이들은 서운해하는 눈치고 석서방댁은 입에 거품을 물며 야단이다.

"이년아, 고거 한순갈 해 처먹어서 뭐가 낫니, 뭐가 나아……."

똥례는 제자리에 앉아서 주둥일 내민다. 이불자락으로 무릎을 덮으며 처음 들어온 사람처럼 방 안을 살핀다. 정말 여기 처음 들어온 것처럼 방 안이 생소하게 느껴진다. 그러나 이 방은 석서방네 식구들의 냄새가 흥건히 배어 있다. 사면 흙벽에 빈대피로 그려진 대나무는 해마다 늘어만 가고 뒷문 위에 맨 시렁 위엔 언제나 시루, 나무상자, 늙은호박 등이 얹혀 있다. 그 아래로 복조리, 바가지, 옥수수, 석유병이 매여 있고 남대문, 매화꽃, 봉황새, 수(壽), 복(福) 등을 백통으로 오려 붙인 옛날 고리짝이 한켠으로 놓여 있다. 방 안의 가구들은 대개 이렇다. 방문에 비쳤던 햇빛이 없어지고 방 안은 다시 어두워진다. 해가 들어갔다 나왔다 구름 속에서 까불고 있는 모양이다.

"중매 붙이러 온 할맨가, 저년이 왜 두릿두릿허구 지랄여"

"………"

"고기 못 자빠지니?"

석서방댁의 고함소리에 똥례는 다시 이불 속으로 기어든다. 똥례가 기어들자 석서방댁이 부시시 일어난다. 헝클어진 머리를 쓸어 넘기고 비녀를 주워 끼운다. 후, 한숨을 쉬며 담배통을 끌어당겨 종이로 담배를 만다. 석서방댁은 언제나 속곳바람이다. 추우면 찬 옷을 입기가 싫고 더우면 더워서 옷 입기가 싫다는 것이다. 세수도 며칠 만에 한 번씩 하고 겨우 밥상을 들어와야 자리에서 일어난다. 무척 게으르다. 그리고 앉아 있는 석서방댁은 오십이 다 된 중늙은이 같다. 앙상한 가슴에 매달린 조금만 젖은 꼭 물렁감처럼 말캉거린다. 칠십 노파의 그것처럼 주름까지 잡혀 있고 젖꼭지가 먹빛처럼 검다. 석서방댁은 신세 편하게 일찍 단산했다. 명수를 낳고 그만인 것이다.

"지집 새끼야 굶던지 먹던지 얼어죽던지 좋아……."

석서방댁은 담배 연기를 길게 뿜어내며 이를 보드득 간다. 석서방이 들어오면 이제 싸움이 대판 벌어질 것이다. 석서방댁은 며칠 전

서방에게 얻어터진 눈자위가 지금도 시퍼렇게 멍들었다. 싸움은 언제나 석서방댁 쪽에서 걸게 마련이고 화가 바짝 오른 석서방의 주먹이 가만히 있을 리 없다. 석서방댁은 '죽여라, 죽여……'들고 덤비며 서방의 불알을 칵 틀어쥔다. 이것은 석서방댁의 상투수단이다. 이렇게 되면 석서방은 벌렁 자빠져서 죽는 시늉을 하며 엄살을 부린다. '아이구 나 죽어, 아이고……' 정말 죽는 줄 알고 석서방댁은 놓아준다. 그러면 석서방은 계집을 개 패듯 조져대는 것이다. '이년이 버릇없이 워딜 쥐는 거여.' 이렇게 실컷 맞고 나서도 석서방댁은 싸움할 때는 자기처럼 하라고 동네 여편네들에게 일러준다. '사내덜 그걸 잡으면 무슨 심이 있간디, 그저 잡구 늘어지는 거여……'

석서방의 방탕은 제가 시집올 때부터라고 자기 입으로도 말하면서 석서방댁은 몇 해 전부터 똥례에게 살림을 전적으로 맡기고는 누가 이기나 보자 했다. 밭일, 집안일, 나무 모두 혼자 감당해야 하니 고래 싸움에 새우등 터지는 건 똥례뿐이다. 석서방댁도 변덕이 나면 일을 거들지만 대개는 아무 일도 하지 않는다. 방 안에 틀어박혀서는 어쩌다 배고파 우는 아이들을 때려주기가 일쑤다. 석서방 쪽에서 알뜰한 서방으로 돌아올 때까지 자기도 그러고 있겠다는 것이다. '에이구, 광우리 장수래도 나가지그려……' 누가 이런 말을 할 때가 있다. '미쳤나, 멀쩡한 서방을 두구.' '광우리 장수는 모두 과부라데……' '과부란 게 아니라 멀쩡한 서방을 두구 왜 그 짓을 해여……'

방 안은 점점 더 어두워진다. 점심때가 지났는지 저녁때가 되었는지 방 안에선 알 수 없다. 석서방댁은 일어났다 앉았다 애꿎은 담배만 빨아댄다. 움푹 들어간 아이들의 눈은 더 껌벅거린다. 자꾸만 빨아대는 담배 연기에 아이들이 콜록거린다. 석서방댁은 방문을 왈칵 연다. 바깥은 눈이 펑펑 쏟아지고 있다.

"니 애비 살 둬서 꼴들 좋다……."

담배 연기가 다 빠지자 석서방댁은 문을 닫으며 아이들을 훑어보고 중얼거린다. 그러나 이때 안마당에서 뽀드득뽀드득 발자국 소리가 들린다. 이어 아주 기분이 좋은 듯한 석서방의 고함소리, 석서방은 철봉을 시켜 장작을 들여오며 자신은 쌀자루를 메고 있다.

"양식 없구 낭구 없는 놈 꼴 좋겄다, 꼴 좋아…… 펑펑 쏟아져라, 펑펑……."

아버지의 호기로운 목청에 무엇이 기대되는가. 아이들의 눈엔 생기가 돌며 일어나려고 들썩인다. 그러나 석서방댁은 탱탱한 목소리로 아이들을 눌러버리고 자기도 이불 속으로 들어간다.

"이놈의 새끼들아, 왜 지랄발광여……."

석서방의 딸기코는 시퍼렇다. 석서방은 쌀자루를 토방에 내려놓은 다음 그 코를 잡고 코를 푼다. 방한모를 벗어 눈을 털며 장작을 부엌에 부리게 한다. 철봉은 빈 지게를 지고 부엌에서 나오며 헤, 웃는다. 기분이 좋을 수밖에 없다. 최서방의 부탁으로 쌀 한 가마를 지고 읍내 싸전까지 갔다가 석서방을 만난 것이다. 석서방은 쌀 한 말을 사 놓고 있었다. '임마, 이리 와.' 철봉은 멋모르고 석서방을 따라 나무전으로 갔다. 석서방은 장작 한 단을 사더니 무조건 철봉의 지게에 올려놓았다. 철봉은 삯을 주겠는가 물었다. 철봉은 그냥 일해주는 법이 없다. 그의 직업이 직업인 만큼 별사람이 별말을 해도 공짜가 없다. 그는 지게로 물건을 날라다 주고 돈을 받는 데 재미가 들린

것이다. 그러나 석서방은 철봉의 어깨를 툭툭 쳐주며 빨리 가자고 했다. '임마, 나한티만 잘 뵈란 말여. 그럼 내가 사위 삼는다. 똥렐 너헌티 준단 말여. 이놈이, 허허 참……' 철봉은 이 말에 녹아떨어진 것이다. 그러지 않아도 똥례가 마음에 잔뜩 있었다. 장날마다 똥례에게 먹을 것을 사다 주곤 '나 똥례한티 장가간다' 동네방네 떠들고 다니는 위인이다. 그러던 차에 장인한테서 그런 말을 직접 듣다니. '잔치는 언제 할 거유, 잉……' 철봉은 석서방한테 이런 말까지 물어가며 신이 나서 올라온 것이다.

"철봉이 수고했다, 잉……."

석서방은 철봉을 돌아보며 방문을 연다. 그러나 철봉은 주춤거리며 돌아갈 생각을 하지 않는다. 방문을 연 사이 안을 기웃이 들여다본다. 똥례가 무얼 하고 있나 궁금하다. 석서방은 그러는 철봉을 보고 껄껄거린다.

"임마, 사위 삼는 건 나중에 따지구 이제 빨리 가봐……."

석서방은 방으로 들어가고 철봉은 헤 웃으며 돌아선다. 아무튼 '사위' 라는 말이 나왔으니 기분이 좋은 것이다. 댓돌에 놓인 낯익은 똥례 신발을 쳐다보고 토방으로 내려선다.

"왜 벌써 오는 거여. 송장 치러 오는 사람이 왜 벌써 왔어……."

"아따, 지랄이다 또 지랄여……."

똥례네 방에서 움켜잡는 석서방댁의 목소리에 이어 석서방의 목소리가 들려왔으나 철봉은 아주 유쾌해져 그런 소리가 잔칫집의 노랫소리로 여겨진다. 그의 등에 업힌 빈 지게는 흥겹게 털썩이고 그는 눈을 맞으며 똥례네 안마당을 걸어 나온다.

철봉네는 똥례네와 도랑 하나를 사이했다. 똥례네는 울타리가 없이 마당 가에 열리지 않는 늙은 감나무가 서 있을 뿐이고 철봉네는 허물어진 한쪽 토담을 도토리나무와 참나무로 엮어놓았다. 지난가을 지붕을 못 해인 집이 있다면 철봉네와 똥례네뿐이다. 다른 집들은 해마다 새로 해 이어 지붕이 두툼하고 깨끗하나 이 두 집은 이엉이 꾸불꾸불하고 썩은새가 제 맘대로 흩어져 있다. 그래도 철봉네는 새는 곳을 군데군데 막은 흔적이 있으나 똥례네는 지붕이 움푹움푹 파여 장마철에는 방과 부엌으로 물이 줄줄 새는 것이다.

"어바바, 바바……."

철봉이 집안으로 들어서자 눈을 쓸고 있던 그의 형수가 싸리비를 들고 때릴 듯이 덤벼든다. 눈은 쏟아지는데 과붓집 수캐처럼 어디를 쏘다니냐는 나무람이다. 하늘과 땅을 가리키며 꽥꽥 고함을 친다. 벙어리는 철봉이 집안 일을 하지 않고 밖에서 일하는 것을 언제나 탐탁찮게 여긴다. 철봉은 품삯을 받아도 이 집의 제일 어른인 형수에게 주지 않고 아무도 모르는 깊숙한 곳에 감추어버린다. 철봉이 밖에서 일하면 일할수록 벙어리에겐 일이 그만큼 더 고될 뿐 아무 이익이 없는 것이다.

철봉은 지게를 헛간에 벗어놓고 씨씨, 하며 싸리비를 받아 든다. 그러나 눈은 쓸어도 다시 쌓이고 쓸어도 다시 쌓인다. 철봉이 소견에도 눈이 그친 나중에 쓰는 것이 좋을 것 같다. 형수가 안방으로 들어간 사이 빗자루를 집어던지고 철봉은 윗방으로 들어온다. 윗방은 철봉의 모친과 철봉이 쓰고 아랫방은 승봉이 부부가 쓴다. 아랫방에서 달그락달그락, 승봉이 자리 치는 소리가 윗방까지 들려온다. 벙어리가 철봉이 일은 하지 않고 어디 나갔다 이제 돌아왔다고, 그래도 서방이랍시고 고해바치는 소리가 소란스럽다.

"워디 갔다 와아?"

철봉이 들어온 소리에 아랫목에서 어린 손자의 입에 죽물을 떠넣고 있던 그의 모친이 고개를 돌리고 입을 연다. 손자는 할머니의 손이 자기 입을 더듬을 때마다 입을 딱딱 벌리고 노파는 어린애의 입을 찾아 죽물을 떠놓고 있다.

철봉은 모친의 말은 들은 척도 않고 최서방한테서 받은 지전 몇 장을 조끼 호주머니에서 부리나케 꺼낸다. 그것이 한 장이라도 없어지지 않았나 또박또박 세어본 다음 히, 웃고는 왕골자리 밑을 들춘다. 메밀가루 같은 뿌옇고 고운 먼지가 포싹 이는 자리 밑에서 빈대떡처럼 납작해진 쌈지가 철봉을 기다리고 있다. 철봉은 오늘 번 돈을 쌈지 속에 넣으며 모친을 힐끗 쳐다본다. 노파는 감은 눈을 껌벅이며 부스럭대는 쪽에 고개를 돌렸다가 다시 손자의 입을 더듬고 있다.

"엄니, 나 장가들어, 힝……."

철봉은 쌈지를 자리 밑에 감춘 다음 모친 옆에 바짝 다가앉아 방금 석서방한테서 들었던 말을 전하려 했다. 그러나 노파는 귀까지 먹었다. 아들의 말을 듣긴 들었어도 잘못 알아들었다. 언제나 장가들여달라고 조르는 말로 알아들은 것이다.

"그러기 말여. 남들처럼 자지가 없나 불알이 없나……."

노파는 작은아들이 장가 들여달라고 조를 때마다 가슴이 미어지는 듯하다. 기억이 흐릿한 노파지만 작은아들 나이도 장가들 때가 되었다는 것을 알고 있다. 몇 년 전 큰아들을 장가 들일 때도 작은아들은 앙탈이 심했다. '저만 지집 끼구 자면서, 씨……' 큰아들은 삼십을 넘어 장가라는 걸 들었으나 벙어리를 데려온 것이다. 벙어리 며느리지만 여자가 귀한 이 집에선 감지덕지, 다만 '조개'가 달렸다면 살덩이라도 좋다—하나만 구하면 걱정이 없겠으나 그거나마 구할 수 없는 것이다.

몇 해 전에 죽은 철봉이 부친은 아주 백치는 아니나 사람이 어리뚝했다. 그는 서른에 가깝도록 장가를 못 들다가 어떻게 소경에 귀까지 먹고 백치인 철봉의 모친을 얻어 들인 것이다. 과연 씨를 받아보니 아들은 아들인데 형제를 백치로 내리 낳았다. 승봉은 말을 더듬는 데다 기억력이 조금도 없는 바보요, 철봉 역시 허우대는 멀쑥한 놈이 바보인 것이다. 그런데 벙어리가 이 집으로 들어와 열 삭을 채우고 어린애를 처음 낳을 때 동네는 소란스러웠다. 벙어리의 세상문이 너무 좁아 어린애가 나오지 못하고 문턱에서 허우적댔던 것이다. 그때 벙어리가 내지르던 고함은 돼지불알 바를 때보다 더했다. 꽥꽥— 이것은 사람의 비명이 아니라 짐승의 그것이었다. 그때마다 어린애는 질식해서 죽어버렸고 벙어리 역시 거의 죽다 살아나곤 했다. 이런 일을 몇 번 치르고 난 지난봄, 벙어리는 역시 소리를 내질렀으나 어린애를 말짱히 낳은 것이다. 제일 기뻐한 것은 시어머니, 그러나 벙어리는 제 새끼를 거들떠볼 생각도 하지 않았다. 시어머니가 젖을 주라고 소리치면 무섭게 달려들어 어린애의 배를 발로 쿡 눌러 죽이려 했다. 제가 죽을 뻔한 것을 생각하면 어린애만 보아도 치가 떨리는 모양이다. 벙어리의 젖은 언제나 퉁퉁 불어 있다. 벙어리는 이것을 새끼에게 주는 대신 서방한테 줘 버리는 것이다.

"엄니, 나 잔치헌단 말여—"

철봉이 다시 고함쳤으나 그의 모친은 역시 알아듣지 못한다. 언제나 푸념하는 그 소리를 되뇔 뿐이다. 아들을 생각하면 대견하지만 거기에 붙여줄 '조개'가 없는 것이 이상한 것이다.

"그리기 말여. 자지가 없나 불알이 없나……"

"드럽게 못 알아듣네, 씨…… 똥례헌티 장가 간다니께……"

철봉은 말을 하고 방바닥에 벌렁 자빠진다. 똥례를 생각하자 공연히 입이 벌어진다. 그러나 그의 모친은 아들의 좋아하는 꼴도 보지 못하고 한숨을 쉬며 손자의 입을 더듬는다.

날 때부터 젖을 조금도 얻어먹지 못한 어린애는 얼굴에 노랑꽃이 피어 있고, 회초리 같은 두 다리는 배배 틀려 있다. 여름철 같은 때에 어린애가 울다 울다 제풀에 지쳐 잠이 들면 엉기덩기 붙어 있던 파리들이 코와 입으로 들어가서 똥을 눌 때면 그것들도 섞여 나왔다. 어린애는 언제나 저 혼자 누워 있다. 세상에 나온 지 여덟 달을 넘어선 아이가 엎칠 줄도 모른다. 아직까지 이름도 못 받았다. 아이는 거의 죽어갔고 아직까지 죽지 않은 것이 기적이다. 그래도 무엇을 먹겠다고 노파의 손이 닿으면 입을 쩍쩍 벌리는 꼴이라니……노파는 죽물을 떠넣는다고 하지만 그것이 잘 되질 않는다. 죽물을 어린애의 콧구멍에 부을 때도 있고 더듬던 노파의 손이 어린애의 눈을 찌를 때도 있다. 그때마다 아이는 자지러지게 울어댄다.

벙어리는 아랫목에 깔린 요 위에 번듯이 누워 승봉의 대갈통을 천연스레 끌어안고 있다. 윗방에서 들리는 철봉의 목소리에 눈을 곱지 않게 뜨기도 하지만 젖을 빨고 있는 서방이 귀여워 죽겠는 모양이다.

이를 갈며 대갈통을 껴안기도 하고 무어라고 중얼거리며 대갈통을 쓸어보기도 한다. 승봉은 이쪽저쪽 바꾸어가며 젖을 탐욕스럽게 빨아댄다. 윗방에서 다 죽어가는 제 새끼와는 달리 젖살이 올라 얼굴이 뿌옇다. 승봉은 하루에 두어 차례씩 여편네의 젖을 빤다.

"벙어리는 제 새끼헌티 젖을 안 주구 제 서방헌티 준다."

소문은 금방 동네에 퍼졌으나 사람들은 별꼴 다 보겠다고 신기하게 생각할 뿐 벙어리를 욕하거나 나무라지 않았다. 철봉네 집에서 일어나는 모든 일은 '짐승의 우리'에서 일어나는 일로 알고 있다. 승봉이 장가들 때만 해도 첫날밤을 어떻게 치르나 보려고 동네 여편네들은 우르르 몰려갔다. 이 고장의 풍습대로 신랑 각시가 들어 있는 방문의 창호지를 각자 조금씩 찢고 한쪽 눈을 갖다 댔으나 그들은 질겁을 하고 말았다. 벙어리는 고통스럽게 끙끙대며 방바닥에 엎드려 있고 승봉을 그것이 되질 않아 식식거리며 벙어리 주위를 돌고 있었다. 이 광경을 보던 호랑할매가 참다못해 신방으로 뛰어들었다. 벙어리를 요 위에 잘 눕히고 승봉을 그 위에 쓰러뜨렸다. 호랑할매가 방에서 다시 나왔을 때 갑자기 꽥꽥대는 벙어리의 비명이 들렸고 엿보려고 몰려들었던 동네 여편네들은 모두 킬킬대며 도망쳤던 것이다.

"아바바 빠아으응……."

벙어리는 서방의 머리통을 떠다밀며 일어나려 한다. 빈 젖을 자꾸 빨려고 하니까 젖꼭지가 끊어지는 듯하다. 그러나 승봉은 눈먼 개

젖 탐하듯 가슴에 얼굴을 비비며 쭉쭉 지겹게 파고든다. 벙어리는 승봉의 머리통을 쥐어박으며 꽥꽥댄다. 승봉은 몇 번인가 더 얻어맞고 머리통을 어루만지며 일어난다. 젖물이 흥건한 입술을 소맷자락으로 쓱 훔치며 벙어리를 쳐다본다.

"히잉, 짐치 주어, 짐치……."

벙어리는 가슴을 여미며 쪼르르 부엌으로 나간다. 허옇게 우거지 낀 김치 한쪽을 손으로 떼어 방으로 가져온다. 그것을 승봉에게 건네주고 그 작은 체구를 대구루루 굴려 윗방으로 넘어간다. 승봉은 김치를 질겅질겅 씹으며 다시 뒷문 앞에서 자리를 치기 시작한다. 젖을 먹고 김치를 먹는 것은 버릇이 되었다.

"아바바 꽥꽥……아바바……."

벙어리는 윗방문을 쾅 열어젖히며 지랄을 떤다. 눈은 쓸지 않고 왜 벌렁 자빠졌느냐고 철봉과 마당을 돌아보며 번갈아 삿대질이다. 철봉은 씨씨, 하며 일어난다. 형수가 무섭다. 시어머니도 마찬가지다. 며느리의 불호령이 떨어지면 쥐구멍을 못 찾는다. 벙어리는 시집 식구들을 모두 바보라고 멸시한다. 맛 좋은 음식이 생겨도 윗방 식구들에겐 구경도 안 시키고 아랫방에서 저희들끼리만 처먹는다. 아주 고약하다. 시집 식구들의 빨래는 더럽다고 저희들 빨래만 해 입는다. 그래도 시어머니는 아무 소리도 못한다. 할 수 없이 노파는 빨래 보퉁이를 가슴에 안은 채 철봉의 등에 업혀 냇가로 가는 것이다.

눈은 그쳐 있다. 철봉은 안마당을 쓸고 나서 사립문 앞으로 나온다. 빗자루를 든 채 멍청히 똥례네를 쳐다보고 힝, 웃고는 그리로 가는 길목을 바쁘게 쓸어간다. 석서방한테 잘 뵈려면 아무렴 쓸어줘야지. 철봉은 그 길목을 다 쓸고 나서 똥례네 안마당으로 올라선다. 한번도 쓸지 않은 똥례네 안마당은 눈이 두껍게 쌓여 있다. 철봉은 부엌 안을 쳐다보고 헤 웃으며 눈을 쓸기 시작한다. 저녁을 짓고 있는지 똥례가 아궁이 앞에서 불을 때고 있다. 지금 아궁이에 때고 있는 나무는 조금 전 자신이 지고 온 장작이다. 그 장작불에 벌겋게 단 똥례의 얼굴은 탐스럽게 익어 있다. 저놈의 고추잠자리, 잠자릴 먹고사는 동물이 무엇이더라? 제비지. 철봉은 침을 꿀꺽 삼키고 눈을 신나게 쓸어간다.

"철봉이 일 잘헌다, 잉…… 저기다 쓸어 붙여, 저기 감나무 밑에다가……."

어느 사이 그곳에 들어가 있었던지 석서방이 변소에서 나오며 철봉을 추켜준다. 철봉은 석서방을 쳐다보고 다시 웃고는 빗자루를 신나게 휘두른다.

"아부지, 굴이 굉장히 내유."

똥례는 아궁이에서 갑자기 밀려나오는 화기에 한 발짝 물러나 앉으며 마당에 대고 소리친다. 석서방은 제법 살림꾼처럼 부리나케 부엌으로 들어온다. 일단 아궁이를 들여다보고 부엌 뒷문을 통해 뒤꼍으로 들어간다. 굴뚝을 가마니로 덮어버리자 불길을 잘 빨아들인다.

"잘 빨어들이냐?"

뒤꼍에서 석서방이 고함친다.

"잘 빨어들여유."

똥례는 장작을 다시 지피고 개숫물통에서 행주를 빤다. 이때 석서방이 안마당으로 다시 나왔고, 철봉은 눈을 쓸다 말고 손을 불며 부엌으로 들어온다. 똥례는 석서방을 흘낏 돌아본 다음 개아가리 벌어지듯 쩍쩍 벌어진 손등을 비비며 불을 쬐고 있는 철봉의 정강이를 발로 툭 친다.

"불 쬐구 빨랑 가, 잉…… 울 엄니한티 혼난단 말여……"

애어멈이 어린애를 달래듯 하는 아주 상냥한 똥례의 말에 철봉은 '그려…….' 한다. 그러나, 철봉은 좀체로 나가려 하지 않는다.

똥례는 눈 쓰는 소리를 들으며 솥 둘레를 말끔히 훔친다. 석서방이 철봉이 쓸다 만 눈을 쓸고 있다. 석서방은 눈을 쓸면서 철봉과 똥례를 쳐다본다. 똥례가 솥을 훔칠 때마다 궁둥이가 흔들린다. 석서방은 딸년의 궁둥이가 커진 것에 새삼 놀라며 시선을 그쪽에서 떼려 한다. 그러나 철봉이 좀 보아라. 육중하게 흔들리는 그 소리를 들으려는지 똥례의 궁둥이에 귀를 대보다가 이번엔 코를 대본다. 한참 동안 코를 대고 냄새를 맡다가 똥례의 치마 뒷자락에 손을 가져간다. 그것을 조금씩 조금씩 아주 조심스럽게 벌려본다. 그래도 똥례는 여전히 할 일만 하고 있다. 저 둔한 년 좀 보게. 철봉은 얼굴을 땅에 박고 똥례의 차마 속을 올려다본다. 똥례는 그때서야 치맛자락을 내리며 소리 지른다.

"이 썽눔의 새끼가……."

석서방은 싸리비를 던지고 부엌 안으로 들어간다. 얼마 전 철봉이 지고 온 장작개비를 집어 들고 엄포를 놓는다.

"임마, 왜 여기 들어와서 야단여, 잉……."

석서방이 장작을 높이 들고 때릴 기세로 달려들자 철봉은 양손을 벌리며 겁에 질려 있다.

"임마, 일을 해줄라면 끝까지 해줘야지……."

안마당을 눈으로 가리키며 다시 소리쳤으나 좀 누어진 기색을 알아차렸는지 철봉은 석서방과 똥례를 번갈아 쳐다보며 무엇을 애원하는 표정이다. 그때 방 안에서 석서방댁의 고함소리가 들려온다.

"저 바보놈의 새끼는 왜 매일 와서 지랄여, 지랄이……."

철봉이 똥례네 집 식구 중에서 제일 무서워하는 것은 역시 석서방댁이다. 철봉은 비실비실 부엌에서 물러 나와 안마당에서 저희 집 싸리비를 주워들고 여우처럼 뒤를 핼끔핼끔 돌아보며 도망친다. 똥례는 행주를 손에 든 채 깔깔거린다.

"저것도 수컷이라구……."

석서방이 껄껄거리며 방으로 들어가자 똥례는 부엌 바닥에 소반을 놓고 숟갈과 젓갈을 놓는다. 그 외는 아무것도 없다. 아니 간장과 무짠지는 있다. 그것을 찾아 놓고 똥례는 작은 냄비를 들고 부엌을 나온다. 넓은 대나무안집 바깥마당을 지나 밭둑을 더 내려간다. 호랑할매네 바로 앞에 있는 봉순네로 들어간다.

"해는 떨어지는디 저녁 헐 생각은 않나베……."

사립문을 열어도 아무 기척이 없자 똥례는 토방을 올라서며 중얼거린다. 아무 소리도 없던 안방에서 봉순네와 봉순의 목소리가 한꺼번에 들려왔다.

"나 뭣 좀 얻으러 왔유."

똥례는 봉순네에게 말한다.

"뭔디?"

"짐치유"

"짐치이. 그러잖어두 갖다 먹으라고 헐 참인디……"

봉순네가 방문을 열고 나온다. 바느질을 하던 중인지 머리에 실이 달린 바늘이 꽂혀 있고 치마폭에 천 조각들이 붙어 있다.

"우리 짐친 맛이 없어, 시어꼬부라져서……"

"아무러면 워떻대유. 우리 식군 허발허구 먹을 텐디……"

봉순네는 냄비를 받아들고 부엌으로 들어간다. 똥례는 부엌에 눈을 준 다음 방 안에 대고 소리친다.

"봉순아, 뭘 허니? 꼼짝두 않게……"

"들어오라니께……"

"밥 탄단 말여. 뜸 들이구 왔는디……"

똥례는 신발을 아무렇게나 벗어버리고 쿵쿵 마루를 딛고 안방으로 들어간다. 봉순은 아직 어둡지도 않은데 등잔불을 밝히고 수를 놓고 있다가 화롯불을 헤쳐주며 앉으라고 한다. 똥례는 봉순네가 펼쳐놓은 바느질감을 밀어붙이고 봉순이 곁으로 다가가서 수틀에 눈을 주며 감탄한다.

"참 이쁘다. 잉……."

빨갛고 고운 천이다. 날개를 활짝 편 공작새가 가운데 있다. 광주리처럼 둥글게 퍼진 꼬리는 오색의 무늬가 곱게 들어 있고, 그 결도 얼음장처럼 매끄럽다. 부잣집 맏며느리처럼 복스럽게 생긴 데다 몸매도 날렵한 공작은 행복한 자태를 하고 곁에 예닐곱 마리의 새끼 공작을 거느리고 있다. 새끼 공작의 털은 꼭 병아리처럼 보드라운 노란색이고, 천의 네 귀퉁이엔 '부귀다남(富貴多男)'이 하얀 실로 새겨져 있다.

"아이구 정말 이쁘다, 잉……."

똥례는 뜯어보면 뜯어볼수록 공작이 더 예뻐 보인다. 똥례의 감탄이 다시 떨어지자 봉순은 깻묵을 먹다 재채기를 했는지 주근깨가 잔뜩 흩어진 얼굴을 활짝 펴며 웃는다. 웃으며 바늘 쥔 손을 열심히 놀린다. 똥례는 놀리는 손을 멈추게 하고 그 위를 잠깐 쓰다듬어본다.

거친 똥례의 손이 닿자 나무 긁는 소리가 난다.

"넌 워쩌면 그렇게 솜씨가 좋으니, 얘……."

똥례는 넓적한 손으로 봉순의 잔등을 후려 때린다. 봉순은 아프다고 엄살을 피우며 깔깔거린다. 똥례에게 칭찬을 듣는 것이 싫지 않은 모양이다. 이때 봉순네가 물 묻은 손을 치마에 닦으며 들어온다.

"짐치가 셨어. 먹을 만허면 더 갖다 먹구……."

봉순네는 딸이 헤쳐놓은 화롯불을 다독이고 인두를 꽂아둔다. 똥례는 자리를 조금 비켜주고 수본 책갈피 속에 든 색실을 들추어본다.

"요샌 낭구두 안 댕기는데 수나 놀까……."

"그러렴."

"그럼 이따 밥 먹고 올게, 잉……."

"그려, 저녁 먹고 와……."

"아이구 밥 다 탔겠다."

똥례는 부리나케 일어선다. 방문을 열고 나오자 마루 끝에 놓인 냄비 속엔 빨갛고 노란 배추김치와 무를 나무토막처럼 썰어 넣은 속박지가 수북이 담겨 있다. 똥례는 김치를 한 잎 찢어 입에 넣는다. 개

살구처럼 시지만 맛은 그만이다. 똥례는 김치를 씹으며 말한다.

"웬걸 이렇게 많이 주셨대유."

"먹을 만하면 더 갖다 먹구……."

"그류, 갖다 먹을게유."

이제 저녁 짓는 연기가 동네 위에 자욱이 앉아 있고 김치를 씹으며 똥례가 대밭 앞을 지나려 할 때였다.

"그거 누구네 짐치여?"

대나무안집 바깥마당 옆에 있는 동네 우물에서 저녁쌀을 씻고 있던 조막손이 며느리가 소리친다. 우물가에는 대여섯 명의 아낙네들이 물을 긷기도 하고 쌀을 씻기도 하고 무엇을 헹구기도 하며 재재거리고 있다. 똥례는 김치 냄비를 내보이며 '봉순네 짐치유' 한다.

"워디……."

조막손이 며느리는 쌀 묻는 손을 바가지 둘레에 득 훑어내고 김치 한 잎을 뜯어 찢는다. 아낙네들의 빨간 손은 그것을 한쪽씩 받아들고 입속에 넣는다. 조막손이 며느리도 마지막 한쪽을 입속으로 가져간다. 그러나 아낙네들은 진저릴 치며 혀를 내두른다.

"아이구 시구렁달궁…… 우리 짐치랑 똑같구먼그려. 우리 것두 좀 갖다 먹지. 시어빠진 거 다 뭐 헌디야……"

"이건 우리 집 짐치버덤 더 시구랴…… 우리 거는 이거버덤 좀 나니께 우리 걸 갖다 먹지……"

"아따. 이건 신 게 아니라 모과처럼 틀구만 그랴. 우리 건 소금을 많이 쳤더니 이렇기 시진 않은디 그 대신 짜서 맛이 없데. 맛은 없지만 우리 것두 갖다 먹어…… "

동네 아낙네들은 똥례에게 김치를 갖다 먹으라고 모두 야단이다. 그렇게 가을까지 공들여 키운 배추가 김장을 담그고 나자 이렇게 쓰레기처럼 지천이 된 것이다. 그 이상한 날씨 때문에 사람들은 김장을 못 먹게 됐다고 벌써부터 야단이었다. '올겨울 건건이는 뭐루 헌댜, 짐치가 못 먹게 됐으니.' '우리 집 식구덜두 짐치를 통 먹지 않는다니께.' '그러면 말여, 참기름 한 방울 똑 떨어뜨리고 달달 볶어봐,' '그래도 괜찮지만 우린 물에 담갔다가 꼭 짜서 장찌개를 해먹는다니께.' '올해 짐장이 제대루 된 집이 워딨유. 그냥저냥 먹는 거지.'

똥례는 공연히 불안해진다. 가슴이 울렁울렁하고 관자놀이가 뛰면서 슬그머니 화가 나는 것이다.

"우리가 다 갖다 먹을 테니 걱정들 하지 마슈. 우리 식군 신 짐칠 잘 먹는디…… 몽땅 갖다 먹어야지……."

똥례는 앙칼지게 소리치고 입을 다물었으나 그저 서글퍼져 웃음이 픽 나온다. 픽 나온 웃음을 받아 조막손이 며느리가 깔깔거린다.

"그려, 독째 반짝 들어다 먹어두 말 안헐 테니께……."

조막손이 며느리 말에 아낙네들은 웃음을 터뜨린다. 똥례는 아낙네들의 웃음을 들으며 돌아선다. 똥례의 가슴에선 콩콩 방아를 찧기 시작했고 아련한 슬픔마저 다가오는 것이다.

수심에 가득 찬 똥례가 김치 냄비를 끌어안고 마당으로 들어서자 부엌에서 밥 탄내가 퍼져 나왔고 속곳바람으로 방에서 뛰쳐나온 석서방댁은 솥뚜껑을 열어보고 고무래로 아궁이를 들쑤시고 야단이다.

"이년아, 밥은 다 태워놓구 어딜 갔다 오는 거여, 잉……."

석서방댁은 고무래를 집어던지고 부엌으로 들어오는 똥례의 머리통을 쥐어박는다. 똥례는 찔끔거리며 퉁명스럽게 소리친다. 알밤을 맞은 것이 아파서가 아니라 공연히 슬퍼지는 것이다.

"봉순네루 짐치 얻으러 갔었유."

"짐칠 얻으러 간 년이 짐치독에 빠졌다가 나왔다디, 잉……."

석서방댁이 욕설을 퍼붓고 방으로 들어가자 똥례는 밥을 푼다. 밥을 푸며 시선을 연신 도수장 쪽으로 준다. 부엌문을 통하여 정통으로 들어오는 그곳은 눈이 온 탓인지 여느 때보다 멀리 보인다. 그 앞으로 흐르는 냇물은 꽁꽁 얼어붙었고 논밭은 모두 하얗다. 그 뒤에 있는 과수원의 아카시아 울타리와 사과나무에 하얀 눈꽃이 피어 있고, 용팔이의 집은 눈발이 날리는 눈 속에 파묻혀 있다. 그러나 이제 막 다가오는 어둠을 쫓으려고 방문에서 희미한 불빛이 새 나오고 있다. 똥례는 눈물을 씻으며 그쪽을 멍청히 쳐다본다.

똥례는 밥상을 방으로 들여간다. 닭장에 모이를 던질 때처럼 아이들이 몰려든다. 밥사발을 하나씩 차지하고 퍼넣기 시작한다. 아랫목에 누워 있던 석서방도 일어났고 여전히 담배를 빨고 있던 석서방댁도 아이들을 뚫고 밥상 앞으로 다가온다.

"이놈의 새끼들아. 조금 비켜……."

석서방댁이 소리치며 수저를 들자 아이들은 어머니를 힐끗힐끗 쳐다보며 자리를 비켜준다. 그러는 모습의 석서방댁은 옆에 있는 병아리를 콕콕 찍어가며 모이를 쪼고 있는 묵은 암탉 같다. 그러나 볏이 유난히 붉은 수탉은 이쪽을 숫제 돌아보지도 않는다. 석서방은 아까 읍내에서 틉틉한 막걸리와 함께 먹는 돼지고기가 그대로 뱃속에 들어 있어 든든한 것이다.

"아 당신은 밥 안 먹어……."

석서방댁은 수저를 든 채 제 서방을 한참 동안 노려본다. 석서방은 싱겁게 하얀 자기 밥사발을 쳐다보며 중얼거린다.

"지어매나 많이 먹어……."

"지집 새끼 생각해서 안 먹는 건감?"

석서방댁의 속곳바람으로 잔뜩 쪼그리고 앉아 이기죽거린다.

"먹기가 싫어……."

"왜 먹기 싫어?"

"어 지집년, 드럽게 볶어채네."

"볶어채는 게 아니라 왜 안 먹느냐 말여."

"난 안 먹구두 사는 사람이지, 에헴……."

말은 깔겼으나 어이가 없는지 일부러 큰기침을 낸다. 그러나 큰기침 속엔 모든 것을 얼버무리는 웃음이 들어 있다. 석서방의 입가엔 웃음이 감돌고—부라딱따 불무야 니 할아배 어디 갔니—몸을 좌우로 흔들며 한곳에 시선을 주고 있다.

"그려, 힝……."

석서방댁은 비웃고 나서 열심히 퍼넣으며 다시 이기죽거린다.

"그러니께 당신은 뒷간에서 볼기짝두 까지 않는단 말이지……."

"돼지 비탈 돌아가는 소리는 하지두 말구……."

석서방은 딸기코에서 흘러내린 콧물을 양말에 쓱 문댄다. 등잔을 바짝 상 앞에 옮겨주고 아이들을 돌아본다. 굶주렸던 배를 사납게 채우고 있는 자식들이 가엾은지 한 놈 한 놈을 마디마디 쳐다본다.

"명수두 많이 먹구, 명정이두 많이 먹구……."

석서방은 말하고 천장을 쳐다본다. 얼굴을 천장으로 향한 채 손을 호주머니에 넣어서 담배를 꺼낸다. 등잔에 불을 붙이고 버린 성냥개비를 주워 담배에 불을 댕기고 후후 연기를 뿜어낸다.

"그저 돈만 잡아봐라. 쇠괴기에다 돼지괴기에다 실컷 멕여줄 테니……."

석서방은 밥상 위의 반찬을 보고 무엇을 생각했는지 혼자 중얼거린다. 이것을 낼름 받아챈 석서방댁은 서방을 새초롬하게 쳐다보고 종애 곯린다.

"고 씨 안 먹는 소린 허지두 말어. 오뉴월에 황소 불알 떨어질라."

석서방은 계집을 사납게 쳐다보고 한숨을 쉰다.

"네년이 옆이서 그렇기 고살 지내니께 내 신세가 이렇기 처량해여…… 잘 씨부린다."

이럴 때 석서방댁은 다시 튕겨줘야 할 터인데 그러질 않고 온순해진다. 생각하면 그런 거다. 읍내 박오분이를 봐라. 서방은 역시 노름쟁이다. 굶을 때는 하루고 이틀이고 쫄쫄 굶지만 잘 먹을 때는 갈비짝을 들여오고 쌀가마니를 뒷방에 쌓아 들인다. 유성기가 닐리리 노래를 불러주고 박오분이는 함께 다니는 여편네들과 수덕사(修德寺)나 덕산온천이나 온양온천으로 다꾸시를 잡아타고 놀러 간다. 아무리 굶을 때는 굶더라도 세상은 그런 맛이 있어야 살 재미가 있지. 그러나 정성이 부족하여 호박떡이 설었는지 서방이 노름한 지 이십 년이 되도록 그런 꼴을 한번도 못 보았다. 그러나 아무 때고, 아무 때고…… 석서방댁은 그때가 기다려지지만 이제는 지쳐서 나자빠질 지경이다. 그러나 아무 때고, 아무 때고……

“그럼 왜, 한 끼 먹으면 한 끼 걱정하고 한 끼 먹으면 한 끼 걱정하는 집에서 그런 소릴 허느냐 말여. 남 심정 상하게…….”

정말 심정 상하는 얘기다. 석서방댁은 고기 얘기만 들어도, 남의 집에서 고기를 지지고 볶는 냄새만 맡아도 병이 난다. 이 병은 먹는 것뿐 아니라 속상할 때도 일어난다. 먹고 싶은 것 못 먹든지 속상한 일이 생기면 속에서 주먹만 한 덩어리가 가슴을 쿵쿵 쳐낸다. 속앓이다. 속앓이 병이 일어나면 석서방댁은 반신불수 된 늙은이처럼 눕게 된다. 고기를 사다 주어도 속을 풀어주어도 소용이 없다. 약이 없다. 고슴도치가 좋다고 그것도 몇 마리 잡아먹었으나 백약이 무효다. 그러나 일어날 때가 되면 일어난다. 종종 발작하는 속앓이 병은 석서방댁에게 큰 골치인 것이다.

“아따, 걱정두 팔자지. 싸전에 쌀 있구 나무전에 나무 있구, 거리에 솥단지 걸어놓으면 됐지 뭐가 그렇게 걱정여. 껄껄…….”

갑자기 누어진 마누라의 음성에 마음이 흡족해진 석서방은 입을 잽싸게 놀리고 호탕스럽게 웃는다. 석서방댁도 따라 웃다가 억지로 엄숙한 표정을 지었으나 웃음이 쿡 나온다. 할 수 없이 서방에게 눈을 흘긴다.

“어이구 주책 좀 고만 펴, 어이구…….”

바깥의 어둠이 짙어지자 방 안의 불빛은 더 밝아진다. 아이들의 밥사발은 거의 바닥이 드러났고 바닥을 긁는 소리가 요란하다. 그러나 석서방의 밥사발은 그대로 울고 있다. 명정이 주위의 눈치를 살피며 그것을 한 순갈 떠간다. 가만히 있을 수 없다. 너만 먹니, 명철이가 떠간다. 명수도 제 밥을 부리나케 없애버리고 제 형들보다 더 많이 떠간다. 조금만 놈이 제일 많이 먹네. 명정은 다시 떠간다. 명철이도 너희들만 다 먹기여, 한 순갈 더 떠간다. 옥례가 조금 남은 밥덩이를 숫제 그릇에 쏟아버리자 석서방의 밥사발은 그대로 사발이 된다. 아이들은 여전히 밥사발을 긁어대며 똥례와 석서방댁의 눈치를 살핀다. 하루 종일 굶은 배에 겨우 밥 한 사발 정도로는 시쁜 모양이다. 똥례는 밥사발에 붙어 있는 몇 가닥의 밥알을 떼어먹고 빈 김치 보시기를 들고 일어난다. 부엌으로 나와 배추김치 한 통을 다시 썰어 보시기에 담는다. 그것과 함께 아까 밥 푸고 남았던 밥통의 밥을 들고 방으로 들어간다. 아이들이 내미는 밥사발에 한 주걱씩 덤을 주고 석서방댁의 것에도 주걱을 디민다.

"엄니두 더 잡숴유."

그러나 석서방댁은 고개를 살래살래 흔들며 뒤로 물러난다. 밥을 들여왔을 때는 열 사발이라도 먹을 것 같더니 그놈의 '쇠괴기''돼지괴기'가 나오고부터 입맛이 그만 뒤집힌 것이다. 식후일연이기도 하지만 이런 때는 담배를 태워야 한다. 담배에 불을 붙여 후, 연기를 뿜어내며 아이들을 쳐다보며 중얼거린다.

"그래도 송장은 되기 싫어서 저 야단들이니……."

아이들은 아가리가 찢어지도록 퍼넣고 있다. 그중에도 똥례는 신김치를 밥숟갈에 척척 얹어 입을 딱딱 벌리고 쑤시어 넣는다. 한참 먹을 때도 됐지. 젖물을 내리고 입이 꿀같이 단 애어멈보다 더 푸짐하게 먹는다.

"어 자식들, 참 잘두 먹네, 내가 안 들어왔으면 어떡헐 뻔했어."

석서방은 양식을 구해온 자신이 대견한 모양이다. 너털웃음을 터뜨리며 중얼거리자 석서방댁이 그의 말을 암상스럽게 받는다.

"어떡헐 뻰은 뭘 어떡헐 뻰여. 안 들어오면 그만이지……."

"안 들어왔으면 지집 새끼 몽땅 굶겨 죽였지. 뭘……."

"굶어 죽으면 겁날 줄 아남. 송장 치기가 더 어려울 텐디……."

"송장 치기가 뭘 어려워. 지집 새끼 굶겨 죽이고 우는 놈 꼴이 더 처량허지……."

속이 완전히 풀린 모양인가. 석서방댁은 서방의 말에 깔깔거린다.

3

똥례는 설거지를 마치고 봉순네로 간다. 봉순이와 봉순네는 아까와 똑같이 앉아 있다.

"지침 먹을 수 있담?"

봉순네는 저고리 동정을 달며 봉순이 곁으로 다가가는 똥례에게 묻는다.

"그럼유, 월매나 잘 먹었다구."

똥례는 눈을 크게 뜨고 차라리 허풍스럽게 말한다.

"그럼 또 갖다 먹어……."

"가만 있유. 동네서 짐치를 갖다 먹으라구 생야단이 났는디 차례차례 갖다 먹어야 허겄유."

"그럴 기여. 올해 짐장 안 신 집이 어딨간디."

"그럴 줄 알구 우리는 짐장을 조금밖에 안 했단 말유."

똥례의 힘없이 지껄인 말에 봉순이 모녀는 깔깔거린다. 똥례도 따라 웃다가 봉순이 수틀에 눈을 주며 말한다.

"나두 수놓는 걸 배워야 할 텐디 뭐가 있어야지……."

정말 뭐가 있어야지. 수틀이 있나, 색실이 있나, 바늘이 있나. 똥례의 난처한 말이 떨어지자 봉순은 치마폭에 있던 것들을 얌전히 내려놓고 일어난다. 장지문을 열고 윗방으로 들어가서 헌 수틀을 꺼내온다. 크기와 모양은 봉순이 쓰고 있는 것과 똑같은 것이지만 속 바퀴가 부러진 것이다. 봉순은 이것과 함께 빨간 비단조각을 똥례에게 준다.

똥례는 비단 조각을 수틀에 끼웠으나 북처럼 팽팽해야 할 배때기가 식은 죽 꺼풀처럼 힘이 없다.

"그냥 끼면 되니, 그걸 뭘루 잡아매야지."

봉순은 일하던 손을 멈추고 똥례에게서 수틀을 잡아챈다. 부러진 곳을 헝겊 끈으로 휜떡을 썰 때처럼 비스듬히 칭칭 동이고 천을 끼우자 그것은 팽팽해진다.

"그런디 워떤 걸 놔야 옳어……."

똥례가 근심스럽게 중얼거리자 봉순은 수본책을 똥례 앞에 디민다.

"이걸 보구 니 맘에 드는 걸루."

똥례는 손에 침을 묻혀가며 수본책을 넘겨간다. 길게 딴 머리가 궁둥이까지 내려온 물동이 이고 가는 처녀의 뒷모습이다. 나무를 지고 가는 남자라면 몰라도 여자는 싫다. 한 장을 더 넘긴다. 꽃과 나비가 그려 있다. 몇 장을 더 넘겼으나 모두 나비가 꽃을 희롱하는 그림이다. 몇 장을 더 넘긴다. 지금 봉순이가 놓고 있는 공작새의 그림이다. 똥례는 봉순의 수틀과 수본을 번갈아 쳐다보며 뇌까린다.

"얘, 술 놓으면 여기 있는 그럼버덤 훨씬 이뻐진다, 잉……."

"화장을 시켰으니께……."

봉순의 말에 똥례는 더 조바심이 난다. 얼른 하나를 골라잡아 고운 색실을 찍어보고 싶다. 한 장을 더 넘긴다. 봉황새 두 마리가 양쪽으로 똑같은 모양을 하고 서서 입을 서로 마주 대고 있다. 똥례는 정답다고 생각하며 다시 한 장을 넘겨보고 가슴이 두근거려진다. 그것은 나뭇가지에 앉아 있는 두 마리의 새다. 이 새를 보자 지난 동짓날 수철리 산속에서 보았던 이상한 한 쌍의 새가 머리에 떠올랐던 것이다. 똥례는 얼굴이 벌게져 봉순네와 봉순을 쳐다본다. 그러나 모녀는 자기들 할 일만 하고 있다. 똥례는 약간 안심이 되어 안도의 숨을 쉰다. 그러나 못 볼 것을 본 것처럼 수본책을 그만 덮어버린다. 덮어버리자 봉순이 고개를 쳐든다.

"맘에 드는 게 없니?"

"아녀……."

똥례는 황급히 수본책을 다시 편다. 단번에 펼치자 빨갛고 탐스런 장미꽃 서너 송이에 두 마리의 노랑나비가 날고 있다. 비록 하얀 백지에 먹물로 그린 것이지만 천 위에 색실을 입힌다면 봉순이 것보다 예쁠 것 같다. 봉순이 가르쳐주는 대로 먹지를 대고 천 위에 수본을 떠서 그것을 다시 수틀에 끼운다.

"넌 색실두 참 많이 장만했다, 잉……."

똥례는 색실을 쓰기가 미안한지 어물쩍 한마디 하고 색실갑에서 빨간 색실을 꺼내려 한다. 그러나 봉순은 기겁을 하고 그것을 도로

빼어 색실갑에 넣는다.

"애가 미쳤나베. 얼마나 애끼는 거라구……"

봉순은 고개를 절레절레 흔들며 치마폭에 있던 헌 색실 뭉치를 꺼내준다. 그것은 빗살에 끼어 나온 머리카락을 돌돌 뭉쳐 놓은 것처럼 하얗게 핀 색실 뭉치다. 똥례는 그것을 받지 않고 색실갑을 뺏으려 한다. 그러나 봉순은 색실갑을 재빨리 치마 속에 감추어 버린다.

"인심도 사납다, 애……."

똥례가 헌 색실뭉치에서 실 한 가닥을 뽑아내며 토라진 음성으로 중얼거리자 봉순은 깔깔대며 변명을 한다.

"눌은밥 찌끼가 있으면 먼저 먹어야지 그걸 안 먹어봐라, 얘…… 구정물통에 들어가게 되잖니."

"그럴 기여, 넌 시집살이두 잘허겠다. 구정물통에 고개를 처박아놓고 그걸 멕이는 시어매두 있다는디."

똥례의 말에 잠자코 있던 봉순네가 깔깔거린다. 자기 딸이 그만큼 알뜰한 것이 자랑스럽단 말인가. 봉순이와 똥례도 따라 웃는다. 봉순이는 웃음을 그치고 정색을 하며 말한다.

"봄만 돼봐라. 색실두 많이 사다 놔야지……."

봄이 되면 봉순은 산에서 나물을 캐다 그것을 집에서 삶아 읍내에 내다 판다. 그 돈으로 색실도 살 수 있고 버선 한 켤레라도 더 장만할 수 있다. 봄에 나물 장사하는 것은 봉순의 직업이다. 봉순네는 남편을 일찍 여윈 소년 과부로 단 남매를 두었으나 살림이 어려워 아들을 남의 집 머슴으로 보내고, 딸과 함께 살고 있다.

—나두 낭구를 팔아서 돈이나 썼으면……

봉순이 부러워진 똥례는 저도 그렇게 하고 싶다. 그러나 석서방네는 그럴 형편이 못 된다. 똥례가 해오는 나무를 팔기는커녕 땔감으로도 모자란다. 옥례나 명정이가 산림감이나 산임자 몰래 뒷산으로 어디로 돌아다니며 생솔가지를 쳐오기도 하고 가끔 석서방이 읍내에서 나무를 사 오기도 하지만 더군다나 겨울철엔 양식 걱정 다음으로 나무 걱정이다. 추워서, 눈이 와 똥례가 나무를 못 갈 때면 더 큰 걱정이다.

한동안 방 안은 침묵이 흐른다. 인두가 화롯가에 닿는 소리, 바느질감이 사각사각 버스럭대는 소리. 뽕, 바늘을 찌른 다음 슥, 색실을 뽑는 소리. 똥례는 갈퀴 같은 손에 바늘을 어설프게 쥐고 서툰 백정 갈비뼈 발라내듯, 처삼촌 벌초하듯 색실을 떠 간다. 아무리 생각해도 제 솜씨가 마음에 들지 않자 똥례는 고개를 갸우뚱대기도 하고 실을 끊어내기도 하고 한숨을 쉬며 수틀을 멀리 떼놓고 쳐다보기도 하다가 그것을 치마폭에 놓는다. 그리고 봉순네를 쳐다보며 다시 한숨을 쉰다.

"시집가서 바느질 못한다구 소박맞으면 어떡헌대유?"

"그리기 배워야 허지……."

봉순네 말은 간단하다. 사실 이것은 아무 걱정도 안 된다. 걱정이라면 호강스런 걱정이지. '워떤 년은 뱃속에서부터 배워갖고 나왔간디.' 배우면 되는 것이다. 설령 바느질을 못한다고 시집에서 내쫓으려 해도 '죽어두 이 집 귀신여, 죽어두……' 이런 배짱쯤 넉넉히 가지고 있다. 아무래도 똥례에게 큰 걱정은 그렇게 기다려도 뉘 집에서 혼인 말이 안 들어오는 것이다.

"봉순인 워디서 혼인말이 들어왔었남유?"

당자를 옆에 앉히고 똥례가 묻자 봉순은 샐쭉 웃고 얼굴이 발개진다. 똥례는 눈을 휘둥그레 뜨고 봉순네의 움직이는 입을 쳐다본다.

"들어왔었지."

"워디서유?"

"저 건너……."

"저 건너 워디서유?"

"저 건너 갈신 차서방네서……."

"그으류우……."

똥례는 여지껏 몰랐던 사실에 놀라며 바늘을 찍어간다. 갈신 사는 차서방 맏아들 길남이 봉순이 서방이 된다? 사실 길남이 없는 집 자식치고 잘도 났다. 후리후리한 키에 떡 벌어진 어깨 하며 마차를 끌고 가는 길남을 보면 똥례는 공연히 얼굴이 붉어졌다. 늠름한 길남이 내 신랑감이 된다면 얼마나 좋을까, 혼자 애태운 적도 있다. 그런 길남이 봉순이 신랑이 된다니 봉순인 참 복두 많어…….

"그래 혼인은 허기루 했남유?"

똥례의 심각해지는 표정이 우스웠던지 봉순은 깔깔대고 웃는다. 모두가 봉순에게 물어야 할 말을 똥례는 봉순네에게 묻는 것이다.

"그리기 생각중여……."

봉순네는 갑자기 근심스러운 표정을 짓는다. 딸을 그 집에 줄 것인가 그만둘 것인가 걱정이 많다. 신랑만을 본다면 뭐 나무랄 것도 없겠으나 차서방네는 너무 가난한 데다 집안이 엉망이다. 처복이 지지리도 없는 차서방은 벌써 마누라를 셋이나 여의고 네 번째 얻었다. 그 집이 가난한 것도 마누라들 때문이다. 마누라들이 죽을 때마다 가산은 점점 기울어졌고 그 사이 난 제각기 배다른 자식들만 우글거리게 되었다. 게다가 지금 얻은 마누라는 전처들의 자식들을 몹시 학대하고 제 속으로 난 자식만 제일로 알고 있다. 만약 봉순이 그 집으로 들어간다면 그 많은 시동생. 시누이들의 치다꺼리며 사나운 시어매의 시집살이에 녹아날 것이 봉순네는 걱정인 것이다.

"생각은 무슨 생각이래유. 그 집 아들이 월매나 잘났다구……."

똥례가 길남을 칭찬하자 봉순은 얼굴이 발개진다. 기골이 장대하고 헌칠한 길남이 마음에 꼭 있는 모양이다.

"잘났기야 했지. 그렇지만 너무 가난하구. 또……."

봉순네가 맹맹이 콧구멍처럼 말을 얼버무리자 술 석 잔이 생각나는 매파처럼 똥례는 넉살을 피운다.

"어이구 그 집이 전에두 그렇기 살았남유. 돈이야 있다가두 없구 없다가두 있는 거래유."

"허기야 그렇지…… 허지만……."

"마차 끌고 갈 때 몸땡이 좀 보라구유. 그 시커먼 황소버덤 더 억세게 생겼던디……."

"………"

"읍내서두 그렇기 잘생긴 총각은 없는 거 같데……."

똥례는 공연히 저 혼자 지껄인다. 저절로 굴러든 호박을 차버리는 꼴이지 그렇게 훌륭한 차서방 맏아들을 찡찡하게 생각하니 정말 안타깝다. 싫으면 나나 주지. 똥례는 차서방네로 시집가는 자신을 그려보며 얼굴을 슬쩍 붉힌다. 그러나 그 집에서 나를 며느리 삼아줄까.

그것이 의심스럽다. 봉순네 집에서 싫다면 어디로 혼인말을 청할 것인가. 그것도 궁금하다. 우리 집으로 들어왔으면…… 똥례는 후 한숨을 쉰다.

"분실이헌틴 말유, 이 집 저 집에서 혼인말이 들어왔었대유."

똥례는 분실이 말을 안 꺼낼 수 없다.

"그 집은 잘살기두 허지만 집안이 좋아서 그려. 그리구 분실이 얼굴이 좀 이쁘냐. 솜씨두 좋구 애야 쓸만하지……."

"그렇긴 헌디 말유, 워쩌면 그렇기 쏟아져 들어왔대야. 그중에서 제일 존 디루 골렀대유."

"그러엄. 신랑이 읍내 농오배꼬 나온 사람인디 정말 나두 탐나더라. 워쩌면 그렇게 잘생겼는지……."

분실의 신랑감이 맞선보러 분실네 집에 왔을 때 동네 아낙네들은 저마다 입을 벌렸다. 귀가 부처님처럼 생겼다는 둥, 목이 꽃사슴처럼 이쁘다는 둥, 코가 어떻고, 눈이 어떻고, 춘향이 서방 이도령이 저만큼은 생겼을 거라는 둥, 최참봉 며느리는 저런 사위를 보게 됐으니 얼마나 좋겠냐는 둥, 그것보다 저런 서방을 데리고 살면 분실이는 환갑을 넘어도 새댁처럼 곱게 있을 거라는 둥, 아따 말도 많았다. 그중에서 딸을 가진 아낙네들은 나도 저런 사위를 보았으면 하고 목을 길게 빼고 분실이 신랑감을 쳐다보았던 것이다.

"워쩌면 저렇기 잘생겼디야……."

"엄니, 그 집이 그렇기 부자래면?"

잠자코 있던 봉순은 고개를 번쩍 쳐들고 봉순네에게 묻는다. 동네 사람들의 말대로 그 집이 그렇게 부잔지 아닌지가 몹시 궁금한 표정이다.

“아따, 말해서 뭐 헌다냐. 읍내서 제일 큰 과수원을 가졌는디…….”

이 고장은 과수원이 많다. 읍내를 병풍처럼 둘러싼 야트막한 산들은 모두 과수원이고 그 뒤로도 과수원은 얼마든지 있다. 여기 호롱골만 하더라도 뒷산의 일부와 앞산이 과수원인데 이 고장처럼 과수원이 많은 곳도 드물 것이다. 그중에서 제일 큰 과수원은 바로 장터 옆 관향산(觀香山) 일대를 차지하고 있는 백씨네 과수원이다. 그 집 사과 맛은 꿀같이 달아서 유명하고 그 집 주인 백씨는 읍내서도 손꼽히는 유지다. 백씨의 여러 아들들은 모두 서울에서 공부하고 그곳에서 살고 있으나 제일 막내인 분실이 신랑감은 과수원을 이어받을 목적으로 농업학교만 마치고 최참봉 손녀와 혼인하게 된 것이다.

봉순은 어머니 말이 떨어지자 어두운 표정을 짓는다. 봉순네 표정도 마찬가지. 모녀는 똑같이 갈신 차서방네의 가난을 생각했을 것이다. 차서방네는 밭은 얼마 있으나 논은 하나도 없다. 남의 땅을 얻어 농사를 지어주고 반타작한다. 길남이 끄는 마차도 역시 남의 것이다.

똥례는 장님이 지팡이로 길을 더듬듯 바늘을 찔러간다. 제 곳에 닿아야 할 바늘이 자꾸만 헛짚다가 간신히 금을 그은 곳에 닿곤 한다. 그렇게 놓은 것이 어느덧 꽃 한 송이를 다 놓고 있다. 똥례는 그것을 봉순에게 보인다.

“이쁘다, 얘…….”

봉순이가 심드렁하게 칭찬하자 봉순네도 똑같은 투로 말한다.

“잘 놨구먼 그려.”

이제 나비를 놓고 싶다. 노랑실이 필요하다. 똥례는 봉순의 치마폭을 헤치며 노랑실을 찾는다. 그러나 하얗게 핀 헌 노랑실이 없다. 봉순은 마지못해 새 노랑실을 꺼내준다.

"고맙다, 잉……."

예의도 바르게 똥례는 봉순에게 사례하고 손가락에 침을 묻혀 실 끝을 뾰족하게 만든다. 바늘과 함께 그것을 등잔 앞으로 가져가며 장난스런 말투로 중얼거린다.

"그러구 보니께 우리 동네서 혼인 말이 없는 건 나밖에 없나베."

봉순은 킥 나오는 웃음을 억지로 참는다. 잠시 어두웠던 표정이 다시 밝아졌다. 대신 똥례의 얼굴엔 침통한 그늘이 어려 있다. 말은 장난스러웠으나 마음은 그렇지도 않은 것이다. 금방 눈물이 나올 듯 그렁그렁한 눈으로 조그만 바늘구멍에 새 노랑실을 꿰고 있다. 똥례의 이런 모습을 봉순네가 힐끗 쳐다보고 똥례를 걱정해 주는 뜻에선지 후 한숨을 쉰다.

"헌 짚신두 짝이 있다는디, 설마 가루 갖고 떡 못할라구……."

똥례는 조금 나아진 표정으로 노랑 실로 나비를 만들며 봉순네 말에 동의한다.

"허긴 그류."

똥례가 나비를 다 만들 때까지 아무도 입을 열지 않는다. 똥례도 잔소리를 그치고 수놓는 데 열중한 것이다. 똥례의 손놀림은 처음보다 수단이 났고 만든 나비도 예쁘게 되었다. 이른 봄날 처음 나온 나비처럼 날개엔 윤이 나고 빛깔도 산뜻하다. 새 색실로 만들었으니 그럴 수밖에 없다. 그러나 먼저 만든 꽃을 보자 봉순이 다시 한번 원망스럽다. 그것은 빨간빛을 제대로 발산하지 못하고 있다. 서리 맞은 꽃처럼 시들어 있다. 헌 색실을 썼으니 그럴 수밖에 없다. 헌 꽃에 새 나비. 똥례는 뚫어져라 그것을 바라본다.

이때 사립문 여는 소리가 들린다. 봉순과 똥례는 여전히 수틀에 눈을 주었으나 봉순네는 일손을 멈추고 바깥에 귀를 기울인다. 발자국과 목소리로 보아 이 집 저 집으로 마을을 잘 다니는 호랑할매일 것이다.

"봉순어맨 매일 바느질이우……."

호랑할매가 들어오는 기척을 알고 똥례는 얼굴을 찡그린다. 똥례는 그렇게 호랑할매가 못마땅한 것이다. 두부집 며느린가 콩 집 딸년인가 뒷간에서 낚시질하건 말건 자기가 무슨 상관인지. '이년아, 머리 좀 잘 빗고 다녀……' 동네 처녀애들만 만나면 무엇이고 한 가지씩 트집을 잡아 소리치게 마련이고, 순이네를 비롯한 동네 과부들에게도 '젊은 년들이 얌전하지 못하구……' 고함을 칠 때도 있다. 이런 것은 약과다. 심할 때는 남의 집 부부싸움에까지 말려들어 서방이? 계집이? 잘못한 쪽을 자기 나름으로 생각하여 입에 담지 못할 욕설을 어느 쪽에 퍼붓기도 한다. 이 극성쟁이 노파는 머리도 좋아서 누구 생일은 언제고 누구네 집 제사는 언제고 기억했다가, 그날만 되면 그 집으로 찾아가 음식은 무엇 무엇을 차렸는가 조사하기도 하고, 음식을 그렇게 만들면 쓰느냐, 동네 시에미 노릇도 한다. 오죽하면 '호랑할매'라는 별명이 붙었을까마는 어디서 놀던 아이들도 '이놈의 지식들아, 마늘밭 결딴나……' 노파의 고함소리가 들리면 부리나케 도망치는 것인데 무엇이 못마땅한지 똥례만 보면 잡아먹지 못

해 이를 간다. '저년은 누가 데려갈런지……' '이년아, 넌 시집갈 생각은 않구 낭구만 다닐 테여……'

"할머니, 들어오슈."

봉순네가 마루에 대고 소리치자 호랑할매는 지팡이를 세워놓고 마루로 올라선다. 그러나 마루 기둥에 세웠던 지팡이가 픽 쓰러지며 토방 아래로 굴러떨어진다.

"저놈의 새끼는 서 있질 못하고 매일 자빠져……."

노파는 마루에 서서 흡사 사람에게 하듯 엄하게 지팡이를 꾸짖고 방으로 들어온다.

"할머니, 진지 잡수셨유?"

봉순네가 바느질감을 치워주며 인사하자 노파는 조바위를 벗고 봉순네가 비워준 아랫목에 의젓이 앉는다.

"봉순어맨 매일 바느질이여……."

노파는 남복을 하고 있어 의젓하게 보인다. 언제나 그렇다. 솜을 두툼히 둔 명주 바지저고리에 호색 조끼를 입고 남자처럼 풍신한 버선을 신었다. 물론 신발도 남자 고무신이고. 그러나 조바위 뒤엔 조그만 은비녀가 반짝거린다.

"남의 집 바느질인디 부지런히 해줘야지유."

봉순네는 노파의 말에 대꾸해 주며 다시 바느질을 계속한다. 봉순네는 일이 없는 겨울철이면 삯을 받고 남의 집 바느질을 해주는 것이다. 호랑할매는 바느질감에 잠깐 눈을 주고 봉순과 똥례를 번갈아 쳐다보며 소리친다.

"저 말만 한 년들은 어른이 와두 인사가 없어……."

봉순이와 똥례는 서로 마주 보고 키들거린다. 하기야 이맘때는 멋쩍으면 공연히 웃는 법이다. 그러나 노파는 '미친년 궁둥일 봤나, 왜 웃어?' 소리치고 똥례에게 말한다.

"저년이 수를 다 놓구. 시집은 되게 가고픈가베……."

똥례는 킬킬거리며 일어난다. 여기 더 있다간 좋지 않은 소리를 들을 테니까. 그러잖아도 내일 새벽밥을 먹고 떠나려면 오늘 일찍 자야 한다. 용팔은 눈이 온 오늘도 나무를 갔던 것이다.

"저년 좀 봐. 치마허리도 못 꿰매 입구……"

늙은이가 눈도 밝다. 호랑할매는 똥례의 치마허리가 터진 것을 발견해 낸 것이다. 그때서야 봉순네와 봉순은 똥례의 치마허리가 어떻게 된 것을 알았다. 똥례는 그곳을 여미며 다시 멋쩍게 웃고 하품을 크게 한다.

"아이구 날랑 가봐야지."

"왜 가. 요새같이 긴긴밤에 졸립냐?"

호랑할매가 말한다.

"졸려유."

똥례는 수틀을 봉순이 경대 뒤에 숨겨두고 방을 나온다. 물론 호랑할매에 대한 인사는 빼놓을 수 없다.

"할머니, 더 노시다 가슈."

"고 지팡이 좀 세워놔라."

똥례가 마루를 내려서자 호랑할매의 분부다. 똥례는 토방에 눕혀진 지팡이를 집어 마루 기둥에 세워주고 봉순네를 나온다.

4

—이랴, 이랴…… 쩌쩌쩌쩌……

서너 명의 백정과 콩조지가 검은 황소를 도수장 쪽으로 몰고 온다. 백정들은 대게 자디잔 핏줄이 나와 있는 불그레한 얼굴이고 눈에는 이상한 기운이 어려 있다. 그러나 콩조지는 검은빛이 도는 누런 얼굴이다. 왼쪽 광대뼈에 바둑만 한 검은 점이 있고 언제나 입은 꾹 다물고 있다. 키는 자그마하고 떡 벌어진 어깨에 새우같이 작은 눈이 반짝인다. 어딘지 고집이 센 바보 같은 인상이다. 아래위 모두 국방색 작업복을 걸치고 모자까지 국방색 모자를 썼으나 쇠기름 때가 묻어선지 번들번들한 옷은 차리리 검은 빛이다.

—와 화……

콩조지가 황소를 왼편으로 꺾어 도수장으로 들어오는 작은 길목으로 몰아댄다. 오던 신작로에서 도수장으로 꺾어 드는 바로 그곳에 형제고개에서 내려오는 도랑 같은 작은 냇물 때문에 작은 돌다리가 놓여 있다. 도수장으로 끌려오는 소나 돼지는 언제나 이 다리를 넘게 마련이다. 돼지는 꿀꿀 주둥이를 땅에 박고 뒤에서 모는 대로 따르지만 소는 천만의 말씀이다. 돌다리 앞에서 걸음을 딱 멈추고 움매애— 크게 울어대며 도수장을 쳐다보고 눈물을 흘리는 것이다. 도수장에 배 있는 자기 골육의 피 냄새를 맡아서일까. 아니면 자신의 죽음을 눈치로 때려잡은 것일까. 다른 짐승처럼 최후의 발악도 없이, 슬픔을 지그시 참으나 할 수 없어 일생에 단 한 번 나오는 그 눈물. 눈물이 있는 짐승이 오직 소뿐이라면 소는 짐승 중 가장 영물인 것이다.

이 소도 마찬가지다. 이미 몸은 도수장 쪽으로 향했으나 돌다리 앞에서 걸음을 멈춘다. 네 다리를 땅에 잔뜩 버티고 하늘을 쳐다보며 크게 울어댄다. 그 큰 눈망울엔 이슬이 흥건히 고여 있다. 콩조지가 오물딱지가 덕지덕지 붙어 있는 한쪽 궁둥이를 힘껏 차면서 백정들이 여기에 합세했으나 소는 몸의 균형을 잃은 듯 잠시 제자리걸음으로 몸을 다스리고 도수장을 쳐다본 채 그대로 서 있다.

—이랴 낄낄…… 쩌쩌쩌……

콩조지가 앞에서 소의 고삐를 잡고 백정들은 뒤에서 억지로 떠밀며 한참 승강이를 한다. 이윽고 소는 움매애— 울음을 터뜨리고 고개를 땅에 박고 눈물을 떨구며 걸음을 옮긴다. 이 돌다리만 넘으면 제 발로 도수장을 향하여 한발 한발 다가가지만 소의 모습은 사람의 눈에 확연히 띌 만큼 처량하다. 소는 도수장 정문을 지난다. 도수장 정문은 씨멘트 기둥이 양쪽으로 세워졌을 뿐 문짝은 모두 떨어져 나갔다. 이 널따란 정문을 들어서면 길 양편으로 채소밭이 있고 오른편에 함석집이 있다. 용팔의 집이다. 소는 이 도수장 주택을 지나 이 주택보다 훨씬 크고 높은 역시 지붕이 함석으로 된 도수장 앞으로 걸어간다. 뒤따라오던 콩조지가 소를 도수장 한쪽 기둥에 맬 사이 백정들은 도수장 안으로 들어간다.

도수장 주위는 쇠똥과 돼지똥이 널려 있고 땅이 핏자국으로 얼룩져 있다. 방금 끌려온 황소도 오줌을 질질 깔기며 시원하게 똥을 싼다. 빨깐 똥구멍이 이쁘게 벌어지며 검은 것이 칠드럭 땅에 떨어진 순간 그것은 넓적한 개떡처럼 변하며 김을 모락모락 내고 있다. 꼬리가 약간 위로 들쳐지며 똥은 몇 덩이 더 떨어진다. 땅에 떨어진 것은 더 크고 둥글게 되고 더 짙은 김이 피어올라 소의 배때기에 부딪친다. 여기 와서 죽게 되는 소와 돼지는 대개 도수장 주위에 똥을 남긴다.

콩조지마저 안으로 들어가자 도수장 바깥은 아무 일도 없는 것처럼 조용하다. 도르래가 달린 우물도 조용하고 '수혼탑(獸魂塔)'도 과수원 울타리 쪽에 말없이 서 있다. 안마당이 깨끗이 쓸려 있는 용팔의 집도 사람의 기척이 없다. 과수원 쪽에서 참새떼들이 푸릉푸릉 날아와 개울둑에 선 백양나무 가지에 앉아 황소를 쳐다보며 짹째글거린다. '네 고기 열 점보다 내 고기 한 점이 맛있지……' 그러나 소의 표정은 여기 들어올 때의 비참한 모습이 완전히 사라졌다. 불과 몇 분 후에 자신이 당할 일을 잊었단 말인지. 소의 모습은 주인집 외양간에 있을 때처럼 평화스럽다.

도수장 안은 사람들이 복작거린다. 김이 펑펑 나는 가마솥 옆에는 쇠똥과 돼지똥을 말린 것이 수북이 쌓여 있고 병춘은 아궁이 앞에서 불을 때 주고 있다. 말린 쇠똥과 돼지똥은 불땀이 좋다.

콩조지가 들어와도 거들떠보는 사람은 아무도 없다. 여러 명의 백정과 일꾼들은 돼지 한 마리에 서너 명씩 달려들어 털을 뽑기도 하고 내장을 발라내기도 한다. 하얀 맨살을 드러내고 쇠갈고리에 꿰여 벽에 매달린 돼지가 대여섯 마리 된다. 그것들은 대가리와 네 족을 잘린 채 몸뚱이만 매달려 있다. 그 아래 선지가 담긴 바께쓰가 그 속에서 아직도 떨어지는 핏방울을 받고 있다. 그것을 지켜보고 있는 서너 명의 아낙네들은 읍내에서 선짓국 장사를 하고 있다. 선지와 국거리를 여기서 직접 사면 값이 그만큼 싸기 때문에 이들은 돼지를 잡을 때면 달려오게 마련이다.

콩조지는 자기 할 일이 어떤 것일까 하고 잠시 사방을 둘러본다. 방금 두 명의 일꾼이 가마솥에서 돼지를 꺼내고 있다. 그는 벽에 꽂힌 여러 개의 칼 중 하나를 뽑아 들고 그쪽으로 다가간다. 이 돼지는 가마솥에 들어갈 때만 해도 꿀꿀대며 꿈틀거렸으나 끓는 물을 맞고 완전히 죽어버렸다. 일꾼들이 그것을 콘크리트 바닥에 내려놓자 살찐 몸뚱이가 육중하게 흔들린다. 콩조지는 거기에 달려들어 털을 벗기기 시작한다. 다른 백정 하나가 칼을 들고 합세한다. 검은 털은 금세 하얗게 벗겨지고 콩조지의 칼이 목에서 사타구니까지 슬쩍 스치자 그득 담긴 내장이 넘실거린다. 콩조지는 뜨듯한 돼지의 뱃속에 두 손을 움켜넣고 내장을 북 뜯어낸다. 다시 칼을 들고 모가지를 댕강 자르고 네족도 자른다. 일꾼 두 명이 달려들어 그것을 벽에 걸어놓는다.

오늘 잡을 돼지는 모두 열 마리다. 돼지 열 마리를 해치우고 황소 한 마리를 잡아야 한다. 병춘은 아궁이 앞에서 일어난다. 깨끗한 앞치마에 앵혈 한 방울이 튀어 있다. 병춘은 두 눈을 유난히 빛내며 일하고 있는 사내들을 둘러본다. 사내들은 여전히 일에 열중해 있다. 병춘은 바께쓰에 물을 담아 돼지털과 피가 흩어진 콘크리트 바닥을 물로 쓸어낸다. 물은 오물을 휩쓸면서 도수장 한쪽 귀퉁이에 뚫린 하수도 구멍으로 빠져나간다.

이렇게 병춘이 바닥을 소제하고 있을 사이 돼지 대가리는 거의 열개를 채우고 있다. 콘크리트 바닥에 나란히 앉혀놓은 돼지 대가리는 흡사 사람의 목을 잘라 그렇게 놓은 것 같다. 돼지족도 어떤 목수가 나무토막을 잘라놓은 것같이 크기와 모양이 고르다. 병춘은 잘라놓은 물건들에 눈을 주며 사람들이 일하고 있는 쪽으로 다가간다. 다른 곳은 깨끗해졌으나 그쪽은 아직 더러운 것이 남아 있다. 병춘은 사람들의 발등에 물이 올라가지 않도록 바께스의 물을 조심조심 붓는다. 이때 콩조지가 벌떡 자빠진 것이다. 콩조지가 자빠진 곳은 방금 물을 부은 그 자리였다.

"콩조지 또 지랄병이 났구나."

당꼬즈봉에 어울리지도 않게 솜저고리를, 그 위에 다시 옥색 조끼를 걸친 백정이 콩조지와 함께 일하다 소리치자 사람들은 콩조지 주위로 몰려든다. 콩조지는 물이 고인 바닥에 벌렁 자빠져서 입에 거품을 버걱버걱 물고 있다. 잔등에 돌을 맞은 개구리처럼 양다리를 바르작대며 허공을 휘젓고 있는 한쪽 손엔 칼을 그대로 쥐고 있다.

"조져, 조져…… 저건 때리면 낫는 병여."

누가 이렇게 고함치자 장화를 신고 있던 키 큰 백정이 콩조지한테 달려든다. 우선 칼을 뺏고 콩조지를 타고 앉아 따귀를 철썩철썩 갈긴다. 그러나 콩조지는 입에 비누 거품 같은 것을 잔뜩 물고 일어날 줄을 모른다. 그는 장화 발로 콩조지의 얼굴을 무자비하게 짓이긴다.

병춘은 사람들이 한눈을 팔고 있을 사이 내장이 들어 있는 바께쓰 쪽으로 돌아가서 모여 있는 사람들 쪽에 눈을 준다. 사람들은 저마다 소리치며 싸움 아닌 싸움을 구경하고 있다. 병춘은 사람의 눈을 경계하며 허리춤에서 조금만 칼을 꺼낸다. 이것은 언제나 허리춤에 넣고 다니는 물건이다. 병춘은 그것을 손 속에 감추고 다른 한 손으론 내장을 뒤적인다. 간, 콩팥, 허파, 밥통…… 빨강, 파랑, 노랑색의 내장을 뒤적인다. 돼지불알을 발견했다. 이것도 여기서도 귀한 물건이다. 돼지의 내장을 발라내다 불알이 튀어나오면 그 자리에서 소금을 찍어 사내들끼리 나누어 먹는다. 이것은 양기 부족에 좋다고 사내들이 서로 뺏어먹는 물건이다. 그러나 돼지를 많이 잡을 때면 이것이 간혹 남아 돌아간다. 병춘은 이것을 아까부터 눈여겨보았던 것이다.

병춘이 돼지불알에 칼을 대자 그것은 힘없이 떨어져나온다. 칼과 함께 그것을 허리춤에 넣는다. 보는 사람은 아무도 없다. 병춘은 사람들이 모여 있는 쪽으로 다가간다. 선짓국 장사 여편네들의 어깨 너머로 콩조지를 쳐다보고 도수장을 빠져나온다. 예의 백정은 아직도 깨어날 줄 모르는 콩조지를 타고 앉아 때려주고 있다.

도수장 바깥은 아무 일이 없는 것처럼 조용하다. 병춘은 황소를 힐끗 쳐다보고 자기 집으로 뛰어간다. 치맛자락을 부엌 문지방에 스치며 들어가서 허리춤에서 돼지불알을 꺼낸다. 아무렇게나 넣어두었던 칼도 칼집에 잘 꽂아 허리춤에 다시 찬다. 이것은 돼지불알을 훔칠 때도 필요하지만 몸에 지니고 있으면 언제나 든든하다. 병춘의 친정어머니는 처녀 때부터 몸에 지니고 있다가 그것을 딸에게 물려준 것이다.

작년 여름이었다. 억수처럼 비가 퍼부었다. 병춘은 집에 혼자 있었다. 비가 올 줄 알았다면 용팔도 나무를 가지 않았을 것이다. 병춘은 서방을 보낸 것을 무척 후회하며 방에서 울고 있었다. 산에서 비를 맞고 있을 서방을 생각하니 마음이 슬퍼진 것이다. 그러나 비를 맞고 집으로 돌아오는 것도 같아 방문을 열고 삽티 쪽을 쳐다보곤 했다. 그러나 그쪽은 사람의 그림자라곤 얼씬도 하지 않았다. 짙은 안개가 끼어 있고 비는 더욱더 퍼부었다. 비가 퍼부으면 퍼부을수록 병춘의 마음은 더욱더 불안해졌다. 병춘은 불안에 쌓여 용팔이 돌아오기만 기다렸다. 그때 빗소리 속에서 인기척이 들려왔다. 병춘은 마루로 뛰쳐나갔다. 서방이 비를 맞고 돌아온 줄 알고. 그러나 그것은 의외로 콩조지였다. 콩조지는 다짜고짜 병춘에게 달려들었다. 일은 마루에서 벌어지게 되었다. 이곳은 보통 때도 사람이 드물었다. 가끔 드나드는 백정과 일꾼들 외엔. 더구나 비가 퍼붓고 짙은 안개가 낀 날엔…… 병춘은 밑에 깔리게 되었다. 너무나 졸지에 당한 일이었다. 그러나 병춘은 침착했다. 콩조지가 기를 쓰고 있을 사이 허리를 더듬어 칼을 꺼냈다. '이놈아, 넌 짐승을 잡는 놈이지만 난 사람을 잡는 년여……'

병춘네 부엌은 어느 부잣집의 그것처럼 깨끗하다. 단 두 식구 살림이지만 천장엔 그릇이 수북이 쌓여 있다. 귀 하나 떨어지지 않았고, 티 하나 묻지 않았다. 접시, 사발, 대접, 쟁반…… 솥뚜껑은 깨끗이 닦여 있고, 밥을 해서 굴려도 흙 하나 묻지 않을 만큼 부엌 바닥은 번드르르하다.

병춘은 도수장 쪽에 눈을 주며 살강 밑에 돼지불알을 감추고 풍로가 있는 쪽으로 다가가서 약단지를 열어본다. 검은 물이 보글보글 끓고 있다. 이것은 익모초를 달인 물이다. 물론 용팔이 여편네의 월경불순에 좋다고 산에서 뽑아온 것이다. 익모초는 원래 들풀이지만 산에도 많이 있다. 병춘은 찬장에서 대접과 수저 두 개를 꺼낸다. 베

헝겊을 대접 속에 넣고 약단지를 쏟는다. 수저 두 개를 거꾸로 쥐고 약을 짠다. 찌꺼기를 약단지에 다시 쏟고 대접에 담긴 약물을 훌쩍 마신다. 병춘은 입맛을 다시며 살강 밑에서 돼지불알을 꺼낸다. 그것은 보라색 감자 같은데 쌍둥이다. 가운데를 가른다. — 하나는 내가 먹고 하나는 서방을 주고 둘이 한쪽씩 나누어 먹고 아들 하나만 낳았으면 …… 병춘은 한쪽을 통째로 넣고 질겅질겅 씹는다. 맛이 고소하다.

—워째 안 온디야. 해는 점점 길어지는디……

해는 점점 길어지고 있다. 병춘은 입을 우물거리며 삽티 쪽을 쳐다보고 약단지에 물을 붓는다. 재탕하여 익모초 물을 다시 마실 참이다. 삽티 쪽은 산의 그림자가 그 아래를 덮고 있다.

—이왕 죽을 몸이면 나한티 불알이나 줘버려.

병춘은 황소를 쳐다보며 중얼거린다. 저놈의 황소 불알은 몹시 크다. 서방과 둘이 앉아 뜯어도 힘이 들 것이다. 고기는 씹어야 맛인데 병춘은 씹다 말고 돼지불알을 황급히 삼켜버린다. 머리에 무엇을 이고 도수장에서 선지 장수 여편네들이 나오고 있다. 이어 백정들도 나온다. 제일 먼저 나온 백정이 도수장 뒤에서 리어카를 끌고 온다. 그것을 출입문 앞에 세우자 일꾼들이 잡은 돼지를 내오기 시작한다. 그런데 콩조지의 꼴 좀 보지. 잔등과 궁둥이는 물에 흠뻑 젖어 있고 얼굴은 늘어지게 낮잠을 잔 기색이다. 그는 간질병에서 방금 깨어난 것이다. 병춘도 콩조지가 그런 병이 있다는 말은 들었다. 그러나 오늘 같은 일은 처음 본다. 콩조지는 이 병 때문에 지나간 일은 조금도 기억을 못 한다는 것이다. 그는 하루 품삯을 받는 대로 그의 집 아무

데나 묻어두지만, 그것을 파낼 줄은 모른다는 것이다. 그의 집 아무 곳을 파도 지전이 나온다는 소문도 있다. 이것이 사실이라면 병춘에게 덤벼들었던 사실도 기억하지 못하고 있을까.

콩조지는 황소를 끌고 안으로 들어간다. 리어카에 실린 돼지들은 읍내 푸줏간으로 향한다. 도수장 바깥은 다시 조용해진다. 병춘은 저녁을 짓기 시작한다. 앞밭에서 시금치를 뜯어다 된장국을 끓이고 밥을 짓는다. 국솥과 밥솥에서 김이 올라올 때까지 용팔은 돌아오지 않는다. 병춘은 삽티 쪽을 열 번도 더 내다본다. 용팔은 아직도 돌아오지 않고 있다. 조금 전까지 생생하게 살아 있던 황소가 빨건 고기짝이 되어 나오고 있다. 아까 콩조지를 때리던 장화 신은 백정이 다시 도수장 뒤에서 리어카를 끌고 온다. 쇠고기짝을 그 위에 싣고 콩조지와 백정은 읍내로 향한다. 도수장에는 병춘 혼자뿐이다.

—워째 여지껏 안 온디야. 해는 벌써 졌는디……

병춘은 다시 삽티쪽을 쳐다본다. 그쪽 산은 완전히 어둠이 깔려 있고, 그 아래 호롱골에선 방문의 불빛들이 반짝인다. 용팔은 지금 어디쯤 오고 있을까. 병춘은 마루에 걸터앉아 그것을 헤아려본다. 전불, 시름이고개, 공동묘지 앞…… 병춘은 지금 용팔이 시름이고개를 넘고 있을 것이라고 단정한다. 하나, 둘, 셋, 넷 …… 한 발짝, 두 발짝, 세 발짝, 네 발짝…… 백 발짝…… 다시 한 발짝, 두 발짝, 세 발짝, 네 발짝…… 이제 시름이고개를 완전히 내려왔을 것이다. 병춘은 폐허처럼 쓸쓸한 도수장을 쳐다보며 입속으로 하나 둘을 세어본다. 내 셈이 너무 빨랐을까. 병춘은 여지껏 셈했던 것을 지워버리고 지금 용팔이 시름이고개를 넘고 있을 것이라고 다시 단정한다. 백까지 다시 센다. 이제 시름이고개를 완전히 내려왔을까. 그러나 그것이 믿어지지 않는다. 세는 것을 그만두고 삽티고개를 멍청히 쳐다본다. 얼마를 그렇게 앉아 있었을까. 큰 나뭇짐이 삽티고개를 올라섰다 금방 사라진다. 이어 머리에 나뭇짐을 인 똥례가 삽티고개를 넘어오고 있다.

—저년은 제 서방인가. 졸졸 따라다니게……

병춘은 중얼거리며 부리나케 방으로 들어가서 등잔에 불을 붙인다. 경대 앞에서 얼굴을 잠깐 들여다보고 밖으로 다시 나와 용팔이 오고 있는 쪽으로 달려간다.

"왜애 인제에 와유우?"

반가움에 겨운 병춘의 음성이 어둠 속으로 잦아들자 용팔은 이쪽을 힐끗 쳐다보고 대답 대신 걸음을 빨리한다. 용팔이 나뭇짐을 출렁이며 징검다리를 건너자 병춘은 쪼르르 개울로 내려간다.

"어제버덤 워째 늦었유? 잉……."

병춘이 용팔이 쥐고 있는 작대기 끝을 잡으며 고개를 까딱이자 용팔은 퉁명스럽게 소리친다.

"매일 허는 밥두 될 때가 있구 질 때두 있는 법여."

병춘은 샐쭉 웃으며 서방을 따라 개울둑을 올라선다. 서방과 계집은 작대기 끝을 한쪽씩 잡고 안마당으로 들어선다.

"오늘은 몇 마리나 잡았어?"

용팔은 나뭇짐을 내려놓으며 도수장을 쳐다보고 묻는다. 그는 짐승을 잡은 날과 잡지 않은 날을 분간할 줄 안다. 벌써 안마당에 들어서면 짙은 피 냄새가 코를 찔렀던 것이다.

"황소 한 마리허구유 돼지 열 마리……."

병춘은 대답해 주고 우물로 가서 서방의 세숫물을 보아준다. 용팔은 안마당에 나뭇짐을 받쳐 놓은 채 우물로 간다. 그것은 내일 새벽 읍내로 내갈 것이다. 오늘 밤하늘에서 아무것도 떨어지지 않는다면 저렇게 두는 것이 지고 가기 편하다.

용팔은 푸푸 세수하며 '수혼탑'을 힐끗힐끗 쳐다본다. 그것은 묘 앞의 비처럼 그렇게 깎아 세운 것이다. 그러나 '수혼탑'이란 글자 외엔 아무것도 씌어 있지 않은 싱거운 물건이다. 용팔은 얼마 전부터 이것을 쳐다보고 빙긋이 웃는 버릇이 생겼다. 그렇다. 그것은 똥례를 범했던 지난 동짓날부터였다.

"그만 허시구 들어오슈."

병춘이 상을 방으로 들여가며 우물에 대고 소리치자 용팔은 바지 뒤에 찼던 수건을 풀어 손을 닦으며 방 안으로 들어온다. 새색시 방처럼 환한 무늬의 벽지를 깨끗이 발라놓은 커다란 이칸방이다. 노란 콩댐을 한 방바닥은 거울처럼 윤이 나고 방 안의 가구들은 깔끔하게 정돈되었다. 윗목에 매여 있는 철삿줄엔 수십 가지의 이름 모를 약초들이 시들고 있다. 그쪽에서 풍기는 향긋한 냄새가 방 안에 은은히 퍼져있다.

"오늘 시장허셨쥬?"

병춘은 시금칫국에 밥을 말아준다. 국 만 밥 한 숟갈을 국그릇 위에 걸쳐놓고 그 위에 올려놓아 주는 반찬은 고추잎을 말려다가 썰어 말린 무와 함께 간장에 버무린 장아찌다. 용팔은 다시 수건을 바짓말 뒤에 차고 상 앞에 앉아 계집이 떠 놓은 밥숟가락을 입에 넣는다.

병춘은 용팔이 수저를 뜰 때마다 반찬을 놓아주며 사이사이 저도 밥을 입에 넣는다.

"오늘 콩조지가 지랄병이 떠는디, 굉장히 무섭데유, 잉……."

병춘은 오늘 있었던 일을 고해바치며 용팔의 얼굴을 쳐다본다.

"콩조지가 언제부터 그 병이 있었다구……."

용팔은 계집의 말에 대꾸해 주며 하루 동안 시장했던 배를 침착하게 채우고 있다. 병춘은 다시 오늘 있었던 일을 말해준다. 용팔은 그때마다 간단히 대꾸하며 밥을 넣는다.

"산엔 아직두 눈이 많이 쌓였쥬?"

"그럼 발목까지 폭폭 빠지는디……."

"똥례는 워쩔라구 낭구만 다닌대유. 꼭 머슴애같이 못두 생긴게……."

병춘은 제 서방을 따라다니는 똥례에게 질투를 느낀다. 자기 서방을 부려 먹는 것 같아 불쾌할 때도 있다. 순이네들과 함께 다니던 똥례가 그 먼 수철리까지 제 서방을 따라다니는 것도 알 수 없어한다.

"시집두 가야 헐 나인디 참 안됐기두 했유, 잉……."

병춘이 동정스런 말투로 다시 중얼거리자 용팔은 여편네를 흘낏 쳐다본다. 병춘은 서방의 표정을 알았다는 듯 싱긋 웃고 부엌으로 나간다. 병춘이 숭늉을 떠 오자 용팔이 마신다. 병춘도 용팔이 마시고 남은 것을 마저 마시고 상을 내간다. 저녁은 완전히 마친 것이다.

"좀 슬프게 읊어봐유."

이들은 밥을 먹으면 눕게 마련이다. 검은 무명 이부자리는 깨끗하고 그 속에서 용팔과 병춘이 누워 있다. 용팔이 머리맡엔 등잔이 놓여 있고 등잔 옆에는 여남은 권의 얘기책이 쌓여 있다. 「유충렬전」「장화홍련전」「흥부전」「춘향전」「숙영낭자전」「홍길동전」…… 노란 창호지에 노끈을 맨 얘기책은 하도 읽어 하얗게 폈다. 읽고 또 읽고 …… 밥을 먹고 자기 전에 얘기책을 읽는 것은 용팔의 버릇이다. 용팔이 구수한 목소리로 읽어가면 병춘은 옆에서 웃기도 하고 울기도 한다. 병춘은 심청전을 읽을 때 많이 운다. 용팔은 「심청전」을 펼치고 첫 장부터 읽기 시작한다.

—삼춘화류호시절에초목군생지물에개유에자락한데춘풍돌이화개야하고백화만발하다춘수댁하고화운이다긔봉이라간수는잔잔하야산곡으로흘러가고푸른언덕위에는학이무리지어왕래하고황금같은꾀꼬리는양류간으로날아들고소상강의떼기러기는북편으로날아가고낙화는유정같고유정은낙화같이펄펄날리다가인당수흐르는물로……

"아이구 거긴 슬픈 디가 아니잖유. 다른 디 좀 읊어봐유……."

병춘은 서방의 벗은 어깨를 툭 치며 투정을 부린다. 용팔은 읽던 것을 멈추고 책장을 더 넘긴다.

"워디 말여?"

"여보 마누라 하는 디 있잖유."

"여보 마누라 우리 연광이 사십이 되도록 …… 거기 말여?"

"바로 거기유."

용팔은 책장을 건성 넘긴다. 용팔은 여남은 권의 얘기책을 깡그리 외우고 있다. 그러나 등잔불에 비쳐가며 책장을 넘기는 것도 멋이 있다. 단순히 멋에 겨워 용팔은 책을 들고 있는 것이다.

—여보마누라우리연광이사십이되도록슬하에일점혈육이없으니……

용팔은 심봉사가 자식이 없어 한탄하는 대목부터 읽어간다. 콧소리도 흥흥 섞어가며 구슬프게 읽어가자 어느덧 병춘은 용팔의 등 뒤에서 찔끔거린다. 병춘이 찔끔거릴수록 용팔의 목소리는 더 구슬픈 가락을 띠어가고, 갑자 사월 초파일날 심봉사 부부가 똑같이 태몽을 꾸는 데서 병춘은 용팔의 등에 한쪽 볼을 비비며 흐느끼기 시작한다.

—어허둥둥내딸이야어허둥둥내딸이야표진강의숙향이가네가되어태었느냐월궁항의선녀가네가되어태었으냐어허둥둥내딸이야어허둥둥내딸이야남전북답장만한들이보다더좋을쏘냐……

온갖 정성 끝에 태어난 청이다. 심봉사가 청을 안고 좋아하는 대목에 이르자 용팔은 벌거벗은 채로 벌떡 일어난다. 베고 있던 베개를 얼싸안고 심봉사처럼 '어허둥둥……'을 찾으며 조용히 춤을 춘다. 요 위를 조심조심 디디며 발을 옮길 때마다 등잔불에 반짝이는 물건이 조금씩 흔들린다. 보송보송한 검은 털 속에 하얗게 박힌 물건은 크기도 하지만 잘도 생겼다. 그러나 이렇게 좋은 물건으로 씨를 못 받다니, 용팔의 물건을 두고 사람들의 말이 많은 것도 결국은 이 사실 때문이 아닐까.

병춘은 울던 것을 딱 멈추고 서방을 올려다본다. 요를 딛고 있어 그런지 용팔은 어느 때보다도 더 커 보이고 번들번들한 알몸뚱이엔 산신령의 아들 같은 아름다움과 그리고 싱싱한 정기가 어려 있다. 병춘은 용팔의 물건에 시선을 고정시키고 일어나 앉는다. 그러는 병춘의 표정엔 어떤 자신이 넘쳐 있다. 춤을 추고 있는 용팔을 놓아두고 부엌으로 내려간다. 돼지불알이 담긴 접시를 가져온다.

"이것 좀 잡숴보슈."

용팔은 얼싸안고 있던 베개를 미련 없이 던지고 요 위에 앉아 그것을 먹는다. 병춘은 열심히 씹고 있는 서방을 병신스런 표정으로 돌아보며 저고리도 벗고 치마도 벗는다. 저도 알몸뚱이로 서방과 함께 이불 속으로 기어든다.

"지금 씨 좀 뿌려봐유. 꼭 싹이 날 거 같은디……."

병춘이 서방의 물건을 어루만지며 가만히 속삭이자 용팔은 병춘의 손을 떼어내며 몸을 돌린다. 병춘은 무엇을 떠받으려는 자세로 얼굴을 천장으로 향하고 입가에 몇 번 경련을 일으킨다.

"잘 뿌려봐유. 틀림없이 될 거 같어유."

병춘은 다시 다짐한다. 자신 있는 음성이다. 용팔은 주춤 병춘의 배 위에 오르면 불을 끈다.

"그럼 뿌려봐야지."

그러나 캄캄한 방 안에 부스럭대는 소리가 잠깐 들렸을 뿐 쥐소리 하나 들리지 않는다. 찬바람을 안은 고요가 쌩, 스친다. 용팔은 '물명주 석자'를 기다리며 병춘의 배 위에서 가만히 엎어져 있다. 그는 방사할 때마다 이 노래를 고집한다. 그러나 병춘은 오늘따라 그런 노래가 죽기보다 싫다. 어둠 속에서 용팔의 입김을 먹어가며 망설이고 있는 것이다.

"불러야 돼유?"

"암마……."

이슥고 다정한 여운이 깃든 병춘의 음성이 들린다.

—여웅가암

이것이 받는 용팔의 음성은 신명이 넘쳐 있다. 그러나 그는 여전히 계집의 배 위에서 꼼짝 안 한다.

—왜 불러어?

—홧대 밑에 물명주 석자 봐았나아?

—봐았지이

—어쨌나아?

—저 건너 김도령 줬지이

계집과 서방이 주고받은 노래엔 이상한 사연이 있다. 여기서 '김도령'이란 애매한 인물인데, 이 작자는 어떤 놈인지 제 계집의 정성의 표시인 '물명주 석자'를 아무도 모르게 김도령에게 주어버린다. 이 작자는 확실히 무엇인가 속셈이 있어 한 짓이나 서방을 사랑하는 계집은 그것을 받아들일 수 없다. 그러나 —님의 마음이 정녕 그렇다면 기꺼이 받아들이겠습니다. 계집은 '영감'의 행동에 마지못해 박수를 치며 좋아한다. '영감' 또한 계집의 좋아하는 꼴을 보고 박수를 친다.

이렇게 억지로랄까, 마음이 꼭 맞는 부부는 합창으로 들어간다.

—잘했군 잘했군 잘했어. 잘했군 잘했군 잘했어. 잘했군 잘했군 잘했어……

이때서야 비로소 병춘과 용팔은 서로 어우러져 관계를 시작한다. 둘의 노랫소리는 관계하는 잡음과 함께 컴컴한 방 안을 돌고 또 돈다. 병춘 쪽에선 흐느낌이 섞인 신음소리가 간간이 흘러나온다. 그러나 노래의 장단에 맞추어 계집의 배 위에서 춤을 추는 서방을 따라 병춘도 일이 끝날 때까지 노래를 맞춰간다.

—잘했구운 잘해앴구운 잘했어. 잘해앴구운 자알했구운 잘해앴어어. 자알해앴구운 자알해애앴구운 자알했어. 자아알해애앴구우운 자아알…… 흐으음……

병춘은 일어난다. 방 안이 갑자기 추워진 느낌이다. 병춘은 성냥을 찾아 등잔에 불을 붙인다. 불빛에 드러난 병춘의 몸은 펄펄 끓는 물에서 금방 건져낸 삶은 암평아리 같다. 온몸에서 김이 무럭무럭 나고 있다. 병춘은 치마로 얼굴로부터 땀을 씻으며 용팔을 힐끗 돌아본다. 그는 벌써 잠에 떨어져서 깨끗한 얼굴을 하고 반듯이 누워 있다.

—워째 땀이 하나두 없디야. 개두 아닌디…….

병춘은 벗었던 옷을 그대로 입은 다음 방문을 슬며시 열고 머리를 쓸어 넘기며 밖으로 나온다. 짙은 어둠 속의 도수장은 짐승들의 혼령이 춤을 추는 것 같다. 쌩, 바람이 인다. 개울물 흐르는 소리가 졸졸…… 병춘은 부엌으로 들어간다. 소반 위에 정한수를 받쳐 들고 뒤꼍으로 돌아간다. 칠성당 앞에서 상을 내려놓고 촛불에 불을 붙인다.

칠성당 위쪽은 과수원 울타리다. 앙상한 아카시아와 가시철사가 쳐졌다. 붕긋이 올라간 과수원 울타리 밑을 파고 넓적한 돌 몇 개와 자잘한 차돌을 깔아놓고 치성드리는 곳을 만들어놓은 것이다.

"칠성님, 말주변이 없어서 뭐라구 빌어야 좋을지 모르겄슈……."

병춘은 언제나 이 모양이다. 이 앞에 앉으면 말이 뱃속으로 쏙 들어가고 만다. 그러나 빌기는 누구보다 잘한다. 양 손바닥을 비스듬히

붙이고 동그랗게 빌어댄다. 손바닥 비비는 소리가 찬 공기를 뚫고 주위에 퍼진다.

"지금 씨를 받긴 받었는디 싹이 날는지 모르겄유. 꼭 싹이 나오게 해주슈 잉……."

—손바닥 비비는 소리.

"이도령버덤 못생겨두 좋구유, 심청이버덤 효생이 없어두 좋아유.

아들이건 딸이건 하나만 낳게 해주슈, 잉…… 아무것도 없으니께 적적해 죽겠유."

—손바닥 비비는 소리

"샛서방 봐서 어린앨 낳는 건 절대 싫어유. 우리 서방님 씨를 꼭 받게 해주슈. 우리 서방님 종자가 세상에서 제일 좋아유."

—손바닥 비비는 소리.

—아이구 또 뭐라구 빈디야.

—손바닥 비비는 소리.

—유문이는 잘두 빌더먼 나는 왜 말이 안나온디야.

'유문이'란 읍내에서 유명한 무당이다. 병춘은 언젠가 굿하는 유문이를 보았던 것이다.

"나두 유문이처럼 배워서 빌 테니께유 섭섭하게 생각하진 말어유, 잉…… 지금 씨를 받었으니께 내 뱃속에서 싹이 꼭 나오게 해주슈."

병춘이 그렇게 양손바닥을 비비다 소반을 들고 일어나자 촛불이 쓰러지며 그것은 꺼졌다. 대접에 담았던 정한수가 엎질러진다. 병춘은 그런대로 소반을 들고 헛간을 지나 안마당으로 돌아온다. 나뭇짐이 서 있는 마당 한가운데에 정한수를 찔드럭 버리고 소반을 마루에 놓아둔 채 방으로 들어온다. 용팔의 코 고는 소리가 요란하다. 병춘은 고리짝에서 베개 하나를 더 깨내어 끼고 눕는다.

—먹어라 먹어, 잉……'

병춘은 젖을 꺼내어 새끼에게 물려주는 시늉을 하며 진저릴 치고 베개를 껴안는다.

—우리 애기 많이 먹어라, 잉…… 쭉쭉……

5

쌍소나무박이 선주네 주막에서 석서방은 술잔을 앞에 놓고 게걸거린다. 석서방은 술이 머리끝까지 올라 있다. 그 옆에 앉은 승원도 마찬가지다. 두 눈을 게슴츠레 뜨고 이제 먹기가 싫은 동탯국 찌꺼기를 뒤적인다. 술을 따라주는 선주도 홀짝홀짝 마신 술이 목까지 벌겋게 달아 있다. 선주는 바깥에 두 사내를 앉히고 기다란 목로 안쪽에 서 있다.

—우수 경칩에 대동강 풀리고 님의 품속에 이 마음 풀리네……

술 한 잔을 다시 마신 석서방이 한 마디 뽑자 선주는 젓가락 장단을 맞춘다. 승원은 술을 못 이기겠는지 목로에 엎드려 식식거린다. 선주는 승원을 흔들며 술잔을 받으라고 소리친다. 그러나 주전자엔 술이 벌써 비워졌고 승원은 선주를 힐끗 쳐다보고 다시 엎드린다. 선주는 승원의 머리통을 쥐어박고는 술독이 묻힌 주방 앞으로 다가간다. 허리를 구부리고 술을 퍼담는 선주의 검정색 치마가 벌어진다.

하얀 속 치마에 가려진 유난히 큰 궁둥이가 들어오자 석서방은 젓가락을 두드리며 흥얼거린다.

"뒷대문이 열렸구나, 뒷대문이……."

선주는 치맛자락을 흠씬 추켜 옆구리에 끼우고 이쪽으로 돌아선다. 주전자를 목로에 놓은 다음 석서방의 코를 잡아당긴다.

"뒷집 강아지 아니었담 도둑맞을 뻔했구먼."

선주가 구멍 송송 뚫린 빨간 딸기코를 잡아당기자 그것은 금방 터질 듯이 꽈리처럼 부풀어 오른다. 그렇잖아도 석서방의 코는 추우면 시퍼렇고 덥거나 술을 먹으면 더욱 빨개진다. 그 코끝에 주독이 뭉쳐 있는 것이다.

"이년, 이거 못 놔."

석서방은 코를 잡힌 채 잔을 채우다 말고 호령이다. 그러나 선주는 딸기코를 잡고 꼭 잡고 흔들어댄다.

"아이구 알량싸긴…… 언제부터 내 뒷대문만 지켜줬수. 이 석서방아……."

"이년, 이거 못 놔."

석서방은 맹꽁이처럼 맹맹, 다시 고함을 친다.

"이 코나 나 주시지. 난 딸기를 좋아하는디……."

"못 놓니, 못 놔……."

"딸기가 잘 떨어지지 않네."

선주의 손가락엔 끈적끈적한 석서방의 콧물이 묻어 있다. '이년아, 어른 놀리면 벌받는다.' 석서방은 잔을 채우면 껄껄댄다. 선주는 코 묻은 손가락을 석서방의 옷자락에 썩썩 문댄다.

"겉에만 썩은 줄 알았더니 속두 썩었구먼. 아이구 더러워……."

"드럽긴 뭘 드러워…… 넌 코가 안 나오니?"

"저렇게 썩은 코가 문드러지지 않구 어떻게 붙어 있을까."

선주는 하얗게 눈을 흘기며 주전자를 뺏으려 한다. 그러나 석서방은 계집이 따라주는 술을 과히 좋아 않는다.

"싫다, 싫어……더러운 손으로……"

"코가 묻었으면 자기 코지 내 콘가……"

"그래두 싫어. 지집 손은 언제나 드러운 법여……"

"사내 손은 어떻구……"

선주는 기어이 주전자를 뺏어 찰찰 넘게 잔을 채워주고 목로에 얹은 석서방의 오른손을 주먹으로 탁 친다.

"하루에두 몇 번씩이우?"

선주의 빨갛게 칠한 주둥이는 잔뜩 웃음을 머금었고 눈웃음을 살살치며 석서방을 말끔히 쳐다본다.

"꺼냈다 털었다 집어넣었다 꺼냈다 털었다 집어넣었다…… 안 그러우?"

석서방이 입이 가져가려던 술잔을 목로에 다시 놓고 껄껄거리자 선주도 깔깔댄다. 석서방과 선주는 이런 따위의 얘기를 더 지껄이며 서로 툭툭 장난을 친다. 그러나 선주는 석서방의 잔에 술 따르는 것을 잊지 않는다. 석서방은 물색없이 받아마신다. 이렇게 한 되의 술이 다시 석서방과 선주의 밥통에 들어갈 무렵 선주네 주막문이 드륵 열린다. 바깥에서 몰아치는 찬바람과 함께 영철이 허리를 잔뜩 구부리고 들어온다. 석서방과 선주는 들어오는 영철을 쳐다본다. 엎어져 잠들었던 승원도 눈을 비비며 크게 하품을 한다.

"조서방은 이쪽으로 와……."

선주는 목로 위를 훔쳐주고 의자를 놔주며 영철을 안으로 끌어들인다. 그러나 영철은 선주의 손을 뿌리치고 석서방 옆에 쭈그리고 앉는다. 선주는 풍로에서 보글보글 끓고 있던 동탯국을 영철 앞에 가져온다. 석서방은 그동안의 결과가 궁금한지 영철을 돌아본다.

"어떻게 된 거여?"

영철은 대꾸가 없다. 고춧가루가 먹음직스럽게 흩어진 국물과 함께 동태 살점을 조금 섞어 입에 넣는다. 선주가 술잔을 앞에 놓자 고개를 흔든다. 승원은 비칠거리고 일어나며 '형님도 한잔 드쇼' 혀 꼬부라진 소리로 말한다. 술은 싫다고 완강히 거절하지만 영철은 기분이 좋아 보인다. 한쪽 눈은 벌겋게 충혈되었고 하얗게 먼눈에도 핏발이 서 있다. 핏기 없는 하얀 얼굴이지만 그래도 기분은 좋아 보인다.

"한잔만 들어, 조서방……."

영철이 나타나자 금방 초라하게 보이는 선주는 주전자를 기울인다. 그가 기분이 좋은 날이면 한판 잡는 날이다. 기분만 맞춰주면 얼마를 빼낼 수도 있다. 그러나 머리끝까지 오른 술 때문에 입에선 말이 잘 나오지 않고 몸은 허뚱거린다.

"집에 들어갈 수두 없구, 여편네가 바가지를 긁을 테니……."

승원은 목로 앞에 다시 앉으며 크게 한숨을 쉰다. 영철은 힐끗 승원을 돌아보고 후후 국물을 떠넣는다. 석서방은 영철의 잔을 대신 비워주고 저도 승원의 신세가 되었는지 차라리 껄껄거린다. 선주는 석서방과 승원을 멸시하듯 돌아보고 고개를 영철 쪽으로 돌린다.

"쌀 떨어진 걸 보구 나왔는디, 어 참……."

승원은 입맛을 다시며 다시 일어난다. 여지껏 목로 앞에 쓰러져 있는 것도 사실은 영철을 기다리고 있었던 것이다. 그러나 영철은 승원의 마음을 몰라주는 듯했다.

"형님, 나 갑니다."

승원이 비칠거리며 출입문 쪽으로 걸어가자 영철은 승원을 불러세운다. 승원은 출입문을 열다 말고 돌아선다.

"여(呂)노인네 집에 한번 가보라구…… 난 여기 있든지 집에 있을테니께……."

여노인네에 모인 노름꾼들은 누구누구이고 판은 얼마나 큰지 작은지를 자기에게 알려달라는 부탁이다. 승원은 고개를 끄덕였으나 기분이 안 나는 모양이다. 승원이 힘없이 돌아서자 영철은 수저를 놓고 잠바 단추를 툭툭 딴다. 안 호주머니에서 지전 몇 장을 꺼낸다.

"이봐, 승원이……."

승원이 돈을 얻어 들고 나가버리자 영철은 선주 방을 돌아보며 하품을 한다. 선주는 몸을 가까스로 가누며 일어난다. 부엌으로 들어가 냉수를 벌컥벌컥 마신다. 영철은 술값을 셈하여 목로 위에 놓는다. 석서방은 껄껄거린다. 매일 영철에게 술값을 지우는 것이 미안해서다.

"얘, 이것 좀 만져……."

선주는 물 마신 그릇을 부뚜막에 놓고 방에 대고 소리친다. 방문이 열리고 식모애가 나온다. 선주는 동태 몇 마리를 식모애에게 건네주고 물 묻은 입술을 치맛자락으로 훔치며 부엌에서 나온다.

"왜, 조서방두 갈려우?"

선주는 영철의 손을 잡고 다정히 묻는다. 영철은 선주의 방을 다시 돌아보고 석서방의 뒤를 따라 문 쪽으로 걸어간다. 안주를 다시 만드는 걸 보니 술꾼들이 또 몰려들 모양이다. 몰려들 술꾼들 때문에 시끄러워서 잠을 못 잘 것이다.

"밤잠을 못 잔 것 같은디 눈 좀 붙여."

석서방이 비틀거리며 나가버리자 선주는 영철에게 매달린다. 술 냄새를 푹푹 풍기며 무슨 말인가 더 속삭인다. 영철은 아무 데고 쓰러져 자고 싶지만 변소간 같아도 내 집이 제일인데다 술에 취한 선주가 못마땅하다.

"조서방 또 와, 음, 음……."

선주는 영철의 볼에 따뜻한 침을 발라주며 신음이 섞인 응석을 부린다. 영철은 그 부분이 유난히 써늘하여 손으로 쓱 문댄다. 선주는 출입문을 열어준다. 영철이 나가자 저만큼 앞에 가는 석서방에게 소리친다.

"딸기코 양반 잘 가요. 깔깔깔……."

석서방은 얼굴을 내민 선주를 돌아보고 다시 비칠거린다. 뻘겋게 단 얼굴에 찬바람이 닿자 기분이 좋다. 영철이 석서방을 앞질러 하천 둑을 내려간다. 석서방은 뒤에 처져 자지를 유난히 뻗치고 개울 아래로 오줌을 깔기며 영철을 공연히 부른다. 같이 가잔 말이다.

"이봐, 영철이……."

"형님 빨리 오셔."

영철은 잔뜩 웅크린 채 석서방을 돌아보고 저도 소리친다. 술 취한 사람과 같이 걷는 것이 귀찮다. 뜨뜻한 아랫목에 몸을 지지면 살로 갈 것 같으니까 자기 집을 향하여 걸음을 빨리한다.

쌍소나무박이에서 새말까지 개울이 흐른다. 이 개울은 향천사(香泉寺) 쪽에서 흘러 무한천(無限川)으로 빠진다. 개울 양쪽으로 석축이 쌓여 있고 저쪽과 이쪽을 잇는 다리들이 듬성듬성 대여섯 개 놓여 있다. 여기가 바로 나무전이다. 양쪽으로 장작, 솔가리, 삭정이 짐이 죽 늘어서 있다. 나무전은 아침과 저녁때 제일 번창하다. 먼동이 트기 전에 곳곳에서 나무를 지고 이곳으로 몰려오기도 하고 저녁때 지고 오는 사람도 있다. 낮에는 한산하다. 그러나 겨울철의 나무전은 언제나 사람들이 붐빈다. 석서방은 사람들이 붐비는 나무전을 지나 첫째 다리를 지난다. 거기 농방 앞에서 옥화가 불을 쬐고 있다. 농방에서 일하는 직공들이 나무토막을 긁어모아 가게 앞에 불을 피워놓고 있다.

석서방은 옥화를 보자 금방 담배 생각이 난다. 옥화는 만만한 사내를 만나면 담배를 달라고 손을 뻗치는 버릇이 있다. 석서방은 호주머니에서 담뱃갑을 찾는다. 담뱃갑을 찾아 주물러본다. 담배가 단 한가치 남아 있다. 옥화는 힐끗 이쪽을 보고 달려온다. 옥화는 언제나 옆구리에 조금만 보퉁이를 끼고 있다. 석서방은 담배를 입에 물고 빈 갑을 옥화에게 주어버린다. 석서방은 불 피워놓은 곳으로 다가가서 담배에 불을 붙인다.

"아저씨 똥구멍이나 닦어……."

옥화는 담뱃갑을 펴 준다. 석서방은 빡빡 담배에 불을 붙이고 옥화의 목소리를 흉내 낸다. '네 똥구멍이나 닦어.' 그리고 담배를 입에 문 채 비틀거린다. 석서방의 입에서 담배 연기가 옥화 쪽으로 흘러가자 옥화는 담뱃갑을 버리고 석서방을 쫓아온다. 옆에 와 걸으며 석서방을 쳐다본다.

"아저씨 나하구 같이 살어, 응."

석서방의 껄껄 웃는 입에서 담배가 떨어진다. 석서방은 아래를 두리번거리며 담배를 찾고 있다. 그러나 옥화는 그것을 냉큼 주워 들고 저쪽으로 유유히 도망친다.

석서방은 껄껄거리며 하천둑을 더 내려간다. 하천둑 바른편으로 초가집들이 많이 보인다. 이곳이 읍내에서 초가집이 제일 많은 새말이다. 새말로 들어서면 개울과 둑의 차이가 점점 줄어들고, 붕긋한 축대도 이쪽에만 쌓여 있고 저쪽은 끊어졌다. 호롱골 도수장 앞에서 흘러오는 동둑개울과 이 지점에서 합쳐지며 그 왼쪽을 백씨네 과수원이 덮고 있다. 석서방은 개울이 합치는 곳을 저 앞에 두고 건너편에 쇠전이 있는 곳에서 오른쪽 골목으로 꺽어든다. 거기서 보이는 판잣집 양쪽에 미루나무가 서 있다. 한쪽 미루나무 기둥엔 장식을 달고 다른 한쪽엔 고리를 달았다. 그러니까 미루나무 두 그루가 자연히 문기둥이 된 셈이다. 미루나무 한쪽에 '조병주(趙炳注)'란 문패가 먹으로 아무렇게나 씌어 있다.

석서방은 판자문을 열고 안으로 들어간다. 문에 단 깡통(그 속엔 못을 달았다)이 덜그덕거린다. 이 집은 석서방이 제 집 드나들듯 하는 집이다. ㄱ자로 구부러진 초가지붕은 두툼하고 안마당 한쪽으로 작은 채마밭이 있다. 울타리는 판자, 참나무, 싱싱한 사철나무로 사면을 둘러치고 있는데 이웃집들의 울타리가 이렇게 가지각색이다.

"누님 기슈."

석서방은 건넌방 쪽에 눈을 주며 노랑녀를 부른다. 건너방 마루 위에 영철의 구두가 놓여 있다. 영철은 지금 건넌방에서 잠에 떨어져 있을 것이다. 석서방은 영철이 못지않게 노랑녀와도 친한 것이다.

"석서방인감. 들어와."

윗방에 노랑녀의 음성이 들리자 석서방은 구두를 벗는다. 이때 짚단을 한 아름 안은 조병주가 뒤꼍에서 나오고 있다. 조서방은 눈알, 수염, 머리가 모두 노랗다. 해서 그의 마누라 별명은 노랑녀다. 석서방은 조서방에게 인사하고 윗방문을 연다. 조서방은 토방에 가마니를 깔고 그 위에 앉아 새끼를 꼬기 시작한다.

"워디서 한잔했구먼 그려……."

석서방이 방 안으로 들어가자 밥상을 앞에 놓고 있던 노랑녀가 포르족족한 얼굴에 웃음을 띄운다. '한잔 했쥬.' 석서방은 방 안이 무척 어둡다고 생각하며 윗목에 주저앉는다. 옆에 누가 있다. 고개를 돌린다. 채영감이 등을 벽에 기대고 앉은 채 졸고 있다. 정말 채영감은 이 집에서 살다시피 하는 늙은이다. '영감님 안녕하슈?' 채영감은 눈을 뜨고 석서방을 쳐다본 다음 해앰, 백 년 묵은 여우 같이 기침을 하고 몸을 일으켜 세운다.

"어이유, 저인 지난밤에 지집을 봤나 왜 졸구 야단여."

노랑녀가 꾸짖는 투로 얘기 하자 채영감은 몇 가닥 나 있는 턱수염을 어루만지며 다시 해앰 한다. 늙은것의 표정 좀 보아라. 눈웃음을 살살 치며 토끼처럼 주둥이를 벌름댄다. 벌름댈 때마다 누런 금니빨이 보이다 말다 한다. 얼굴에 퍼져 있는 주름살과 듬성듬성한 곰보 자국에 옛날부터 계집들에게 보여준 묵은 표정이 스며 있다.

"어유 조걸……."

노랑녀는 웃음을 담뿍 담고 이를 부드득 가며 주먹을 발끈 쥐다. 채영감의 그런 표정이 간장을 녹인다는 것일까. 채영감은 해앰 큰기침을 다시 하고 석서방에게 무슨 말을 하려다 할말이 없는지 그만둔다.

늙은이가 주책을 피운 것이 석서방에게 어떨까 해서 공연히 그러는지도 모른다. 석서방은 물색없이 껄껄거린다.

"석서방은 저녁을 먹었남?"

노랑녀는 먹은 밥그릇과 반찬 그릇을 한곳에 모아놓으며 석서방을 쳐다본다. 석서방은 벌써 저녁이냐고 하품한다. 이 집 저녁은 언제나 일찍 먹기로 유명하지만 석서방은 지금 점심때나 됐을까 알고 있다.

아침을 먹고 선주네 집에서 잠깐 동안 마신 술이다. 그놈의 술이란 물건은 세월 가는 줄을 모르게 만들거든……

"안 먹었으면 갖올까?"

"안 먹었유. 주슈."

석서방은 상 앞으로 다가간다. 노랑녀는 안방에 대고 소리친다.

"얘 동평아, 국 남었지?"

"남었유."

"밥허구 국 좀 가져와. 그리고 행주랑……."

방문이 열리고 부엌으로 들어가는 소리. 동평은 분부받은 것을 가져온다. 노랑녀는 밥알과 국물이 흩어진 밥상을 훔쳐주고 국과 밥을 놓아준다. 그러나 석서방은 동평을 쳐다보고 있다. 동평은 불과 며칠 사이 몰라보게 어른티를 내고 있다.

"누님두 큰일났유, 잉…… 저년 때미……."

석서방은 금방 터지는 한숨을 막기나 하듯 밥을 뚝 떠 입에 넣는다. 사실은 동평을 보고 똥례를 생각했다. 똥례도 불과 몇 달 전부터 어른티를 냈던 것이다. 자식이 갑자기 그렇게 되니까 그래도 애비라고 근심이 되는 것이다.

"큰일은 무슨 큰일. 아무한테나 줘버리면 되는 거지……."

노랑녀가 동평에게 먹은 그릇들을 내주며 대꾸하자 동평은 삐쭉 삐쭉 웃으며 그릇들을 받아 들고 나간다. 동평은 마루에 서서 방 안에 소리친다.

"엄니, 아줌니 와유."

"아줌니가 누구여?"

노랑녀가 되물으니까 마당에서 박오분이 목소리가 들린다. 채영감을 만나러 오는 사람은 대개 여기로 오기 마련이다.

"성님 나유. 어저씨 여기 기시쥬?"

'여기 있는디?' 왜 그러느냐고 노랑녀는 물었고 박오분이 들어오자 분냄새가 방 안에 풍긴다. 박오분이는 더덕더덕 분칠을 하고 있다. 동백기름을 발라 머리는 말끔하게 쪽을 찌고 자주 끝동을 단 연두색저고리를 입었는데 다홍치마를 유난히 부스럭대며 방 안의 사람들을 둘러보고 노랑녀 앞에 앉는다.

"저인 쌀 금 비싼디 왜 남의 집에서 밥을 먹구 야단여."

또 만났다. 석서방과 박오분이가 만나면 시시한 농담이 터지게 마련이다. 석서방도 질 수가 없다.

"남이야 삿갓을 쓰고 똥을 누건 말건 무슨 상관여……."

박오분이는 그것만 되받으려다 그만두고 정색을 하며 채영감을 쳐다본다. 용무가 급한 모양이다.

"내 동생이 치질을 앓구 있는디 아퍼 죽겠다구 야단유. 빨리 좀 가 봐유."

박오분이는 금방 죽어가는 환자가 있는 것처럼 호들갑을 떤다. 석서방과 농담할 때는 언제고. 박오분이는 무슨 말을 해도 이렇게 멋을 부린다.

"동생이라니. 월선이 말여?"

노랑녀가 말을 가로채자 박오분이 대답한다.

"그럼 월선이밖에 더 있유."

박오분이 동생은 박월선이밖에 없다. 박오분이도 기생 출신이지만 월선이는 이 집 바로 뒤에 있는 조선관(朝鮮館)의 기생이다. 그런데 월선이가 치질로 고생을 하고 있다는 것이다. 채서방에게 치료를 받아야 한다. 그는 돌팔이 의원이지만 자기 부친에게서 받은 비방이 있다. 이 비방 때문에 매일 노랑녀 옆에 붙어살아도 돈의 궁색을 느끼지 않는다. 똥구멍을 한번 만져주는 데 따끔한 금액을 요구하기 때문이다. 그래도 환자들이 끊이지 않는 걸 보면 세상엔 치질을 앓는 사람이 참 많기도 한데, 채영감이 노랑녀와 인연을 맺게 된 것도 사실은 치질 때문이었다. 채영감은 노랑녀의 똥구멍을 고쳐주고 나서 그 이웃 구멍을 건드렸던 것이다. 그 후로 죽 이십 년 동안 채영감은 이 집을 드나들게 된 것이다. 동평이 뭐 채영감의 딸이라는 말도 있다. 하관이 쪽 빤 것이며 얼굴 판과 머리털이 조서방 닮은 데는 하나 없고 채영감 닮은 데가 너무나 많으니까. 동평은 노랑녀도 많이 닮았으나 동네 사람들의 말대로 채영감의 딸인지도 모른다. 채영감은 노랑녀에게 했던 버릇이 아직도 남아 있다. 지난여름에도 어떤 치질환자와 못된 짓을 하다 그 여자의 남편에게 들키고 말았다. 재판소에서 무슨 통지가 왔느니, 재판을 받고 있다느니 그런 소문까지 퍼졌으나 그 후 조용해진 것이다. 노랑녀는 그의 이런 버릇 때문에 여환자가 찾아오는 것을 좋아하지 않는다. 더구나 월선이는 아무리 기생이지만 옷 잘 벗기로 유명하다. 노랑녀는 채영감을 샛서방이 아니라 버젓이 제 서방으로 알고 강짜도 심하다.

"월선이 궁뎅이 봐서 좋겠구려……."

노랑녀가 농담 비슷하게 속에 든 가시를 토해버리자 박오분이는 얼굴색이 달라진다. 그러나 노랑녀에겐 나쁘게 덤빌 수도 없는 것이고 그저 섭섭한 표정으로 얘길 한다.

"아이구 성님두…… 그게 무슨 소리유. 걔 몸이 아무리 기생이지만 순정은 있는 앤디……."

"저이 버릇이 나쁘니께 헌 소리지 왜 월선이가 어쨌댔나……."

노랑녀가 제 변명을 깔깔거리자 박오분이는 아무 대꾸가 없다.

"임금님 마누라두 치질을 앓으면 나헌티 뵈야 해여. 궁뎅이 보는 게 내 직업인디 어떻게 허란 말여……."

채영감은 엄숙한 표정을 짓고 난처하다는 듯 중얼거린다. 계집 강짜엔 오뉴월에도 서리가 내린다는데 채영감은 서리 맞은 풀꽃처럼 맥을 못 춘다. 눈을 껌뻑껌뻑하다 박오분이를 쳐다본다.

"지금 가잔 말여?"

"그럼유, 빨리 일어나슈."

"그럼 가봐야지."

채영감과 박오분이 일어난다. 채영감의 키는 박오분이보다 작다.

노랑녀는 두 사람을 번갈아 올려본다. 석서방과 박오분이 몇 마디 더 지껄인다. 지금 박오분이 성기흔의 첩으로 있지만 전에 술집을 냈을 때 석서방은 그 집의 단골이었다. 해서 둘이는 소꿉친구처럼 언제나 반말이다.

"성님 안녕히 기슈."

채영감이 큰기침하며 방문을 열자 박오분이 따라나선다.

"아우 잘 가."

박오분이는 볼일이 있어 찾아왔으나 다른 때도 이 집을 자주 드나든다. 박오분이 외에도 그런 여자들이 있다. 이들은 대개 한패가 되어 몰려다니는데 말하자면 술도 잘 먹고 여러 사내 맛도 본 그런 여자들이다. 이들은 노랑녀에게 '성님'이라고 부르고 노랑녀는 그들을 '아우'라고 부른다. 진짜 화류계 여자도 아니면서 그런 냄새를 많이 풍기는 여편네들이 이 집을 자주 드나든다.

채영감과 박오분이 나가자 천장에 달린 전등이 반짝한다. 불이 들어왔다. 석서방은 전등을 쳐다보고 몇 숟갈 남은 밥을 국에 만다. 노랑녀는 담배에 불을 붙인다. 어두웠던 방 안이 금세 밝아지자 노랑녀와 석서방의 얼굴도 한결 밝게 보인다. 그러나 안방에서 고함치는 소리가 들려온다. 이 집 배뿔뚝이노파가 동평을 꾸짖고 있다. 배뿔뚝이노파는 무엇이 조금만 잘못돼도 벼락을 때리는 것이다.

"우리 집은 저 늙은이 때미 큰일여. 집안 조용할 날이 있어야지."

노랑녀는 담배 연기를 뿜어대며 얼굴을 잔뜩 찌푸리고 중얼거린다. 아무리 자기 친정어머니지만 저렇게 극성떠는 데는 못마땅한 것이다.

"다 집안 어른 행셀 하려면 저렇게 해야 하는 법유."

석서방은 국만 밥을 꾸역꾸역 입에 넣으며 제법 너그럽게 얘기한다. 노랑녀는 줏대 없이 금방 석서방의 말에 쓰러진다.

"허긴 그려."

노파의 극성은 잠잠해진다. 그러나 안방문이 열리며 이리로 오는 기척이 들리자 노랑녀와 석서방은 방문으로 시선을 돌린다. 노파는 만삭이 된 여자처럼 배를 내밀고 윗방으로 들어온다. 오줌통이 고장이 나 배가 부른 병신이 되었는데 손엔 하얀 크림 통이 들려 있다. 노파는 이것을 딸에게 내보이며 빠져나온 광대뼈 위에 박힌 짐짐한 눈을 사납게 뜬다.

"니가 이거 사라구 돈을 줬니, 잉……."

노랑녀는 노파의 얼굴과 크림통을 번갈아 쳐다보며 '주긴 누가 줘요?' 한다. 정말 그런 것을 사라고 돈을 준 적이 없다. 이것은 동평이 장날마다 몇 푼씩 모았다가 아무도 모르게 사둔 것이다. 동평은 노랑녀가 장가게를 볼 때 뒤에서 거들어준다. 거들어주다 노랑녀가 한눈을 팔 사이 대개는 수숫돈을 슬쩍한다.

"젖내두 안 가신 게 벌써부터 이런 걸 바르구……."

노파는 혼자 중얼거리며 나가버린다. 그러잖아도 누가 입술에 빨간 칠을 하면 갈보년이라고 욕을 하고 처녀가 걸어가면 궁둥이를 꼬집는다. 그러나 이 집을 드나드는 여편네들에겐 무척 관대하다. 그들은 얼굴에 화장할 것을 다 하고 지껄일 말을 다 지껄이고 치맛바람을 날리며 휘젓고 돌아다녀도 노파는 그들에게 욕설을 퍼붓지 않는 것이다.

"동평아—"

노파가 안방으로 들어가 다시 동평를 꾸짖고 있을 사이 토방에서 새끼를 꼬고 있던 조서방이 동평을 부른다. 동평아— 하는 그 목소리는 소가 움매애 하는 소리 같다. 정말 조서방은 소 같은 사내다. 밥도 두 그릇을 먹고 일도 보통 사람의 두 배는 한다. 동네 집 거름도 져 나르고, 토역질, 지붕 해 이는 일, 도배 등 이 근처 집에서 일거리가 생기면 조서방을 부르게 마련이다. 마상골에 있는 몇백 평의 밭일도 모두 조서방이 맡아 하고, 장날이며 장가게로 무엇을 져 내가고 들여오는 일도 모두 조서방이 한다. 그는 새벽부터 밤중까지 쉴 사이 없이 그저 일만 한다. 이렇게 일만 하면서도 젊었을 때는 사나운 장모한테 매도 많이 맞았다. 까딱하면 트집을 잡아 사위의 따귀를 갈기고 욕설을 퍼붓는 것이다. 사실 겉보리 서 말만 있으면 처가살이하지 말랬는데 조서방은 달랑 불알 두 쪽만 차고 이 집의 데릴사위로 들어왔다. 그러나 말이 데릴사위고 이 집에 와서 자식새끼라도 낳았으니 노랑녀의 서방이지, 사실은 머슴이나 다름없다. 뭐 이 집 모녀가 그를 너무 부려 먹는다 해서 하는 소리가 아니다. 그를 이 집에서 사위나 서방으로 대해주었다면 채영감이 이 집을 드나드는 것만 해도 그렇다. 조서방은 채영감이나 제 마누라를 몽둥이로 때려죽이든지 무슨 결말을 지었어야 옳았을 것이다. 채영감과 노랑녀의 관계는 동네는 물론 읍내가 다 아는 사실이니까. 그러나 조서방은 자기를 옆에 앉히고 두 연놈이 발딱 까진 몹쓸 짓을 해도 가만히 있을 작자다. '주인집 마님이 서방을 갖고 노시는데 뭘……' 하는 식이다. 그러니 조서방은 장모님한테 '이놈, 제 밥그릇도 못 찾아 먹는 놈……' 하는 소릴 듣는다. 그렇다고 배불뚝이노파가 채영감을 미워하는 것도 아니다. 그는 채영감을 진짜 제 사위로 알고 떠받드는 것이다.

"짚단 좀 더 가져온."

조서방의 목소리가 다시 들리자 방 안에서 한참 고역을 치르던 동평이 부리나케 밖으로 나온다. 조서방의 분부대로 뒤꼍에서 짚단을 한 아름 안고 오자 윗방에서 동평을 부른다. 석서방의 밥상을 내가라는 노랑녀의 음성.

"누님두 큰일났유, 잉…… 저넌 때미……."

석서방이 들어오는 동평을 보고 아까 했던 똑같은 말을 다시 되풀이하자 동평은 사과 두 쪽처럼 빨간 볼따귀를 움직거리며 빼죽빼죽 웃는다.

"글쎄, 자식 가진 놈은 언제나 걱정투성여……."

노랑녀의 말은 아까와 많이 달라졌다. 제법 한숨을 섞어가며 한탄하는 투로 말하다가 정색을 하고 동평에게 속삭인다.

"너 돈 어디서 나서 그런 걸 사구 그러니, 잉?"

동평은 대답을 않고 상을 들고 돌아선다. 노랑녀는 그 등 뒤에 대고 징징 우는 소리.

"제발 내 속 좀 고만 썩여. 사줄 때 되면 어련히 사줄라구. 그런디 넌 왜 집안에 풍파를 일으키니. 하루 이틀두 아니구 정말 나두 죽겠어……"

장날 저녁이 되면 조서방네 집에선 울음소리가 들린다. 매번 들리는 것이 아니라 그런 때가 종종 있다. 하루 동안 장을 보며 퍼마신 술에 노랑녀는 얼굴이 홍당무가 되어 있고 배불뚝이노파도 술이 취해 있다. 모녀는 똑같이 술을 잘 마신다. 똑같이 술을 마셨을 때 싸움은 벌어지게 마련인데 싸움하게 된 동기란 언제나 불분명하고 노파가 딸의 머리채를 잡고 늘어지면 노랑녀도 마구 덤빈다. 껵껵 울고 있는 딸에게 욕설을 퍼붓는 노파. 조서방은 그때에도 가게에서 들여온 술동이며 그릇들을 제자리에 놓아두기 바쁘다.

"누님."

석서방은 뒷집에서 들리는 기생의 노랫소리에 노랑녀를 부른다. 사내들의 웃음 속에서 어떤 기생이 '한오백년'을 부르고 있다. 기생의 노랫소리가 계속되는 가운데 노랑녀는 고개를 돌린다.

"내가 저놈의 델 꼭 한번 들어가봐야겠는디 말여. 이놈의 신세는 저놈의 델 한 번두 못 들어가 봤으니, 허 참."

석서방이 드나드는 술집은 대개 선술집이다. 이것보다 조금 높아지면 옥(屋)인데 옥에도 기생이 있기는 하지만 조선관의 기생들처럼 곱지도 못하고 소리도 못한다. 조선관 하면 읍내에서 하나밖에 없는 요릿집이며 술집이다. 멋쟁이 젊은 사내나 돈 많은 늙은이가 이쁜 기생들을 옆에 앉히고 호화판으로 노는 집이다.

"저 집에 못 들어간 게 그렇게 억울해여?"

노랑녀가 웃음을 띄우며 쳐다보자 석서방은 담뱃갑에서 담배를 뽑으며 말한다.

"그래두 사내가 돼서 조선관에 한번두 못 들어갔다면 말이 돼유?"

"조선관은 별디여? 술맛허구 지집맛은 어디 가두 마찬가지지."

"저런 디서 술을 먹으면 간지러워서 술맛은 더 안 날 거유."

"그럼 왜 못 들어가봤다구 한탄이여."

"한탄하는 건 말유, 사내가 돼서 저 집에서 한 번두 못 들어가 본 게 이상해서 하는 소리지."

조선관의 노랫소리는 끝이 났다. 노랑녀는 석서방의 콧구멍에서 소담스럽게 빠져나오는 담배연길 보고 저도 담배에 불을 붙인다. 이때 판자문에 단 깡통이 덜그럭거리자 노랑녀는 방문에 단 유리에 눈을 갖다 대고 중얼거린다.

"승원이구먼."

승원이 영철이 자고 있는 건넌방으로 가는 기척이 들리자 석서방은 담뱃불을 꺼버리고 저도 그쪽으로 가려고 들썩인다. 그러나 노랑녀의 한숨 소리에 그대로 주저앉는다.

"영철이 때미 큰일여. 도무지 집안에 붙어 있을라굴 해야지. 저도 지집이 없으니께 허전해서 그러는 모양인디."

"그럼유. 사내란 건 지집이 없으면 집안에 들어올 맘이 안 나는 법유."

"암마. 지집이구 사내구 혼자는 못 사는 거여."

"영철이두 빨리 장갈 들여야지유."

"아무렴 하루속히 장갈 들여야겠는디, 참……."

“.........”

“증말 개처럼 지집복두 없는 놈은 없을 기여, 아마…… 증말 드럽게 지집 복두 없지.”

노랑녀는 담배 연기와 함께 한숨을 길게 뿜어낸다. 하나밖에 없는 귀한 아들이 저렇게 계집도 없이 혼자 있는 것이 안타까운 것이다. 길에 깔린 돌처럼 흔한 것이 계집이고 사내인데 그중 한 개씩을 붙여주면 새끼를 만들게 되고 그 새끼는 계집과 사내가 되어 또 새끼를 만들고 이렇게 되어 세상엔 사람이 참 많기도 한데 이 집에 자손이 귀하다.

“나두 빨리 손자를 봐야지.”

“그럼유. 누님두 어서 손잘 봐야쥬.”

“.........”

“아, 사직굴 김사만이 좀 봐유, 그 사람은 스물여덟살에 손잘 봤는디.”

“그럼, 김사만이 열네살에 아들을 보고 그 아들두 열네살에 아들을 봤다니께. ”

“그런 사람을 생각허면 누님은 땅을 치구 통곡해두 시원찮겄유, 잉…….”

“아따, 말해서 뭐헌다냐. 내 밥통 속엔 눈물이 한동인 더 들어 있어.”

“…….”

“자네두 내 나이만 돼보란 말여. 자식 생각이 더 간절해질 테니께.

나두 아들이래도 많이 뒀다면 이런 것 저런 것 생각 않겠지만 이게 뭐냐 말여. 자식 둔 게 홀애비루 저 지랄을 허구 있으니…….”

"그럼유, 사람이 늙어가면선 자식을 바라구 사는 건디."

"그래두 난 개 생각이 제일 많이 나."

'개'란 영철의 제일 첫 번째를 말한다. 얼굴도 이쁜 데다 참 마음씨도 고왔다. 그러나 그 여자는 병객이어서 이 집 식구들의 속을 무던히도 썩여주었다. 채 영감이 매일 건넌방에 살다시피 하며 사관도 놓아 주고 약도 지어주었고 읍내에서 유명한 양의란 양의는 모두 대주었다. 그러나 첫 번째 며느리는 시집온 지 이태도 못 채우고 죽어버렸다. 딸이 죽어버리자 그의 친정에선 혼수를 찾으려고 우르르 몰려들었다. 그러나 이 집에서 그것을 내줄 리가 없다. 그러잖아도 이 집 배불뚝이노파는 어디서 병덩어리를 데려왔다고 팔팔 뛰던 참인데. 죽은 손주며느리 때문에 약값이 무척 든 것도 사실이지만 딸이 죽었다고 몰려든 족속들도 정말 얌체다. 이들은 배불뚝이노파의 한마디에 그대로 물러나버렸고 영철은 다시 장가를 들었다. 두 번째 며느리도 처녀였다. 이 집에 들어왔을 때는 뒷머리가 붕어 꼬리 같은 애송이였으나 이 집에 와서 머리도 예쁘게 파마하고 제법 때도 벗었다. 때를 벗을 만한 무렵 이년은 이유 없이 나가버린 것이다. 제 서방과 싸운 적도 없고 시집 식구와 틀린 일도 없었다. 개 같은 년, 겨우 계집꼴을 만들어놓으니까 몸을 종적 없이 숨겨버린 것이다. 그 몸을 어떤 사내한테 줄려고. '뱃놈 딸년이랑은 상종 못 혀. 에이 상놈의 딸년……' 이 여자는 서산(瑞山) 갯바닥에서 데려온 뱃놈 딸년이었다. 노랑녀의 장가게 단골 장꾼의 중매로 데려왔던 것이다. 배불뚝이노파의 뱃놈 딸년을 들추는 욕 퍼부음이 채 그치기도 전에 영철은 세 번째 장가를 들었다. 이번에는 긴 댕기를 드린 깊은 산골 처녀.

노랑녀의 외사촌 시동생 처남의 중매로 덕산 갯골이란 데서 데려왔다. 덕산엔 수덕사가 있어 유명하지만 이것보다 그곳은 나무가 많기로 유명하다. 몇십 년씩 묵은 울울창창한 소나무며 낙엽송이 까맣게 들어찼다. 바람이 심하게 불 때면 나무끼리 서로 부딪쳐 산불을 내기도 한다. 그만큼 나무가 흔한 곳이다. '어, 덕산 바지게만 허네' 하면 여기 고장 사람들만 아는 말인데 무엇이 몹시 크다는 뜻이다. 세 번째 며느리는 이런 곳에서 자라 그런지 얼굴은 별수 없으나 행동이 무척 얌전했다. 배불뚝이노파도 이번년만은 괜찮은 모양인지 별말이 없었다. 가마 타고 시집온 새색시 못지않게 시외조모 공경부터 사소한 집안일까지 알뜰하게 해나갔다. 치렁치렁했던 머리를 곱게 쪽지고 일할 때면 며느리가 참 얌전하다고 동네 사람들까지 부러워했다. 그러나 세 번째는 어느 날 저녁 영철에게 매를 맞고 그 이튿날 새벽 어디론가 사라져 버린 것이다. 그 후에도 영철은 처년지 과분지는 모르지만 그렇고 그런 여자와 이 집에서 살았다. 이것은 영철 자신이 어디서 꿰차고 들어온 것이다. 그러나 이런 종류의 여자는 배불뚝이노파와 맘이 맞지 않아 이 집에선 살 수가 없다. '워디서 굴러먹던 갈보년여.' 이런 말을 하루에도 몇 번씩 듣게 되니까. 영철은 갈보년밖에 고를 줄 모른다고 이 집에선 정말 내 집 귀신이 될 여자를 골랐다. 고르고 고른 것이 영철의 나이보다 몇 살이 더 많은 과부인데 이 집 식구들 몰래 담배도 잘 피웠고 번죽도 좋았다. 여기 오던 첫날부터 깔깔깔 기분 좋게 웃지를 않나, 어머니, 할머니, 아버지, 애기씨를 부르며 오랜만에 친정엘 찾아온 딸처럼 활개를 치는 것이다. 그러나 이년은 바로 도둑년, 이 집 식구들이 아무도 없는 사이 건넌방 농 속에 그대로 넣어둔 첫 번째의 혼수 중에서 제일 좋은 것만 골라 싸 들고 도망치다가 들켰던 것이다. 이년은 시집을 온 것이 아니라 도둑질하러 이 집에 온 것인지도 몰랐다. 배불뚝이노파에게 발가벗긴 채 죽도록 매를 맞고 그 여자가 나간 것은 삼 년 전 가을이었고, 그때부터 죽 영철은 혼자 있는 것이다.

"개가 지금쯤 살어 있대봐. 손주새끼들두 많이 봤을 테구 우리 집 물이 흠뻑 든 며느리가 건넌방에 앉아 있을 텐디."

"허 참, 누님도. 그런 걸 말해야 뭐한댜. 죽은 자식 불알 만지기지."

"아무렴. 그러니께 올 안으론 세상없어두 영철일 장가들여야겠어."

"들여야지유."

"내 자식이라구 자랑하는 건 아니지만 말여. 영철이야 사람이 워띠여. 인정두 많구 사내답구……."

"그렇지유. 활량이구 어른 알아볼 줄 알구."

"그러니께 석서방, 자네 두 마땅한 색시가 있으면 알어봐. 애새끼 딸리지 않은 젊은 과부루 말여."

"왜 하필이면 또 과부유?"

"뭘, 영철이가 홀애비니께 과부를 얻는다는 거지. 또 그래야 떳떳하잖어."

"허긴 그류."

"처녀가 와두 좋긴 하지만 우리 집으루 올 년은 또 어딨어."

"………"

"그러니께 석서방, 어렵지만 수소문 좀 해봐. 그렇게만 되면 톡톡히 한턱낼 테니께."

"헤헤에…… 내가 영철이 장가 들여주기루 맘먹으면 그까짓 거 하나 못해주겠유. 누님두……."

"그러니께 꼭 석서방만 믿을 테여, 잉…… 알었지."

"그렇게 허슈. 영철인 내가 책임지구 장가 들여줄 테니께……."

"꼭여."

"꼭이구말구유. 시집 못 와서 안달하는 과부년들이 얼마나 수두룩한디……."

석서방의 말에 노랑녀는 깔깔거린다. 그러나 무엇이 생각난 듯 웃음을 갑자기 멈추고 석서방을 쳐다본다.

"석서방두 딸 있다면서?"

"둘이나 되지유."

"아니 큰딸여?"

"열여덟 먹은 년 있구, 열넷 먹은 년 있구."

"열여덟이면 동평이 동갑인디……"

노랑녀는 혼자 중얼거리며 심각해진 표정으로 무엇인가 한참 궁리하고 있다. 그런 표정을 쳐다보며 석서방은 호탕스럽게 웃어버린다.

"어이구, 누님두 내 딸을 달란 말인가. 뭘 그렇기 생각허구 있유. 허어 참……."

"달래긴……."

노랑녀는 정색을 하며 부정한다. 석서방은 다시 껄껄 웃었고 노랑녀는 눈웃음을 살살 치며(늙은 채영감을 본 후부터 눈웃음치는 버릇이 생겼다) 석서방을 똑바로 쳐다본다. 무엇인가 똥례에 대해 물어보던 참인지 모른다. 그러나 건넌방문이 왈칵 열렸고 영철이 이 방에 대고 고함치고 있다.

"형님 웃방에 기슈? 나 좀 봅시다, 잉……."

석서방은 방문을 열고 나온다. 조서방은 그때까지 새끼를 꼬고 있다. 안방문에 단 유리조각엔 배불뚝이노파의 눈동자가 닿고 있다. 영철은 방문을 열어둔 채 안으로 들어간다. 석서방은 안방마루까지 걸어가서 부엌문을 잡고 건넌방 마루로 뛰어넘어간다. 건넌방 윗목에서 승원이 이쪽을 보고 있다. 석서방은 방문을 닫고 들어간다. 영철은 이부자리 위에서 속옷만 입고 있다.

"여노인네 말여, 벌써 판이 깨졌다는디……."

영철이 한 손을 사타구니 밑에 쑤셔 박고 한 손으로 담배를 피워 가며 말하자 석서방은 요 밑에 발을 넣으며 '그럼 다시 살려봐야지' 한다. 사실 석서방은 진짜 노름꾼도 못되고 노름을 붙여주고 얼마를 받아 쓰는 소개꾼이고 개평꾼이다.

"그러니까 승원일랑 본정통으로 한번 돌아보고, 형님일랑 말요 성기흔이랑 전두성일 불러와유. 나두 열 시쯤 해서 여노인네 집에 갈 테니께 거기서 다시 붙어보자구……."

영철은 팔뚝시계를 쳐다보며 석서방과 승원을 본다. 승원과 석서방은 일어난다. 승원과 석서방이 나오자 영철은 다시 이부자리 속으로 기어든다. 그 사이 잠을 좀 더 자고 여노인네로 갈 참이다.

"여노인네선 누가 긁었어?"

노랑녀네를 나오자 석서방이 묻는다. 승원은 손가락으로 콧구멍을 한 쪽씩 막고 헹헹 코를 풀며 대답한다.

"성기흔이 긁은 모양여."

"그 새끼 요새 끗발 세구먼…… 흥, 자식……"

석서방은 공연히 코웃음을 친다. 생각하면 요새 그놈의 운수가 좋다. 저번 날 쌍과부집에서 붙었을 때도 성이 긁었고 어제 광주옥에서 붙었을 때도 그놈이 긁었다. 돈뭉치를 나뭇간에 나무 쌓아놓듯하고 있을 그놈을 생각하면 부럽기 한이 없다. 나도 한번 붙어봤으면, 그러나 석서방은 밑천이 없다. 구전을 받은 것과 개평을 뗀 것을 합쳐 꼽사리를 안 껴보는 것도 아니지만 그때마다 번번이 나자빠지는 것이다.

"정말여. 얼마 전만 해두 쪽을 못 추더니……"

"그 새낀 첩을 잘 둬서 그려. 노름이란 건 뒷돈 대주는 사람이 있어야 하는 건디."

성기흔은 박오분이 덕분에 노름을 하고 있는지도 모른다. 성이 돈을 몽땅 털리고 빈털터리로 들어오면 박오분이는 풀이 죽은 서방의 마음을 달래주며 우선 잠을 푹 자게 만들어준다. 다리도 주물러주고 이마에 물수건도 얹어주며 갖은 여우를 다 떤다. 이렇게 서방을 재워 놓은 다음 저는 장리쌀이며 이잣돈을 얻으러 쏘다닌다. 박오분이는 돈 얻는 데 수단이 비상하다. 또 그만큼 신용도 잘 지킨다. 그는 얻은 돈을 서방의 머리맡에 놓아두고 잠이 깨기를 기다리는 것이다.

"그럼 형님두 첩하나를 얻어보슈, 헤헤……."

"박오분이 같은 첩만 있다면 얻기만 해여? 돈 주구 사기두 헐 텐디……."

그들은 더 지껄이며 하천둑을 올라간다. 둘째 다리에 다다르자 승원은 불빛이 환한 본 정통 쪽으로 올라갔고, 석서방은 성기흔이 살고 있는 교남동으로 향한다. 다리를 건너며 석서방은 어깨를 움츠린다. 다리 위로 몰아치는 바람이 몹시 맵기도 하지만 술이 깨고 있어 그런지 갑자기 추위를 느끼기 시작한다. 우수 경칩엔 대동강물이 풀린다는데 추위는 아직도 계속되고 있다.

6

지겹게 길었던 겨울이다. 늦게 찾아왔더니, 겨울은 제 본전을 모조리 빼고야 지나갔다. 청명, 한식이 지나 곡우가 가까울 무렵에야 봄의 기운이 완연했다. 눈에 덮인 먼 산이 가깝게 다가오며 그것은 살이 찌고 있다. 물오른 나무들은 움이 트려고 파란 순을 내고 조그만 싹들은 봄볕에 무럭무럭 자라고 있다. 산에 있는 맛있는 나물들은 처녀들의 바구니에 담겨지고 암탉은 방금 깬 병아리들을 거느리고 안마당으로 뒤꼍으로 돌아다니며 먹이를 찾고 있다. 담장엔 노란 개나리, 앞뜰엔 하얀 살구꽃, 앞산과 뒷산엔 연분홍 진달래, 과수원엔 사과꽃 배꽃 봉숭아꽃이 만발했고, 노랑나비 흰나비 호랑나비가 그 사이를 날아든다. 한 뼘쯤 자란 보리밭에선 노고지리가 울고 있다. 봄이다. 봄이면 빠짐없이 되살아나는 목숨들이 올해도 제구실을 하고 있다.

봄이면 짝을 부르는 소리가 있다. 그것은 개구리들이다. 호롱골 앞에 펼쳐진 논 속의 개구리들은 해가 지면서 일제히 고함을 터뜨린다.

정말 요란하다. 그래도 변함없이 그렇게 앉아 있는 농가며 그 속에서 저녁을 먹고 있을 호롱골 사람들—

똥례도 머리에 나뭇잎을 몇갠가 얹어둔 채 개구리 울음소릴 들으며 부엌에서 저녁을 먹고 있다. 몸이 나른하다. 저 개구리 울음소린 똥례를 더 피곤하게 만든다. 하루 동안 피로했던 몸을 쿡쿡 쑤시어 준다. 그러나 오늘은 어쩐 일인지 석서방댁은 설거지까지 해놓았다. 엊그제 돈이 생긴 석서방은 쌀을 다섯 말이나 들여왔고 '지어매 조금만 더 고생해여. 내가 당신 호강시켜 주는 날두 가까웠으니께.' 기름을 쳐두었던 것이다.

"산은 살찌구 사람은 마를 때가 봄인디."

똥례가 방으로 들어가자 아랫목에 쭈그리고 앉아 있던 석서방댁이 혼자 중얼거린다. 그러니까 맛있는 음식을 먹어도 봄에는 먹은 흔적이 안 난다는 것인데 며칠 사이 그래도 쌀밥에 반찬꽁지라도 사다 먹었으니 이런 말을 지껄이는 것이다.

"지난 장날엔 꼴뚜기두 많이 났었다는디."

석서방댁이 또 먹는 타령을 하자 아이들은 저마다 꼴뚜기가 어떻게 생겼냐에 말싸움이 붙었다.

"머리통은 바가지 같구 발이 많이 달렸지, 잉……."

"아념마, 그건 오징어염마. 배꼽을 꼭 누르면 먹통이 칙 허구 터지는 거염마."

"이잉, 아무것도 모르는 게 지랄 까네. 임마 꼴뚜긴 하얀 뼈다귀가 들어 있는 건디."

방 안에선 꼴뚜길 두고 싸우는 아이들의 소리가 요란했고 밖에선 개구리의 울음소리가 더한층 높아가고 있다. 똥례는 밥만 먹으면 조는 버릇이 있어 윗방에서 이부자릴 깔고 누워 있고, 아이들의 싸움은 석서방댁의 한마디에 결판이 난다.

"꼴뚜긴 말여, 머리통은 바가지 같구 발이 많이 달렸는디 배꼽을 꼭 누르면 먹통이 칙 허구 터지는 거여. 인제 니 아버지가 돈 많이 벌어서 그걸 사 오면 내가 슬쩍 삶아서 초고치장에 해줄 테니께 니들일랑 꼴뚜기가 어떻게 생겼나 똑똑히 봐두면서 맛이나 보란 말여."

야아. 아이들은 좋아한다. 그러나 바깥에서 이상한 소리가 들린다. 두세두세하는 사람들의 소리가 들리고 어디로 몰려가는 발자국 소리도 들린다. 어쩐지 좋지 못한 일이 터진 것 같아 석서방댁은 바깥에 귀를 바짝 기울인다. 개구리 울음소리가 모든 걸 삼켜버리고 있으나 무슨 변이 생긴 것만은 틀림없는 모양이다. 석서방댁은 방문을 쾅 연다. 어둠 속에서 하얀 옷들이 동구 밖 쪽으로 몰려가고 있다. 점순네도 그쪽으로 가다 말고 문을 연 석서방댁을 보고 이쪽으로 다가온다.

"아이구, 이게 워쩐 일이랴."

"아니 왜 그려, 잉?"

"봉순이가 죽었댜."

"뭐여 봉순이가…… 아이구 워쩌다가……"

심상치 않은 수런거림에 똥례도 선잠에서 언뜻 깨었다. 그러나 점순네의 말이 무슨 말인지 알 수 없다. 똥례는 벌떡 일어나 옷을 다시 입으며 아랫방으로 건너간다. 공연히 가슴이 뛰고 있다.

"왜 그류, 왜?"

똥례가 저고리를 꿰며 다그쳐 묻자 점순네는 부들부들 떨며 간신히 대답한다.

"봉순이가 죽었다."

"뭐유, 봉순이가……."

속곳만 입고 있던 석서방댁도 옷을 입었고 똥례도 고름을 매며 신발을 찾아 꿴다. 똥례는 점순네와 석서방댁을 따라 안방을 빠져나온다. 아이들도 일이 궁금한지 쏜살같이 앞질러 동구 밖으로 달려간다.

"아니, 봉순이가 왜 죽었어……."

"글쎄, 어떤 놈이 그랬는지…… 봉순이가 느티나무에 목을 매구 죽었다잖우."

"뭐여, 목을 매구 죽었어……"

봉순이 목을 매고 죽었단 말에 석서방댁이 어쩔 줄을 몰라 한다. 그냥 죽은 것도 아니고 목을 매고 죽다니, 똥례는 어깨가 축 늘어지며 양다리가 바들바들 떨린다. 봉순이 죽었단 말이 믿어지지 않으면서도 깻묵을 먹다 재채기를 했는지 주근깨가 잔뜩 흩어진 얼굴이 뿌옇게 떠오른다.

"아이구 하늘이 무섭지, 어떤 놈이 그런 짓을 했을까. 꽃 같은 아이한테……."

"글쎄, 어떤 놈이 그랬는지 천벌을 받아 마땅하지."

똥례는 걸음을 멈춘다. 차마 봉순이 목을 매고 죽은 곳에 가볼 용기가 나지 않는다. 점순네와 석서방댁은 똥례가 처진 것도 모르고 둘이 혀를 차며 동구밖으로 향한다. 요란한 개구리울음 속에서 은은히 들려오는 봉순네의 울음소리가 바람결을 타고 끊어졌다 이어졌다 한다.

똥례는 그 소리에 저도 찔끔거리며 걸음을 천천히 옮긴다. 정신은 하늘에 떠 있는 듯하고 발걸음이 무겁다. 그렇게 동구 밖까지 나와 횃불이 환하게 밝혀진 느티나무를 쳐다보았으나 봉순의 시체는 땅바닥에 내려졌는지 보이지 않고 그 아래서 사람들만 웅성거린다. 느티나무가 서 있는 보리밭에서 한 뼘쯤 자란 보리들이 봄바람에 살랑거리고 그 위쪽 과수원의 아카시아 울타리도 검게 돋아난 잎들이 푸수수 떨고 있다. 똥례는 사방을 둘러본다. 논 속에서 울고 있는 수많은 개구리들. 그 건너 용팔의 집 방문에선 불빛이 유난히 반짝일 뿐 보는 사람은 아무도 없다. 똥례는 눈물을 훔친 다음 도둑고양이처럼 봉순의 시체 곁으로 다가간다. 똥례가 다가갈수록 사람들의 수런거림은 더 커져가고 똥례는 횃불에 얼굴이 드러나지 않도록 밭둑 밑에 숨어 봉순의 시체를 보려고 애를 쓴다.

가마니 위에 홑이불로 씌워져 있는 봉순의 시체는 읍내로 넘어가는 뒷길 옆에 놓여 있다. 그곳은 양쪽으로 보리밭이 펼쳐졌고 비가 오면 물이 내려오는 도랑 옆이다. 봉순네는 딸의 시체 곁에 길게 쓰러져 통곡하다 하늘을 원망하듯 고개를 쳐든다. 하늘은 봉순의 죽음을 슬퍼하는 듯 잔뜩 찌푸려 있고 타오르는 횃불에 드러난 봉순네의 얼굴은 눈물로 범벅이 된 채 일그러져 있다. 봉순네는 딸의 허리께를 한 손으로 끌어안고 다시 울부짖는다. 논 속에서 울고 있는 개구리들의 울음과 함께 봉순네의 소리는 쩡쩡 울린다.

"내 딸을 죽인 놈이 어떤 놈이여. 아이구, 내 딸을……."

이렇게 봉순네의 우는 모습은 아낙네들의 심금을 울리나보다. 앞치마로 눈물을 찍는 여편네도, 이제 그만 일어나라고 봉순네를 위로 하는 노파도 있다. 그러나 여기저기서 수군대는 소리는 끊이지 않고 있다.

"아이구, 길남이헌티 사주까지 보냈다는디 저 지경을 당했으니."

"아이구, 꽃 같은 나이에 이게 무슨 꼴이여."

"정말 원통해 죽겠구먼. 어떤 놈인가 잡히기만 하면 내가 좆 뿌릴 뽑아놀 테여."

"아이유 죽일 놈. 해골바가지를 깨쳐 죽여두 시원찮을 텐디. 어디 가서 찾아낸디야. 세상이 이렇게 뒤숭숭해서야 어떻게 살란 말여."

이런 소린 호랑할매를 비롯한 늙은 축에서 새어 나왔고 젊은 축에선 그저 무섭다는 얘기다.

"아이구 꿈에 뵐까 무섭네. 머리는 풀어질 대로 풀어졌구 눈알은 툭 튀어나왔는디 혓바닥을 빼물고 있더라니께."

"난 말여, 최서방이 봉순일 내릴 때 무서워서 고개를 돌렸다니께."

똥례는 조막손이 며느리를 비롯한 젊은 아낙네들의 말을 듣고 느티나무를 쳐다본다. 봉순이 목을 맨 굵은 가지가 꺾여 있다. 그것은 기분 나쁘다고 최서방이 시체를 내린 다음 일부러 꺾어놓은 것이다.

"죽긴 왜 죽는디야. 처녀가 당했다구 죽어야 하나."

"그러기 말여. 서방질하구두 사는 세상인디."

"아따, 당한 건 당한 거구 서방질은 서방질이지 워째 그게 똑같어."

"장님 잠 자나마나구 과부년 당하나마나여. 때려주거나 만져주거나 사내살이 닿긴 마찬가진디."

"그럴끼다. 매일 사내 생각만 하는 과부년은 처녀 순정을 모르는 거니께."

"아따, 네년은 과부가 아니구 뭔디 지껄이니. 과부 순정두 달빛에 배꽃이라는 거여. 나두 얼굴 붉힐 때가 있었다."

똥례는 과부들이 떼거리로 모여 서서 지껄이는 말을 귀담아듣고 한숨을 푹 쉰다. 남이 듣지 못하도록 저희들끼리만 지껄이는 말이다.

느티나무는 오늘의 참변을 샅샅이 알고 있을 것이다. 그러나 어린애 손바닥만 한 푸릇푸릇한 잎사귀들은 바람에 날릴 뿐 아무 말이 없다.

읍내에서 돌아오던 최서방이 우연히 느티나무를 쳐다보았고 거기에 매달려 있는 봉순을 발견 했던 것이다. 조금만 일찍 알았더라도 봉순은 살았을지 모른다. 최서방이 봉순의 시체를 내릴 때만 하더라도 봉순의 몸에는 온기가 있었다.

동네 장정들의 표정은 그저 덤덤하다. 이제 죽은 봉순을 장례나 치러주면 그만인 것이다. 느티나무 밑에는 이장 박씨를 비롯한 동네 남자들이 모여 있다. 이장은 봉순이 삼촌 되는 성서방과 장례 치르는 일을 의논하나보다. 둘이 보리밭을 향하고 마주앉아 얘기를 주고받는다. 성서방은 조카딸의 죽음을 슬퍼하면서도 그런 내색을 하지 않고 남의 집 일을 봐주 듯 고개를 끄덕이기도 하고 '그렇게 하쇼' 하기도 한다. 그러나 그는 봉순네의 가장이나 마찬가지였다. 여기서 오 리나 되는 갈신에 살면서 형님네 집을 하루도 거르지 않고 꼭 들르는 것이다. 차서방네서 혼인 말을 청한 것도 성서방을 통해서였고 그렇게 하자고 응낙한 것도 성서방이다. 얼마 전까지 봉순네서는 차서방네를 찜찜하게 여겼으나 길남이 마음이 착하니까 봉순을 주어버리자는 성서방의 말에 봉순네도 따랐던 것이다. 혼인날만 받아놓지 않은 거지 봉순과 길남은 이제 한 짝이 된 거나 다름없었다. 얼마 전만 하더라도 봉순은 이쁘게 수놓은 두툼한 방석을 아무도 모르게 길남에게 주었던 것이다.

이소식을 듣고 길남은 아무 말 없이 뒷산으로 올라가 버렸고 성서방과 차서방은 호롱골로 달려왔던 것이다.

차서방은 어둠이 짙게 깔린 과수원 쪽을 보고 혼자 돌아앉아 연신 곰방대에 담배만 채운다. 그는 여기 달려오는 대로 봉순의 시체를 끌어안고 무슨 산짐승처럼 끅끅, 주먹 같은 눈물을 떨구었다. 이것은 제 설움인지도 모른다. 세 번이나 상처한 자신의 신세도 신세려니와 아들은 장가도 들이기 전에 홀아비로 만들었으니 부자가 무슨 꼴이란 말이냐. 그렇다고 아들 생각만 해서 울었던 것도 아니다. 평소부터 꼭 며느리를 삼고 싶던 봉순이 그런 망측한 변을 당하고 죽었으니 억울하기도 하고 불쌍하기도 한 것이다. 해서 장례라도 잘 치러주고 싶은 것이 그의 맘이다. 그러나 봉순은 객사한 셈이니 집안으로 들여갈 수가 없다는 것이 동네 사람들의 생각이다. 이 고장에선 객사한 사람은 집안에 들이지 않는 풍습이 있다. 더구나 시집도 안간 처녀는 말도 안 되는 소리다. 더더구나 원한을 잔뜩 품고 목을 맨 처녀의 시체는. 이장과 성서방의 얘기도 그것이다. 이런 경황에 상여를 쓸 필요도 없고 무슨 격식 같은 거 차릴 필요 없이 관을 짜다 이 자리에서 염습하고 내일 일찍 삽티골에 묻자는 것이다. 물론 차서방은 이것이 못마땅하고 서운하다. 억울한 죽음을 당한 봉순에게 상여나 태워 보내는 것이 좋을 듯하다. 그는 아까부터 상여를 쓰자고 이장에게 졸랐다. 석서방이 이 자리에 있었다면 상여 관리를 맡고 있는 그에게도 졸랐을지 모른다. 그러나 그는 읍내에서 돌아오지 않고 있다.

이장은 송서방에게 심부름을 시킨다. 관은 이미 목수에게 말해두었고 수의를 만들 베와 광목을 사러 읍내 포목점을 다녀오라는 것이다.

송서방은 막걸리 통에서 술 한 잔을 따라 마시고 담배에 불을 붙이며 떠날 채비를 차린다. 봉순의 시체는 그의 손에 묶여질 것이다. 그는 송장 만지기를 팥고물 주무르듯 한다. 어느 집에 초상이 나면 염습하는 것은 물론이고 이것저것 모두 그의 말을 따라야 한다. 그는 장례일에 그만큼 훤한데 상여가 나갈 때면 요령은 언제나 그의 손에 잡히게 마련이고 그는 구수한 목청을 힘껏 뽑으며 딸랑딸랑 요령을 흔든다.

송서방이 읍내를 향하여 어둠 속으로 사라지자 철봉은 술통을 쳐다보며 헤, 웃는다. 그는 벌써부터 술통에 눈독을 들이고 있었다. 그러나 아무도 건드리지 않은 술통을 제가 개시할 수 없어 입맛만 다시고 있었던 거다. 술이란 슬퍼도 한잔 좋아도 한잔, 이래도 한잔 저래도 한잔, 한잔하는 법인데 사람들은 어쩐 일인지 술통 앞으로 모일 생각을 않는다. 이따 라면 몰라도 지금은 술맛들이 안 나는 모양이지만 철봉은 이미 뚜껑을 터친 술통으로 다가가 한 잔을 퍼마시고 사방을 둘러보고, 또 한잔을 마시고 사방을 둘러본다. 이러다간 술 한 말을 철봉이 다 마실지도 모른다. 그러나 동네 장정들은 그런 것에 관여하지 않고 밤샘할 준비에 바쁘다. 밤새도록 불 피울 장작을 날라오고 보리밭 둑에 천막을 칠 말뚝을 박고 있다. 노름을 하며 술을 마시며 밤을 새워야 할 동네 장정들은 한 명씩 한 명씩 더 모여들고 동네 아낙네들은 흩어지기 시작한다. 그러나 봉순네는 딸의 시체 곁에서 떠날 줄을 모른다.

"이봐 봉순 엄니, 이제 엎질러진 물이여. 생각하면 뭘 헌디야. 죽은 사람은 죽은 사람이고 산 사람이나 살아야지."

석서방댁이 눈물을 찔끔거리며 봉순네를 일세우려 하자 점순네도 덩달아 눈물을 찍어낸다.

"이제 그만 일어나. 그런다구 봉순이가 살아나나."

봉순네는 더 섧게 울어댄다. 연신 담배만 태우고 있던 차서방은 곰방대를 조끼 호주머니에 넣고 이쪽으로 다가온다.

"사부인 고만 울으슈. 며느리자식두 자식인디, 끅……."

차서방은 사돈 부인을 달래려다 말을 못 잇고 오히려 제가 울음을 터뜨린다. 주책없이 울어대는 차서방의 모습은 정말 꼴불견이다. 성서방은 차서방의 우는 소리에 이쪽으로 다가와서 자기 형수에게 그만 들어가라고 한다. 동네 아낙네들이 떼를 지어 성서방의 말을 흉내 낸다. 그러나 봉순네는 몸부림을 치며 딸의 얼굴을 마지막으로 보려는지 홑이불을 걷어친다. 봉순의 흉한 얼굴이 드러나자 봉순네는 다시 통곡한다.

"니가 왜 그렇기 무서웁니, 아이구 내 딸이……"

봉순네는 자기 속으로 난 딸이지만 소름이 끼치도록 무서운 것이다. 호랑할매가 지팡이로 홑이불을 다시 덮어주고 봉순네의 잔등을 콕콕 찌르자 봉순네는 마지막으로 섧게 울고 일어날 눈치다. 그러나 딸의 아랫도리가 궁금한지 홑이불을 다시 걷어치려 한다. 똥례는 가슴이 두근거리며 어느덧 제 사타구니를 꼭 움켜쥐고 있다. 용팔에게 당했을 때 누가 제 사타구니를 들쳐보는 것 같다.

똥례는 아찔했던 머리가 다시 맑아지자 쿡 터지는 울음을 죽이며 보리 밭둑을 따라 달려간다. 양손으로 얼굴을 감싼 채 어깨를 들먹인다. 맹렬히 울부짖고 있는 개구리의 울음이 똥례의 흐느낌에 장단을 맞춘다. 한참 만에야 똥례는 울음을 그치고 동그마니 앉아 있다. 봉순네가 딸의 신발과 바구니를 들고 아낙네들에게 부축되어 집으로 돌아가고 있다. 똥례는 바구니와 신발짝을 멍청히 쳐다본다. 바구니 속엔 나물 판 돈과 색실이 들어 있다. 봉순은 나물을 팔고 읍내에서 돌아오던 길에 참변을 당한 것인데 깻묵을 먹다 재채기를 한 것인지 주근깨가 잔뜩 흩어진 다정한 얼굴이 떠오른다. 겨울 동안 마주 앉아 수놓던 일이며 봄이 되면 색실도 많이 사야겠다고 뇌까리던 봉순의 입도 기억된다. 똥례는 봉순과의 이런 일 저런 일을 회상하며 어둠 속에 도사리고 앉아 있다. 그러나 어둠 속에 혼자 있는 자신이 의식되자 갑자기 무서움이 엄습한다. 똥례는 눈을 올빼미처럼 뜨고 주위를 둘러본다. 봉순의 시체 있는 쪽은 밭둑에 가리어 보이지 않고 똥례 앞에 허연 것이 웅크리고 앉아 있다. 똥례의 눈은 더 커진다. 저것은 다 쓰러져 가는 상엿집이다. 똥례는 하필이면 상엿집 앞에 앉았던 자신을 이제야 발견하고 다시 놀란다. 다 썩어들어가는 초가지붕을 보아라. 산발한 귀신의 머리 같다. 저 집엔 귀신이 우글거리고 있을 것이다. 방금 귀신이 된 봉순이도 저 속에 들어 있을지 모른다. 눈알이 툭 튀어나왔고 혀를 빼문 채 흩어진 머리를 바람에 날리며 대롱대롱 매달려 있던 봉순의 모습. 그런 모습을 하고 봉순이 금방 상엿집에서 튀어나올 것 같다. 너도 새것이 아니면서 왜 죽지 않고 뻔뻔스럽게 살아 있냐고 소리치는 것 같다. 똥례는 무서움에 벌벌 떨고 있다. 상엿집 속에서 일어난 찬바람에 머리끝이 쭈뼛했고 소름이 쪽 끼치며 몸은 굳어 있다. 꿈속에서처럼 발이 떨어지지 않는다. 아악— 똥례는 비명을 지르며 몸을 움직인다. 몸이 움직여지자 똥례는 치마폭을 너풀대며 마구 논둑으로 뛰어간다. 아니 용팔의 집 쪽으로 뛰어간다. 그렇게 달려가서 개울둑에 우뚝 멈추어 선다. 숨이 씨근덕거리며 불빛이 환한 용팔의 집을 쳐다본다. 그러나 그 자리에 푹석 주저앉아 울음을 터뜨린다. 졸졸졸 흐르는 개울물 소리. 개구리 울음소리. 똥례의 울음소리는 흐릿한 밤하늘로 기어 올라간다. 똥례는 용팔의 방에 불이 꺼지는 것 같아 울음을 그치며 고개를 쳐든다. 아니나 다를까 그의 방엔 방금 불빛이 사라졌고 등 뒤에서 난동하는 개구리들의 고함에 똥례는 돌아앉는다. 논엔 희끗희끗하게 물이 차 있고 그 속에서 수많은 개구리들은 똥례를 향하여 일제히 삿대질하며 고함치며 욕을 하며 저주를 퍼붓고 있다.

—끼아꿀어루레얄꿀레율껄이야꿀끼야알끼울끼아꿀……

(요 뻔뻔스러운 년아, 봉순인 죽었는데 왜 안 죽니. 저년은 죽일 년이다.)

똥례는 화가 바짝 난다. 개구리들을 향하여 눈을 부릅뜨고 주먹을 발끈 쥔다. 귀를 막고 논둑을 걸어간다. 횃불이 졸고 있는 느티나무 쪽을 쳐다보고 곧장 집으로 돌아온다. 석서방댁은 혼자 된 봉순네 곁에 있는지 집안에 없고, 등잔불을 켜둔 채 아이들만 아무렇게나 자빠져 자고 있다. 똥례는 불을 끄고 윗방으로 넘어간다. 개구리 소릴 듣지 않으려고 이불을 푹 뒤집어쓴다. 잠을 청한다. 그러나 잠이 오지 않는다. 얼마 후 다시 이불을 벗겨버린다. 개구리울음 속에서 똥례는 그래도 눈을 붙인다. 그러나 그것은 온통 꿈으로 뭉쳐진 잠이다.

봉순과 똥례는 나물을 뜯고 있다. 봉순의 바구니엔 싱싱한 산나물이 소복이 담겨지지만 똥례의 것엔 솔가리만 담겨진다. 아무리 나물을 찾아보아도 눈에 띄는 것은 솔가리뿐이다. 똥례는 봉순의 바구니에서 나물을 몰래 훔쳐 담는다. 그러나 그것은 다시 솔가리로 변한다.

봉순은 남의 나물을 훔치느냐고 핀잔한다. 내가 언제 그랬느냐고 똥례는 솔가리가 담긴 바구니를 내보인다. 봉순은 솔가리가 아니라 이것은 제가 뜯은 나물이라고 한다. 똥례는 이게 무슨 나물이냐고 솔가리라고 우긴다. 이렇게 둘이 싸우고 있을 때 하늘에서 독수리처럼 생긴 커다란 새가 날아온다. 그 새의 발 아랜 올가미가 내려 있고 봉순은 그 올가미를 목에 걸고 읍내로 나물을 팔러 간다는 것이다. 그 큰 새는 봉순이 위에서 날개를 펄떡이며 올가미를 내려주고 있었고, 봉순이 올가미에 목을 걸자 푸릉 날아간다. 봉순은 올가미를 목에 걸고 하늘로 떠가고 있다. 바구니를 옆구리에 끼고 웃으면서 나물을 팔아 색실을 많이 사 온다고 한다. 똥례는 봉순이 무척 부럽다. 손을 마구 흔들며 나도 가자고 소리친다. 똥례의 고함에 저만큼 날아가던 새는 올가미 하나 더 내려주며 이쪽으로 다시 돌아온다. 그러나 똥례는 비명을 지르며 도망친다. 자세히 보니 그것은 이마에 뿔 한 개가 돋친 무서운 새였고, 봉순은 혀를 빼 물고 바구니를 꼭 껴안은 채 죽어 있었다. 그러나 그 새는 똥례를 쫓아오는 것이다.

똥례는 그 새에 쫓기다 잠을 깬다.

이 꿈 이외에도 뒤숭숭한 꿈을 많이 꾸고 똥례가 일어난 것은 첫 닭이 울 때다. 똥례는 쌀을 안쳐놓고 동구 밖으로 나가본다. 봉순의 시체 곁에서 밤샘을 한 장정들의 두런거림이 새벽 공기를 뚫고 유난히 크게 들린다. 죽어서 한밤을 지낸 봉순이, 똥례는 간밤의 꿈들을 생각하며 그쪽을 쳐다본다. 오늘 봉순은 땅속에 묻힐 것이고 죽어서 두 밤을…… 또 몇 밤을……

용팔이 빈 지게를 지고 읍내에서 돌아오고 있다. 그는 나무를 팔고 돌아오는 중이다. 용팔은 봉순의 시체 있는 쪽을 훔쳐보듯 돌아보고 번하게 밝아오는 동쪽의 여명을 쳐다보며 저희 집으로 돌아간다. 이제 아침을 먹고 수철리로 나무를 갈 것이다. 똥례도 따라가야 한다. 그러나 똥례는 사뭇 비장한 결심이 서 있다. 오늘은 나무를 가는 것이 아니라 죽으러 가는 거다, 똥례는 어제 잠들 때부터 이것을 계획하고 있었다. 똥례는 사라져가는 용팔의 등 뒤에 사나운 눈길을 주고 나서 집으로 돌아온다. 아무리 죽으러 가는 몸이지만 밥을 해서 한 그릇을 다 먹고 식구들의 밥도 챙겨놓는다. 석서방댁은 방금 봉순네 집에서 돌아와 잠에 떨어져 있고 아이들도 깨려면 아직 멀었다. 똥례는 식구들이 깨면 먹을 수 있도록 상을 봐두고 나무 갈 채비를 차린다. 손갈퀴와 부대뭉치를 새끼로 둘둘 휘감아놓고 벽에 걸린 작업복을 내린다. 그러나 마지막 죽는 날까지 이 너절하고 답답한 옷을 무엇 하러 걸친담. 펄럭이는 치마 밑으로 봄바람이나 넣어주고…… 똥례는 작업복을 다시 걸어두고 자기 옷차림을 다시 한번 쳐다본다. 비단옷이라도 있다면 마지막으로 한번 입어보고 싶으나 입던 옷을 그대로 다시 여미어 입는다.

"엄니, 나 가유."

똥례는 쿨쿨 자고 있는 석서방댁에게 오늘은 유달리 이런 말까지 남기고 밖으로 나온다. 밥을 차려놓았으니 가져다 먹으라는 뜻인지 어머니에게 올리는 마지막 인사인지 그것은 똥례 자신도 알 수 없다.

몸에 스며드는 싸늘한 새벽 공기를 뚫고 삽티고개를 올라간다. 듬성듬성 서 있는 키 작은 소나무 사이사이에 이슬을 맞고 있는 진달래들은 몹시 추워 보인다. 쭈글쭈글하게 잔뜩 움츠린 꽃잎들은 시퍼렇다. 똥례는 이슬 맞은 풀잎을 걷어차며 삽티고개를 단숨에 기어올라 사방을 내려다본다. 세상은 기분 좋을 정도로 촉촉이 젖어 있다. 간밤엔 구름이 잔뜩 끼어 있었다. 보슬비가 내렸던가. 아니 비는 오지 않았다. 이슬 때문이다. 첫닭의 울음에 잠잠해진 논벌은 지금도 조용한데 똥례는 저를 괴롭히던 개구리들을 생각하고 이제 밤이 싫어질 것이라는 막연한 기분으로 삽티골과 동구 밖을 그리고 용팔의 집을 쳐다본다. 용팔은 아침을 먹고 있을 것이고 봉순은 길거리에 버려진 나무토막처럼 이슬을 맞은 채 누워있을 것이지만 오늘 그는 삽티골에 묻힐 것이다. 이곳은 성씨(成氏)네 종중산이다. 봉순의 할아버지, 할머니, 증조할아버지, 증조할머니, 그 밖의 친척 어른들과 봉순의 아버지 묘도 여기 있다. 봉순은 어디쯤 묻힐 것인가. 아버지 묘 밑이 아니면 정분 좋게 쌍 나란히 앉아 있는 할아버지와 할머니 묘 밑에 묻힐지도 모른다.

똥례는 막 떠오르려고 머리카락이 살짝 보인 해를 소나무 사이로 쳐다보다가 이쪽으로 올라오는 기척 소리에 시선을 아래로 떨군다.

철봉이 거름지게를 지고 이쪽으로 올라오고 있다. 그는 호박구덩이에 거름을 주고 돌아오는 참이다. 그러나 그는 똥례를 발견하지 못했는지 타박타박 거름 바가지로 풀잎을 헤치는 장난을 하며 그러고 올라온다. 똥례는 철봉의 눈에 낀 눈곱을 쳐다보며 그대로 서 있고, 그는 고갯마루에 올라와서야 똥례를 발견하고 헤 웃는다.

"히잉, 어제 봉순이 죽어서 술 많이 먹었는디……"

철봉은 거름바가지를 내던지고 제 형수처럼 벙어리 시늉을 한다. 모가지를 양손으로 꼭 누르기도 하고 혀를 빼물기도 하고 느티나무에 매여 있던 봉순의 모습을 흉내 낸다.

"이 바보야, 얼른 가서 세수나 해여."

똥례는 톡 쏘아붙이고 몸을 도수장 쪽으로 돌린다. 마침 용팔은 방에서 나와 뒤꼍으로 들어가고 있다. 뒤따라 나온 병춘은 부엌으로 들어간다.

"너두 죽어. 또 술 많이 먹게, 히히……."

똥례는 철봉이 지껄인 말에 시선을 그쪽으로 돌린다. 몸을 부들부들 떨며 돌멩이를 힘껏 집어 던진다. 똥례의 돌멩이는 거름통에 맞는다. 철봉은 히, 웃으며 거름바가지를 집어 들고 도망친다. 똥례는 발칵 소리 내며 다시 돌멩이를 집어 던진다.

"이 쌍눔의 새끼야, 너나 죽어. 나두 술 잘 먹는다."

철봉이 사라지자 똥례는 후 한숨을 쉬며 도수장을 바라본다. 빈 지게를 걸머진 용팔의 뒤를 따라 병춘이 앞치마에 손을 씻으며 집에서 나오고 있다. 징검다리를 건너는 서방에게 병춘은 무어라고 소리치며 안으로 들어가려 한다. 그러나 병춘은 이쪽의 똥례를 발견하고 그대로 개울둑에 우뚝 서서 이쪽을 노려본다. 똥례도 저쪽을 노려본다. 둘이 그러고 있을 사이 용팔은 논둑을 지나 밭둑으로 성큼성큼 걸어온다. 병춘은 용팔이 삽티고개에 올라설 때까지 그렇게 서 있고, 똥례는 점점 다가오는 발자국 소릴 들으며 입을 삐죽인다.

—왜 저렇기 쳐다본댜. 기분 나쁘게스리. 누가 지 서방을 잡아먹나.

똥례는 눈을 하얗게 뜨고 삐죽이던 입을 멈추고 용팔에게 몸을 돌린다. 그는 수건을 머리에 질끈 동여매고 작업복으로 몸을 단단히 감쌌다. 똥례는 치마 저고리의 헐렁한 제 차림을 보고 약간 춥다고 생각하며 성큼성큼 산을 내려가고 있는 용팔을 종종걸음으로 따라간다. 그때마다 풀잎들의 치마폭에 숨겨지고 똥례의 치마폭은 이슬에 젖는다.

그들은 삽티골을 빠져나온다. 용팔의 바짓자락도 축축이 젖어 있으나 단단한 신작로를 밟고 있는 그의 발은 구름처럼 가벼우며 씽씽 날고 있다. 이쪽 발이 땅에 닿는가 하면 저쪽 발이 땅에 닿고 저쪽 발을 떼놓는가 하면 이쪽 발을 떼놓고 있다. 똥례는 잰걸음으로 그를 쫓아가며 무슨 말인가 할 듯, 할 듯 하면서도 용팔을 쫓아가기에 바빠 입을 열 사이가 없다. 아니면 무슨 연유에선지 입이 터지지 않는다. 그렇다고 좀 천천히 걷자는 그런 평범한 얘기를 오늘만은 할 때가 아니다. 말을 하려면 그보다 더 굉장한 말을 해야 하는 것이다.

그들은 시름이고개를 넘어 쭉 곧은 편편한 대로를 걷고 있다. 황량한 논벌 가운데로 끝없이 뚫고 가는 이 길은 예산군(禮山郡)과 공주군(公州郡)을 잇는 간선도로다. 양쪽에 어린 포플러나무가 서 있고 세상 끝까지 펼쳐 있는 듯 몹시 길다. 까마득한 저 끝에 희미한 산들이 가려졌고 그 위에서 방금 치솟고 있는 아침 해는 용팔과 똥례의 얼굴에 붉은 물을 들여주고 있다.

똥례는 빨간 햇덩이에 취한 듯 줄곧 눈을 떼지 않고 걷는다. 걸음도 빨라진다. 봉순처럼 죽기보다 커다란 박 같은 해를 끌어안고 덩실덩실 춤추고 싶다. 아니 이 길을 마냥 걷고 싶다.

그러나 똥례는 언뜻 용팔이 없음을 깨닫는다. 걸음을 멈추고 사방을 둘러본다. 저 뒤에서 용팔은 이 길을 벗어나 전불로 들어가는 북쪽 길을 꺾어들고 있다. 똥례는 되돌아 그쪽으로 달려간다. 용팔은 똥례가 길을 잘못 들건 말건 저 갈 길만 가고 있다. 똥례는 입술을 깨물며 수건을 맨 용팔의 뒤통수를 세차게 노려본다. 그것을 돌멩이로 힘껏 까고 싶다고 간절히 생각한다. 얼마 전 철봉에게도 돌팔매질을 했지만 지금은 그런 정도가 아니다. 뒤통수에서 피가 철철 흐르는 꼴을 봐야지 속이 시원해질 것 같은……

전불은 대술면(大術面)에 속해 있는 십여 가호의 작은 동네다. 산밑으로 집들이 다소곳이 앉아 있고 빨간 함석집은 여기 대술면장 집이다. 개나리가 담장을 뒤덮고 있는 그 집 앞을 지나 그들은 수철리로 넘어가는 고개로 들어선다.

이곳은 호롱골처럼 똥례에겐 정이 든 곳이다. 골짜기를 따라 흘러내리는 냇물이며 붕긋하고 길게 뻗친 하얀 고갯길이며 삼각형의 하늘이며 언제나 제자리에 서 있는 나무며 여기에 들어서면 어디선가 들려오는 산새 소리며…… 이런 것들은 사철을 따라 옷을 갈아입지만 얼굴은 변하지 않고 똥례를 보면 언제나 웃는 낯이다. 모든 것은 그것대로 좋았다. 그러나 똥례는 등성에 퍼져 있는 울긋불긋한 진달래를 보고 남 속도 모르고 저렇게 웃고 있느냐고 나무라고 싶다. 오늘은 바로 내가 죽는 날이라는 것을 알리고 싶다. 저것들이 이 사실을 안다면 안색이 좀 슬프게 변할지도 모른다. '얘, 죽지 말어.' 개구리들과는 달리 간절히 말리면 똥례는 정말 못 이기는 척 죽는 것을 그만둘 수도 있다. 그러나 내가 죽는다는 것을 누가 안단 말이냐. 똥례는 그것이 서럽다. 용팔도 그것을 모르는 것이다.

"어제 봉순이가 죽었는디……"

똥례는 고갯마루에 올라서자 저쪽으로 보이는 가새바위를 쳐다보며 서두를 꺼낸다. 이것이 벼르고 벼르던 굉장한 말인지 모르는데 똥례는 가새바위에서 떨어져 죽는다는 마음은 아직껏 변하지 않고 있다.

"몰러유 알어유?"

똥례는 볼품없이 고함치며 용팔을 쳐다본다. 그러나 용팔은 내리막길을 쏜살같이 미끄러져 간다. 똥례의 지껄이는 말이 듣기 싫다는 듯. 똥례는 마구 달려간다. 송림 사이로 언뜻 보였던 그의 그림자가 어디론가 사라지고 없다. 똥례는 용팔이 사라진 쪽으로 줄달음친다. 벌써 용팔은 파릇파릇한 잔디 위에 지게를 벗어놓고 소나무와 낙엽송이 빽빽이 들어찬 응달진 곳에서 나뭇잎을 긁고 있다. 똥례는 눈을 새초롬히 뜨고 용팔을 노려보며 부대뭉치와 손갈퀴를 용팔의 지게 옆에 던져버린다.

"죽으러 가야지. 나 같은 년 살어서 뭣 해여……."

똥례는 앙큼스럽게 쏘아붙이며 일부러 용팔 앞을 지나 가새바위

쪽으로 걸어간다. 빽빽이 들어찬 나무들 사이지만 가새바위는 보인다.

용팔은 똥례의 걸어가는 모습을 볼 수 있다. 그러나 그는 부지런히 나무를 긁어댈 뿐 고개를 쳐들지 않고 있다. 똥례는 용팔의 그런 모습을 힐끗 돌아보고 입술을 깨물며 솔밭을 벗어나 작은 나무와 봄풀들이 흩어진 속을 걸어간다. 가새바위를 쳐다보며 씰룩거리며 걷고 있는 똥례의 눈엔 어느덧 이슬이 맺혀 있다. 가파른 벼랑에 삐죽 나와 있는 바위에서 떨어지면 영락없이 죽을 것이다. 재작년엔가 그전해던가 읍내에 사는 어떤 총각이 떨어져 죽은 일이 있었다. 이유는 알 수 없으나 제가 제 목숨을 끊어버렸다. 정말 잘생긴 부잣집 총각이라고 했다.

—나 같은 년 살아서 뭣 해여. 봉순인 짝이 있어두 죽었는디. 이 세상에서 짝두 없는 년이…… 저 세상에서나 짝을 골라야지

똥례는 예의 총각과 죽어서나 혼인하겠다고 생각하며 발을 용감하게 떼놓는다. 그러나 무엇이 뒤에서 똥례를 꼭 붙잡고 있다. 용팔이 아니라 찔레다. 찔레는 똥례에게 말한다.

—얘, 뭘 죽니. 죽지 마.

찔레가 이렇게 속삭이자 그 주위에 있던 솜나무, 얼레지, 인동, 으름, 놋동이, 때죽나무, 오리나무, 청미래, 가막살나무, 세잎양지, 개서나무, 매자나무, 층층나무, 대사초, 고로쇠나무 등이 덩달아 똑같은 말을 하고 있다.

—찔레 말이 옳어. 죽긴 왜 죽니, 이팔청춘에……

그러나 똥례는 치마폭을 잡아챘다. 찔레의 가시에 걸려 있던 치마

폭은 빠져나왔고 찔레는 마른 가지를 휘청거리며 네 맘이 정 그렇다면 할 수 없다고.

똥례는 용팔이 있는 숲속을 돌아보고 벼랑을 오르기 시작한다. 여기서 용팔은 보이지 않으나 저쪽에서 똥례는 보일 것이다. 용팔은 벼랑을 기어오르는 똥례를 쳐다보고 있을까. 모른다. 똥례는 그가 쳐다보건 말건 칡넝쿨을 붙잡고 벼랑을 기어오른다. 그러나 봄볕에 녹아 대는 땅은 질벅질벅하고 미끄럽다. 똥례는 몇 번인가 미끄러지며 나무뿌리와 가지를 잡고 가까스로 바위까지 올라간다. 바위 위엔 이끼가 잔뜩 끼어 있다. 발을 조심조심 디디며 바위 끝으로 다가간다. 여기서 미끄러지면 저 낭떠러지로 떨어질 것이다. 죽으러 올라온 년이 죽지 않으려고 바둥대는 꼴은 정말 우스운데 바위 아래를 내려다보는 순간 똥례는 와, 울음을 터뜨리며 한 발짝 물러선다. 똥례의 옷고름과 머리칼과 치마폭은 한곳으로 휘날렸고 울음소리도 봄하늘에 메아리치며 그쪽으로 잦아든다.

용팔은 똥례의 울음소리에 일하던 손을 멈추고 가새바위를 쳐다본다. 가새바위의 뒤쪽은 보이지만 똥례가 서 있는 바위 끝은 무성한 소나무 잎새에 가려 보이지 않는다. 그는 소나무 사이를 걸어나간다.

똥례가 보이는 곳까지 걸어나가 우뚝 멈추어 선다. 소나무 둥치에 몸을 숨기고 똥례의 모습을 쳐다본다. 그러다가 다시 되돌아와 나무를 긁어댄다. 용팔의 주위엔 솔가리더미가 몇 군데 쌓여 있다.

똥례는 울음을 그치고 다시 한 발짝 뒤로 물러난다. 그 자리에 주저 앉는다. 여기라면 잘못해서 옆으로 쓰러져도 바위에서 떨어질 염려는 없을 것이다. 똥례는 안심하고 흙 묻은 손을 털어낸다. 흙은 고무신과 치마폭에도 묻어 있다. 고무신을 한 쪽씩 벗어 바윗돌에 탁탁 두드린다. 빨건 황토흙이 바위 위에 흩어진다. 똥례는 바닥이 깨끗해진 신발짝으로 용팔의 볼따귀를 때리고 싶은 충동을 느낀다

똥례는 용팔이 들어 있는 숲속에 눈을 준 다음 사방을 둘러본다. 해는 벌써 공중에 떠 있다. 환한 날씨다 하늘엔 구름 한 점 없다. 그러나 산등성이 이쪽저쪽에서 마구 흔들리며 피어오르는 아지랑이들은 똥례의 머리를 어지럽힌다. 울긋불긋하게 깔린 진달래 무리들도 마찬가지다. 그러나 여기저기서 들려오는 산새의 울음소리는 똥례의 머리를 식혀주고 있다. 똥례는 산새 소릴 들으며 봉순을 생각한다. 봉순은 지금쯤 삽티골에 묻혔거나 동네 장정들이 그의 묘를 한참 파고 있을 것이다.

똥례는 간밤에 봉순이 모습이 떠오르자 다시 죽어야 한다고 생각한다. 그러나 바위 아래는 너무 무섭다. 나무며 풀들은 빙글빙글 돌고 있지 않던가. 그래도 죽어야 한다. 신발을 바위에 곱게 벗어놓고 뛰어내려야 한다. 그러나 용기가 나지 않는다. 봉순이처럼 목을 매고 죽어버릴까. 그러나 그것은 죽을 때 몹시 답답할 것 같아. 아니 이것도 저것도 죽는 것은 모두 싫다.

똥례는 작은 바위를 지나 저쪽 산길을 타고 산을 내려온다. 올라왔던 벼랑은 위험하다. 발을 잘못 디뎌 그곳에서 떨어지면 가새바위에서 떨어지는 거나 마찬가질 것이다. 길은 멀지만 안전한 곳으로 용팔이 있는 숲속을 향하여 걸어간다.

용팔은 평화스럽게 나무를 하고 있다. 똥례의 발자국 소리가 들려

도 뒤를 돌아보지 않는다. 똥례는 그를 본 순간 피가 머리끝까지 치솟고 있다. 지게에서 작대기를 뽑아 들고 용팔에게 달려간다.

"사람이 죽는디두 왜 쫓아오지두 않는 거지."

똥례는 작대기로 용팔의 궁둥이를 후려 때리며 와, 풀밭에 퍼질러 앉아 울음을 터뜨린다. 용팔은 궁둥이에서 터지는 퍽 소리와 함께 갈퀴를 집어던지고 똥례를 쳐다본다.

"날씨가 이렇게 좋은디 죽긴 왜 죽을라구 해여."

용팔은 똥례처럼 풀밭에 주저앉으며 빙긋이 웃기까지 한다. 똥례는 희귀한 그의 웃음에 그렁그렁한 눈을 똑바로 뜨고 울먹이는 소리로 소리친다.

"봉순이두 죽었는디 내가 왜 살어. 뻔뻔스럽게……."

용팔은 다시 일어나 갈퀴를 집어 들며 중얼거린다.

"여자는 정조를 잘 지켜야 허지만 봉순인 바보여."

"그럼 왜 나를 버려놨유, 잉……."

똥례는 와, 울음을 다시 터뜨린다. 용팔은 똥례가 제풀에 지쳐 울음을 그칠 무렵 혼잣소리로 뇌까린다.

"때려잡을 때는 때려잡아야 하구 세워줄 때는 세워줘야 하는 법이여."

이 말은 도수장의 '수혼탑'을 두고 한 말이다. 그러나 똥례가 이 말 뜻을 알 리 없다.

"뭐라구유?"

용팔은 다른 말로 바꿔버린다.

"지난겨울에 졌던 꽃이 지금 또다시 폈잖어. 그러니께……."

똥례는 그 말의 뜻을 제대로 알아차린다.

—봉순이 죽었다구 내가 왜 죽는디야, 남이 장에 간다니께 무릎에 망건 쓰는 꼴이지.

똥례는 작대기를 들고 숲속에서 어정어정 걸어 나온다. 쓰러져 있는 지게에 작대기를 던져 따가운 봄볕이 내리쪼이는 사방을 둘러본다. 똥례의 눈에 들어오는 나무며 풀들은 지난겨울에도 살아 있었다. 그러나 모진 추위에 죽었다 새봄에 다시 살아난 것이다.

—왜 나만 죽는디야. 나두 악착같이 살아볼 것이여.

똥례는 중얼거리며 조급하게 손갈퀴를 집어든다. 빨리해야지. 너무 늦었다. 숲속으로 들어가 솔가리를 박박 긁어댄다. 아직도 해는 많이 남아 있지만 똥례는 조급해진다.

—오늘은 꼭 가봐야지.

똥례는 향천사에 가볼 참이다. 이것은 전부터 벼르던 일이다. 그곳 본당엔 수천 개의 조그만 부처가 진열되어 있는데 모습이 가지각색이다. 얼굴이 넓죽한 부처님, 긴 부처님, 찌그러진 부처님, 코가 빈대코, 벌렁코, 들창코인 부처님, 다리 한 짝이 잘라진 부처님, 언청이, 눈 한 짝이 먼 부처님, 잘생긴 부처님, 못생긴 부처님, 키가 큰 부처님, 작은 부처님, 곰보, 벙어리, 귀머거리, 이런 부처님, 저런 부처님…… 세상 사람의 모습이 모두 다른 것처럼 거기 진열돼 있는 부처들의 모습도 모두 다른데 제일 먼저 눈에 띄는 것부터 차례로 제 나이만큼 세어 가서 콕 찍혀지는 부처님이 바로 제 짝의 모습과 같다는 것이다. 똥례는 이것을 해보고 싶은 것이다.

똥례는 부지런히 나무를 긁어모은다. 그러나 조급해서 그런지 마음에 차지 않는다. 여남은 군데나 놓여 있는 용팔의 나뭇더미를 두루 살펴본다. 똥례는 용팔의 눈을 피해 가며 솔가리 한 더미에서 듬뿍 한 움큼씩 공출을 하여 제자리로 돌아온다. 그렇게 여남은 번 건어온 것은 한 짐을 채우고 있다. 똥례는 그것으로 나뭇짐을 만든다. 그것도 일이 라고 똥례의 이마엔 땀이 흐른다. 허리를 잔뜩 구부리고 치마로 땀을 씻는다.

"일을 너무 빨리했더니 땀이 나네."

땀을 씻고 나서 똥례가 소리치자 용팔은 아무 대꾸가 없다. 똥례는 나뭇더미에 몸을 가리고 치마를 걷어 친다. 궁둥이를 까붙이고 세차게 오줌을 뽑아낸다. 사루마다를 어물쩍 올리며 코를 헹, 푼다. 손가락에 묻은 코를 소나무 둥치에 썩썩 문대고 코에 묻은 코도 치마로 닦아버린다.

"아저씨, 나 먼저 가봐야겄유."

똥례는 용팔에게 소리치고 나뭇짐을 머리에 인다. 드르니고개를 넘어 향천사에 들렀다가 집으로 돌아갈 참이다. 용팔은 일손을 멈추고 산속으로 더 들어가는 똥례를 돌아보고 빙긋이 웃는다. 똥례가 사라질 때까지 그는 그렇게 웃고 있다.

지금 똥례가 걷고 있는 산은 드르니라는 골짜기다. 이 길은 험준하다. 사방으로 불끈불끈 솟아 있는 산봉우리들은 차령산맥의 한줄기다. 이 줄기가 끝나는 제일 마지막 산이 금오산(金烏山)이고 이 산을 뒤에 두고 예산 읍내가 펼쳐졌다. 그러니까 이 길을 따라가면 호롱골 을 갈 수 있다. 전불을 지나 시름이고개를 넘는 것보다 거리는 오히려 가깝다. 다만 길이 험할 뿐이다. 그러나 똥례의 발걸음은 사뿐사뿐 가볍고, 출렁이는 나뭇짐은 다리에 장단을 넣어준다.

—너 어디 가니?

산등성이에 퍼져 있는 나무며 풀들은 똥례가 지날 때마다 얼굴을 모두 이쪽으로 향하고 묻는다. 똥례는 나뭇짐으로 얼굴을 거의 감추고 사방을 둘러보며 가는 길을 알려주지 않는다. 나무꾼들이 만들어 놓은 좁은 산길을 타고 묵묵히 걸어갈 뿐이다.

똥례는 한 번도 쉬지 않고 두 고개를 넘어가 관작골이란 동네에 당도한다. 향천사는 산에 가리어 아직 보이지 않으나 여기서 조금만 더 걸어가면 향천사가 보인다. 똥례가 걷고 있는 앞길을 호랑나비가 날고 있다. 그 나비가 어디론가 사라지자, 향천사 쪽에서 장구 소리가 들려온다. 읍내에서 꽃놀이 온 사람들의 노랫소리도 들려온다. 똥례는 노란 민들레가 피어 있는 길가에 나뭇짐을 푸썩 부려놓고 길을 더 내려간다.

향천사 왼편 쪽 언덕에는 벚꽃이 한창이다. 그 밑에서 춤을 추며 놀고 있는 사람들은 대개 여자들이다. 치마저고리를 이쁘게 갈아입은 늙수그레한 여자들이다. 머리를 빡빡 깎은 중들도 보이고 술에 취한 사내들의 고함소리도 들려온다.

똥례는 그쪽에 눈을 준 다음 부리나케 개울로 내려간다. 향천사 뒷산에서 내려오는 옥수같이 맑은 물. 똥례는 그 물에 세수를 하고 머리도 매만진다. 옷을 다시 여미며 올라와서 향천사 본당으로 들어가는 층계를 쳐다본다. 그곳은 푸수수 벚꽃이 떨어져 있고 지금도 떨어지고 있다. 똥례는 어깨 위로 떨어지는 벚꽃을 맞으며 층계를 하나하나 올라간다. 열려 있는 대문에 들어서자 본당 앞뜰엔 사람이 아무도 없다. 그러나 본당의 문은 열려 있고 그 옆에 늙수그레한 중이 먹과 붓과 종이를 놓고 염주를 세며 눈을 감고 앉아 있다. 똥례가 그 앞에서 머뭇거리자 눈을 딱 뜨고 똥례의 아래위를 훑어본다.

"무엇 때문에 오셨소?"

—신랑 점을 치러 왔는디……

그러나 이런 말은 내비치지 않고 삼면 벽으로 꽉 들어찬 부처들만 쳐다본다. 마룻바닥에 세 개의 큰 부처가 점잖게 앉아 있고 그 뒤로 그 많은 부처들이 앉아 있는 것이다. 그 중은 똥례가 왜 왔는지 알 수 있다는 듯 갑자기 껄껄 웃으며 똥례를 쳐다본다. 그러나 똥례는 아랑곳하지 않고 그 많은 부처들에 눈이 팔려 있다. 어디부터 짚어야 제일 잘생긴 것에 닿을까. 눈알을 재빨리 굴리며 우선 제일 좋은 것을 찾기에 바쁘다. 그러나 어떤 것이 제일 좋은 것인지 분간할 수 없다. 그것이 그것 같고 모두가 비슷비슷하다.

"여기서 어떤 게 제일 잘생긴 부처유?"

중은 다시 껄껄 웃는다. 똥례는 눈을 둥그렇게 뜨며 중을 이상하다는 듯 쳐다보고 다시 눈알을 굴린다. 그러나 정말 분간할 수 없다.

"저것두 세는 거유?"

똥례는 마룻바닥에 앉아 있는 세 개의 부처 중 제일 가운데 것을 가리킨다. 넓은 이마며 장대한 기골이며 이목구비가 그만이다. 똥례는 그것이 제일 마음에 든다.

"아따, 처녀여. 그러는 게 아니라오. 여기 와서 딱 눈에 띄는 부처님부터 세봐야 되는 거지……."

"그으류우."

정말 한심스럽다는 듯 중이 혀를 차자 똥례는 알았다는 듯 고개를 끄덕이고 본당 앞뜰에 내려온다. 눈을 딱 감고 층계를 더듬더듬 다시 올라간다. 본당 앞에서 눈을 용감히 뜬다. 똥례의 눈에 제일 먼저 들어온 것은 귀 한쪽이 떨어진 병신 부처다. 그것에서부터 제 나이만큼 왼편으로 세어가기로 한다. 똥례는 껄껄거리는 중의 웃음소릴 들으며 또박또박 세어가는 중이다.

—하나 둘 셋 넷 다섯 여섯……

제2부

1

달창이로 늙은 호박을 긁고 있는 똥례 주위로 고만고만한 놈들이 호박씨를 기다리며 웅숭그리고 앉아 있다. 경쾌한 소리가 닥닥 나며 아주 가는 물방울이 톡톡 튀는 것을 눈여겨보며 달창이의 장단에 맞추어 합창을 한다.

—박박 긁어라 가마솥에 눌은밥.

—박박 긁어라 가마솥에 눌은밥.

"시끄러워, 야……."

아이들의 합창과 제 손놀림이 제법 맞아들어가자 똥례는 공연히 달 창이 쥔 손에 맥이 빠지며 낄낄거렸고 아이들은 더 신이 나 합창을 계속한다.

"시끄럽다니께……."

이번에는 되우 소릴 치고 눈을 흘겨본다. 소맷자락으로 콧물을 쓱 훔쳐 가며 머쓱해하는 놈도 있으나 아이들은 좀체로 물러나질 않는다.

번죽 좋게 저희들끼리 수군거리며 똥례를 말끄러미 쳐다본다.

똥례는 긁던 호박을 놓고 식칼로 불룩한 배때기를 가른다. 똑같은 토막이 옆으로 자빠지며 건들거리자 한 놈씩 잡고 소담스러운 주황색 호박 속을 후벼낸다. 나 먼저, 나 먼저, 새카만 손들이 밀치고 밀리는 위에 놓아주자 아이들은 호박씨만 골라내고 그 속은 마당에 휙휙 뿌린다. 물기가 있는 호박씨를 양손에 옮겨가며 끈적거리는 손바닥을 옷자락에 문지른다.

똥례가 낙엽이 다 떨어진 감나무 밑에 앉아 호박을 다 긁어갈 무렵 철봉이 지게를 지고 자기 집으로 들어가며 의젓하게 입을 벌린다.

"오늘은 낭구 안 갔니, 힝?"

—야, 나두 시집간다 말여. 난 매일 낭구만 다니란 팔잔 줄 아나베.

똥례는 이런 말을 목구멍으로 꿀꺽 삼키며 철봉네로 고개를 돌릴 사이 집으로 들어갔던 철봉은 무슨 일이 일어난 것처럼 헐레벌떡 똥례에게 다가온다. 석양을 가리고 떡 버티고 서서 내일이 장날이라고 못을 박는다.

"그래 장날여."

철봉이 만들어놓은 그늘 속에서 똥례가 심드렁하게 대답하자 철봉은 벌렸던 입을 잠시 닫고 머쓱해하다 누런 이빨을 드러내고 헤, 웃는다. 그는 내일이 장날이라면 먹을 것을 사다 똥례에게 디밀 것이다. 그러나 똥례의 반응이 의외로 싱겁자 철봉은 실망하는 빛이다. 안타까운 듯 다시 소리친다.

"늬알이 장날인디, 씨……."

"그런디 워쩌란 말여."

똥례가 되받아 소리치며 킬킬대자 철봉은 씨, 하며 돌아서 헤, 웃는다.

“얼라려 껄라려, 철봉이가 똥례헌티 장가간댜, 힝…….”

마당에서 호박씨를 까먹으며 놀던 아이들 속에서 이런 고함이 터져 나오자 아이들은 와와— 대밭 쪽으로 도망치며 한마디 더 던진다.

“사내총 지집애총 날갯죽지 보지총.”

머슴애 계집애가 같이 놀면 아이들은 이런 욕을 한다. 철봉은 이런 욕을 먹고도 헤, 웃으며 도망치는 아이들 쪽을 쳐다보았고 똥례는 잠깐 동안 화를 낸다.

“쬐그만 놈의 새끼들이 까불구 있어.”

그러나 똥례는 활짝 웃으며 호박을 들고 부엌으로 들어온다. 철봉도 줄렁줄렁 똥례의 궁둥이에 바짝 붙어 따라온다. 똥례는 솥을 가시기 시작했고 철봉은 똥례 주위를 빙빙 돈다.

“가야, 우리 엄니헌티 혼나…….”

똥례가 물 묻은 손가락을 눈앞에 튀겨주자 그는 눈을 껌벅껌벅하며 다시 웃는다.

“싫어, 히잉…….”

부엌에서 들리는 철봉의 소리에 안방에서 떨어지는 석서방댁의 고함소리. 그는 울화병이 난다면서 아침부터 죽 누워 있다.

“철봉이 너 뭣 하러 들어왔니, 잉?”

철봉은 똥례의 눈치만 살피며 나갈 기색이 아니다. 똥례는 저 할 일만 부지런히 했고 그는 안방을 힐끗힐끗 돌아보기도 한다. 석서방댁의 고함소리가 다시 한번 떨어진다. 그는 코를 훌쩍한 다음 퉁명스럽게 소리친다.

“심심해서 그류.”

똥례는 철봉의 말에 깔깔대며 웃는다. 다른 때 같으면 꼬리를 빼고 도망쳤을 철봉이 그렇게 의뭉할 줄은 몰랐다.

“저 육시랄 년은 뭐가 좋아서 저 지랄여…….”

석서방댁의 욕설이 들려왔으나 똥례는 깔깔댈 것을 다 깔깔대고 나서 정색을 하며 고개를 까딱인다

“니네 집 팥 있지, 잉?”

“팥?”

“잉, 먹는 팥 말여.”

“우리 집 있어, 팥 있어…….”

“조금만 가져와, 호박 풀때기에 그걸 넣으면 얼마나 맛이 좋다구.”

말이 떨어지기가 무섭게 철봉은 자기 집으로 달려간다. 똥례는 신이 나서 달려가는 철봉을 쳐다보며 호박을 깍두기처럼 썰어놓는다. 이것을 다 썰어놓고 밀기울을 반죽할 무렵 철봉이 허리춤에 팥 양재기를 감추고 헐레벌떡 돌아온다. 그것을 똥례에게 디밀며 저희 집 쪽을 힐끗힐끗 쳐다본다.

“감춰, 감춰.”

똥례는 안마당을 내다본다. 그의 형수가 남자 고무신을 찍찍 끌며 이쪽으로 오고 있다. 똥례가 재빨리 그것을 살강 밑에 감추어버리자 벙어리는 부엌으로 들어온다. 그 작은 체구를 떡 버티고 부엌문 앞에 서서 꽥꽥, 소리 지른다. 벙어리는 제 감정을 못 이길 때면 손짓을 쓰지 않고 이렇게 소리만 친다. 똥례는 왜 그러냐고 짐짓 묻는다. 불이 켜져 있는 벙어리의 눈은 시동생과 똥례를 번갈아 쳐다보며 훔쳐

온 팥을 내놓으라는 것이다. 똥례가 아무것도 가져오지 않았다고 밀기울이 뭉텅이로 묻은 양손을 마구 젓고 있을 사이 철봉은 슬금슬금 자기 집으로 도망친다.

"아바바...... 꽥, 꽥, 아바브으……."

벙어리는 벽창호같이 소리치며 그게 될 말이냐고 똥례에게 달려들 기세다. 똥례는 벙어리를 비웃어주고 밀기울 그릇에 물 반 바가지를 더 붓는다.

"뭣 때미 그려, 뭣 때미……."

고함과 함께 방문이 쾅 열리며 석서방댁이 속곳바람으로 튀어나온다. 벙어리는 그쪽을 향하여 열심히 손짓을 하며 버버낸다. 그러나 석서방댁은 벙어리의 손짓을 알 수 없다는 듯 똥례에게 다그친다.

"뭣 때미 그려, 이년아……."

"아무것두 아니유. 공연스레 와서 야단이네……."

똥례가 시치미를 딱 떼고 벙어리에게 눈을 하얗게 흘기며 푸념하자 석서방댁은 벙어리를 향하여 냉큼 소리친다.

"저런 것두 없이 사니께 누굴 깔보구 야단이여, 빨리 가……."

벙어리는 금방 울음이라도 터뜨릴 듯 양미간을 좁히고 무어라고 중얼댄다. 그러나 다시 꽥, 꽥, 소리치며 손가락으로 사내와 계집을 만들어 들락날락하는 흉내를 해보이며 반쪽이 부러져 시퍼렇게 멍이 든 앞니 사이로 침을 찍 깔긴다. 벙어리는 화가 나면 이런 욕을 곧잘 한다.

그가 신발을 찍찍 끌며 사라지자 석서방댁은 부엌 안으로 뛰어 들어온다. 손바닥으로 똥례의 등줄기를 세차게 후려갈기며 날카로운 목소리로 욕설을 터뜨린다.

"이 육시랄 년아, 말썽 좀 그만 부려."

석서방댁은 딸을 잠시 노려보고 부엌을 나간다. 방문 앞에 놓아둔 찰찰 넘는 요강을 들고 토방을 내려선다. 누가 없나 주위를 살펴보며 넓은 안마당을 지나 길 건너 변소로 들어간다.

똥례는 걸을 때마다 벌름벌름 내보이는 어머니의 궁둥이를 쳐다보다가 시큰한 등줄기의 아픔을 아직도 느끼며 염병할, 염병할, 한다. 주둥이를 보리수퉁니처럼 내밀고 풀떼기를 안친다.

그러나 오늘처럼 즐거운 날은 일찍이 없었던 것 같다. 어제 석서방은 '이제 넝굴랑 그만 다녀라, 잉' 했던 것이다. 그 사이 노랑녀가 석서방을 어떻게 구워삶았던지 영철에게 딸을 주기로 했다. 뭐 영철이라면 똥례의 서방감으론 그런대로 괜찮으니까 석서방 쪽에서 자진했는지도 모르는 것이고. 아무튼, 조서방네와 석서방네의 혼인은 가을볕의 능금처럼 한창 무르익고 있다. 왜 고운 때도 묻지 않은 내 딸을 그런 홀아비에게 주느냐는 석서방댁의 반대가 없었던 것도 아니지만 똥례만은 뛸 것같이 기쁜 것이다. 얼마나 기다렸던 혼인 말인가.

똥례는 아궁이에 불을 때며 흥얼흥얼 콧노래를 부르고 있다. 솥에서 김이 난다. 밀기울, 늙은 호박, 팥을 섞어 만든 풀떼기의 구수한 냄새는 똥례의 식욕을 돋우고 있다.

"엄니두 일어나슈."

똥례가 저녁상을 들고 컴컴한 방 안으로 들어가자 석서방댁은 벽 쪽으로 돌아누우며 쏘아붙인다.

"난 안 먹을 테니 니들이나 처먹어."

똥례는 등잔에 불을 붙이고 빙 둘러앉은 동생들에게 풀떼기를 국자로 떠준다. 아이들은 게 눈 감추듯 그릇을 비우고 빈 그릇을 다시 내민다.

"배급이여, 배급……."

똥례는 흥이 나서 아이들의 그릇에 풀떼기를 다시 떠주고 제 그릇에도 가득 채운다. 어쩌면 그렇게 팥알이 맛있을까. 달차근한 게 꿀맛 같다. 똥례는 무엇보다 그 팥알 때문에 두 그릇을 먹고 조금 더 먹는다. 석서방네 안방은 한창 저녁 먹는 소리로 부산했으나 상을 내가자 조용해진다. 아이들은 너무 먹어 맹꽁이 같은 배를 내밀고 헉헉대고 있다. 무슨 장난을 치려 해도 무거운 배 때문에 함부로 까불 수가 없는 것이다.

똥례도 배가 부르다. 게다가 물은 자꾸 먹힌다. 설거지를 하다 말고 찬물을 벌컥벌컥 마신다. 배는 더 땡땡해졌고 그 배를 추스르며 방으로 들어온다. 벽을 기대고 앉아 치마 위로 배를 슬슬 문지르자 극, 하고 게트림이 나온다.

"엄닌 시장하지 않으슈?"

똥례는 배를 여전히 문질러대며 말을 걸어본다.

"니 애비 잘 만나서 배 안 고프다."

"그래두 잡숴야지, 안 잡수면 나만 손해 아니유."

"어 지집애, 드럽게 말두 많애……."

"………"

"고렇게 멀거니 앉아서 잔소리만 하지 말구 재들 속옷이나 겨줘."

똥례는 고리짝을 열고 우선 바늘을 찾아 놓고 윗방에 이부자리를 깐다. 아이들의 옷을 모두 벗겨버리자 명철이와 명정이는 고추를 잡고 윗방으로 건너가서 옥례와 함께 이불 속으로 기어들었고 명수가 어머니 옆으로 파고들자 석서방댁은 부시시 일어나 담배를 말고 있다.

똥례는 걸레 같은 옷을 모아놓고 먼저 이를 잡아야 했다. 해진 것도 해진 것이지만 보리만 한 이가 엉금엉금 기어다니는가 하면 하얀 서캐가 군데군데 실려 있다.

"야 괴기 먹구 싶다, 히히……."

서캐를 등잔불에 그슬리자 고기 냄새가 난다. 고기 냄새가 나자 명철이 소리친 것이다.

"이놈의 새끼야, 뱃속에 거지가 들었니. 금방 배를 채우구 또 먹는 얘기여. 이놈아, 비지에 부른 배가 연약과두 싫은 법여."

석서방댁은 윗방에 대고 큰소릴 쳤으나 정말 고기가 먹고 싶다. 침을 꼴깍 삼킨다. 그러나 서캐 타는 냄샐 맡고 침을 흘린 자신이 서글프기도 한지 담배 연기를 길게 뿜어대며 벽에 걸린 바가지를 쳐다본다. 그것은 한쪽이 깨져 있다. 석서방댁은 다시 고함을 친다.

"저거 누가 그랬니, 잉?"

"명정이가 어제 흥부네 복바가지 만든다구 그렇게 해놨어."

윗방에서 명철이 대답하자 명정이 앙탈이다.

"저는 안했남. 잉……."

"이놈의 새끼들아, 니 애비가 정신을 차려야지 바가지를 깨쳐서 부자가 되는 거여. 이 미련한 곰단지들아."

석서방댁은 냉큼 고함을 치고 무슨 생각에 잠긴다. 방 안에 잠시 침묵이 흐른다. 아이들은 모두 잠이 들었고 똑똑 이 잡는 소리와 등잔에서 기름 조는 소리. 쌩, 바람 소리가 뒷산에서 옆 산으로 치고 있다. 낮에는 겨울 같지 않게 푸근하더니 바깥은 몹시 추운 모양이다.

똥례는 졸음을 가까스로 참으며 이 사냥을 끝마친다. 그러나 아이들의 옷을 꿰맬 생각은 좀체로 나지 않는다. 너무 오랫동안 앉았던 때문일까. 똥례는 속옷을 꿰매는 대신 제 저고리 앞섶을 뭉깃뭉깃 열고 치마허리를 푼다. 이가 없나 몸을 등잔에 바짝 대고 턱주가리를 가슴 위로 박아본다. 방 안의 한쪽이 어두워지며 똥례는 첫밨에 이를 잡았다. 실밥에 끼여 있는 통통한 이를 초고슴에 잡고 보니 온몸이 군시럽다. 아니 군시러운 것 같다. 똥례가 제 젖통을 박박 긁어 대자 석서방댁은 짜증을 낸다.

"아이구 갑갑하게 그러지 말구 벗구 잡어."

석서방댁은 이를 잡을 때면 옷을 홀랑 벗는다. 자식들이나 서방 앞에서 보일 것을 죄 보이고. 그러니까 석서방댁은 자기처럼 하라는 것인데 똥례는 볼멘소리를 내지르곤 여전히 꼼지락거린다.

"싫어유."

석서방댁은 계집애니까 옷을 벗는 게 부끄러워 그러나보다고 생각하며 똥례를 유심히 쳐다본다. 뭐 날은 받아놓지 않았으나 조서방네로 시집가서 잘살는지 어떨는지도 생각해보다가 똥례 앞에 쌓여 있는 너절한 속옷을 보고 후 한숨을 쉰다.

"아이구 난 니가 바느질할 줄 몰라서 큰 걱정여. 남의 집에 가서 바느질 못 한다구 말 들으면 어떡허니."

사실은 아이들의 속옷을 보고 거지 같은 제 신세가 역겨웠던 것이지만 그것을 똥례에게 덮어씌운 것이다. 똥례는 어머니의 말이 떨어지자 부리나케 앞자락을 여미고 바늘을 집어 든다. 그렇게 지겹게 여겨지던 아이들의 속옷 중 하날 들고 꿰매기 시작한다.

"누군 뱃속에서부터 배워갖구 나왔남유. 배우면 되는 거지."

"에이구 요년, 시집은 더럽게 가구 싶은가베."

석서방댁은 바늘을 냉큼 집어 드는 딸이 우스웠던지 깔깔대고 웃는다. 그러나 웃음을 뚝 그치고 딸의 속을 꿰뚫기나 하듯 똥례의 얼굴을 빤히 쳐다본다. 똥례는 어머니의 그런 시선을 힐끗 쳐다보고 삐쭉 웃는다.

"그럼 시집 안 가구 싶은 년이 어딨유."

"그래, 그럼 그 집으로 시집 보내주면 갈 테여?"

"뭐 우리가 사람 고를 형편유."

똥례의 표정엔 확실히 그늘 같은 것이 지나간다. 새것이 아니라면 숨통을 칵 따고 죽어버리겠다고 그렇게 버티던 똥례였으나 이제는 할 수 없는 것이다. 제가 새것이었다면 아직도 그것을 고집했을지 모른다. '나두 새게 아닌디 뭘…… 똥은 똥끼리 만나야지.' 이것이 똥례의 푸념인 것이다. 그러나 이것은 어쩌면 호강스런 푸념인지도 모른다. 봉순이 죽고 나서 헌것한테라도 시집가고 싶은 생각은 부쩍 더 났다. 그러나 깐깐 오월, 미낀 유월이 되어도 누구네 집에서 혼인말은 비치지도 않았고 어정 칠월, 동동 팔월이 지나가도 마찬가지였다. 똥례는 세상 사는 재미가 안 났다. 이대로 늙어 죽나 싶었다. 그러나 가을바람이 설렁설렁 불어오는 설렁 구월이 되자 혼인말이 들어왔던 것이다. 물론 새말 조서방네서다. 이때쯤의 똥례는 새벽닭 울

때의 호랑이였다. 교만한 호랑이는 열여섯 살짜리 총각 불알이나 열여섯 처녀 젖통만 노리며 초저녁부터 산기슭에 그대로 웅크리고 있었으나 그런 것은 좀체로 나타나지 않았고, 어느덧 새벽닭이 꼬끼오옥— 배고프고 초조해진 호랑이는 '중[僧]이나 개[犬]나, 중이나 개나' 연방 부르짖으며 황급히 마을로 내려왔다는 것이다.

"그럼 수캐처럼 졸졸 따라다니는 철봉이헌티 가지 왜 그 집으로 간다구 안달여."

석서방댁의 빈정거림에 그러잖아도 화가 나 있던 똥례는 눈물을 글썽하며 발칵 고함친다.

"내가 그 집 식구가 되면 엄닌 뭐가 좋아유."

석서방댁은 똥례의 고함에 조금 기가 꺾인다. 꼴을 보려고 던진 말인데 저년이 저렇게 지랄을 떨 줄은 몰랐다. 그는 아주 부드럽게 얘기한다..

"그리기 어지간한 총각보다 그쪽이 훨씬 낫어. 나이가 듬직한 사낸 지집 위할 줄도 알고 은근해서 좋은 거란다."

"……

"니 신랑감이 파르르 하는 승질이 있는 모양인디 그런 사람은 그때뿐이구 뒷심이 없다니께. 그때만 지나면 싹싹해져서 인정두 더 피는 거여."

"……

"너두 시집가서 어린애두 많이 낳구 속두 썩어봐야 알겠지만 그저 서방이란 건 지집 위할 줄 모르면 헛거라니께……."

"………"

"나두 니 애비 같은 알건달헌티 시집왔으니께 이런 신세가 된 거여. 돈 많은 어떤 사내가 후취로 오라구 그렇기 허는디두 안 갔다니께. 지금 생각하면 원통허지……."

"………"

똥례는 속옷을 꿰매며 잠자코 듣고 있다. 철봉에 비하면 조서방 아들이 낫기만 한가. 어머니 말이 그럴듯하다. 석서방댁은 마치 싫다는 딸을 억지로 꾀어 그 집으로 보내려고 애쓰는 꼴이 되었다. 그러나 이것은 순전한 석서방댁의 변덕이다. 영철을 마구 헐뜯을 때도 있는 것이다. '얘, 니 애비가 노름에 미쳐서 내 속을 얼마나 썩여줬는지 아니. 그놈은 니 애비보다 더 알짜 노름꾼이여. 그런디 왜 그런 놈헌티 시집을 가려구 안달여. 이년아……' '너 허연 그 눈깔을 보구 징그러워서 어떻게 살래.' '이년아 그놈이 여편넬 얼마나 얻어들인 줄이나 아니. 다람쥐처럼 열인가 스물인가를 얻어들였다구 허더라.' 석서방댁이 이런 말을 할 때는 대개 서방에게 얻어맞았거나 서방으로 해서 속이 상할 때다. 조서방네와의 혼인 말은 서방의 입에서 비롯된 것이니까 헐고 뜯고 늘어져야 하는 것이다. 그렇다고 지금 석서방댁은 기분이 좋아 영철을 두둔한 것이 아니다. 공연히 심통을 부리느라고 저녁도 굶지 않았던가. 어떻게 어떻게 하다 보니 말이 그렇게 나갔을 뿐이다.

"딸을 둔 년은 이래두 걱정 저래두 걱정……."

석서방댁은 담배를 다시 말며 인심이나 쓰듯 후 한숨을 쉰다. 이번이 세 번째다. 빈속에 담배 연기를 넣으니까 정신이 아찔아찔하고 혓바닥에 쓴 기운이 배어 있으나 그래도 심심하니까 피우는 것이다.

그러나 석서방댁은 애써 만 담배를 다시 담배통에 털어 넣고 부리나케 이불 속으로 기어든다. 안마당에서 구두 발자국 소리가 들렸던 것이다.

석서방댁은 이런 때가 가끔 있다. 들어오는 서방에게 움켜잡는 소리를 안 치면 이렇게 다 죽어가는 사람처럼 엄살을 부리는 것이다.

"어 춥구나."

기름이 자르르 흐르는 금방 깎은 듯한 머리를 하고 석서방이 들어온다. 양손엔 무엇인가 잔뜩 들려 있고 빨간 딸기코에 콧물이 대롱거린다.

"엄니 아프냐, 잉?"

석서방은 들고 온 물건을 방바닥에 내려놓고 석서방댁과 똥례를 번갈아 쳐다본다. 똥례는 그럴듯하게 대답한다.

"엄니유 배두 아프구 골치두 아프다구 저녁 두 안 잡숫구 저렇게 앓구 있유."

석서방은 우선 대롱거리는 콧물을 훔쳐 양말에 문대고는 이불을 떠들어보며 소근거린다.

"지어매, 어디 아퍼?"

석서방댁은 죽은 듯이 말이 없다.

"지어메, 배 좀 밀어줄까, 잉……."

석서방은 여편네의 이마를 짚어보고 이불을 더 들춘다. 아픈 배를 밀어주려고 아래로 한 발짝 내려간다. 석서방댁은 서방의 찬 손이 닿자 꽥 고함을 친다.

"차."

석서방은 껄껄거리며 여편네를 일세우려 한다. 석서방댁은 앙탈을 하며 다시 눕는다. 서방과 계집은 장난인지 지랄인지 서로 붙잡고 뒹굴며 승강일 한다.

"이거나 먹어봐. 내가 지어매 생각허구 사 온 건디."

여편네가 정말 못 이기는 척하고 일어나자 석서방은 사과와 과자가 든 봉지를 부스럭댄다. 그러나 석서방댁은 새치름한 표정을 하고 고개를 돌려버린다. 석서방은 그러고 있는 여편네 앞에 그것들을 디밀어놓는다.

"이거 먹어."

"싫단 말여."

"먹으라니께."

"싫단 말여."

"아 먹으라니께, 히히……."

석서방이 콩이 든 오꼬시 하나를 집어 여편네의 입에 처넣는 것을 석서방댁은 싫다고 주둥이를 꾹 다문다. 그러나 석서방이 억지로 쑤시어 박자 석서방댁은 할 수 없다는 듯이 과자를 잘 넣고 씹으며 서방을 흘겨본다.

"이이가 주책이여……."

그래도 새치름한 빛은 그대로 있으나 석서방댁은 과자를 더큼더큼 잘 주워먹었고 석서방은 그것이 흐뭇한지 싱글거리다가 얌전히 앉아 있는 똥례에게도 먹으라고 한다. 똥례는 과자보다는 보자기에 싼 물건이 궁금해서 조바심이 난다. 과자 한 개를 집어먹으면서도 눈길은 자꾸만 그쪽으로 쏠리고 과자가 맛있는 줄을 모르겠다. 저것은 옷일 것이다. 내가 시집갈 때 입고 갈 옷이라고 똥례는 생각한다. 석서방댁도 눈길을 그쪽으로 준다. 그러나 우선 먹는 것이 급한지 물을 찍찍 깔기며 사과를 어석어석 깨물기도 하고 깊은 구덩이에 돌을 처넣듯 과자를 수없이 입에 넣는다. 어느덧 두 됫박은 넉넉한 과자가 거의 없어졌고 사과도 몇 알 남지 않았다. 서방은 돌아왔고 고팠던 배는 불러 졌고 석서방댁은 마음이 풀어지기 시작한다. 아무래도 날 위해주는 것이 누구냐. 불알 밑을 살살 긁어주고 싶도록 서방이 귀엽다. 좋으니 궂으니 원수니 악수니 해도 서방이 제일이지. 서방 없는 넌 서러워 어떻게 산담.

"이걸랑 애들 뒀다 줘."

이제 먹기가 싫은 그것들을 꾸깃꾸깃 해서 석서방댁이 한쪽으로 밀어붙이자 석서방은 들고 온 보자기를 끌어당긴다.

"지어매, 늬알은 장날인디 장구경이나 가지."

석서방댁은 똥례 것이 아니고 내 거란 말이냐고 놀라는 기색을 하고 서방을 쳐다본 다음 부리나케 그것을 풀어헤친다. 그것은 옥색 저고리와 회색 치마다. 석서방댁은 시무룩해져 있는 딸을 힐끗 돌아보며 그것을 들고 일어난다. 속곳 위에 치마를 둘러보고 저고리까지 입어보며 깔깔거린다.

"워쩌면 이렇기 품이 꼭 맞는다."

석서방댁이 감탄을 연발하며 수선을 떨자 석서방은 힝, 웃으며 똥례를 힐끗 쳐다본다.

"똥례 건 늬알이라두 사줘야지……."

똥례는 그때서야 배시시 웃으며 어머니의 옷 입은 것을 쳐다본다.

옷이 날개라더니 석서방댁은 한결 젊어 보이고 생기가 돌아 보인다. 석서방댁은 이 옷을 입고 떡 전에 가서 그렇게 먹고 싶어 타령을 하던 대추와 참깨가 든 기주떡(증편)을 사 먹으며 장 구경할 생각을 하니 가슴이 설레는 것이다.

"아이고 몇 년 만에 나들이냐, 시어매 죽구 외출하긴 첨이라더니 내가 그 꼴이구먼, 깔깔……."

석서방댁이 입었던 옷을 벗으며 깔깔거리자 양손을 사타구니 속에 쿡 처박고 방바닥을 내려다보며 몸을 좌우로 흔들고 있던 석서방이 고개를 번쩍 쳐들고 정색을 하며 깜박 잊었던 말이 생각난 듯 입을 연다. 딸기코의 송송 뚫린 구멍은 차라리 무슨 벌레들처럼 굼실굼실한다.

"참, 똥렌 스무닷샛날 보내기루 했어."

"뭐? 스무닷샛날……."

석서방댁은 입을 벌린 채 서방을 쳐다본다. 스무닷새라면 불과 사흘밖에 남지 않았다. 그러나 석서방은 방금 노랑녀를 만나 혼렛날을 그렇게 정하고 집으로 곧장 돌아왔던 것이다. 노랑녀에게 빚조로 얼마를 얻어 이발도 하고 옷과 먹을 것을 사 들고.

"해 보내지두 못할 걸 뭐……."

석서방이 말끝을 얼버무리며 한숨을 쉬자 석서방댁도 그것을 흉내 낸다.

"허긴 그려."

똥례는 벌게진 얼굴을 감추려는 듯 윗방으로 넘어와 이불 속으로 들어간다. 구불구불하게 천장에 나와 있는 서까래를 쳐다보며 반듯이 누워 있다. '해 보내지두 못할 걸 뭐……' '허긴 그려.' 아랫방에선 똑같은 말이 몇 번인가 더 들려온다.

2

얼마나 오랜만의 나들이냐. 아이들은 어제 석서방이 사온 새 옷을 입고 있는 어머니를 쳐다보고 있다. 그러나 명수만이 저도 쫓아간다고 칭얼거린다.

"어이구 왜 이렇기 늙은 색을 사 왔다냐. 다홍이나 퍼런색을 사오지."

석서방댁은 회색이 마음에 안 드는지 치마를 쓸어보며 투정이다. 사실 석서방댁은 몸이야 늙었으나 나이는 젊다.

"이게 뭐여, 지 지집이 늙어 뵈는 게 그렇게 좋은가."

석서방댁은 거울을 똥례에게 건네주고 다시 투정. 그러나 아이를 휘둘러보고 방문을 여는 그의 표정엔 설렘이 가득 차 있다.

"아버지가 네 옷도 사 올지 모르니께 집 잘 봐라, 잉."

석서방댁은 똥례가 깨끗이 닦아놓은 흰 고무신을 꿰며 고개를 까딱인다. 똥례는 저도 토방으로 내려서며 아침을 먹으면서 몇 번인가 당부한 말을 또다시 뇌까린다.

"구리무두 꼭 사오구유. 분도 꼭 사와유."

"아무렴 그것뿐이냐. 비녀두 사와야구 내가 알아서 헐 테니께 걱정 마."

똥례는 새 옷을 휘젓고 나가는 석서방댁을 쳐다보며 활짝 웃고 있다. 내일모레 시집갈 때는 얼굴에 화장을 예쁘게 하고 새 옷을 입고 갈 것이다. 그리고 쪽을 쪄야 한다. 똥례의 시집에선 그러고 오는 것을 바라고 있으니 말이다.

"엄니 빨리 댕겨오슈……."

똥례가 석서방댁의 등에 대고 크게 고함을 치자 석서방댁은 앙앙 울고 있는 명수를 가리킨다.

"저놈의 새끼 좀 실컷 패줘라."

똥례는 마당에 주저앉아 양발을 번갈아 차면서 울고 있는 명수를 돌아보고 다시 고함친다.

"빨리 와유 잉……."

석서방댁은 '그런다니께……' 귀찮다는 듯 대꾸해 주고 대발 앞으로 몸을 감춘다. 똥례는 벙글벙글하며 명수에게 다가간다.

"애가 아침부터 왜 우는 거여. 재수 없게스리. 맞어볼 테여?"

똥례는 얼굴을 무섭게 하려고 애를 썼으나 그것이 되질 않는다. 그러잖아도 누나 말이라면 개방귀로 알고 있는 명수는 똥례의 얼굴을 알아보고 동네가 떠나가도록 더 악을 쓴다. 명철이와 명정이는 벌써 장벌로 내달았다. 이놈들은 슬슬 장벌로 돌아다니며 어물전에서 멸치나 오징어를 훔쳐먹기도 하고 쓸데없이 빙빙 돌아다니는 것이다. 그러나 명수만은 아직도 어려서 그런 짓을 못 한다. 제 형들도 저를 떼놓고 도망친 데다가 엄마마저 데리고 안 가니 화가 안 날 수 있을까.

"이리 와, 내가 맛있는 거 줄게."

명수는 먹을 것을 준다는 말에 울음을 뚝 그치고 똥례를 따라 나뭇간으로 들어온다. 똥례는 나무를 헤쳐놓고 부삽으로 땅을 판다. 지난가을에 똥례는 이곳에 밤 한 되쯤을 묻어놓았던 것이다. 전불엔 밤나무가 많이 있다. 주우려고 맘만 먹으면 몇 말이라도 주울 수 있다. 그러나 수철리에서 돌아오는 바쁜 길을 틈 타 이것만 주워왔던 것이다. 똥례는 축축한 흙이 묻어 있는 밤 한 되를 물에 깨끗이 씻어 명수에게 얼마큼을 주고 방으로 들어온다. 하늘을 날듯이 몸이 가볍다. 내일모레 시집간다는 사실이 그렇게 신기하고 이상한 것이다. 사람은 어떻게 어떻게 하다 보면 이렇게 짝이 채워지니 말이다. 세상은 참 묘한 것이 계집과 사내는 서로 짝을 짓게 마련인데 헌 짚신도 짝이 있다는 말이 그렇게 들어맞을 줄도 몰랐다. 세상은 그렇게 되기 마련인데 그런 줄도 모르고 애를 바싹 태우고 안달을 했던 자신이 우습기도 하다.

똥례는 미친년처럼 공연히 웃어대며 앞뒷문을 활짝 열어놓고 방을 쓸고 닦는다. 명수가 밤껍질을 버려둔 토방도 쓸어낸다. 똥례는 기분이 났다. 마당 한가운데 흩어졌던 감나무의 그림자가 둥치 밑으로 모여들 때까지 집안 소제를 한다. 너절했던 집 주위가 똥례의 손에 말끔히 치워진다. 어느덧 점심때를 넘고 있다.

똥례는 세수한 물을 마당에 휙 뿌리고 방으로 들어온다. 수건으로 얼굴을 문지르고 거울 앞에 앉아 머리를 빗는다. 고리짝에서 빨아놓은 옷을 꺼내놓고 옷을 갈아입는다. 구석구석을 돌아다니며 헌 빨래를 거두어 들고 쪼르르 냇가로 향한다.

똥례는 옆구리에 대야를 끼고 한쪽 손엔 빨랫방망이를 들고 있다.

걸음을 가볍게 떼며 도수장 쪽으로 내려간다. 장터에서 사람들의 왕왕대는 소리가 은은하게 들려오고 빨래터에서 깔깔대는 순이네의 음성도 들려온다.

"오늘은 어쩐 일여?"

똥례가 빨래 뭉치를 내려놓자 순이네가 고개를 쳐든다. 다른 아낙네들도 똥례를 쳐다본다. 그들은 모두가 나무를 다니는 과부들이고 노랑저고리에 분홍치마를 입은 새댁만이 이들과 다르다. 봉순네는 올봄에 딸이 죽자 외롭다는 핑계로 머슴 간 아들을 데려왔고 지난가을에 자부를 봤던 것이다. 그러니까 이 새댁은 죽은 봉순의 올케다. 똥례는 새댁 옆으로 다가가며 순이네를 향하여 웃어준다.

"아줌닌 어쩐 일유?"

"아따, 지집년이 나무만 하면 사나. 집안일두 해야구 빨래두 해야구……."

"그게 바로 내가 할 말유."

이제 결말이 났다. 과부들과 똥례가 나무를 안 가고 이렇게 개울에서 모인 것은 이유가 똑같다는 것이다. 순이네가 깔깔거리자 부뜰네와 당진댁이 웃음 꼬리를 더 잇는다. 웃음소리가 끝나자 부뜰네가 말한다.

"오죽 팔자가 드센 년들이 나무만 댕길라구. 안 그려?"

"나무를 다녀서 팔자가 드센 건가. 서방이 죽었으니께 팔자가 드센 거지."

당진댁이 말하자 윤일네가 받는다.

"맞았어, 서방 없는 년은 볼 장 다 본 거여. 팔자구 뭐구 말할 것두 없다니께."

이때 머리에 무엇을 인 병춘이 이쪽을 힐끗 돌아보고 개울둑으로 올라간다. 보아하니 장에서 오는 것은 아니겠고 어디를 갔다 오는지 알 수 없다. 검정치마를 너풀거리며 저희 집으로 들어간다.

시집온 지 얼마 안 되는 봉순이 올케는 병춘에 대해 잘 모른다. 따라서 이들이 왜 킬킬거리는지도 알 수 없다. 그저 얌전히 앉아 빨래를 할 뿐이지만 과부들은 깔깔거리고 웃는다. 똥례도 깔깔거리고 웃다가 얌전한 새댁을 보고 웃음을 뚝 그친다. 내일모레면 나도 새댁이 되는 데 과부들처럼 얌전치 못하면 안되는 것이다. 나두 봉순이 올케처럼 얌전해야지. 똥례는 얼굴 붉히는 연습까지 해본다.

해가 서쪽으로 조금씩 기울어지고 냇가로 매운바람이 불어온다. 봉순이 올케는 벌써 집으로 돌아갔고 똥례도 거의 빨래를 해가고 있다. 그러나 과부들의 빨래는 아직도 많이 남았다. 순이네는 오금이 아프다면서 물 묻은 손을 치마에 닦고 허리춤에서 담배꽁초를 꺼낸다. 빨래 독에 궁둥이를 무겁게 떠받치고 앉아 파란 연기를 뿜어내자 다른 과부들도 덩달아 일손을 멈추고 저희들도 담배를 피운다.

"어떤 년이 영감한테 묻는 거라. 일꾼은 누굴 얻었느냐는 거여. 김서방이지."

순이네는 콩알만 한 담배꽁초를 냇물에 던져버리고 두툼한 입을 터쳐놓기 시작한다.

"영감이 일꾼으로 김서방을 얻었다니께 이년은 좋아서 밤잠두 못 자는 거라. 영감이 자고 있는 새 쌀 한 되를 콩콩 빻아서 생편을 밤새도록 빚어놨어."

"그러니께 샛서방 생각을 하구 그랬구먼?"

담배 연기를 후, 뿜으며 부뜰네가 묻자 순이네는 행, 코를 풀며 동시에 대답한다.

"아무렴."

"아이고 그년 기특두 하지, 깔깔……."

"이튿날이 돼서 밤새 빚은 셍편을 앞치마 속에 넣고 밭으로 나가는 거라. 지 영감이랑 김서방은 고랑 하날 사이 두구 밭을 정답게 매구 있는디 이년은 김서방 옆에 있는 밭으로 가서 콩을 따는 척하며 콩잎만 따거던. 콩잎 하나를 똑 따놓구 셍편을 한 개씩 놔주는 거여. 김서방두 그걸 알아차렸지. 앞으로 김을 매나 가면서 한 개씩 줏어 먹는 거라. 그런디 이건 너무 자주자주 놔주니께 목이 말러 못 먹겠거던. 영감이 옆에 있으니 뭐라구 말할 수두 없구. 그냥 놔두자니 영감헌티 들킬 것 같구 큰일이란 말여. 할 수 없이 이놈은 소리를 하는 거라. 뭐라구 하느냐면……."

순이네는 목청을 가다듬는다. 목구멍을 캑캑하고 침을 냇물에 퉤, 뱉고는 목소리를 길게 뽑는다.

콩잎 하나 똑 따놓구
셍편일랑 드문드문
목 마쳐서 못 먹겠네

순이네의 구성진 목청이 졸졸졸 흐르는 냇물을 타고 흘러가자 깔깔대는 웃음소리가 흩어진다.

“이년은 벌써 저헌티 하는 소리라는 걸 알아채리구 샛서방을 돌아보고 샐쭉 웃는 중인디 이 물색없는 영감탱이 좀 보라구. 김서방 소리에 홍이 났거던. 밭을 매다 말구 벌떡 일어나더니 어깨춤을 덩실덩실 추는 거라.”

순이네는 냉큼 일어나서 그 영감의 흉내를 내며 소릴 한다. 깔깔깔 깔깔…… 과부들의 웃음 속에서.

어형 정정 잘한다
긍 그러면 흥 그렇지
어형 정정 잘한다
긍 그러면 흥 그렇지

똥례는 깔깔대는 속에서도 억지로 웃음을 꾹 참고 있다. 봉순이 올케처럼 얌전해야지, 낼모레면 나도 새댁이 되는데 하는 생각이 다시 떠올랐던 것이다. 그러나 웃음은 쿡, 쿡, 나온다. 똥례는 깔깔 아주 탁 터놓고 웃으며 빨랫대야를 들고 도망치듯 달아난다. 벌써 어머니가 돌아왔을지도 모른다는 생각에서 걸음은 더 빨라진다. 그러나 집안은 조용하고 감나무의 그림자가 철봉네 돌담에 걸려 있다. 똥례는 줄에 빨래를 널며 형제고개 쪽을 쳐다본다. 그쪽으로 넘어가는 장꾼들의 행렬이 하얗다.

아이들의 소리가 들려온다. 똥례는 저녁쌀 씻던 손을 멈추고 안마당으로 고개를 돌린다. 이놈들은 장별로 다니며 무엇을 훔쳐먹고 어머니를 앞질러 오는지도 모른다. 그중에는 어린 명수까지 섞여 있다.

아니나 다를까, 석서방댁이 뒤따라오고 있다.

"아버지 한 번두 안 들어왔었니?"

석서방댁은 사 들고 온 쇠고기를 절구통 속에 넣고 방으로 들어간다. 똥례는 어머니의 빈손을 쳐다보고 부루퉁해서 부뚜막에 앉아버리며 볼멘소리.

"안 들어왔유."

옷을 갈아입은 석서방댁은 오래간만에 밝은 얼굴을 하고 부엌으로 들어온다. 소매를 걷어붙이며 심통스럽게 앉아 있는 똥례를 쳐다보고 고기 썰 차비를 차린다. 그는 색다른 음식이 있으면 똥례를 시키지 않고 자기가 손수 한다. 똥례가 만들면 맛이 없다는 것이다.

"에이구 장에 돌아댕겨 봐두 뭐 살 게 있어야지."

석서방댁은 중얼거리며 녹슬고 무딘 칼로 고기를 썰기 시작한다.

"동태 한 마리 사 올래다 가시 발라내면 뭐 먹을 게 있어야지, 저눔의 새끼들 지랄하는 꼴 뵈기두 싫구……."

석서방댁은 다시 중얼거리며 손을 놀린다. 그러나 고기가 잘 썰어지지 않자 부르르 화를 낸다.

"아이구 좋은 살루 달랬더니 이게 뭐여. 개백정눔의 새끼. 누가 심줄을 달랬나. 백정눔의 새낀 할 수 없다니께……."

석서방댁은 욕설을 퍼부으며 힘들여 고기를 썰어간다. 이를 박박 갈며 씨름을 하며 '집안에 사내가 있어두 칼 하나 갈아주는 걸 봤나……' 혀를 차기도 한다.

똥례는 씻어놓은 쌀을 솥 안에 안 치고 불을 때고 있다. 불을 때며 마당 쪽을 자꾸만 쳐다본다. 크림과 분갑, 그리고 비녀 같은 것들을 아버지가 사 올지 모르기 때문이다. 그러나 땅거미가 져도 석서방은 돌아오지 않는다. 대신 철봉이 석서방댁 때문에 들어오진 못하고 부엌문 앞에서 어른거린다. 똥례는 석서방댁의 눈총을 받으며 부리나케 뛰어나간다.

"오늘 많이 벌었니?"

똥례는 집 모퉁이로 끌고 가는 철봉에게 다가가며 입을 벌린다. 철봉은 대답은 하지 않고 종이에 싼 것을 똥례에게 디밀며 헤 웃는다.

"먹어…… 맛있어……."

"고맙다. 잉…… 다음 장날엔 영말엿 있지. 그거 사와."

영말엿이란 어린애 팔뚝만 한 수수엿인데 그렇게 큰 것이 십 원이다. 너무 달아서 한 가래를 혼자 다 먹기는 어렵다.

"그려……그려……."

철봉은 작대기를 제 가슴팍에 세워놓고 똥례의 젖가슴을 잡으려 한다. 그러나 잘 잡히진 않고 화가 나는지 주먹으로 쿡 쥐어박는다.

"이 바보 새끼가……."

철봉은 똥례의 고함소리에 저희 집 쪽으로 도망쳤고 똥례는 철봉을 노려보며 걸음을 옮긴다. 철봉은 저쪽에서 아쉬운 듯 고래고래 고함을 친다.

"그럼 엿 안 사 올 테여."

—야, 낼모레 시집간단 말여…… 그까짓 거 기다릴 새도 없다.

"에유 요년아. 바보 새끼한테 이런 거나 얻어 처먹구……."

똥례가 부뚜막 위에 만두와 호떡을 올려놓자 석서방댁은 딸의 얼굴을 쳐다보며 한심스럽다는 듯 혀를 찬다. 그러나 석서방댁은 호떡

한 개를 냉큼 집어 고개를 흔들며 뜯어먹는다. 똥례는 만두 한 개를 간장에 찍어 통째로 입에 넣는다.

"이년아, 세상에 공짜가 어딨는 줄 알어. 공짜는 죽는 거밖에 없단 말여."

"공짜가 왜 없유. 공짜루 주면 공짜지. 죽는 것만 공짠감유."

"이년아, 그것두 사내라구 널 후릴라구 그러는 거여. 알기나 해여. 이 맹충아."

"후릴라면 누가 듣나, 먹어서 맛있으면 그만이지, 쿡쿡……."

"이년아, 낼모레 시집갈 년이 그렇게 얌전하지 못허면 안 되는 거여."

모녀는 볼이 터져라 하고 처먹으며 입씨름을 한다. 그래도 모녀가 부엌에 같이 있을 때는 풍성한 날이다. 이런 때가 가끔 있다. 작은 솥에선 고깃국 냄새가 푸짐하게 진동하고 그 외는 을씨년스러운 부엌 그대로지만 석서방댁이 앉아 있으니 그래도 부엌 안은 포근한 기운이 감돈다.

"오늘은 제삿날 같구먼……."

철봉이 사 온 것을 모녀가 나란히 앉아 다 먹었을 즈음 석서방이 부엌 안으로 얼굴을 디민다. 똥례가 아버지의 손을 보고 한숨을 쉴 사이 석서방댁은 연기가 나고 있는 부지깽이로 서방의 눈깔을 가리키며 고함을 친다.

"아, 버드나무 밑에서 만나자구 헌 사람이 어디 갔던 거여?"

오늘 석서방은 첫째 다리목 버드나무 밑에서 여편네와 만나기로 했다. 그러나 서방이란 작자가 당최 와야지, 석서방댁은 그곳에서 한참 기다리다가 장구경만 다시 한번하고 돌아왔던 것이다.

"볼일이 있어서 그랬어."

"아, 볼일이 있으면 만나자구 허질 말던지."

"누가 볼일이 생길 줄 알었나."

"그러잖아두 안사돈 좀 만나서 이 얘기 저 얘기 좀 할려구 했는디……."

석서방댁은 서방의 말에 한층 언성을 죽이고 중얼거린다. 사내란 볼일이 많아야 한다. 볼일이 생겨서 해로울 것도 없고 그것이 돈 버는 일이라면 자기한테 들어오는 것도 있을 테니까. 석서방댁은 오늘 노랑녀와 만나서 딸 자랑도 슬슬 섞어가며 이런 얘기 저런 얘기를 하려고 했다. 버드나무 밑에서 서방과 만나기로 한 것도 그것 때문이었다. 노랑녀와 석서방댁은 서로 알지 못하니까 석서방이 천생 노랑녀네 장가게로 끌고 가야 했다.

"그러구저러구 애 옷이랑 안 사왔수?"

석서방댁은 방으로 들어가려는 서방에게 고함친다. 석서방은 걸음을 잠시 멈췄다가 방으로 들어가며 짜증을 낸다.

"그렇기 보채덜 말어, 어련히 사올라구……"

석서방만 빼놓고, 오래간만에 이 집 식구들은 고기 맛을 보고 있다. 아랫목에 석서방, 그 옆으로 이 집 여편네, 큰딸, 작은딸, 꼬마 아들 셋…… 이렇게 빙 둘러앉아 기름이 동동 뜨는 쇠고깃국에 허연 쌀밥을 말아먹고 있다. 석서방댁의 웃음소리가 그치지 않는다. 어제보다는 십 년은 젊어 보이는 표정을 하고 오늘 장에서 일어났던 일을 얘기한다.

"아. 저눔의 새길 내가 죽여버릴라구 했어."

석서방댁은 고기를 이쪽 어금니로 씹다가 다시 저쪽 어금니로 씹다가 그렇게 번갈아 씹고 있는 명정이를 가리킨다.

"글쎄 조놈의 새끼가 말여……."

석서방댁은 순갈로 명정의 콧잔등을 다시 가리키고 서방을 쳐다본다.

"글쎄 조눔의 새끼가 말여, 내가 포목점으로 해서 떡전으로 가려고 하는디 새우를 훔치고 있잖어. 그래 내가 눈을 하이얗게 흘겼지. 그래두 이놈은 새우가마니에 손을 연방 쑤셔 박으면서 봉창(호주머니)에 처넣는 거라. 아 그러다가 주인헌티 들켜서 매나 직사하게 맞으면 어떡할 거여. 부모가 그렇게 가르쳤으니께 애새끼가 그런 짓을 한다구 부모 욕은 얼마나 멕이구……."

석서방댁은 잠자코 밥을 먹고 있는 서방에게 연신 지껄이며 무엇이 좋은지 깔깔거린다.

"저눔의 새긴 또 어떻구……."

이번에는 명철을 가리킨다. 명철은 제 차례가 온 줄 알고 셀쭉 웃고는 국만 밥을 바쁘게 퍼넣는다.

"왜 대장간에서 쇠전으로 가려면 언청이가 빵을 굽구 있지 안 남. 왜 잿물 장수랑 물감 장수들이 많이 있는디 말여, 늙은 영감이 바로 옆에서 얘기책두 파는디 말여. 난 오줌이 마려워서 뒷간을 찾느라고 돌아다니는 참인디 저놈이 빵장수 앞에서 어떤 늙은이가 빵 먹구 있는 걸 보면서 턱 쳐들고 있더라니께. 아 그것두 그냥 서서 보면 오죽 좋아. 그런디 저놈의 새끼는 침을 꼴깍꼴깍 생키면서 쳐다보구 있는 거라. 그 언청이 빵장수가 개 짖듯 멍멍대며 가라구 소리쳐두 꿈쩍 않구 그러구 있더라니께. '이놈의 새끼야 왜 거기 서 있는 거여.' 내가 고함을 치니께 날 보구 앙, 울음을 터뜨리잖어. 지 에미라구 말여, 아 불쌍한 생각이 들데, 그래 빵 한 갤 사주려고 돈을 꺼내다가 오줌을 그대로 싸 버렸다니께……."

석서방댁은 깔깔 웃었으나 석서방은 화가 난 것이다. 숟갈을 탁 놓고 아이들에게 고함친다.

"이놈의 자식들, 다음부터 장바닥에 나오는 게 내 눈에 띄면 죽을 줄 알어."

아이들은 코끝이 빨개진 아버지를 힐끗힐끗 쳐다보며 눈을 껌뻑껌뻑한다. 석서방은 그러는 아이들을 한참 동안 쳐다보며 무엇인가 말하려다 그만두고 숭늉 그릇을 끌어당긴다. 숭늉으로 입가심을 하고 그 물을 꿀꺽 삼키고는 후, 한숨을 쉰다.

"저것 좀 봐. 명철이 때미 오줌 싼 생각을 하면 참……."

석서방댁은 깔깔거리며 벽에 건 제 속바지를 가리킨다. 식구들은 모두 그쪽으로 시선을 준다. 오늘 입고 나간 속바지가 축축이 젖어 있다.

"뭐가 명철이 때미 그랬어. 당신이 주책이지."

석서방은 담배에 불을 붙이며 계집을 흘겨본다.

"주책은 무슨 주책여, 자식새끼가 거지처럼 그러구 있는디 못 본 척하란 말여. 남의 새끼들은 잘두 해 입히구 먹을 것두 잘 사주더먼 우리 새끼들이 제일 불쌍해여."

"누가 자식새끼들이 불쌍허질 않다구 했나. 왜 오줌두 못 누구 싸구 다니냐 말여, 이 바보 여편네야."

"그럼 사내들이 그렇게 많은 데서 궁둥일 까란 말인가. 무슨 말여."

"이 여편네야, 뒷간이 장바닥에 하나 두개여? 여기두 뒷간, 저기두 뒷간, 다니다 보면 쌘 게 뒷간인디."

"누굴 동태눈깔인 줄 아나, 저이가…… 그렇게 찾아봐두 하나두 없더먼."

"왜 없어, 왜……옹기전 있는 데두 있구 싸전 있는 데두 있구. 첫째 다리서 푸줏간으로 돌아가려면 바로 개장국 집 옆에두 있구 포목전에서 어물전으로 돌아가는 그 길 모퉁이에두 있구……뭐 쌘 게 뒷간여. 병신이나 못 찾지."

석서방은 오줌 싼 바지를 쳐다보고 입맛을 다시며 일어난다. 석서방댁은 오줌 싼 제 변명을 더 하려다 그만두고 서방을 올려다본다.

"또 어디 가는 거여?"

"이장네두 갔다 와야구, 또……."

"이장네는 왜?"

"읍내에 생여가 와 있는디 거길 가봐야지."

"오늘 왔남?"

"아까 지어매헌티 못 간 것두 생여 때문여."

호롱골에선 벌써부터 계획했던 새 상여를 이제야 겨우 장만했다. 쌀이나 잡곡을 한 됫박씩 낸 집도 있는가 하면 대나무안집이나 최참봉네선 쌀 두 가마니씩을 선선히 내놓았다. 이렇게 동네에서 갹출한 곡식과 가난한 이웃 동네에 팔아버린 헌 상여 값을 합치면 새 상여를 장만하고도 얼마간의 여분이 있었다. 이것으로 무얼 할까 하는 동네 사람들의 중론 끝에 결국 상엿집까지 새로 짓기로 합의가 되어 전에 있던 상엿집을 헐어버리고 바로 그 자리에 반듯한 상엿집을 새로 지어놓았던 것이다.

"예산군 내에서는 우리 동네 생여가 젤 좋다구. 낼 생여잔치 헐 때 보라구 얼마나 근사한가."

석서방의 기분은 금세 밝아졌다. 상여를 생각만 해도 신이 나는 모양이다.

"생여잔치이?"

석서방댁이 상여 잔치를 어떻게 할 거냐고 묻자 석서방은 내일 벌어질 얘기를 장황히 떠벌린다.

"내일 생여잔치는 크게 벌어질 것인디. 안노인은 생여를 타고 읍내를 한 바퀴 돌아올 것이고, 농악대는 땡그당땡, 떵그당땡 춤을 출 것이고, 술에 떡에 진탕 먹으면서……."

"그럼 떡두 해야구 음식도 장만해야잖어?"

"지금 대나무안집에서 떡쌀을 담그고…… 이장댁이랑 모두 바쁘더만그랴."

"벌써 음식 장만을 하는구먼. 그럼 나두 가봐야지."

"가서 일 좀 봐줘……."

석서방이 문을 쾅 열고 나서자 석서방댁도 따라나선다.

3

똥례는 설거지를 마치고 다 떨어진 왕골자리 위에 누워 있다. 꺼칠꺼칠하게 가시가 돋친 자리 바닥을 쓸어가며 컴컴한 천장을 응시한다. 시집가는 날이 내일이라면 무슨 실감이 나야 할 텐데 엊저녁을 먹고 나간 석서방은 한 번도 들어오지 않았다. 아무리 없는 집 딸이지만 이럴 수 있을까. 똥례는 심정이 상하는 것이다.

상여잔치는 크게 벌어지는 모양이다. 대나무안집 바깥마당에서 웅성대는 사람들의 소리가 은은하게 들려온다. 그 소리에 섞여 안마당에 코 푸는 소리가 나더니 투박하게 혼잣소릴 하며 석서방이 토방을 올라선다.

"다 생여 구경 갔구먼……"

똥례는 벌떡 일어난다. 복조리 속에 든 성냥을 찾아 등잔에 불을 붙인다. 가슴이 설레며 불을 붙이는 손이 파르르 떨린다.

"이거 입어봐라."

방으로 들어온 석서방은 옆구리에 낀 보퉁이를 방바닥에 내려놓는다. 보퉁이를 풀며 벙싯거리고 있는 딸을 내려다보고 '내일 입고 갈 옷여……' 그러나 정신은 다른 곳에 있는 듯싶다. 상여 있는 쪽에 귀를 기울이며 그렇게 잠시 서 있다가 문을 쾅 열고 안마당에 가래침을 칵 뱉는다. 떨어진 가래침을 힐끗 보고 문고리를 잡은 채 시선을 상여 있는 쪽으로 주고 있다.

"아버지 진지 잡수셨유."

똥례는 보자기를 풀다 말고 석서방을 올려다본다. 아버지의 밥사발이 솥 안에 그대로 있기 때문이다.

"초상집에 가서 한참 울다가 누가 죽었냐구 물어봐라."

석서방은 유쾌하게 한바탕 웃고는 방문을 닫고 나가버린다.

똥례는 가슴을 졸이며 보퉁이를 풀어헤친다. 노랑저고리, 분홍치마. 보라색 단속곳, 속치마, 흰 고무신, 버선…… 버선 속에는 크림통, 분갑, 사기로 된 옥색 비녀가 들어 있다.

똥례는 옷가지를 쓸어보고 헤쳐보다가 크림통을 열어놓고 냄새를 맡는다. 그것을 찍어보려다 그만두고 분통을 따고 향긋한 냄새를 콧구멍 속에 넣어본다. 비녀를 만지면서 유심히 쳐다본다.

이런 짓을 몇 번인가 하고 나서 우악스럽게 방문을 열고 컴컴한 부엌으로 들어간다. 두멍에서 함석대야에 물을 가득 담아 들고 불빛이 희미한 방문 앞으로 다가온다. 상여가 있는 대나무안집 바깥마당은 불빛이 환하다. 똥례는 그쪽을 힐끗 쳐다보고 길게 딴 머리를 풀어헤친다. 어떻게 감은 머리인지 세수까지 금세 하고 방으로 들어온다. 손잡이가 달린 거울을 뒷문 문설주에 거꾸로 기대놓고 등잔을 거울 앞에 옮겨놓는다. 그 앞에서 똥례는 얼레빗을 집어 들고 머리를 빗는다. 구정물이 머리꼬리로 흘러내리는 것을 손으로 쭉 훑어버린다. 물 묻은 손바닥을 치마폭에 닦아버리고 참빗질을 곱게곱게 해나간다. 머리를 잡아맨 앞치마 끈을 볼이 잘록하도록 입에 물고 뒷머리를 젖가슴 앞으로 가져온다. 거울 옆으로 잔뜩 흘겨보며 머리를 땋고는 입에 문 치마끈을 놓아주며 머리채를 등 너머로 집어던진다.

이렇게 되고 보면 평소에 하고 다니는 그대로다. 그러나 쪽을 쪄야 하는 것이다. 똥례는 지난가을에 가마를 타고 가던 분실이 생각이 났다. 누가 머리를 해주었는지 아니면 제가 그렇게 만들었는지 분실이 머리 튼 모양은 정말 의젓하고 예뻤다. 나도 그렇게 해봐야지. 분실의 머리 모양을 머리에 떠올리며 똥례는 고개를 두어 번 흔들고 나서 머리를 간단히 틀어버리고 두 구멍을 꺾어 비녀를 꽂는다. 양쪽 귀에 거울을 갖다 대본다. 의젓하고 예쁘다. 아들 삼 형제 딸 형젤 낳고 곱게 차리고 있는 젊은 여편네 같다. 분실이도 그랬다. 똥례는 갑자기 어른이 된 것 같아 우쭐해진다.

똥례는 방바닥에 펼쳐놓은 옷가지를 연신 돌아다보며 크림을 바르고 분을 투덕투덕 얼굴에 찍는다. 구멍이 난 크림을 살짝 묻어놓고 거울 속을 쳐다본다. 거무죽죽하던 얼굴은 해맑아졌고 더 통통하게 보이는데 자꾸만 보면 볼수록 얼굴이 더 예쁘게 변하고 있다.

마음이 자꾸만 흡족해지자 똥례는 옷을 훌훌 벗는다. 몸의 여기저기 낀 때를 감추려는 듯 단속곳을 얼른 꿴다. 벗어놓은 통치마 허리에서 옷핀을 뽑아 가슴을 여미었으나 아래가 허전하다. 타개진 가랑이로 바람이 들어온다. 그러나 그런대로 속치마를 입고 춤추듯 하며 치마를 입는다. 몇 번인가 옷고름을 고쳐매며 저고리를 입고는 털썩 땅바닥에 주저앉는다. 버선을 끌어당기며 발을 내민다.

똥례는 버선 위에 흰 고무신까지 신고 꽃잎처럼 조용히 일어난다. 방 안이 갑자기 환해지며 똥례의 머리는 황홀해진다. 조용히 방 안을 돌기 시작한다. 치마폭을 쓰다듬기도 하고 소매를 들어보기도 하며. 시집간다는 사실이 어떻게 보면 우습기도 하다. 그러나 똥례의 표정은 점점 엄숙해지기 시작한다. 아니 부끄러운 표정을 지어야 한다. 동네 아낙네들에게 부축되어 가마 속으로 들어가던 분실이처럼 눈을 아래로 곱게 떠야 한다. 그러나 똥례는 무엇에 놀란 사람처럼 옷을 벗고 쪽을 푼다. 옷가지를 다시 싸놓은 다음 입던 옷을 다시 꿴다. 등잔불을 끄고 방문을 꽝 닫는다.

대나무안집 바깥마당은 사방에서 네 개의 횃불이 지글지글 타면서 넓은 마당을 환하게 비춰주고 있다. 이쁜 꽃상여가 가운데 앉아 있고 그 주위로 사람들이 웅성거리고 있다. 늙은이는 늙은이들끼리 젊은이는 젊은이들끼리 처녀들은 처녀들끼리 여편네들은 여편네들끼리…… 상여 앞에 바짝 다가서 있는 것은 대개 아이들이고 저쪽으로 농악대들도 와 있다. 농악대 중엔 피리를 부는 용팔이도 끼여 있고 병춘은 상여와 제 서방을 번갈아 쳐다보며 혼자 밭둑 위에 앉아 있다. 호랑할매는 노파들과 함께 지껄이며 상기된 얼굴이다. 언제나 쓰고 다니는 조바위를 벗어버리고 진회색 치마저고리로 말쑥이 갈아입었다. 석서방댁은 동네 아낙네들과 함께 모과나무 옆에서 시루떡을 떼고 있고. 석서방은 아이들의 손에 상여가 닿지 못하도록 고함을 치고 있다. 과부들이 서 있는 대나무안집 돌층계 쪽에선 연방 웃음소리가 끊이지 않고 승봉의 처 벙어리는 병춘이처럼 혼자 서 있다.

똥례는 음전이나 언년이 같은 처녀애들이 숨어 있는 으슥한 대밭 앞을 힐끗 쳐다보고 사람 키보다 높게 쌓아 올린 이 집 축대 위 사랑채 마루를 쳐다보며 그쪽으로 걸어간다. 분 냄새를 피울세라 되도록 사람들을 멀리하고 그쪽으로 올라가 마루에 걸터앉는다. 똥례는 저를 유심히 쳐다보는 사람이 없나 사방을 둘러보고 상여를 내려다보고 있다.

남색의 테를 두른 해맑은 구름차일은 횃불을 받으며 가볍게 펄럭이고 그 아래 네 마리의 십자용(十字龍)은 얌전한 아가씨의 머리털

같은 공단의 개뚜껑[符蔘] 위에서 찬란한 금빛의 연봉(蓮逢)과 연잎을 보호하며 사방으로 아가리를 쩍 벌리고 있다. 그 개뚜껑을 둘러싼 운각(雲閣)에는 연(蓮)을 사이사이에 둔 동자와 선녀들이 미소를 띄운 채 서 있고. 춤추는 듯한 유사(流絲)를 입에 문 귀대봉(句大鳳)들이 운각의 네 귀퉁이에 매달려 있다. 학과 연이 그려진 아래위 난간 사이에 가뿐하게 푸른 띠를 두른 홍포의 휘장은 파랑과 빨강의 댕기를 맨 남색의 치장이 드리워졌고 상여의 앞뒤 쪽에서 청홍등을 입에 문 커다란 용의 대갈통은 위풍이 당당하다.

새 상여는 전에 있던 것보다 몸뚱이가 크다. 마목(馬木)이며 강장틀은 미끈한 박달나무고 개뚜껑, 앙장, 휘장 등에 쓰인 피륙은 공단과 고운 명주로 된 고급이다. 그리고 여기저기에 그려진 이쁜 그림들은 색깔이 선명하다.

—저게 내가 타고 갈 가마라면 좋겠네. 힝……

똥례는 상여를 쳐다보며 공연히 찔끔거리고 있다. 아예 생각지도 않았던 슬픔이 우뚝 다가서는 것이다. 똥례는 옷고름으로 눈물을 찍어가며 울지 않으려고 애를 쓴다. 그러나 똥례의 눈엔 눈물이 점벙점벙하게 고여 있다.

"생여 구경 나왔유?"

대나무안집 막내며느리다. 똥례는 주춤 물러앉는다. 분냄새를 피워도 안 되고 눈물을 보여도 안 되는 것이다.

똥례는 대답도 제대로 못 하고 그 여자를 쳐다본다. 참 예쁜 얼굴이다. 살결이 구름처럼 하얗고 마음씨가 곱기로 소문이 났다.

"참 곱지유?"

대나무안집 막내며느리는 앞치마에 손을 넣고 새 상여를 쳐다보더니 살짝 볼우물을 지으며 똥례를 돌아본다. 똥례는 고개를 잔뜩 움츠리고 앉아 병신스럽게 대답한다.

"고와유."

대나무안집 막내며느리가 한참 동안 그렇게 서서 상여를 구경하다 안으로 들어가자 똥례는 용팔을 쳐다본다. 용팔은 피리를 한 손에 들고 상여를 쳐다보고 있다. 다른 사람들은 농악복을 입었으나 그는 흰 바지저고리에 중처럼 빡빡 깎은 머리를 그대로 하고 있다.

제(祭)는 곧 시작될 모양이다. 상여 앞에 깔아놓은 창호지 위엔 사과, 곶감, 배, 밤, 대추 등이 그득 놓여지고 동탯국을 끓이는 가마솥에 선 김이 펑펑 나고 있다.

저쪽에서 철봉이 형제가 빈 그릇을 지게에 지고 올라온다. 그 뒤로 이장을 비롯한 여남은 명의 동네 사람들이 뒤따라 올라온다. 그들은 새로 지은 상엿집에 제를 지내고 돌아오는 중이다.

"떡 좀 가져와요."

이장 박씨는 상여 앞에 놓인 제물들을 훑어보고 떡 그릇들이 빈약하다고 생각했는지 아낙네들 쪽에 대고 고함치자 이장댁이 인절미와 시루떡과 부침개를 한 쟁반씩 가져간다. 이장은 이것들을 더 높이 쌓아 올리고 흩어져 있는 동네 사람들을 두루 훑어보고 잔에 술을 따른다. 절을 하고 제문을 중얼중얼 외운다. 흩어졌던 사람들은 상여 주위로 점점 모여들었고 구슬픈 이장의 목소리는 끝이 난다.

제가 끝나자 호랑할매가 상여 앞으로 튀어나와 두 손을 옆으로 쭉 펴서 둥그렇게 앞으로 모으며 합장을 한다. 호랑할매의 뒤를 따라 몇 명의 노파들이 덩달아 그렇게 절을 한다.

어느덧 풍장이 울리기 시작한다. 오늘의 이 잔치는 풍년을 기원하는 의미도 곁들여 있다. 목말 타는 아이까지 삼십여 명이나 되는 농악대들은 울긋불긋한 옷을 입고 빵빵이를 돌리며 돌아간다. 꽹과리, 징, 북, 소고, 장구, 자바리, 피리 소리는 쿵자작칭치— 하며 신나게 울려 퍼진다. 그중에서 용팔이 불고 있는 피리 소리는 밤하늘로 꼬리를 길게 달고 올라간다.

여기저기서 씹는 소리, 마시는 소리, 웃는 소리, 떠드는 소리…… 농악대들은 상여 주위를 빙빙 돌며 대열에서 하나씩 떨어져나와 이장이 따라주는 술잔을 받아먹고 대열로 들어간다.

"용팔이두 한잔 해여……"

이장은 용팔에게 술잔을 내민다. 그는 입에서 피리를 떼고 술을 넙죽 받아 마신다. 이장은 재빨리 부침개 한쪽을 용팔의 입에 넣어주고 빨리 불라고 고함이다. 용팔은 안주를 꿀꺽 넘기고 다시 피리를 불어댄다. 병춘은 밭둑에 앉아 떡을 먹으며 서방을 쳐다보고 흐뭇하게 웃는다.

"똥례야 이리 와……"

아직도 김이 무럭무럭 나는 시루 앞에서 석서방댁은 딸을 쳐다보고 고함친다.

똥례는 김이 무럭무럭 나는 시루떡을 베어 먹고 싶으나 분냄새를 피울 수 없어 침만 꼴깍 삼킨다.

"빨리 오래두……"

요란한 풍장소리를 뚫고 석서방대의 짜랑짜랑한 목소리가 다시 올려오자 똥에는 주책없다고 눈을 흘기며 때 고함친다.

"싫대 두유."

"이년아 빨리 와 식기 전에 처먹어."

"싫다니께 왜 저런디야."

파르르하며 내깔기는 똥례의 고함이 다시 떨어지자 석서방댁은 볼이 미어져라 떡을 씹으며 옆에 있던 명수에게 떡 두어 쪽을 떼어 준다.

"이거 누나 갖다줘."

명수는 부리나케 축대 위로 올라와서 그것을 마루에 집어 던지고 쏜살같이 다시 내려간다. 똥례는 흩어진 팥고물부터 먹어가며 사람들을 내려다본다.

사람들은 요란하게 울리는 풍장소리를 들으며 먹고 마시기에 바쁘다. 어떤 노파는 떡을 허리춤에 넣기에 여념이 없고 아이들은 이쪽저쪽으로 돌아다니며 음식을 얻어먹는다.

술을 마시는 사내 쪽에선 연방 껄껄대는 소리가 들려오는데 얼굴이 제일 빨간 것은 석서방이다. 그는 동태국을 대접채 들이키며 한 손엔 술잔을 들고 있다. 오른손의 술잔으로 옆에 있는 술동이에서 푹 떠 입에 붓고 왼손의 국그릇을 재빨리 다시 붓는다. 젓가락이 필요 없다.

"칠봉 암마 이리 와, 너 오늘 수고 많이 했지. 내 술 한 잔 받어." 석서방은 철철 넘치도록 막걸리 한 잔을 뜨며 철봉에게 소리친다. 형제가 따로 앉아 술을 마시다가 철봉은 히힝, 웃으며 석서방에게 다가왔고, 승봉은 기울인 술잔에서 마지막 남은 찌꺼기까지 쪽쪽 빨아

먹고 있다.

동네 과부들은 우물 옆쪽에서 빙 둘러앉아 있다. 순이네, 부뜰네, 윤일네, 당진댁…… 예닐곱이나 되는 과부들은 앞에 술과 떡을 놓고 마시라거니, 싫다거니, 나는 떡만 먹을랜다. 너나 마시라. 서로 술은 싫다고 한다. 사실은 싫어서가 아니라 사람 눈이 많으니까 그래도 계집이라고 공연히 그러는 거다. 이 술만 하더라도 순이네가 철봉을 시켜 몰래 훔쳐 오게 한 것이다. 다른 과부들이 얌전을 빼자 순이네는 술 한잔을 다시 마시고는 부침개 쪽을 절겅질겅 씹으며 상여를 힐끗 돌아보고 소리친다.

"저놈을 타고 친정에나 갔으면 좋겠구나."

"친정엔 뭐 할려구?"

"서방 생각이 나는디 우리 친정어머니나 붙잡구 실컷 울어보게."

순이네가 부뜰네 말에 대꾸해 주며 눈은 여전히 상여를 쳐다보자 당진댁이 입을 연다.

"아무렴 친정어머니가 제일이지."

"그러구 보니께 나두 저 꽃생열 타구 친정에나 갔으면 좋겠구먼."

윤일네가 상여를 쳐다보며 엉겨 붙자 부뜰네가 빈정거린다.

"이 거지꼴을 하고 꽃생여만 타면 뭘헐 것이여. 빨개벗구 장도칼 차는 꼴이지."

"왜 저걸 타면 잘 좀 차려서 입구 많이 해서 들구 가지 그냥 갈 텐가."

"너 많이 해봐라. 뭘로 할 것이여."

윤일네와 부뜰네는 서로 이러쿵저러쿵 말이 많다. 순이네가 아 하,

손을 흔들며 과부들의 싸움을 말려 놓고는 판가름을 한다.

"시방이 없으니께 이런 싸움두 일어나는 거여, 서방만 있어보라구, 흠……"

순이네는 큰기침을하고 좌중을 훑어보고 두툼한 입술을 또 터쳐 놓는다.

친정집에 하 가고 지고 하
가지 마지 헤 말라까지 헤
저고리 없어 하 어떡할까 하
찰저고리 헤 어따 뒀나 헤
치마 없어 하 어떡할까 하
공단치마 헤 어따 뒀나 헤
신발 없어 하 어떡할까 하
마른 당여 헤 어따 뒀나 하
앞논에 헤 메벼 베고 헤
뒷논에 헤 찰벼 베고 헤
앞마당에 헤 메떡 찧고 헤
뒷마당에 헤 찰떡 찧고 헤
앞종은 하 누굴 셀까 하
아들 삼형제 헤 어따 뒀나 헤
뒷종은 하 누굴 셀까 하
앞니 빠진 헤 내가 감세 헤

순이네의 노래는 요란한 풍장소리에 눌리고 있으나 앞니가 빠진 영감의 구수한 목소리와 마누라의 야무진 소리를 그럴듯하게 흉내 내며 노래를 흥겹게 불러간다. 노래가 터진 것은 이쪽뿐이 아니다. 저쪽 노인네 좌석에서는 시조가락이 흘러나오고 있다. 그들은 제일 어른이랍시고 맷방석 위에 돗자리까지 깔고 의젓이 술상을 받고 있다. 그들은 환갑을 벌써 지낸 몸에 난 털이 모두 하얀 사람들이다. 그 중에는 오늘 상여를 탈 안노인도 끼어 있다. 그는 긴 수염을 쓰다듬으며 연신 싱글벙글하고 있다.

"오늘은 장가들 때보다 기분이 더 좋아."

이렇게 호통골이 흥청거리는 속에서 호랑할매는 농악대들 틈에 끼어 덩실덩실 춤만 추고 있다. 그의 표정은 젊은이처럼 흥분되어 있고 용팔은 양볼을 볼록볼록하며 호랑할매를 쳐다본 채 피리를 신나게 불어간다.

—딸랑딸랑 딸랑 딸랑……

술이 얼큰하게 취한 송서방이 상두꾼들 속에서 일어나며 요령을 흔들어댄다. 사람들의 시선은 모두 요령에 모아진다. 요령 소리에 상두꾼들은 입술을 훑으면서 하나, 둘 일어났고 용팔의 피리 소리가 밤하늘에 울려 퍼지며 농악은 끝이 난다.

"이제 떠나요. 떠나……"

연방 요령을 딸랑대며 송서방이 고함을 치자 사람들은 먹던 것들을 집어치우고 두세두세한다. 상두꾼들은 베로 된 행전을 치고 짚신으로 갈아신고 머리엔 광목수건을 질끈 동인다. 이렇게 상두꾼들이 행장을 차릴 사이 가마를 타고 갈 안노인이 아기족거리며 상여 앞으로 걸어온다.

"안노인은 복두 많네……"

"죽어서 제일 먼저 타야지 저렇게 타는 게 타는 건감."

"아따. 죽으면 뭘 안디야. 살아서 타는 게 더 호강스럽지."

"부모 공경두 살아서 해야지 죽어서 아무리 잘 해주면 뭘 헌다나."

사람들의 수군거림 속에서 안노인은 송서방이 열어주는 빨간 휘장 속으로 들어간다. 뒤따라 호랑할매가 다가온다.

"우리 영감 타니께 나두 타야지. 바늘 가는 데 실 가는 법여."

사람들은 와, 환호성을 터뜨리며 재미있어한다. 애초의 계획은 동네에서 제일 연장자인 안노인만을 태우고 읍내를 한 바퀴 돌 작정이었지만 그의 마누라인 호랑할매가 끼여들자 상여 잔치가 무슨 혼인 잔치로 분위기가 바뀐 것이다.

사람들의 웃음 속에서 송서방이 요령을 흔들자 상두꾼들은 강장틀 밑으로 기어들었고 상여는 서서히 일어난다. 네 귀퉁이의 유사들은 하늘하늘 흔들리며 거기에 달린 방울들은 추녀 끝의 풍경처럼 조금씩 딸랑댄다. 바람에 펄럭이던 구름차일은 하늘을 향하여 배를 불쑥 내밀고 있다.

— 풍년이다, 대풍년……

배를 불쑥 내민 구름차일을 보고 여기저기서 이런 환성이 튀어나온다. 이 고장 사람들은 구름차일이 그렇게 되면 풍년이 들고 그것이 아래로 깔아지면 흉년이 든다고 믿고 있다. 그러나 이것은 잠시였다. 대궐처럼 으리으리한 꽃상여를 보아라. 상여는 앉아 있을 때보다 훨씬 돋보이는 것이다. 와와 — 사람들은 마구 탄성을 지르고 있다. 저 높은 집에 앉아 있는 늙은 양주는 얼마나 기분이 좋을 것인가. 호롱골 사람이면 한 번씩은 저 상여를 타볼 것이고 그중에서도 늙이 이들은 속속들이 저걸 타고 행차할 것이다.

—경사 났네 경사 났네, 호롱골에 경사 났네.

송서방은 요령을 딸랑딸랑 흔들며 상두꾼들의 발을 맞춘다. 상두꾼들은 왼쪽 발부터 제자리 걸음 하며 구성지게 목청을 뽑는다.

—어허이 어하. 어허이 어하.

—늙은 총각 장가가고, 늙은 처녀 시집가고……

—어허이 어하, 어허이 어하.

—돌아왔네 돌아왔네. 이팔청춘 웬 말이냐?

—어허이 어하, 어허이 어하.

—백년해로 같이하여, 아들딸을 많이 낳고……

—어허이 어하, 어허이 어하.

—아들 나면 도장관, 딸을 나면 무얼 하나?

—어허이 어하, 어허이 어하……

—가자 가자 빨리 가자, 한발 한발 떼놓아라.

똥례는 대나무안집 바깥마당을 빠져나가는 상여를 쳐다보며 입술을 달삭거리고 있다. 상여 뒤로 이장이며 석서방이 따라가고 용팔을 포함한 농악대들도 따라가고 있다. 똥례의 귀엔 사람들의 웃음소리며 송서방의 노랫소리가 멀리서 들려오는 것 같다. 정신은 그렇게 몽롱한데 얼굴은 콧물과 눈물로 범벅이 되어 있다. 똥례는 훌쩍

훌쩍하며 그 집 마루에서 일어난다. 사라져가는 상여를 힐끗 쳐다보고 저희 집으로 달려가기 시작한다. 미친년처럼 엉엉 울면서 방으로 들어온다. 얼마를 울었는지 모른다. 어머니의 기척에 울음을 뚝 그친다. 오줌을 싼 것처럼 방바닥이 축축하다.

"왜 불두 안 켰니?"

석서방댁은 방으로 들어와 등잔에 불을 붙인다. 뒤따라 들어온 아이들은 시루떡 같은 것을 손에 들고 깡충깡충 뛰고 있다. 석서방댁은 등잔 밑에 있는 옷 보자기를 보고 활짝 웃으며 윗방에 대고 소리친다.

"똥례야, 이거 입어봤니?"

"입어봤유."

석서방댁은 불안스럽게 앉아 그것을 풀어보고 입을 딱 벌린다.

"아이구, 어쩌면 이렇기 고우냐, 잉……"

그는 저고리를 활짝 펴보고 치마도 들어본다. 그것을 허수아비처럼 만들어놓고 다시 입을 벌린다.

"참 곱다. 잉…… 또 입어보지."

"입어본 걸 뭘 또 입어봐유. 구겨지라구……"

"그래두 또 입어봐. 내가 봐줄 테니께."

"싫다니께 왜 자꾸만 저런디야."

똥례의 앙칼진 소리가 들려오자 그는 입을 여전히 벌린 채 이것저것을 헤쳐보고 중얼거린다.

"얘, 그래두 니 애비가 이번엔 애비 노릇을 했구나 잉……."

석서방댁은 생각하면 할수록 서방이 대견한지 싱글벙글한다. 그 옆에서 새 옷가지를 한참 동안 쳐다보고 있던 옥례가 고개를 반짝 쳐든다.

"엄니, 성 낼 시집 가?"

석서방댁은 금방 우거지상이 된다. 옥례를 흘겨보더니 탱탱한 목소리로 혼꾸멍을 낸다.

"이년, 누구헌티 그런 소리만 했다 봐라. 주뎅일 칼로 찢어놀 테여." 머쓱해진 옥례가 윗방으로 넘어가자 석서방댁은 작은딸이 움직이는 대로 시선을 옮기며 다시 고함친다.

"누가 묻걸랑 읍내루 식모 갔다고 해여, 알었니?"

석서방댁은 분갑도 열어보고 크림통도 열어본다. 그것을 양손에 들고 번갈아 냄새를 맡아보고 다시 활짝 웃는다.

"아이구, 어쩌면 이렇게 냄새가 좋으니, 참 구리무두 게급이다, 잉……"

그는 분갑을 닫아놓고 고리짝 밑에서 빈 약병 같은 것을 찾아낸다. 크림을 손가락으로 꾹 찍어 그 속에 덜어놓고는 크림 뚜껑을 소리 나게 닫는다.

"살결이 고와지나 나두 발라봐야지."

그는 옷가지를 다시 개 놓고 보자기를 전대로 묶으며 윗방에 대고 짜증스런 목소리를 지른다.

"늬알은 신랑헌티 몸을 줄 텐디 그대루 잘 거여, 몸이나 닦지……"

똥례는 정신이 번쩍 든다. 새 옷을 입어볼 때 온몸에 끼었던 때가 생각났다. 얼굴을 문지르고 아랫방으로 넘어온다. 희미한 등잔불이 유난히 눈을 부시게 한다. 굉장하게 여겨지던 새 옷도 별로 신통찮다.

"읍내 년들은 모두 바람이 나서 야단났더라. 그래두 니가 곱게 시집가는 건 다 내 덕인 줄 알아야 해여."

똥례는 알량싼 어머니 말을 흘려버리며 부엌으로 들어간다. 컴컴한 속에서 물동이를 찾아들고 안마당을 빠져나온다. 잔뜩 내려앉은 하늘은 눈이 오려나보다. 뒷산의 음산한 소나무 숲이 쫓아오는 것 같아 치맛자락을 바쁘게 걷어차며 음전네를 돌아서자 상여 잔치의 뒷일을 보고 오던 이장댁이 이쪽으로 올라오고 있다.

"밤중에 무슨 물이여?"

"늬알 낭구 가려면 새벽밥 해야잖유."

똥례는 아무렇게나 대답하고 이장댁을 지나쳐 대나무안집 바깥마당으로 들어선다. 잔치가 끝난 마당은 쓸쓸하다. 대나무 잎새들이 사각사각 부딪치며 메마른 음향을 내고 있다. 똥례는 사방을 둘러보고 얄팍하게 살얼음이 앉은 우물 바닥을 조심스럽게 딛고 앉아 바가지로 퍼 담는다. 찰랑한 물동이를 머리에 이고 어깨 위로 떨어지는 물방울을 훑어버린다. 날씨가 춥다고 생각하며 부엌에 들어와서 쏴— 물을 솥에 붓는다.

아궁이의 불빛을 받아 부엌은 환하다. 똥례는 삭정이를 뚝뚝 꺾어 아궁이에 처넣는다. 어느덧 솥에선 김이 펑펑 올라왔고 부엌 뒷문으로 눈발이 섞인 바람이 들어오고 있다.

똥례는 몸을 깨끗이 씻고 싶은 마음이 불현듯 솟구친다. 내일 시집간다는 분홍색 새댁의 마음이 되어 있다. 함석 그릇에 찬물과 더운물을 알맞게 섞어놓고 옷을 하나씩 벗어 부뚜막 위에 집어 던진다. 몸을 덜덜 떨며 더운물 속으로 들어가 겨울 들어 낀 때를 조금씩 조금씩 불려 간다.

—부엉, 부엉, 걱정 마라 부엉, 니 할아배 장날이 내일이다.

—부엉, 부엉, 걱정 마라 부엉, 시집가서 잘산다. 신랑 품에 꼭 안겨라.

—부엉.

—부엉.

어디서 부엉이가 울고 있다. 똥례는 벗은 몸뚱이를 어둠으로 가리고 눈을 올빼미처럼 뜨면서 귀를 기울인다. 그러나 쌩쌩 불어대는 바람 때문에 어디서 우는지 알 수 없다. 어떻게 들으면 옆 산인 것도 같고 어떻게 들으면 뒷산에서 우는 것도 같다. 아무튼 이 근처 어느 숲속에서 부엉이는 숨어 있을 것이다. 똥례는 바람결에 들리는 그 소리를 들으며 신랑의 품속에 꼭 껴안긴 채 소록소록 잠이 드는 그런 꿈을 그려보고 활짝 웃고 있다. 부엉이가 울면 좋은 일이 생긴다는 것이다. 안마당엔 벌써 눈이 하얗게 쌓이고 있다. 똥례는 눈을 쳐다보며 몸을 깨끗이 닦아간다. 눈은 똥례의 마음을 흐뭇하게 해주는 것이다. 그러나 꽃상여를 타고 간 늙은 내외 눈을 맞으며 무슨 청승일까? 상여 속에서 꽁꽁 얼어 죽어라. 그대로 곧장 공동묘지로 가는 꼴을 내가 봐야지.

똥례는 그들에게 저주를 퍼부으며 일어난다. 몸이 덜덜 떨린다. 홑치마 바람으로 방으로 들어와 물기를 닦는다. 아이들은 잠에 떨어져 있고 석서방댁은 딸의 몸뚱이를 유심히 쳐다보며 중얼거린다.

"가서 잘살어. 잘살고 못사는 건 다 제 팔잔 거여."

석서방댁은 담배에 불을 붙이며 똥례의 하는 꼴을 눈여겨보고 있다. 딸을 보내는 에미의 심정은 그래도 안 됐는지 석서방대의 표정엔 한 가닥의 우수가 실려 있다. 똥례는 수건으로 몸을 구석구석 훔치고 윗방으로 건너간다. 석서방댁은 딸의 등을 쳐다보고 한숨을 푹 쉰다. 아무래도 석서방댁의 마음은 서글퍼지는 것이다.

"굉장히 퍼붓는구나."

상여를 쫓아갔던 석서방의 목소리와 함께 토방에서 신발 터는 소리가 쿵쿵 들리자 석서방댁이 소리친다.

"벌써 갔다 왔유?"

"눈이 와서 돌다가 그대로 왔어."

석서방은 방으로 들어와 외투를 옷걸이에 건다.

"읍내 사람들이 뭐라구 해여?"

석서방댁이 정다운 목소리로 물으며 서방을 올려다보자 석서방은 여편네 궁둥이 속에 손을 넣으며 허풍스럽게 떠벌린다.

"구경꾼들이 어찌나 많은지 생여가 지나갈 수가 없었다니께."

"두 노인네가 추워서 혼났겠구먼?"

석서방댁은 서방의 찬 손을 깔고 앉은 채 묻는다. 석서방은 손을 쑥 빼고 이번에는 제 궁둥이 밑에 손을 넣으며 정색을 한다.

"혼나는 게 뭐여, 상여 속에서 춤을 추구 소릴 하구 야단이던걸."

"아이구 주책바가지 늙은이들……"

석서방댁이 혀를 차자 석서방은 싱글벙글하며 허리띠 밑에 찬 열쇠 꾸러미를 꺼내놓고 들여다본다.

"열쇠두 새로 맞췄나?"

"그럼 새로 안 맞춘 게 어딨어."

석서방은 열쇠 꾸러미를 다시 넣어놓는다. 그것들은 높은 상엿집 문에 달린 큰 자물쇠와 상여 제구(諸具)를 넣어두는 상자에 달린 자물쇠를 여는 것이다. 예닐곱 개가 넘을 듯했다.

"그런디 늬알 똥례는 어떻게 한디야."

석서방댁이 이불 속으로 기어들며 근심스럽게 중얼거리자 석서방은 저도 기어들어가 여편네를 꼭 껴안으며 퉁명스럽게 묻는다.

"뭘 어떻게 해여?"

"쪽을 찌고 어떻게 동네를 지나느냐 말여."

"아 지어맨 걱정 말라구, 내가 알아서 헐테니께."

석서방은 귀찮다는 듯 소리치고 불을 훅 꺼버린다.

4

밤사이 내린 눈이 밭, 논, 산, 행길, 마당, 여기저기에 손바닥만 한 빈틈도 주지 않고 하얗게 덮여 있다. 눈은 토방 위에까지 흩날려서 아무렇게나 벗어 놓은 신발짝 속에도 소복이 들어 있다. 똥례는 신발을 탁탁 털어 신고 식구들의 신발도 털어놓는다. 그러고 있는 똥례의 모습은 어딘가 창백하다. 머리는 헝클어질 대로 헝클어졌고 지난밤엔 잠을 못 이뤘는지 두 눈이 퀭하다. 그는 퀭한 두 눈을 들어 사방을 둘러본다. 벌써 아침 짓는 연기는 눈에 덮인 이 집 저 집 굴뚝에서 파랗게 피어오르고 눈 쓰는 소리도 들려온다. 똥례는 전과는 아주 다른 얌전한 걸음걸이로 부엌으로 들어간다.

똥례는 솥을 소리 나게 가시고 쌀을 안친다. 아이들이 깬 소리가 방에서 들리면서 두세두세하는 석서방과 석서방대의 음성도 들려온다. 밥이 다 될 무렵까지 방에서 나오는 사람은 아무도 없다.

똥례의 마음은 성급해지고 있다. 부지깽이를 손에 든 채 앉았다 일어섰다 한다. 하얗게 덮인 세상을 쳐다보다가 솥과 아궁이 속을 황급히 쳐다보기도 한다. 이렇게 몇 번인가 하고 있을 때 석서방댁이 부엌으로 들어온다. 밥이 다 된 솥을 열어보고 아궁이 속도 들여다본다. 부엌을 휘둘러보고 똥례를 쳐다본다.

"이제 널랑 들어가 봐."

똥례는 부지깽이를 집어 던지고 방으로 들어온다. 이불은 고리짝 위에 얹혀 있고 아이들도 옷을 모두 입었다. 똥례는 아랫목에서 담배를 피우고 있는 석서방을 힐끗 돌아보고 어제 사 온 옷 보퉁이를 들고 윗방으로 넘어간다. 그것을 다시 풀어놓은 다음 손거울과 허리띠를 찾아온다. 이것들은 시집갈 때 쓰려고 아무도 몰래 사둔 것이다. 똥례는 손거울에 입김을 하, 씌워 치마로 깨끗이 닦고 제 얼굴을 들여다본다. 그것을 크림과 분갑이 들어 있는 버선 속에 집어넣고 이번에는 허리띠를 집어 든다. 그것은 옥색 명주로 된 고운 물건이다. 납으로 된 장식에는 쌍 희(囍)자가 새겨져 있다. 똥례는 그것도 한 번 허리에 매본 다음 옷 보퉁이 속에 집어넣고 엊그제 빨아두었던 개짐을 아랫방 고리짝에서 꺼내온다. 석서방댁 것은 그대로 놔두고 제 것만 네모지게 개어 대여섯 장을 보퉁이 속에 넣는다. 더 가져갈 것은 없으나 무엇인가 또 있는 것 같다. 똥례는 그것을 기억해 내려고 멍청히 앉아 있다.

"똥례야, 밥 먹어라."

석서방댁이 밥상을 들여오자 석서방이 소리친다. 똥례는 보퉁이를 들고 아랫방으로 넘어온다. 석서방은 똥례를 쳐다보며 눈을 유난히 껌벅거린다.

"대국 집에 가서 옷을 갈아입고 니 시집으로 가는 거다. 잉……"

똥례는 고개를 끄덕이며 숟갈을 집어 든다. 다른 식구들은 겨우 반 사발도 못 먹었으나 똥례는 한 사발 재빨리 치우고 조급하게 일어난다.

"먼저 나가서 기다릴게유. 아버질랑 저 보퉁일 들고 빨리 나오슈."

똥례가 보퉁이를 가리키며 수선스럽게 떠벌리자 석서방은 고개를 끄덕였고 석서방댁은 밥이 든 입을 우물거리며 어머니답게 분부한다. 그러나 입속에 든 밥알을 툭툭 빠뜨리며 찔끔찔끔 울고 있다.

"가서 잘살어, 잉…… 잘살고 못사는 건 다 제 팔잔 거여……"

석서방댁이 울음을 터뜨리자 아이들은 눈을 동그랗게 뜨고 어머니와 누나를 번갈아 쳐다보았고, 석서방은 문을 닫고 나가는 똥례를 돌아본 다음 여편네를 쳐다보며 이맛살을 찌푸린다.

"왜 울고 지랄이여."

똥례는 토방을 내려선다. 이웃집 마실을 가듯 아직 쓸지 않은 안마당에 첫발을 디딘다. 새까만 버선 위로 하얀 눈이 덮인다. 섭섭한 것도 같고 시원한 것도 같고, 똥례는 자신의 마음속을 헤아릴 수 없다. 발목을 눈 속에 빠치며 그대로 걸어간다. 눈이 깨끗이 쓸려 있는 대나무안집 바깥마당에 들어서자 발을 털며 몸을 뒤로 돌린다. 눈 속에 덮인 저희 집을 쳐다본다. 그 옆에 있는 철봉네 집도 쳐다본다.

철봉은 다음 장날에 영말엿을 사 올지도 모른다. 그는 틀림없이 사 올 것이다. 똥례는 철봉네 집과 저희 집을 잠시 쳐다보다 저쪽 용팔네 집을 힐끗 돌아보고 다시 내려간다. 눈 속에 파묻힌 집안에서 기침 소리도 들리고 어린애 우는 소리도 들린다. 그러나 똥례를 보는 사람은 아무도 없다. 눈 온 것이 천만다행이다. 읍내에서라도 호롱골 사람을 만나면 무어라고 대답할 것인가. 사람들은 방 속에 꼭 들어박혀 있다. 똥례는 봉순네 집을 울타리 너머로 힐끗 쳐다보고 동네를 빠져나온다. 그 집은 새며느리가 요강을 들고나오고 있었다. 저지난달부터 어린애가 있다니까 봉순네도 얼마 있으면 손주를 볼 것이다. 죽은 딸 생각은 점점 사라질 것이다.

동네를 빠져나왔으나 어디서 기다릴까 망설여진다. 여기 서 있다간 혹시 동네 사람을 만날지도 모른다. 똥례는 사방을 둘러보고 산모퉁이로 주춤주춤 돌아간다. 상엿집이 거기 있다는 사실을 똥례는 까맣게 잊고 있었다. 똥례는 상엿집을 보고 비로소 그쪽으로 다가간다. 눈이 안 닿고 있는 추녀 끝은 노란 땅이다. 그곳에 발을 붙이면 눈 위에 있는 것보다 나을 것이고 사람의 기척이 들려도 몸을 숨길 수 있을 것이다.

그러나 이곳은 막상 더 추운 듯하다. 이곳은 하루 종일 볕 한번 들지 않는 곳이다. 산에서 내려오는 물은 꽁꽁 얼어붙었고, 그 위에 다시 눈이 쌓였다. 저쪽에서 내려치는 바람이 굵고 야무지게 지나가는 바로 바람 길목이다. 똥례는 상엿집 추녀 끝에 서서 아버지가 내려올 길목에 눈을 주고 있다. 몸은 덜덜 떨리는데 아버지는 나오지 않고 있다.

똥례는 양손을 비비며 상엿집을 돌아본다. 콜타르 방울은 추녀 끝에 고드름처럼 죽 매달려 있고 대패로 반듯이 깎은 네 기둥은 대나무안집 막내며느리 얼굴보다 더 곱다. 토담 벽 아래쪽에 붙어 있는 둥글넓적한 돌이며 창호지로 깨끗이 발라놓은 네모진 창문이며 아담하게 지어놓은 상엿집은 누구네 집 안방보다 좋다. 전에 섰던 것보단 양반의 양반이다. 비만 오면 누런 낙숫물이 뚝뚝 떨어지고 동네를 들어가다 이쪽만 쳐다보면 얼마나 소름이 끼쳤던가. 똥례는 전에 섰던 상엿집을 머리에 그려본다. 귀신이 금방 튀어나올 것 같은 음산한 집. 봉순이 죽었을 때도 이 앞에 앉아 울다 얼마나 놀랐던가.

똥례는 이 속에 고운 새 상여가, 어제 안노인 양주가 타고 가던 이쁜 꽃상여가 들어 있는 것을 생각한다. 호랑할매는 상여 속에서 춤을 추었다고 했다. 가마 타고 시집 못 온 원풀이를 실컷 했다고 했다. 똥례는 추위와 공연한 설렘에 덜덜 떨며 상엿집 주위를 돌기 시작한다. 상엿집 문에 커다란 자물쇠가 걸려 있다. 어린애 대갈통만 한 둥근 것이다. 똥례는 그것이 못마땅하다. 그러나 아버지는 저 열쇠를 가지고 있지 않은가. 똥례는 다시 길 쪽을 향하고 덜덜 떨고 있다. 아래윗니가 서로 부딪치며 달그닥닥한다. 그러다 눈 속에서 이상한 것을 발견하고 그쪽으로 다가간다. 그것은 봉의 새끼가 그려 있는 병아리(鳳雛)이다. 어제 눈은 오고 상두꾼들이 상여를 급히 들이다가 잘못해서 빠뜨린 모양이다. 똥례는 그것을 주워 들고 다시 상엿집 추녀 끝으로 돌아와 아버지의 기척이 들리기를 기다리며 오들오들 떨고 있다.

똥례가 잠시 그러고 서 있을 때 급히 내려오고 있는 석서방의 기척, 그는 옆구리에 보퉁이를 끼고 바쁘게 내려오고 있다. 똥례는 '아버지' 부른다. 그는 걸음을 멈추고 이쪽으로 고개를 돌리더니 똥례에게 손짓하며 빨리 가자고 한다.

"잠깐만 일루 와봐유."

똥례는 저도 손짓을 하며 급한 일이 생긴 것처럼 허풍스런 표정을 짓는다. 그러나 석서방은 올 생각조차 않고 왜 그러냐고 묻는다.

"나 여기서 옷 갈아입을라구유."

똥례가 천연스럽게 말하자 석서방은 눈을 둥그렇게 뜨고 입을 크게 벌린다.

"뭐여?"

"……"

똥례는 석서방을 조롱스럽게 쳐다보며 그대로 서 있다. 석서방은 빨리 가자고 재촉이다.

"그럼 어디서 옷을 입어유?"

"대국집 뜨듯한 방에서 입자 말여."

"누가 방을 빌려 주나유, 우동 한 그릇이래두 사 먹어야지."

"그러니께 사 먹으면 될 거 아녀."

"우리 생편에 그런 것 사 먹게 됐유."

"너 왜 이러니, 추워 죽겠구먼. 아버지 돈 많다 말여."

석서방은 덜덜 떨면서도 똥례를 달랜다. 똥례는 석서방을 흘겨보며 빽 고함친다.

"돈 있다고 그런 디다 쓰면 어떡해유. 그러니께 우리가 이렇게 못산다 말유."

석서방은 딸의 태도가 아니꼬운 모양이다. 똥례를 쳐다보며 언성을 높인다.

"이년이 어른 말을 안 듣구 이러기여."

똥례는 기가 꺾여 잠자코 있다. 석서방은 빨리 가자고 하며 덜덜 떨고 있다. 그러나 똥례가 병아리를 내보이자 그는 눈이 휘둥그레져서 이쪽으로 다가온다.

"이건 어디서 난 거여?"

석서방은 그것을 받아들며 묻는다. 똥례는 방금 석서방이 밟고 온 그 자리를 가리킨다. 석서방은 그것을 호주머니에 넣고 빨리 가자고 다시 재촉.

"그건 이 속에다 너둘 거 아뉴."

똥례는 상엿집을 가리킨다. 병아리는 상엿집에 들어가야 옳은 것이다. 그러니까 석서방은 자물쇠를 열어야 하고 계제에 똥례는 상엿집 속으로 들어갈 참이다.

"지금 바쁘니께 나중에 너둬두 되여."

똥례는 말없이 등을 돌리고 눈이 덮인 골짜기를 쳐다본다. 아버지가 상엿집 문을 열 때까지 그러고 있을 참이다. 석서방은 딸의 뒤통수를 노려보며 고함친다.

"정말 너 이러기냐?"

"정말유. 누가 장난하는 줄 아슈."

똥례는 앙칼지게 소리치고 다시 돌아선다. 석서방은 다시 딸을 노려보다가 문 앞으로 다가가며 중얼거린다.

"허어, 참…… 지집에 못돼먹었네."

똥례는 아버지를 힐끗 돌아본다. 석서방은 허리춤에서 열쇠 꾸러미를 꺼내더니 그중에서 제일 큰 열쇠를 고른다. 똥례는 아버지에게서 보퉁이를 뺏어 들고 문이 열리는 것과 동시에 상엿집 안으로 들어선다.

"빨리빨리 해여."

"야야, 빨리 해여, 빨리…… 추워 죽겠다."

석서방은 문 옆에 있는 상자를 열고 병아리를 넣어두며 재촉한다. 병아리는 열여섯 개가 있어야 한다. 석서방은 그것을 세어보고 상자를 닫고 열쇠를 다시 채운다.

똥례는 바들바들 떨며 옷을 벗기 시작한다. 눈 위에 오래 서 있던 발은 아려오고 떨리는 손으로 옷을 벗어간다. 그러나 똥례는 벌거벗고 춤을 추고 싶도록 기분이 좋다. 아버지만 없다면 그렇게 했을지도 모른다. 그렇게 무섭던 상엿집이 이렇게 정다운 집일 줄은 몰랐던 것이다.

"빨리 해여. 빨리……"

석서방은 팔자에 없는 고생을 하고 있다. 이게 무슨 꼴이란 말이냐. 말하자면 후행인지도 모르는데 여기 끌려들어 온 생각하면 화가 치미는 것이다. 그러나 석서방은 딸의 벌거숭이를 보고 돌아선다. 추운 데서 고생하는 딸도 안됐지만 딸의 커다란 젖통이며 궁둥이를 보고 있어야 하는 애비의 꼴도 안 됐다. 그는 씁쓸한 표정을 하고 상엿집 밖으로 나간다.

똥례는 세수도 안 했고 머리도 빗지 않은 데다 옷 먼저 갈아입은 것이 잘못이다. 밖으로 나간다. 똥례가 밖으로 나오자 추녀 끝에서 덜덜 떨고 있던 석서방이 옷 입은 딸을 보고 안으로 들어간다. 똥례는 양손으로 흰 눈을 듬뿍 떠서 얼굴에 박박 문 낸다. 흰 눈에 검은 때가 배어나 온다. 똥례는 다시 눈을 갈아 얼굴을 씻고 메마른 머리에도 축여준다. 똥례는 안으로 들어와 아버지의 시퍼런 딸기코를 쳐다보고 조급하게 서두른다. 머리를 빗고 쪽을 찌고 크림과 분을 발라야 한다. 벌벌 떨고 있는 아버지가 가엾은 것이다.

그러나 추워서 그런지 오줌은 마렵고 떨리는 손으로 치장을 하자니 잘 되질 않는다. 잘 되질 않지만 똥례는 그런대로 머리를 곱게 빗어 정성껏 쪽을 찌고 크림과 분을 바른다. 똥례는 보퉁이 속에 든 손거울에 얼굴을 비춰보고 활짝 웃는다.

"다 됐유. 이제 가유."

똥례는 신발까지 신고 옥색 허리띠를 분홍치마 위에 졸라매며 석서방을 쳐다본다. 석서방은 똥례가 벗어놓은 신발, 버선, 속옷, 치마저고리 등을 돌돌 말아 상엿집 한구석에 밀어놓는다.

"이걸랑 여기다 둬라. 잉…… 내가 나중에 가져갈 테니께."

석서방은 이렇게 말했으나 얼굴을 찡그린다. 여기 다시 들어와서 딸의 물건을 꺼내갈 생각을 하니 기분이 나빴던 것이다. 이건 송장의 옷과 신발처럼 느껴질 것이 아닌가. 상엿집 문을 열었던 것이 다시 후회된다.

아버지와 딸은 덜덜 떨며 상엿집에서 나온다. 똥례는 석서방이 자물쇠를 채울 사이 부리나케 궁둥이를 까고 주저앉아 오줌을 눈다. 땡땡했던 아랫배가 시원하게 풀리자 똥례는 마음이 무척 가볍다. 석서방도 오줌이 마려운지 자물쇠를 채우기가 바쁘게 일부러 저쪽까지 걸어가 쉬한다. 딸은 앉아서 하얀 눈밭 위에 커다란 늙은 호박 같은 것을 만들었고 아버지는 서서 작은 애호박 같은 것을 만든다. 그러나 부녀는 똑같이 일을 보고 나서 진저릴 쳤고 그 끝에 석서방은 턱으로 뒷길을 가리킨다.

"뒷길로 가자. 잉....."

그들은 뒷길을 오르고 있다. 이 길을 지난 사람은 아무도 없다. 엉성한 과수원의 아카시아 울타리엔 눈이 쌓여 있고 봉순이 죽은 느티나무 그루터기는 눈에 파묻혀 있다. 봉순이 죽고 얼마 안 있어 몽달귀신인가 삼태귀신이 나온다고 나무를 잘라버렸던 것이다. 그러나 똥례는 그쪽에 눈을 줄 수가 없다. 봉순은 지금도 시집가는 저를 쳐다보고 있는 것 같고 마구 뒤에서 욕하는 것 같다.

그들은 뒷길을 올라와 하얗게 눈이 덮인 읍내를 내려다본다. 북쪽에 우뚝 선 것은 금오산이고 군청, 금융조합, 국민학교가 그 아래에 있다. 거기서 조금 서쪽으로 경찰서, 읍사무소, 세무서, 은행이 한데 붙어 있고 뾰족한 두 개의 집은 성당과 교회, 포플러나무와 은행나무가 많이 서 있는 곳은 농업학교, 보이지는 않으나 역전으로 나가는 신작로를 따라가면 실과학교, 제사회사, 전매지청이 있을 것이다.

"우리 시집은 어디유?"

똥례가 읍내를 내려다보고 묻자 석서방은 하천둑 아래로 초가집이 많은 새말을 가리킨다.

"저기 함석집 있지. 살구나무가 그 앞에 있구. 있지, 잉?"

"예, 저거 말유? 마당 넓은 집유?"

"그렇지. 그게 조선관 채소밭이구 그 앞에 사철나무 울타리 있지,

잉……"

"있유."

"바로 저 집, 조선관 바로 앞집……"

"예, 꼬패집 말이지유. 문간에 무슨 나무가 양쪽으로 서 있네유."

"그래, 저게 미루나문디 그 집 문기둥이여."

똥례는 저희 시집을 쳐다보고 활짝 웃고 있다. 저 집이 바로 내가 살 집이구나 하는 생각과 함께 불현듯 기쁨이 솟아오른다.

"새말 동네는 골목이 참 많쥬?"

"많구말구."

"조선관엔 기생들두 많쥬?"

"많지, 이쁜 기생 정말 많다."

어느덧 그들은 뒷길을 내려오고 있다. 형제고개 쪽에서 내려온 듯 싶은 달구지가 그들 앞을 지난다. 볏섬을 잔뜩 싣고 있는 것을 보면 아마 방앗간으로 가는 모양이다. 얼굴이 새카만 황소는 네 다리를 잔뜩 버티며 내려간다. 양쪽 볼기짝에 붙은 오물 딱지가 조금씩 흔들리고 추워서 그런지 불알은 위로 오므라 붙었다.

똥례는 소를 몰고 가는 사내를 쳐다본다. 그것은 다름 아닌 길남이다. 검은 방한모를 푹 뒤집어써서 잘 몰랐으나 옆으로 얼굴을 돌릴 때 길남인 것을 알았다. 그러나 똥례의 마음은 아무렇지도 않다. 다른 때 같으면 가슴이 뛰고 얼굴이 달았을 것이다.

똥례는 곧바로 내려가는 길남을 쳐다보고 실쭉 웃고 아버지를 따라 장터로 들어선다. 초가지붕으로 된 빈 점포만 서 있을 뿐 장터엔 사람이 없다. 옹기전을 뒤에 두고 생선창고들이 즐비한 어물전을 지나자 석서방은 어떤 가게를 가리킨다. 똥례는 그곳을 쳐다본다.

"저게 니네 시집에서 장 보는 디여."

사방이 흙벽으로 싸인 가게는 어느 집보다 아늑하게 보인다. 다시 해 이은 지붕은 눈에 덮었을망정 깨끗하고 이쪽으로 굴뚝이 나와 있는데 파란 연기가 올라오고 있다. 석서방은 그쪽으로 발길을 돌렸고 똥례도 따라간다. 석서방이 거적문을 열고 안을 들여다보자 날카로운 여자의 음성이 튀어나온다.

"누구야?"

똥례는 안을 들여다본다. 가게 한쪽으로 솥이 빠져나간 부뚜막이 있는데 옥화가 그 앞에서 거적을 불사르며 몸을 녹이고 있다. 헝클어진 머리에는 뽀얀 먼지와 검불이 붙어 있고 깡마른 얼굴은 고이상가이상을 그리고 있다. 조그만 보퉁이를 끼고 앉아 깡마른 허리를 내놓고 이쪽을 쳐다보고 웃고 있다.

"춥겄구나……"

저쪽에 가마니가 깔려 있다. 옥화가 자는 곳이다. 석서방이 그것을 쳐다보며 중얼거리자 저도 가마니를 쳐다보며 히히 웃는다.

"아저씨랑 둘이 자면 춥지 않지."

석서방은 민망해서 거적문을 놓고 돌아선다. 그러나 옥화는 보따리를 든 채 허리를 올리면서 쫓아온다.

"아저씨 담배 하나만……"

옥화가 손을 벌리자 석서방은 담배 한 가치를 뽑아 준다. 옥화는 담배를 받아 허리춤에 넣고 석서방을 힐끗 쳐다보고 똥례에게 말한다. 부녀지간을 내외로 보았던 모양이다.

"젊은 각신 아들 팔형젤 낳겠어……"

똥례는 얼굴을 슬쩍 붉히며 삐죽 웃었고 석서방은 냉큼 고함을 친다.

"빨리 가란 말여."

똥례는 웃음을 참으며 옥화의 아래위를 훑어본다. 보퉁이로 가려진 아랫배가 붕긋이 솟아 있다. 옥화는 아이를 밴 모양이다. 그들이 다시 걸음을 옮기자 옥화는 무엇이 좋은지 석서방네 부녀를 쳐다보며 소리 내어 웃고 있다.

"아부지, 저게 찬밥만 얻어먹는 미친년 아니유?"

"왜 아녀."

똥례는 옥화의 웃음소릴 뒤로 들으며 무엇인가 더 물어보려다 그만두고 얌전히 걸어간다. 그들은 요란하게 울리는 해머 소리를 들으며 대장간 앞을 지난다. 검은 불통 속에 시뻘건 석탄불이 파랗게 피어오르고 칼, 도끼, 낫 같은 연장들이 불 속에 꽂혀 있다. 늙은 대장장이가 쇠붙이를 골라대면 여름 셔츠만 걸친 젊은 사내 두 명이 번갈아 해머를 휘둘렀고 그때마다 살찐 알통이 불끈 솟는다. 늙은 대장장이는 석서방과 똥례를 힐끔 쳐다보며 열심히 일을 계속했고 풍구질을 하던 조그만 머슴애도 이쪽을 쳐다본다. 그들은 말뚝이 총총히 박혀 있는 쇠전을 옆에 두고 다리를 건넌다. 엊그제 석서방댁이 서방을 기다렸다는 능수버들이 다리 끝, 개울둑에 서 있고 그 앞에서 동네 아이들이 눈 위를 반들거리게 닦아놓고 미끄럼을 타고 있다. 전방 추녀 밑에서 아이를 업고 있던, 머리는 파마하고 곱살하게 생긴 젊은 아낙네들은 똥례를 쳐다보며 저희들끼리 수군거린다. 똥례의 옷차림이 촌스럽다는 것인지 예쁘다는 것인지 그것은 알 수 없다.

똥례는 제 옷차림을 한 번 내려다보고 그 여자들을 쳐다본다. 그 여자들은 이쪽을 힐끔힐끔 쳐다보고 여전히 입방아를 찧고 있다. 똥례는 제 옷차림에 대하여 수군거림을 당한 것은 생전 처음이지만 그것이야 어쨌거나 자신이 사람들의 관심의 대상이 되었다는 사실이 흐뭇하기만 하다.

—정정, 정저정, 정정, 정저정……

저쪽에서 콩조지가 오고 있다. 먹물과 빨간 물감을 요란하게 칠한 극장 광고판을 새끼로 멜빵을 해서 걸머지고 징을 치며 오고 있다. 콩조지 뒤에는 고만고만한 개구쟁이 아이들이 뒤따르고 있다. 그 아이들은 콩조지가 징을 칠 때마다 콩조지의 징소리에 장단을 맞춘다.

—콩콩 콩조지 콩콩 콩조지…….

그러나 콩조지는 끄떡도 않고 묵묵히 징을 쳐가며 읍내를 돌고 있다. 극장에 어떤 광대들이 들어온 모양이다. 그는 백정들의 일을 봐주는 외에도 극장 광고판을 메는 것이 직업이다.

석서방은 콩조지를 쳐다보며 하천둑으로 꺾어든다. 똥례도 콩조지를 쳐다보고 아비의 뒤를 따른다. 여자들의 관심도 똥례에게서 콩조지로 옮겨지고 있다.

똥례가 콩조지의 은은한 징 소리를 들으며 하천둑을 잠시 내려갔을때 석서방은 오른편으로 꺾어지는 골목에서 걸음을 멈추고 언제나 다름없이 서 있는 양쪽의 미루나무를 가리킨다.

"저 집이 기다. 잉."

똥례는 가슴을 두근거리며 석서방을 따라 그 집 앞으로 다가간다.

석서방은 조금 열려 있는 판자문을 더 열어놓고 딸에게 들어오라고 한다. 고개를 푹 숙인 채 그 집으로 들어간다. 그러나 고개를 반짝 처들고 집안을 휘둘러본 다음 다시 고개를 숙인다. 똥례의 눈에 제일 먼저 띈 것은 건넌방 굴뚝 쪽으로 보이는 무성한 사철나무 울타리. 그것은 호롱골에 있는 대밭처럼 겨울에도 무성한 숲을 이루고 있다.

석서방은 아주 점잔을 뺀다. 다른 때 같으면 '누님 기슈' '영철이 있나' 어쩌고 했을 것이다. 그러나 오늘부터는 그렇지 않다. 노랑녀와의 사이는 사돈간이고 영철은 제 사위인 것이다. 석서방은 사뭇 엄숙하게 이것을 지키려는 것이다.

—깍깍……

까치가 조선관 쪽에서 푸릉 날아와 이 집 돼지우리 옆에 서 있는 살구나무에 와 앉는다. 흰 저고리에 검정치마를 입은 이쁜 처녀 같은 까치 두 마리가 마당으로 들어서는 두 부녀를 쳐다보고 있다.

석서방은 윗방과 건넌방을 번갈아 쳐다보며 점잖게 헛기침을 크게 한다. 똥례는 부엌에서 지짐질 냄새가 난다고 생각하며 고개를 푹 숙인 채 보퉁이를 끌어안고 있다. 까치는 깍깍 또 짖고 있다.

"엄니……"

부엌에서 지짐질을 하고 있던 동평이 석서방을 쳐다보고 삐죽 웃고 고함을 치자 윗방문이 쾅 열리며 노랑녀가 튀어나온다. 뒤따라 채영감도 나오고 안방에서 배불뚝이노파도, 뒤꼍에서 조서방도 나온다.

노랑녀는 찾아온 부녀를 쳐다보고 활짝 웃으며 건넌방에 소리치고 부리나케 마루를 내려선다. 노랑녀는 옷을 깨끗이 갈아입었다. 평소엔 입지도 않는 옥색 마고자까지 걸치고 있다.

"얘. 니 각시 왔다."

건넌방문이 쾅 열린다. 영철은 약간 고개를 쳐들고 한쪽 눈을 껌벅껌벅하며 아랫목에 앉아 이쪽을 쳐다본다. 마치 '거 누구냐' 하는 대감의 거동 같다. 그러나 결코 영철의 태도는 그런 것이 아니다. 다른 때 같으면 쓰러져 잠을 잤을 것이나 오늘만은 네 각시가 오는 날이니 맞아들일 준비를 하고 있으라는 어머님의 분부를 좇아 얌전히 앉아 있었던 것이다. 그러나 아침에 온다는 딸기코 딸은 오지 않고, 깜박 앉아서 졸다가 어머니의 고함소리에 깼던 것이다. 그러니까 영철은 얼떨결에 그러고 있었던 것이다.

"추운데 오느라구 얼마나 고생했니—"

영철이 부리나케 마루로 나오자 노랑녀는 석서방을 쳐다본 채 똥례의 어깨를 토닥이며 깔깔거린다. 똥례는 고개를 숙인 채 잠자코 있었고 이 집 식구들은 떠날 줄 모르고 그렇게 서서 새로 사 온 돼지새끼를 구경하듯 똥례를 쳐다본다.

"동평아, 건넌방에 요 깔어."

노랑녀는 연신 깔깔거리다가 부엌문 앞에 서 있는 동평에게 분부했고 동평은 쪼르르 방으로 뛰어 들어가 요를 깐다. 동평이 요를 깔자 노랑녀는 새며느리의 어깨를 부여안고 건넌방으로 함께 들어간다. 뒤따라 석서방과 채영감이 들어갔고 동평은 그 방에서 실쭉 웃으며 나온다. 그때까지 좋지 않은 눈초리로 똥례를 쳐다보고 있던 배불뚝이노파는 시선을 떨구고 쪼르르 부엌으로 들어간다. 그렇다고 뭐 똥례에게 유감이 있는 것은 아니다. 유감이 있어도 나중에 있을 것이고 지금 있을 수는 없다. 다만 제깐엔 새 외손주 며느리의 상을 뜯어본다는 것이 그 꼴이 되고 말았다. 말상이여. 이것밖에 뜯어내지 못했지만 사람은 쳐봐야 되는 것이라고.

똥례 양쪽으로 석서방과 노랑녀가 앉았고 똥례 맞은편 아랫목엔 영철 그리고 그 옆엔 채영감이 앉아 있다. 채영감은 연신 염소수염을 매만지며 똥례를 쳐다본다. 똥례는 요 위에 앉아 눈을 내리깔고 있다. 그러나 조바심이 난다. 저놈의 신랑 얼굴을 봐야 하는 것이다. 똥례는 아직 영철의 얼굴을 보지 못하고 있다.

"새댁은 올해 몇 살이여."

채영감이 묻자 석서방이 대답한다.

"열여덟이쥬."

채영감은 '아 참 숙성하구먼……' 하고 갑자 을축 해중금 병인정묘 노중화를 찾으며 한참 궁합을 따지고 있다. 영철과 똥례의 나이를 따져서 무엇인가 보는 게 있는 모양이다.

"하 참 좋은디. 나무랑 흙이여. 토랑 목이라 참 좋구나."

채영감이 탄성을 지르자 노랑녀는 좋아서 어쩔 줄을 몰라 하며 채영감에게 묻는다.

"나무랑 흙이 그렇게 좋은가?"

"좋다마다. 아 나무가 흙이 없으면 자랄 수 있나. 자랄 수 없지, 헤헤……"

"정말 그렇구먼."

"물이랑 불 같으면 상극여, 흙이랑 금은 괜찮지만 금이랑 나무랑은 또 상극이란 말여. 그걸 따져보면 참 묘하지."

채영감이 떠벌리자 좌중은 모두 웃는다. 그의 말하는 꼴이 우스워서가 아니라 오늘의 결합이 매우 잘됐다는 그의 점괘에 기분이 모두 좋은 것이다. 이 중에서도 기분이 제일 좋은 것은 노랑녀다. 아들을 처녀장가 들이는 데다 궁합까지 좋다니 이것은 안팎이 모두 좋은 것이다. 노랑녀는 부엌에 대고 소리친다.

"얘, 됐거든 가져와."

마루에 상 가져오는 소리가 들리자 노랑녀는 문을 열고 그것을 들여온다. 국수는 두 그릇뿐이다. 노랑녀는 석서방과 체영감에게 말한다.

"우릴랑 웃방으로 넘어갑시다. 잉."

아주 점잔을 빼고 묵묵히 앉아 있던 석서방은 딸을 힐끗 쳐다보고 일어난다. 석서방이 일어나자 채영감이 큰기침을 하며 일어난다. 그들이 밖으로 나가자 노랑녀는 똥례의 귀에 대고 속삭인다.

"네 신랑헌티 술두 따라주구 해라 잉…… 너두 많이 먹구."

영철은 벌써부터 시어머니와 며느리가 저렇게 다정한가 생각하고 픽 웃으며 상 앞으로 다가온다. 노랑녀는 아들의 귀에 대고 속삭인다.

"국술 반쯤 먹다가 색시헌티 주는 거여. 침을 흘려두 괜찮구. 될 수 있으면 뚝뚝 끊어먹다가…… 알었지."

영철은 아무 대꾸가 없다. 힐쭉 웃으며 똥례를 쳐다본다.

"내가 이따 닭을 날릴 테니께 그런 줄 알어. 그건 내가 폭 삶아서 놀테니께 첫날밤 지낼 때 먹구 잠자리 들 거라."

노랑녀는 아들과 며느리를 번갈아 쳐다보고 밖으로 나온다. 노랑녀가 이런 짓을 하는 것은 순전히 새며느리 때문이다. 과부 며느리라면 몰라도 이건 고운 때도 묻지 않은 처녀가 아닌가. 처녀로 오는 만큼 조금이라도 흐뭇하게 해주고 싶은 것이다.

"이리루 다가앉어."

영철은 눈을 껌벅껌벅하며 똥례를 쳐다보며 첫말을 던진다. 똥례는 요에서 내려앉으며 고개를 든다. 처음으로 신랑의 얼굴을 힐끗 쳐다본 것이다. 그러나 다시 고개를 숙인다. 고개를 숙인 똥례의 입은 벌어지고 있다. 신랑은 애꾸일망정 아주 잘생겼기 때문이다.

"자 따러, 그다음엔 내가 한잔 따러줄 테니께."

영철은 껄껄거리며 잔을 내민다. 똥례는 배시시 웃으며 잔을 채운다. 영철은 잔을 쭉 비운다. 비울 때 똥례는 신랑 눈을 쳐다본다. 하얀 눈이 조금 마음에 걸린다. 먹칠을 하든지 수를 놓아서 하얀 눈 속에 넣는다면 부리부리한 게 잘생긴 눈이 될 것 같다.

"자 받어, 한 잔만……"

그는 똥례에게 빈 잔을 건넨다. 똥례는 사양한다.

"못 먹어유."

"한 잔만 받어. 신랑이 주는 거니께, 껄껄……"

"정말 못헌대두 그류."

"오늘은 그런 날이 아니잖어."

영철은 아픈 팔을 그대로 뻗친 채 똥례를 어른다. 똥례는 웃는다. 정말 오늘은 경사스런 날이 아닌가. 한잔 마실 만도 하다. '정말 못 먹는디……' 중얼거리며 잔을 받아 든다. 영철은 껄껄거리며 쭈르르 잔을 채운다.

"조금만 해유."

그러나 잔은 가득 채워졌고 똥례는 힐쭉 웃으며 꿀꺽 마신다. 약주 맛 좋다. 영철은 술 마시는 똥례의 꼴을 보고 유쾌하게 웃는다. 똥례는 멋쩍게 웃으며 술잔을 영철 앞에 놓는다.

"이제 널랑 국수두 먹구 해여. 난 술 몇 잔 더 먹은 담에 먹을 테니께."

영철은 상에 있는 것들을 가리키며 제가 술을 따라 마신다. 상 위엔 국수 외에도 불고기, 잡채, 생선 부침, 나물, 찌개, 이것저것 많이 놓여 있다.

똥례는 마음이 풀어지며 기분이 사뭇 좋다. 앞에 앉은 영철이 몇십 년을 같이 산 서방처럼 생각된다. 송송 자란 턱수염은 구수한 맛이 풍기고 핏기 없는 하얀 얼굴은 은은한 맛이 풍긴다.

"이리 주슈. 지가 따를게유."

똥례는 주전자를 뺏어 들며 술을 따른다. 정말 신명 없이 술잔을 채우고 있던 영철은 크게 웃는다. 계집이란 사내가 말을 안 해도 그걸 알아줘야 맛이 나는데 계집년 참 눈치도 빠르다. 영철은 정말 여편네 잘 얻었다고 생각하며 따라주는 것이 고마워서 술을 자꾸만 받아마신다. 어느덧 얼굴이 벌겋게 달아오른다. 똥례는 술 취한 신랑이 재미있어서 소리를 죽이며 웃는다.

윗방에서도 웃음소리가 그칠 사이 없다. 석서방의 호탕스런 웃음소리는 집안이 들썩일 정도다. 아무리 점잔을 빼려고 애를 썼으나 그놈의 술이 들어가면 사돈이고 누님이고 가릴 수 없는 모양이다.

—우리 아버지도 신이 났어.

똥례는 아버지의 웃음소리에 더 마음이 흐뭇해진다. 이 낯선 집엔 언제나 아버지의 그림자가 떨어져 있을 것이고, 신랑한테 정이 들고, 아이를 많이 낳고, 죽어서는 이 집 귀신이 될 것이고…… 이런 생각들은 돌로 땅을 다질 때처럼 똥례의 마음을 차분하게 만든다.

"왜 안 먹구 있니. 잉……. 니 섹시 좀 멕이구 해야지."

얼굴이 벌게진 노랑녀가 들어와서 아들을 보고 나무란다. 영철은 몸을 가누기가 어려운지 눈을 껌벅껌벅하며 부처님처럼 앉아 있다.

"니가 먹다 줘라. 잉…… 이걸 반쯤 먹다가 니 신랑헌티 주란 말여."

노랑녀는 똥례의 앞자락에 나온 실밥을 뽑아주며 국수 그릇을 가리킨다. 똥례는 영철을 힐끗 쳐다보고 삐죽 웃으며 국수를 먹어간다. 이것은 음식으로 첫날밤을 치르는 풍습이다. 술이 담긴 주전자 꼭지를 신랑각시가 세 번씩 빨든지 한 그릇의 국수를 그렇게 하든지. 노랑녀는 국수를 먹고 있는 며느리의 꼴을 보고 흐뭇해서 웃는다. 뭐 아기자기한 맛은 없으나 파란 무처럼 싱싱해서 좋다. 병주머니였던 첫 번째 며느리에 비하면 아주 훌륭하다.

"얘, 못 해 가져왔다구 원통해하지 말어, 잉…… 내가 너 올 줄 알고 옷은 저기다 많이 해뒀으니께……"

노랑녀는 이불 위에 놓여 있는 똥례의 보퉁이를 힐끗 쳐다보고 장롱을 가리킨다. 물론 장롱도, 그 속에 든 혼수도 모두 첫 번째 며느리의 것이다. 그러나 생색을 내느라고 공연히 제가 해두었다고 떠벌리는 것이다.

"……?"

똥례는 무슨 말인지 몰라서 먹던 것을 잠시 멈추고 노랑녀를 돌아본다. 노랑녀는 알아듣도록 얘기한다. 똥례는 너무 흡족하여 입을 크게 벌리다가 입에서 빠져나오는 국숫발을 그릇으로 받으며 장롱을 쳐다본다. 천장까지 꽉 찬 번들번들한 장롱이 윗목에 놓여 있다. 그 속에는 많은 옷들이 들어 있을 것이다.

"그러니께 아무 걱정 말구 말여. 니 서방 잘 섬기구 아들이나 쑥쑥 빠쳐놓구 해여…… 난 다른 집 시어매처럼 시집살인 절대 안 시킨다. 그저 니들 둘이 잘살면 그만이지……."

노랑녀는 며느리의 좋아하는 꼴을 보고 신이 나서 지껄이다가 무엇이 생각난 듯 부리나케 방문을 열고 나간다. 똥례는 다시 닫히는 방문을 쳐다보고 힐쭉 웃고는 먹던 그릇을 영철 앞에 디민다. 얼굴이 점점 빨개지는 영철은 새우처럼 한쪽 눈을 뜨고 국수 그릇을 쳐다본다.

"이거 잡수슈."

"싫어, 술을 많이 먹었더니……"

영철은 싫다고 손을 흔든다. 사실은 이렇게 앉아 있는 것도 큰맘을 먹은 것이다. 쓰러져 자고 싶다. 몸을 가눌 수가 없는 것이다. 게다가 국수를 먹으라니 먹을 수가 없다. 그러나 똥례가 영철의 마음을 알 수 있을까. 뿌루퉁해서 국수 그릇을 상에 탁 놓으며 고함을 친다.

"부부지간에 드러운 게 어딨대유."

영철은 껄껄 웃으며 그런 게 아니라고 변명한다. 똥례는 그 맘 이해할 수 있다. 그러면 그렇지, 그럴 리가 없는 것이다.

"우리두 잘살어봐유. 잉……"

똥례는 먹던 국수를 마저 먹으며 영철을 쳐다본다. 영철은 똥례의 말에 정신이 번쩍 든 듯하다. 눈을 껌벅껌벅하며 자세를 바로 한다. 똥례의 국수 그릇을 힐끗 쳐다보고 그것을 뺏어 한꺼번에 털어 넣는다. 똥례는 눈물이 나오도록 고마워서 이번에는 웃지 못했다. 영철은 국수를 꿀꺽 삼키고는 똥례를 똑바로 쳐다본다.

"내가 노름쟁이지만 말여, 한판만 크게 잡아보라구. 그 노릇은 당장 집어치울 테여."

이것은 첫날의 맹세인지도 모른다. 똥례는 그저 고마워서 맞장구를 칠 뿐이다.

"그럼유. 노름일랑 집어치워유."

이때 뒤곁에서 콕코코코 하는 수탉의 소리가 이쪽으로 다가온다. 노랑녀가 수탉을 들고 다가오나보다. 똥례는 수탉의 소리에 다시 웃으면서 꿩고기가 무척 먹고 싶었던 생각을 한다. 어디 잡았는지 엊그제 호랑할매가 들고 가던 꿩을 보고 침을 꼴깍 삼킨 일이 있었다. 그러나 이제는 닭고기가 먹고 싶다. 꿩 대신 닭이 아니라 닭고기가 꿩고기보다 맛있을 것 같다.

똥례는 문이 쾅 열리자 그쪽을 돌아본다. 영철도 눈을 번쩍 뜨고 그쪽을 돌아본다. 노랑녀가 수탉 한 마릴 끌어안고 심각한 표정을 하고 있다. 십 년은 묵었을 볏이 새카만 늙은 수탉이다.

"잘살어라. 잘살어라. 봉황처럼 잘살어라."

노랑녀는 무당이 중얼거리듯 하며 그것을 방 안으로 획 던진다. 수탉은 속 털을 날려놓으며 날개를 퍼덕인다. 영철과 똥례를 뛰어넘어 방바닥에 떨어지며 목청을 길게 뽑는다.

—꼬끼오옥그륵.

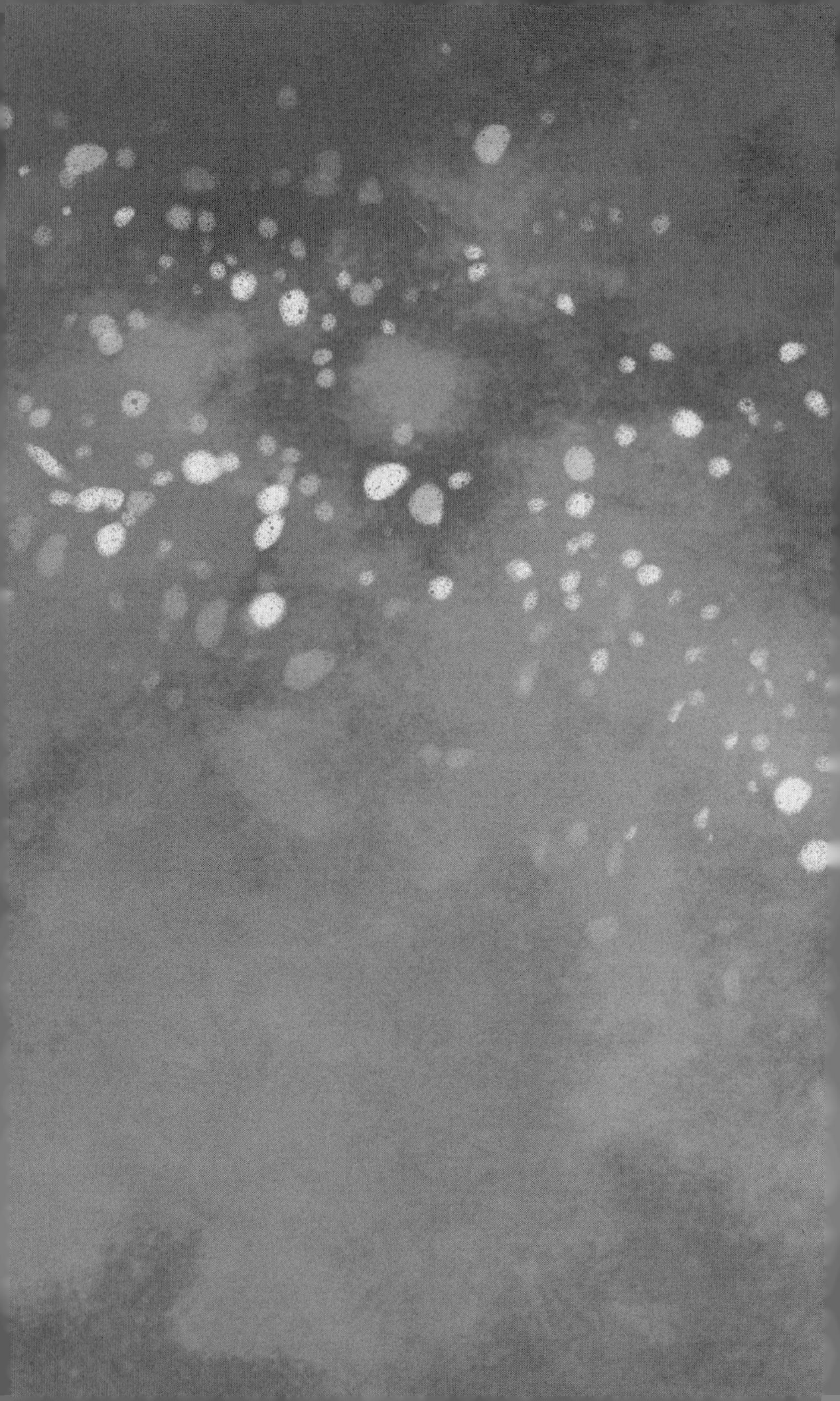

제3부

1

싹싹— 마당 쓰는 소리에 잠을 깼으나 눈은 자꾸만 감겨진다. 어제 영철을 기다리다 새벽에야 겨우 눈을 붙이고 아주 달게 자던 참이다. 똥례는 일어나려고 몸을 뒤척인다. 그러나 양쪽 눈꺼풀은 고춧가루를 뿌린 듯 맵고 살아 있는 조개처럼 벌어지질 않는다. 그러나 잠꼬대 같은 신음을 토해내며 벌떡 일어난다. 오늘은 장날이다. 바쁜 날이다. 창문이 번하게 밝아오고 있다. 안방에서 배불뚝이노파의 기침 소리. 똥례는 꽝 문을 열고 마루로 나선다. 싸늘한 새벽공기가 아직 덜 깬 잠을 몰아낸다. 똥례는 마당을 쓸고 있는 시아버지를 쳐다보며 영철의 흰 고무신을 찍찍 끌고 우물로 다가간다. 두레박을 우물 속에 넣고 물을 퍼서 소리 나게 세수하고 방으로 들어온다. 그는 영철이 있어야 할 아랫목을 힐끗 돌아보고 수건으로 얼굴을 훔치며 경대 앞에 앉는다. 잠은 완전히 달아나고 있다.

거울 속에 비친 똥례의 얼굴은 한결 곱다. 이 집으로 와서 매일 화장한 덕분인지도 모르고 거센 일을 않고 방에만 있으니까 그런지도 모른다. 똥례는 경대 앞에 앉을 때가 제일 즐겁다. 얼굴은 날이 갈수록 자꾸만 고와지고 장롱 속엔 옷이 그득 담겨 있지 않은가. 똥례는 고운 옷을 입고 얼굴을 가꾸는 것이 요새의 일이다.

—오늘랑 구리무 좀 사달래 야지.

똥례는 머리를 곱게 빗고 크림을 바르며 중얼거린다. 시집올 때 가져온 크림은 벌써 다 쓰고 바닥이 드러났다. 분도 다 썼다. 입술에 칠하는 빨간 연지도 영철이 사다 주었으나 그것도 거의 다 썼다. 누가 더 이쁜가 보라구. 똥례는 입술연지까지 빨갛게 바르고 나서 거울 속을 흘겨보며 짧게 자른 머리를 다시 매만진다. 이제 똥례의 대상은 분실이나 대나무안집 막내며느리가 아니라 조선관 기생들이다. 조선관 기생들은 정말 선녀처럼 이쁘다. 얼굴을 깔끔하게 화장하고 깔깔 웃을 때면 사내들의 간장이 녹을 것이다. 똥례는 그들을 닮으려고 무척 애를 쓴다. 화장품을 헤프게 쓰는 것도 머리를 짧게 잘라 곱슬곱슬하게 지진 것도 그 때문이다. 조선관 기생들은 쪽찐 여자가 하나도 없다. 삼십을 넘어 사십을 바라보는 늙은 기생도 쪽을 찌지 않았다.

똥례는 가볍게 일어나 창문을 연다. 조선관 사철나무 울타리 숲속에서 참새떼들이 지지굴거린다. 푸릉— 넓은 조선관 채마밭 쪽으로 날아가는 소리도 들린다. 똥례는 창문으로 아침 공기를 들여오며 이불을 개지 않고 그대로 방소제를 한다. 조금 후에 영철은 들어올 것이다. 그는 아랫목에 이불이 없으면 짜증을 부린다. 문을 열어놓고 방소젤 해도 춥다고 신경질이다. 젖은 걸레로 방을 닦아도 축축해서 싫다고 한다. 똥례는 착한 아기 잠재우듯 영철의 베개를 반듯이 놓고 불쑥 올라온 이불을 다독인다. 밤샘을 하며 지친 몸 푹 쉴 것이다.

부엌에서 동평이 넓은 자배기에 쌀을 씻고 있다. 똥례가 들어서자 히쭉 웃는다. 입술연지까지 빨갛게 칠한 올케가 부러운 것이다. 부럽다 못해 때려주고 싶도록 밉다. 아니 할머니가 밉다. 올케는 아무렇게 해도 가만두고 저만 달달 볶는 배불뚝이노파가 미운 것이다.

"왜 밥이나 먹구 화장을 하던지 허지 벌써부터 했댜."

똥례는 식전부터 재수 없는 소릴 듣고도 활짝 웃으며 삭정이를 안아다 아궁이 앞에 놓고 쭈그리고 앉는다.

"허면 어떻댜. 이쁘면 그만이지."

"난 밥 먹기 전에 입술 칠하는 사람 첨 봤네. 뭐 조선관 기생들도 그러잖데."

"조선관 기생은 지금 잠을 자지 일어난 사람은 어딨구."

"일어났어두 그러진 않는단 말여. 밥 먹을 때 입술 버리라구 누가 그렇게 해여."

똥에는 불이 탁탁 튀는 아궁이 앞에 고개를 박고 입술을 지우고 있다. 정말 식전부터 입술을 칠하긴 처음이다. 영철이 집에 있는 밤중이 아니면 낮에 칠했다. 그러나 오늘은 어쩐 일인지 칠하고 싶었던 것이다.

"아이구 왜 또 지운디야."

동평은 조리로 쌀을 건져 솥 안에 쏟으며 깔깔댄다. 공연히 지껄인 한마디 말에 오금을 못 쓰는 올케가 바보스럽다. 아니 입술연지가 아까웁다.

"저인 누굴 바보루 알고 저러나. 정말 왜 저런디야."

똥례는 금방 말을 뒤집는 시누이의 속을 알 수 없다. 동평을 흘겨

보며 주둥이를 잔뜩 내밀고 부르르 화를 낸다. 얼룩덜룩한 입 언저리가 볼 만하다

"언닌 줏대가 너무 없어."

똥례는 동평의 말에 엎어지기도 하고 젖혀지기도 한다. 머리만 하더라도 그렇다. '언닌 늙지도 안했는디 왜 쪽을 쪘디야. 난 그러지 않겠네……' '아따. 엄니가 그렇게 허구 오랬으니께 헌 거지 뭐 허구 싶어서 헌 줄 아나……' 똥례는 동평의 말이 옳다고 생각하여 노랑녀의 핑계를 댔다. 그러나 노랑녀는 꼭 쪽찌고 오는 것을 고집한 것은 아니었다. 처녀 모습 그대로라면 어린 생선 비늘도 안 털고 날거로 고추장 찍어먹는 것 같으니까 비녀나 꽂고 오라는 것이었다. 영철의 나이도 나이니까 오는 쪽에서도 그것이 좋을 것이고. '지금 세상에 누가 쪽을 찐디야. 조선관 기생을 좀 보라구.' 조선관 기생들뿐 아니라 읍내 여편네들까지 호롱골 여편네들관 또 달라 대개 파마를 했다. 똥례도 여편네로 말하면 읍내 쪽이다. 그러나 아무리 줏대가 없는 똥례지만 언제나 기생이 되고 싶다고 입버릇처럼 뇌는 동평의 말은 따를 수 없다. '아이구 뭐가 기생이 좋디야. 얼마나 팔자 드센 년들이 기생 노릇 한다구……' 하면서도 똥례는 그들의 얼굴 가꾸는 거며 옷차림을 열심히 흉내 내는 것이다.

동평은 두 말이나 되는 쌀을 솥에 안치고 바쁘게 돌아간다. 엊저녁에 만들어놓은 무생채를 큰 다라이에 덜어놓기도 하고 국거리가 든 바께쓰에서 살코기만 빼내기도 하고 점심때 장가게로 내갈 국수도 한쪽으로 치워놓는다.

똥례는 아궁이 앞에 앉아 불을 때며 삐죽 웃고 있다. 기생 된다는

년이 저렇게 일 잘하는 것이 우스워서다. 일하는 걸 보면 동평은 부잣집 맏며느리감이다. 겨우 노랑녀는 반찬 같은 것이나 만들 뿐이고 그 외 허드렛일이며 집안일은 모두 동평이 하는 것이다.

"이년아 이게 뭐여, 잉……"

언제 나와 있었던지 우물에서 배불뚝이노파의 고함이 들린다. 앞밭에 있는 구덩이에서 무를 꺼내고 있던 조서방도 그쪽을 힐끗 쳐다보았고 동평도 바깥을 내다본다. 우물 바닥엔 콩나물 대가리가 흩어져 있다. 그것을 구정물 통에 넣지 않고 그대로 두었으니까 또 날벼락이 떨어진 것이다.

배불뚝이노파는 '동평이 요년' 이를 갈며 콩나물대가릴 손수 구정물 통에 집어넣고 부엌으로 들어온다. 어디서 주워 온 나무쪽을 나뭇간에 집어던지고 동평의 옆구리를 암팡지게 꼬집는다. 국거리에서 빼낸 살코기로 국을 안치다가 동평은 꿈틀한다. 궁둥이를 꼬집는다. 씰룩한다. 이번엔 저쪽 옆구리를 꼬집는다. 그쪽으로 꿈틀한다. 노파는 다시 궁둥이를 꼬집는다. 동평은 찔끔찔끔 울고 있다.

"이년아, 어른 말을 어려워해야지. 이건 뒤꿈치에 묻은 때만큼도 안 여겨, 십일조루두 안 친단 말여. 그렇기 아무렇기나 노는 년이 어떻게 남의 집에 가서 살 거여……"

배불뚝이노파는 배를 툭 내밀고 서서 광대뼈 위에 박힌 짐짐한 눈으로 울고 있는 동평을 쳐다보다 새 외손주 며느리도 못마땅한지 똥례를 노려보고 나가버린다.

"천하에 나쁜 년들……"

'들'이라고 했으니까 확실히 똥례도 들어간다. 그러나 똥례에겐 심하게 굴 수가 없다. 영철의 처라는 이유에서 그러는지 모른다. 노파는 하나밖에 없는 외손자를 세상에 없는 것으로 알고 있다. 꼭 '우리'를 붙여서 '우리 영철이' '우리 영철이' 은소반에 떠받치듯 한다.

문에 단 깡통이 철그덕거린다. 똥례는 그쪽에 시선을 준다. 영철일지도 모른다. 그러나 영철이 아니라 깨끗한 양털 잠바를 입은 채영감 이 작은 체구를 촐랑대며 안마당으로 들어선다. 구덩이에서 무를 꺼내고 있던 조서방과 무어라고 인사를 나누고 채영감은 윗방으로 들어간다. 지금쯤 노랑녀는 깨어 있을 것이다. 윗방에서 노랑녀의 웃음소리와 해앰, 채영감의 기침 소리가 들려온다. 똥례는 웃고 있다. 채영감을 시아버지로 알고 그렇게 불렀다가 망신당했던 생각이 떠올라서다. 정말 똥례는 채영감이 시아버진 줄 알았다. 세상에 첩을 두는 사내는 많아도 영감을 한 집에서 둘씩 가지고 노는 여자가 어디 있을까. 똥례는 키들거린다. 순이네의 '콩잎 하나 똑 따놓고……'가 생각나서다. 그러나 그 여자는 영감 몰래 콩잎 위에 송편을 놓아두지 않았던가. 노랑녀처럼 펴놓고 하진 않았다.

—아무튼 우리 시엄닌 잘두 났어…….

똥례가 키들거리고 있을 때 문에 단 깡통이 다시 울린다. 이번엔 영철이다. 얼굴은 하얗다 못해 새파랗고 비칠거리며 들어오고 있다. 무 구덩이에서 일하던 조서방은 아들을 힐끗 쳐다보고 말이 없다. 아들도 아버지를 힐끗 쳐다보고 말이 없다. 영철은 부엌만을 들여다보고 방으로 들어간다. 똥례는 뒤따라 들어간다. 영철은 벌써 이불속에 쓰러져 있다.

"아침 다 됐는디 잡숫구 주무슈 잉……"

"싫어. 나 깨지 말어……"

똥례는 다시 부엌으로 나와 아궁이 앞에 웅크리고 앉는다. 동평은 우물과 부엌을 왔다 갔다 하고 있다. 똥례는 김이 올라오는 밥솥을 쳐다보다가 동평의 소리에 마당을 쳐다본다.

"엄니, 옥화 왔유."

옥화는 전보다 깨끗하다. 눈에는 마른 눈곱이 붙었으나 머리도 빗었고 얼굴엔 윤이 난다.

"이줌마, 찬밥 좀……"

옥화는 부엌문 앞으로 걸어오며 쉰 듯한 목소리를 내지르고 얼굴을 찡그린다. 노랑녀는 옥화에게 언제나 친절하다. 윗방에서 노랑녀의 음성이 들려온다.

"동치미 국물에 찬밥 좀 말아줘라."

동평이 동치미 국물에 밥을 말아주자 옥화는 마루 끝에서 그것을 먹고 있다.

"옥화 잘 잤니?"

노랑녀가 윗방에서 나오며 활짝 웃는다. 노랑녀는 머리를 깨끗이 빗었고 새 앞치마를 두르고 있다. 이어 채영감이 담배를 물고 노랑녀의 궁둥이를 졸졸 따라 나온다. 옥화는 노랑녀를 힐끗 올려다보고 '응' 하며 수저를 놀린다. 동평은 노랑녀에게 불평을 털어놓는다.

"아이구 가게서 잤으면 소제 좀 하라구 하슈……"

장날이 되어 장 보러 나가면 옥화가 자고 난 거적때기며 검불들이 산란하기 그지없다. 그것은 동평이 치워야 한다. 그러나 노랑녀는 아무 대꾸도 없이 옥화의 부른 배를 가리키며 장난스럽게 웃음을 띄우고 있다.

"옥화야, 이게 누구 애여?"

"우리 서방님 애야."

"우리 서방님이 누군디?"

"누구긴 누구야 서방님이지……"

옥화는 밥을 다 먹고 나서 채영감이 피던 담배를 뺏으려 한다.

"여기 있다."

채영감이 새 담배를 옥화에게 뽑아주자 노랑녀도 한 가치를 뽑아 든다. 채영감은 두 계집에게 불을 붙여준다. 세 사람은 마루에 앉아 대등하게 담배를 피운다.

"옥화야, 그 속에 뭐가 들었니?"

이제 노랑녀는 보퉁이로 달라붙는다. 저번에도 그것을 강제로 풀어 보려다 실패했다. 그때 노랑녀는 옥화가 밥 먹고 있을 사이 보퉁이를 낚아채곤 방으로 뛰어들었으나 옥화는 신발을 신은 채 쫓아 들어왔던 것이다. 옥화의 무서운 표정에 노랑녀는 그만 그것을 내주고 말았다. 옥화는 밥을 마저 먹고 가라는 노랑녀의 말도 듣지 않고 그대로 가버렸던 것이다.

"그런 소리 하지 마……."

옥화는 얼굴을 잔뜩 찡그리고 징징 우는 소릴 한다. 무엇을 때 원하는 듯한 간절한 표정이다. 노랑녀는 파란 연기를 후 뿜으며 옥화에게 살살 웃어 보인다.

"오늘이 장날이지? 내 오늘 치마 한감 떠줄 테니께 나만 보자, 잉……."

"그런 소리 하지 말래두……."

옥화는 우는 소릴 하고 보퉁이를 옆에 끼고 일어난다. 동그랗게 만든 하얀 보퉁이다. 노랑녀는 옥화의 치마꼬리를 붙잡는다. 그러나 옥화는 자꾸만 불러오는 배를 디룩거리며 나가고 있다. 노랑녀는 깔깔거리며 문을 여는 옥화에게 소리친다.

"옥화야. 그런 소리 하지 않을게 놀다 가라, 잉……."

옥화가 이 고장에 나타나기는 해방되던 해였다. 원래는 서울 기생이라고 했다. 남자에게 버림을 받고 미쳐버렸다는 것인데 미친년치곤 마음이 몹시 정직하다. 남의 물건을 훔치는 법이 절대 없고 언젠간 길가에서 돈을 주워서는 지나가던 순사에게 바치더라는 것이다. 밥은 얻어먹을망정 깡통은 들고 안 다닌다. '아줌마, 찬밥 좀……' 하고 어느 집이고 들어가면 대개 주기 마련이고 옥화는 그 집에서 먹고 나온다. 어떤 인정 있는 여자가 찬밥을 주기가 안됐어서 뜨거운 밥을 주었더니 안 먹더라는 것이다. 이렇게 식전으로 돌아다니며 찬밥을 얻어먹는 옥화는 이 고장 사람들에겐 그래도 귀여움을 받는다. 옷을 주기도 하고 밥을 주기도 하고…… 이렇게 귀여움을 받으며 옥화는 노랑녀네 장가게, 버스 대합실, 역전 대합실 같은 데서 거적을 쓰고 잠을 잔다. 잠을 자다 변을 당한 것이다. 문둥이가 덮쳤다는 말도 있고 장으로만 다니는 장타령 거지가 그랬다는 말도 있고 말짱한 읍내 녀석이 뛰어들었다는 풍설도 있다. 그러나 옥화는 밤중에 사내가 지나가면 '자고 가…… 자고 가……' 소리치는 때도 있다는 것이다. 사내가 무서워서 도망치면 옥화는 밤새도록 운다는 것인데 그 소리가 몹시 슬프다는 것이다.

사실 옥화의 보퉁이는 누구나 보고 싶어 한다. 따라서 그 속에 무엇이 들어 있을 거라는 것도 모두 다르다. 첫째는 어린애 고추가 백 개는 들어 있다. 공동묘지를 찾아다니며 그것만 구했다. 둘째는 마마를 앓다 죽은 어린 계집아이의 손가락 한 마디가 들어 있다. 셋째는 버림을 받았다는 남자의 자지가 들어 있다. 술에 독약을 타서 남자를 죽여 버리고 그것만 잘라 가졌다— 대강 이상과 같은 것인데 옥화는 이런 것들을 가지고 조화를 부린다는 것이다.

옥화의 예언이 꼭 맞은 적이 있다. 이것은 이 고장 사람들도 다 아는 사실이다. 어떤 노파의 상여가 지나갈 때 사람들은 옥화를 신처럼 여겼던 것이다.

'할머니, 오늘 밤 못 넘기겠네……' 옥화는 지팡이를 짚고 가는 어떤 노파를 쳐다보고 대뜸 이렇게 씨부렁거렸다. '이 망할 년……' 아무리 미친년의 얘기지만 노여움에 벌벌 떨며 지팡이로 옥화를 때렸으나 노파는 그날 밤 자정이 못 되어 갑자기 숨진 것이다. 까마귀 날자 배가 떨어진 것인지, 옥화의 말에 충격을 받아 그렇게 된 것인지 그것은 모르지만 어쩌면 그렇게 꼭 맞출 수가 있냐는 것이다. 이때부터 사람들은 옥화의 보퉁이에 관심이 들끓게 되었고 옥화에게 무엇을 주어가며 자신의 신세를 알아보려고 애쓰는 사람들도 있다. 그러나 옥화에겐 신이 지폈을 때와 그저 씨부렁거릴 때가 있다는 것이다. 이쪽에서 무엇을 보아달라고 자청하면 벌써 틀린 얘기라는 것이다.

옥화가 사라진 다음에도 노랑녀와 채영감은 마루에 그냥 앉아 얘기꽃을 피운다. 남의 사내와 제 계집이 그렇게 정답게 주고받아도 조서방은 저 할 일만 하며 집안을 돌아다닌다. 어떻게 보면 그 얼굴에서 불쾌한 기색이 드러나는 성싶기도 하지만 절대 그런 것이 아니다. 말이 없이 입을 다물었으니 그렇게 보이는 것뿐이다.

똥례는 노랑녀와 채영감을 힐끗힐끗 쳐다보며 동평이 퍼주는 밥을 상 위에 올려놓는다. 언제나 똥례는 일을 하는 것이 아니라 거드는 편이다. 그런데 이 집밥 푸는 순서가 이상하다. 제일 먼저 영철, 다음이 배불뚝이노파, 다음에서야 조서방의 차례다. 미루나무에도 '조병주(趙炳注)'란 문패가 딱 붙어 있는데 세 번째라니 정말로 이상한 노릇이다. 채영감은 밥 푸는 소리가 나자 흰 고무신을 꿰며 토방으로 내려선다. 배불뚝이노파가 방문에 단 유리 쪽으로 바깥을 내다보고 소리친다.

"왜, 먹구 가지……"

동평은 식구들의 밥을 푸고 나서 큰 자배기에 장꾼들의 밥을 푸다 말고 고개를 마당 쪽으로 빼고 소리친다.

"종웅이 아버지, 진지 잡숫구 가유."

채영감은 마당을 지나며 대꾸한다.

"뭘. 집에 가서 먹지……"

조서방은 채영감을 힐끗 돌아보고 마루로 올라서며 느릿느릿한 음성으로 입을 연다.

"진지 잡숫구 가슈."

노랑녀는 채영감을 쳐다보며 서방을 대하듯 얘기한다.

"여보, 잡숫구 가구랴……"

이렇게 식구가 모두 나서서 채영감을 붙잡는 것은 식사때마다 있다시피 하는 이 집의 진풍경인데 똥례도 가만히 있을 수 없다. 밥사발을 놓다 묻은 밥알을 떼어먹으며 종웅이가 누군지도 모르면서 동평의 말을 흉내 낸다.

"종웅이 아버지, 진지 잡숫구 가유."

조서방은 밥을 뚝딱 한 사발 때려치우고 지게를 부엌문 앞에 가져온다. 밥그릇, 국말이밥을 담을 뚝배기, 술잔, 대접, 숟갈, 젓갈 등이 수북이 담긴 커다란 양은다라이를 지게 위에 올려놓는다. 조서방이 장가게로 내갈 것은 또 있다. 밥이 담긴 자배기와 국거리가 담긴 바께쓰, 장작, 이런 것들을 가져가야 한다. 조서방은 식구들이 밥을 채 먹기도 전에 이런 것들을 두 번에 지게로 져 나른다.

"니 신랑 빨리 깨워서 밥 좀 멕여라 잉……"

노랑녀는 밥솥을 깨끗이 부셔내고 국수를 삶고 있는 똥례에게 당부한다. 이제 장을 보러 가는 것이다. 똥례는 삶은 국수를 우물로 가져가며 문간을 나서고 있는 노랑녀에게 대꾸한다.

"알었유."

똥례는 맑은 물에 국수를 조급하게 빨아 넓은 광주리에 척척 얹어 놓는다. 부드럽고 하얀 국수가 아침 햇살을 받으며 물기를 빼고 있다.

또아리를 들고 장터에서 돌아온 동평이 다시 국수가 담긴 광주리를 이고 문밖으로 사라지자 집안은 조용하다. 장날만 되면 이 집은 그렇다. 조서방은 장가게에서 물도 길어 다주고 노랑녀의 뒤도 봐준다. 배불뚝이노파는 슬슬 장바닥으로 돌아다니다가 점심도 가게에서 먹고 집엔 한 번도 들어오지 않는다. 똥에는 집 안에 식구들이 없는 것이 흐뭇하다. 젊은 년 마음이란 대개 그런 거지만 시집 식구들이 거추장스럽다. 그러나 이것은 얼마 안 갈 것이다. 동평은 시집을 갈 것이고 그 외 식구들은 모두 늙었으니까 쉬 죽을 것이다. 그러면 서방과 단둘이 이 집에서 달궁 달궁 아들은 삼 형제, 딸은 형제만 낳고……동례는 킬킬거리 다가 부엌으로 들어가서 보아둔 상을 들고 방으로 들어온다. 영철은 이불을 뒤집어쓰고 있다. 코 고는 소리가 요란하다. 똥에는 이블을 살며시 들쳐 본다. 영철은 입을 딱 벌린 채 침을 흘리며 곯 아떨어졌다. 똥례는 서방을 흔든다. 영철은 응 하며 눈을 뜬 다음 다시 벽 쪽을 향하고 돌아눕는다.

"진지 잡숫구 주무슈. 끼니때 밥을 잡숴야지. 이럭허시면 몸이 축나 잖어유."

똥례는 영철의 어깨를 흔들며 소리친다. 영철은 잠시 멈추었던 코를 다시 골고 있다.

"좀 지집 생각두 해줘야지. 서방이 밥 안 먹으면 지집이 얼마나 속 타는 줄 아슈."

"……"

"그렇잖아두 몸이 약한 이가 매일 이러면 어떡헌다……"

"……"

"젊은 년 과부 맹글레나……"

"……"

똥례는 들어주지도 않는 소리를 저 혼자 지껄이다 윗목에 놓인 요강을 타고 오줌을 눈다. 오줌을 누면서도 영철을 하얗게 흘겨본다. 조용한 집안에 서방과 단둘이 있는 것은 흐뭇하지만 왠지 서러운 생각이 든다. 그러나 이런 생각은 잠깐 동안이다. 똥례는 요강을 타고 앉은 채 졸고 있다. 간밤에 잠을 잘 못 자서 그런지도 모른다. 똥례는 꾸벅꾸벅 졸다가 그대로 영철의 곁으로 파고든다. 따뜻하다. 무슨 낭떠러지로 떨어지는 것처럼 몸이 기분 좋게 나른하다. 그러나 눈이 깜박여진다. 눈이 그렇게 되자 졸음은 간데없이 사라지고 정신은 말짱해진다. 똥례는 영철의 등 쪽으로 몸을 돌린다. 구수한 사내 냄새가 난다. 똥례는 한쪽 발을 영철의 허벅지 위에 척 얹으며 손을 사내의 가슴 쪽으로 가져간다. 사타구니를 영철의 궁둥이에 몇 번인가 지그시 눌러보며 영철의 널따란 가슴을 어깨 너머로 쓸어본다.

"어이구 왜 이렇기 덤비구 야단여."

영철은 몸을 흔들며 짜증을 낸다. 똥례는 찔끔해서 손을 떼고 대신 등허리를 쓸어본다. 송아지의 그것처럼 따뜻하고 부드럽다. 그러나 영철은 다시 몸을 흔든다.

"제발 잠 좀 자게 내버려둬."

똥례는 손을 빼고 돌아눕는다. 정말 서방이 야속하다. 남들은 서방이 만져주기도 하고 안아주기도 한다는데 이게 무슨 꼴이람. 똥례는 눈을 껌벅이며 중얼거린다.

"서방 몸땡이 지집이 못 만지면 누가 만진다."

영철은 잠결에도 이 소리를 들었던 모양이다. 이쪽으로 돌아누우며 한쪽 팔을 벌린다. 똥에는 저도 그쪽으로 돌아누우며 영철의 품속으로 기어든다.

"오늘은 장날인디 구리무 좀 사줘유 잉……"

"그려……"

영철은 흥흥 코대답을 하며 다시 코를 세차게 곤다. 똥례는 고개를 살며시 빼고 서방의 얼굴을 쳐다보고 한숨을 터트린다.

2

똥례는 방에서 나오며 관향산 옆에 있는 백씨네 과수원을 쳐다본다. 아카시아들은 퍼렇게 속잎을 터뜨렸고 하얀 배꽃, 분홍의 사과꽃과 복숭아꽃이 자욱한 아지랑이 속에 만발하고 있다. 눈이 부시다. 아니 분실이가 부럽다. '호롱골에 두 처녀가 있었는디 하나는 신랑을 잘 얻어 갔고, 하나는 노름쟁이헌티 갔다 말여……' 저 만발한 꽃들은 저희들끼리 옛날애기라도 주고받는 것 같다. 똥례는 부끄러워 그쪽에서 고개를 돌리고 창문 앞으로 난 굴뚝을 돌아 돼지우리 옆에 있는 변소로 들어간다. 변소엔 똥통 두 짝이 엎어져 있고 그 위에 함석으로 된 거름바가지가 벽을 기대고 서 있다.

똥례는 치마를 걷어 올린다. 그러나 이것이 웬일일까. 똥이 거의 차 있는 똥독 속엔 잿빛을 띤 쥐 한 마리가 고개를 번쩍 쳐들고 있다. 덜 삭은 음식을 골라 먹고 있던 모양. 똥례는 쉬쉬 발을 구른다. 그러나 쥐는 그 조그만 눈을 깜박깜박하며 그대로 있다. 거름 바가지를 똥독 속에 집어넣는다. 콜타르를 입힌 검은 것이 들어가자 쥐는 놀란 모양이다. 팔짝팔짝 뛰면서 나오려 한다. 그러나 거름바가지가 못 나오게 막고 있다. 이제 모든 것을 체념한 듯 쥐는 온몸에 똥칠을 하고 숨을 훅훅 몰아쉬며 그 자리에 멈춰 있다.

똥례는 거름바가질 잡고 쥐를 위에서 누르기 시작한다. 틀림없이 한 마리 잡고 마는 것이다. 그러나 똥례는 답답하다. 누가 자기의 목을 조르는 것 같다. 숨을 몰아쉬며 쥐를 뒤에서 몰아낸다. 쥐는 펄쩍 뛰어 변소 바닥으로 올라온다. 그때서야 똥례의 숨통은 확 터진다.

똥례는 벌건 얼굴을 하고 방으로 들어온다. 벽에 등을 기대고 폭석 주저앉는다. 봄이 되어 그런지 기운이 하나도 없다. 아니 답답하다. 방 안은 똥이 가득 찬 똥독 같은 생각이 들고 누가 똥바가지로 똥독 속에 든 자신을 꾹 누르는 것 같다.

"언닌 왜 저러구 있댜."

똥례가 그러고 앉았을 때 동평이 들어와서 웃고 있다. 동평은 갈래머리를 양쪽으로 깨끗이 땋아 빗고는 무엇이 그리 좋은지 싱글벙글한다.

"아이구 답답해 죽겠어. 그 문 좀 열어놔."

똥례가 창문을 가리키며 나자빠지는 시늉을 하자 동평은 이상하다는 듯 똥례를 쳐다보고 창문을 주먹으로 꽝 연다.

"아이고 이 방에 오면 나두 갑갑해여."

동평은 그대로 펴놓은 이부자리를 쳐다보고 중얼대며 창문을 통해서 조선관 안을 들여다본다. 사철나무 울타리 사이로 무엇이 보이는 모양이다. 똥례는 그러는 동평을 힐끗 쳐다보고 가슴을 편다. 호롱골과 수철리에 있는 봄 공기가 막 쳐들어오는 것 같다. 기분은 한결 가라앉는다.

"애기씬 뭘 저렇기 쳐다본댜."

똥례는 어물쩍 일어나서 저도 창문 쪽으로 다가가서 그쪽을 쳐다본다. 도르래가 달린 우물 곁에는 살구꽃이 한창이고 이제 일어난 듯한 두 명의 기생들이 세수하고 있다. 그들은 치마허리를 겨드랑이 밑까지 흠씬 추켜올렸을 뿐 웃통은 벗은 셈이다. 얼굴이 하얀 보이가 도르래를 삐꺽거리며 기생들에게 물을 퍼주고 있다. 어느덧 월선과 필보는 물방울을 튀기며 서로 장난을 친다. 둘이는 붙잡고 서로 때린다. 월선은 다홍치마 속에서 기다란 다리를 뽑아 필보의 배를 힘껏 차버린다. 필보는 엄살을 부리다가 월선을 꼭 껴안는다. 월선은 깔깔거리며 대야의 물을 훅 끼얹는다. 필보는 물벼락을 맞고 여우처럼 도망친다.

똥례는 키들키들 웃고 있다. 그러나 동평은 눈에 불을 켜고 입술에 경련을 일으킨다. 이를 보드득 갈고 돌아서서 무엇인가 잠시 생각하더니 앙칼지게 내지르며 경대 앞에 앉는다.

"저 아니면 사내가 없을 줄 아남."

똥례는 웃던 것을 멈추고 동그란 눈으로 동평을 쳐다본다. 동평은 크림을 얼굴에 박박 문대고 있으나 타오르는 분통만은 어쩔 수 없는지 숨을 훅훅 몰아쉰다.

"아이구 그게 무슨 소리랴?"

똥례는 묻고 나서 입을 벌린 채 있다. 동평은 올케를 힐끗 쳐다보고 대답을 안 한다.

"물벼락 맞은 사람일랑 눈맞은 거 아녀?"

똥례는 물벼락 맞은 보이가 언젠가 부엌 뒷문에 와서 휘파람을 불던 것을 기억하고 있다. 조선관엔 보이가 서너 명이 되니까 그 사람이 그랬는지는 확실히 모르지만, 누군가 울타리에 바짝 다가와 서성거렸던 것이다.

"아이구 할머니가 알면 어떡헐랴구 그런 짓을 헌댜."

똥례는 겁에 질려서 동평을 쳐다본다. 그러나 동평은 아주 태연하다.

"알면 어띠여, 그놈의 늙은이 당장이라두 죽었으면……"

동평은 언제나 할머니가 죽기를 바란다. 그것을 거리낌 없이 토해버리는 것이다.

"그 늙은이 죽기만 해봐라, 배꼽에다두 화장을 하구 다닐 테니께……"

동평은 입술연지를 빨갛게 칠하고 나서 거울 속을 들여다보며 중얼거린다.

"아이구 그런 죄 되는 소린 허는 거 아니래유"

"이이구 언니헌티두 내게 하듯 그렇게 심하게 했어봐, 언닌 그런 생각이 안 드나."

똥례는 옷을 훌훌 벗고 장롱에서 새 옷을 꺼내 입어보는 시누이를 쳐다보며 다시 어른처럼 얘기한다.

"그래두 그런 게 아니래유. 할머니는 할머닌디. 똥구멍이 구리다구 어떻게 도려버리나."

동평은 분홍 숙고사 저고리에 남색 하비다이 치마를 입고 너울너울 춤을 춘다. 동평이 흥얼거리는 소리는 매일 조선관에서 들려오는 그런 노래들이다. 똥례는 기분 좋게 웃어가며 시누이를 쳐다보았으나 동평은 아주 엄숙한 표정을 하고 춤을 추어본다. 제깐엔 춤을 배우는 꼴이다.

"그래 증말 기생이 될 거유?"

똥례는 아주 능청스럽게 속을 다시 떠본다. '말허먼 뭘 헌디야. 입만 아프지……' 동평은 휘휘 돌아가며 고개를 끄덕끄덕한다.

동평이 이 방에 들어오면 언제나 이 모양이다. 그러나 나갈 때는 옷을 갈아입고 화장도 말끔히 지워버린다. 배불뚝이노파가 알면 큰일 나기 때문이다.

똥례는 동평이 나가버리자 다시 숨이 차온다. 방 안에 틀어박힌 것이 답답하기 그지없다. 동평이 입었던 치마저고리를 입고 어디 가서 바람을 쐬고 싶다.

뒷간에서 보았던 쥐의 모습이 다시 떠오른다. 이 좋은 봄날에 어디에 갇힌 짐승이 된 기분, 동평이 왜 기생이 되겠다는지 이해할 수 있을 것도 같다. 자신은 기생의 신세만도 못한 듯하다. 친정 식구들과 용팔아저씨, 철봉이도 보고 싶다.

이때 밖에서 왁자지껄한 여편네들의 음성이 들려온다. 그들은 '성님'을 부르며 이 집으로 들어오는데 빨강, 파랑, 노랑, 초록, 지금 산이나 들에서 곱게 피어 있는 꽃잎과 같은 그런 색깔의 옷을 휘젓고 들어온다. 박오분이, 서울댁을 비롯한 이 집을 잘 드나드는 여편네들이다.

"아이고 봄바람이 불었구먼."

그들의 기척에 노랑녀가 윗방에서 나오며 반색한다. 뒤따라 채영감이 따라나온다.

"성님 화리 갑시다, 잉…… 향천사 사꾸라꽃이 만발했는디 술잔에 꽃잎이나 띄우면서…… 깔깔……"

박오분이 채 마루에 앉기도 전에 떠벌리자 다른 여편네들도 '성님 갑시다' 하며 햇빛이 따뜻하게 비치는 마루 끝에 와 앉는다.

"화리?"

노랑녀는 팔자들 좋다고 활짝 웃으면서 여편네들을 쳐다보았고, 채영감은 못마땅하게 얼굴을 찡그린다. 이 늙은 괴짜는 노랑녀가 어디가는 걸 무척 싫어한다. 혼자 있으면 적적한 모양이다. 여편네들이 다시 성화를 바친다.

"시간 없으니께 옷 입구 나와, 성님…… 술이랑 밥은 벌써 보냈으니 께……"

"아이구 몸땡이만 가면 될 걸 뭘 저러구 있다. 술을 내려우. 안주를 내려우."

노랑녀는 가고 싶은 표정이다. 생글생글 웃으며 채영감과 여편네들을 번갈아 쳐다본다. 여기에 박오분이 재촉한다.

"월선이두 데리구 가구 조선관 기생들두 갈 테니께 띵까띵까 놀어 보자구. 노세노세 젊어서 노세 아슈."

"아이구, 늙은 게 그런 디 가서 뭘 한다. 집에 있는게 좋지……"

노랑녀는 채영감의 우거지상을 힐끗 돌아보고 싫다고 한다. 노랑녀의 말에 채영감은 기분이 났는지 해앰 큰기침을 하고 '그 꼭대기까지 뭣 하러 올라가. 놀라면 여기서 놀지……' 한다.

"어이구 아저씨두 그게 무슨 말씀유, 봄이 되니께 아저씨 얼굴에 두꽃이 필라구 허는디…… 깔깔……"

박오분인 채영감의 얼굴을 가리킨다. 채영감은 잘 띄지 않는 살짝 곰보지만 햇빛이 비쳐 그런지 유난히 곰보 자국이 드러났던 것이다.

채영감은 얼굴을 쓱쓱 문댄 다음 염소수염을 앞으로 쓰다듬으며 좋지 않은 표정을 짓는다. 고얀 년들.

"아저씨 보내줘유, 성님을 누가 잡아먹나."

서울댁은 노랑녀의 가고 싶어 하는 기미를 알아차리고는 채영감에게 달라붙는다. 채영감은 노랑녀를 맘대로 할 수 있는 본서방이 아닌데도 해햄, 아주 거드름을 피웠고 노랑녀는 깔깔댄다.

"아이고 누가 이이 때미 못 가나. 봄이 돼서 그런지 말여, 왜 그렇기 몸이 느른한지……"

"빨리 가유 성님. 가서 술 한잔 마시구 춤 한번 추면 거뜬해질 테니께."

"빨리 성님…… 시간 없는디 왜 저러고 있댜."

이렇게 여편네들이 성화를 바치고 있을 때 건넌방 방문의 유리 쪽엔 똥례의 눈알이 반짝인다. 똥례는 마음이 더욱 싱숭생숭해져 있다. 늙은 여자들도 화리를 가고 야단났는데 젊은 년의 꼴이 뭐람. 똥례는 한숨을 푹푹 쉬며 신세 한탄이다. 그때 박오분이가 부리나케 뒤곁으로 돌아간다. 박오분이는 변소 앞을 지나쳐 사철나무 울타리로 다가가서 조선관 안에 대고 고함을 지른다.

"월선아, 월선아……"

박오분이 목소리는 쩌릉쩌릉 울린다. 그래도 조선관 안에선 대답이 없다. 박오분이는 까치발을 서서 울타리 사이로 조선관 안을 기웃기웃 들여다보며 다시 고함을 친다.

"월선아, 월선아……"

저쪽에서 누가 부리나케 뛰어나오고 있다. 아까 월선이와 장난을 치던 필보다. 필보는 이쪽으로 더듬더듬 다가오더니 불 먹은 소리를 내지른다.

"누구쇼. 누구?"

"나여. 월선이 좀 불러줘."

"히이 아주머니유? 난 또 누구라구."

필보는 박오분이 얼굴을 힐쭉 들여다보고 두 손을 입에 갖다 대며 박오분이 소리보다 더 크게 안에 대고 고함친다. 그 소리는 넓은 조선관 안마당에 메아리치면서 거기 서 있는 살구나무에서 꽃잎을 떨구는 듯하다.

"월선아, 월선아……"

조선관 창문이 소리 나게 열리고 어떤 기생의 얼굴이 나타난다. 그러나 창문은 금세 닫히면서 그 속에서 고함이 터지고 있다.

"월선아, 월선아....."

조선관 출입문이 소리 나게 열렸고 버선발에 고무신을 바쁘게 꿴 월선이는 다홍치마를 너풀거리며 이쪽으로 달려온다. 숨을 몰아쉬며 다가와서 필보를 의아스럽게 쳐다보며 조급하게 묻는다.

"누가 날 부른댜?"

"나여. 나……"

대답을 가로챈 것은 박오분이다. 월선은 울타리로 바짝 다가오며 이쪽을 넘겨다보며 중얼거린다.

"아이구 언니여. 어쩐 일여."

"오늘 향천사루 화릴 가는디 너두 가자, 잉…… 우리 동무들이랑 가는디 저것들이 소리를 헐 줄 알아야지. 니들 동무 서너 명만 데리구 우리들이랑 가자……"

"지금 어떻기 가. 조금 있다 손님들이 오실 텐디……"

월선은 손님들이 와서 못 간다는 것이다. 기생년이 손님을 놔두고 어딜 갈 수 있담. 박오분이 서운한 표정을 하고 돌아선다.

"그럼 할 수 없지 뭘…… 우리들끼리나 가야지……"

"언니 잘 갔다 와, 응……"

월선이는 조선관 안으로 다시 사라졌고 박오분이는 다시 이쪽으로 돌아와 '우리나 빨리 가. 월선이두 안 간대여……' 소리치자 노랑녀는 미안한지 우르르 문으로 나가고 있는 여편네들에게 '아우들이나 실컷 놀다 와 잉'하며 깔깔거린다.

똥례는 여전히 창가에 서서 조선관 울타리를 쳐다본다. 필보는 아직도 거기서 서성거리며 이쪽을 쳐다보고 있다. 자빠진 김에 아주 쉬어갈 참인가. 그는 입을 토끼처럼 벌룽벌룽하며 휘파람을 불려고 한다. 그러나 휘파람은 불지 않고 그대로 사라져 버린다.

똥례는 약간 실망해서 깔려 있는 이부자리 밑에 발을 넣고 벌렁 자빠진다. 필보가 휘파람을 불면 동평은 몰래 뛰쳐나올 것이고 둘이는 무슨 짓인가 할 것이다. 아까 동평은 골이 났었으니까 둘이는 싸울지도 모른다. 똥례는 둘이 만나는 것을 눈으로 보고 싶은 것이다.

똥례는 창문으로 들어오는 봄 공기를 힘껏 마셔가며 팔베개를 한다. 윗방에서 노랑녀의 웃음소리가 간간이 들릴 뿐 집안은 조용하다. 이 조용한 분위기는 똥례를 더 못살게 군다. 동평이 이 방으로 들어와서 다시 춤이나 추든지 기생과 보이가 서로 붙잡고 장난치는 그런 일이 다시 벌어졌으면 싶다.

—닭 잡아줄게 돌아라. 쥐 잡아줄게 돌아라.

하늘에 소리개가 떠 있는 모양이다. 동네 아이들의 소리가 저쪽 골목에서 왁자지껄하게 들렸고 그 소리 속에 문에 단 깡통 소리가 들린다. 똥례는 발딱 일어난다. 마루를 올라서는 영철의 기척이 들리자 문을 열며 냉큼 고함친다.

"어쩌면 인제 들어온대유."

영철은 핏기 없는 얼굴을 들어 똥례를 힐끗 쳐다보고 비칠대며 방으로 들어온다. 성한 눈은 벌겋게 충혈되었고 하얀 눈에도 핏발이 서 있다. 그는 비칠거리며 이불을 밟고 장롱 앞으로 걸어가서 새카맣게 화투 때가 묻은 양손으로 서랍을 연다. 안 호주머니에서 여러 뭉치의 돈을 꺼내 그 속에 넣고 열쇠로 채운다.

"진질 가져올까유? 세숫물을 가져올까유?"

똥례는 문 앞에 서서 근심스런 목소리로 묻는다. 영철이 들어올 때는 그저 막 퍼붓고 싶었으나 다 죽어서 들어오는 서방이 안쓰러운 것이다.

"아무것두 싫어……"

영철은 이불 속으로 기어들며 눈을 감는다. 똥례는 속에서 불이 나고 있다. 영철이 오기 전엔 그저 속이 답답하더니 이제는 답답하다 못해 불이 나는 것이다.

"정말 하루 이틀 두 아니구 답답해서 못 살겠네."

"……"

"정말 지집 맘을 이렇기 몰러주기유."

똥례가 속에서 터지는 불을 토해내듯 악을 쓰기 시작하자 영철은 눈을 간단히 뜨고 짝짝이 눈을 똑같이 껌벅이며 똥례를 노려본다. 똥례는 울음을 터뜨린다.

영철은 입술을 씰룩이며 이불을 걷어차고 벌떡 일어난다. 동시에 발길은 똥례의 옆구리를 걷어차며 주먹은 면상을 때린다. 똥례는 나자빠져서 터진 코피를 움켜쥐었고 영철은 다시 똥례의 잘록한 허리를 무지막지한 발로 위에서 짓찧어버린다.

"이년아, 사내가 며칠씩 밤샘을 하구 돌아왔으면 잉, 곤히 자게 내버려둘 거지 이렇기 옆에서 지랄이여……"

영철은 무슨 짐승처럼 식식대며 똥례를 짓찧고 때리고 한다. 똥례는 복날 개처럼 얻어맞으면서 바락바락 악을 쓴다.

"죽여라, 죽여."

"이 개 같은 년, 당장 나가……"

"내가 왜 나가. 왜…… 난 죽어두 이 집 귀신여, 왜 나가…… 빨리 죽여 빨리……"

이때 윗방문이 열리며 '왜 지랄 들여, 왜……' 노랑녀의 고함이 터져 나왔고 안방에서 배불뚝이노파도 이쪽으로 쫓아온다.

"이놈아, 그게 무슨 죄가 있다구 그렇게 때려주니 잉…… 시집온 제 얼마도 안 된 걸……"

노랑녀는 똥례를 덮어 안으며 아들을 나무란다. 그러나 배불뚝이노파는 흥분해 있다. 그러지 않아도 영철이 계집에 폭 빠져 있다고 푸념을 하던 참이다. '서방 녀석이 지집 하나 거느릴 줄 모르고…….' 노파는 짐짐한 눈에 불을 켜면서 날카롭게 소리친다.

"이놈아, 지집허구 똥 뒷간은 거느릴 탓이여, 웅뎅이에 난 뾀은 뽑아 버려야지."

"아이고 엄닌 왜 와서 야단이여 왜……"

늙은이 망한 것 날뛰는 꼴이 아니꼬웠던지 노랑녀는 자기 어머니에게 고함친다. 노파는 딸을 노려본다. 근래 들어 딸에게 더 꼼짝 못하고 있다. 아직도 암상은 살아 있으나 수족은 못 쓰게 되고 풀이 죽어 그런지 딸의 말이 한마디만 떨어지면 썰썰 긴다. 노파는 딸에게 무어라고 못하는 대신 똥례에게 지껄이고 돌아선다.

"저년이 우리 집에서 오냐오냐 해주니께 온양장까지 갈라구 해여. 저 갈보 같은 년이……"

영철은 이제 때리기도 힘이 드는지 방바닥에 앉는다. 노랑녀는 똥례를 일세운다. 똥례는 일어나 앉는다. 영철은 똥례를 힐끗 쳐다보고 담배에 불을 붙인다. 노랑녀는 꽈리처럼 부풀어 터진 똥례의 입술이며 아직도 나오고 있는 코피를 마른걸레로 닦아주고 나서 아들을 나무란다.

"이놈의 자슥아, 그래 이렇게 개 패듯 패서 시원허냐 잉……."

"엄닐랑 상관 말고 가요, 가……"

"이눔아, 상관 안 할 게 따루 있지 이게 뭐여……"

노랑녀는 발칵 고함치며 똥례의 얼굴을 가리킨다. 똥례의 얼굴은 말씀이 아니다. 뚱뚱 부어오른 광대뼈엔 주먹만 한 멍이 들었고 언어맞은 주둥이는 꽈리처럼 부풀어 있다.

"엄닐랑 가요, 가……"

영철은 제 에미에게 눈을 부라리다가 때려 부수기 좋을 만한 살림이 없나 하고 방 안을 두리번거리며 기세를 올린다. 노랑녀는 영철의 서슬에 주춤한다. 그러지 않아도 윗방에선 빨리 돌아오라고 채영감이 애햄, 애햄 하고 있다. 노랑녀는 아들을 나무라면서 일어난다.

"이눔의 자슥아, 너두 나이두 그만큼 먹었으니께 생각 좀 해봐."

지 에미가 나가자 영철은 파란 연기를 내뿜으며 쓰디쓴 입맛을 다신다. 저렇게 쭈그리고 앉아 있는 여편네가 가없기도 하고 손댄 것을 후회하고 있다.

"내가 너헌티 손을 댔지만 말여, 지금 내 가슴은 칼로 베는 듯 아프다. 왜 그렇기 서방 맘을 몰라주느냐 말여."

"........."

"내가 이렇게 다니는 것두 다 속이 있어서 그러는 거여. 자 자식새끼 낳면 멕여 살려야지, 그것들 크면 시집 장가 보내야지, 잉. 너헌티두 말했잖어. 한판만 크게 잡으면 이 짓은 그만둔다구......"

"........."

"그런디 넌 왜 그렇기 서방 속을 썩이니 잉...... 아무리 속 좁은 지집 맘이지만 죽을 둥 살 둥 하면서 다니는 서방 맘을 알아줘야 할 게 아녀."

"........."

"그렇기 나헌티 앙심 먹지 말구 좀 웃는 낯으로 왔다 갔다 하면서 일 두 하구 해여."

"........."

"부부싸움은 칼로 물 베긴디 너 정말 이러기여."

똥례는 여전히 훌쩍거릴 뿐 말이 없다. 영철은 고함을 치며 이불 속으로 기어든다.

"그저 조선 놈의 종자는 패줘야 약여. 암, 약이구말구……."

똥례는 문을 살며시 닫고 훌쩍거리며 방에서 나온다. 병풍처럼 읍내를 빙 둘러싼 과수원의 꽃들은 똥례의 눈을 부시게 한다. 똥례는 백씨네 과수원을 쳐다보며 신을 신는다. 그 꽃들은 여전히 저를 놀리고 있다. '호롱골에 두 처녀가 있었는디 하나는 신랑을 잘 얻어갔고 하나는 노름쟁이헌티 갔다 말여……' 똥례는 분실이 생각나자 더 훌쩍여진다. 훌쩍거리며 우물로 가서 훌쩍거리며 물을 푼다. 훌쩍거리며 세수를 하고 훌쩍거리며 뒤꼍으로 돌아간다.

이쪽 추녀와 사철나무 울타리 사이에 있는 해는 똥례의 등을 제법 따갑게 비춰준다. 똥례는 그렇게 쭈그리고 앉아 사금파리로 땅에 무엇을 그리고 있다. 철봉과 용팔 그리고 영철의 얼굴을 그린다. 철봉의 얼굴은 넓죽한 편이고 용팔은 긴 편이다. 똥례는 그렇게 그렸다. 영철의 얼굴도 그렸다. 영철의 한쪽 눈은 애꾸다. 똥례는 애꾸눈을 열심히 그려본다. 검은 먹칠을 하든지 검은색 실로 수를 논다면 부리부리한게 아주 잘생긴 눈이 될 것이지만 똥례는 사금파리로 눈알을 후비고 있다. 까마귀가 눈알을 찍어 먹은 것처럼 구멍이 뚫려 있다. 그러나 똥례는 더 후비고 있다. 두더지가 땅을 파듯 이제는 마구 파낸다.

귀한 손님이 오나보다. 조선관은 손님 맞을 준비에 한창 바쁘다. 보이들은 접시를 들고 복도를 왔다 갔다 했고 기생들은 새 옷을 입고 방방 마다 앉아 있다. 머리를 거울에 비춰보는 기생도 있고 분첩으로 얼굴을 두드리는 기생도 있고 월선이는 그 큰 입에 빨간 연지를 바르며 웃고 있다.

잠시 후 조선관에서 왁자지껄한 소리가 들려온다. 오늘의 손님은 의외로 농업학교 학생들이다. 졸업식을 끝내고 오는 모양인지 꽃다발을 든 학생들이 많다. 그들은 검은 양복에 검은 제모를 쓴 아주 잘생긴 총각들이다. 똥례가 항상 머리에 그려왔던 그런 사내다. 똥례는 까마귀처럼 몰려든 많은 학생들을 하나도 놓치지 않고 보려고 목을 길게 빼고 눈알을 바쁘게 굴린다. 모두가 미추룸한게 번듯번듯한 총각들이다. 똥례는 저런 총각들은 학교를 나와서 무얼 할까 궁금하다. 서울에 있는 높은 학교로 올라가든지, 군청이나 읍사무소 또는 면사무소에서 넥꾸다이를 매고 일할 것이다. 세라복을 입은 실과 학생들을 새댁으로 맞아 아들딸을 이쁘고 튼튼하게 쪽쪽 빼내 놓고 달궁달궁 살 것이다.

—아이고 워쩌면 저렇게 잘생겼댜. 눈 한 짝먼 사람은 하나두 없구 모두가 씽씽하네.

똥례의 표정은 어느덧 시무룩해진다. 저렇게 많은 것 중에서 하나도 못 고르고 '새벽닭 울 때의 호랑이'가 되었던 제 신세를 가엾게 생각하고 있을 때 배불뚝이노파의 음성이 들려온다.

"이년아. 뭘 그렇기 쳐다보니?"

노파는 변소 문고리를 잡은 채 똥례를 노려보고 있다. 똥례는 얼굴을 찡그린다. 노파의 표정이 좋지 않아서가 아니라 옆구리가 결려오고 어깻죽지가 나른해서다. 노파는 무슨 말인가 할 듯, 할 듯하다가 그만두고 똥례가 부엌으로 들어가자 저는 변소로 들어간다.

솥을 가시고 있던 동평은 똥례를 보고 실쭉 웃는다. 상처 난 얼굴을 보고 웃은 것이다. 똥례는 쌀 그릇에서 쌀을 꺼내어 그것을 씻는다. 동평은 실쭉 웃으며 그것을 뺏어 제가 씻는다. 똥례는 아궁이 앞에 앉아 불을 땐다. 동평은 쌀을 안치다 말고 똥례의 귀에 소곤거린다.

"나가버려. 이런 집에서 뭣 하러 산다. 나두 서방만 생기면 나갈라구 해여."

똥례는 눈을 크게 뜨고 동평을 쳐다보며 꽈리처럼 부푼 입술을 움직거린다. 무슨 말인가 해야 옳다. 그러나 무슨 얘길 해야 좋을지 말이 안 나온다.

"우리 둘이 나갈까? 저 아래 남쪽으로 가든지 서울로 가든지…… 잉?"

동평이 사뭇 심각하게 달라붙자 똥례는 성이 파르르 나서 고함을 친다.

"애기씬 그게 무슨 소리랴. 부부싸움은 칼로 물 베긴디 한번 싸웠다구 어디루 나간댜. 난 죽어두 이 집 귀신여."

이때 변소에 들어갔던 배불뚝이노파는 부엌 안을 기웃이 들여다보고 방으로 들어갔고, 노랑녀가 부엌으로 들어온다. 무슨 말인가 더 하려던 동평은 아주 딴청을 피우고 열심히 일을 한다. 노랑녀는 들고 온 고기를 능숙하게 만지면서 똥례에게 소곤거린다.

"네 신랑헌티 좀 맞았다구 고깝게 생각하지 말어라 잉……".

똥례는 말이 없다. 노랑녀는 똥례를 힐끗 쳐다보고 썬 고기를 냄비에 담는다. 파도 썰어 넣고 고춧가루도 뿌리고 하여 동평에게 술을 받아오라고 한다. 동평은 주전자를 들고 바깥으로 나갔고 노랑녀는 고기찌개를 만들어 늘어놓는다.

"너두 애새끼두 많이 낳구 나이두 좀 먹어야 알겠지만 사내라는 건 모두 도적놈이여. 지 잘못은 하나두 모르구 지집이 한마디만 하면 그냥 지랄이 난다 말여. 나두 니 시아버지헌티 얼마나 두드려맞았는지 아니. 얘 말두 마라. 그렇기 소처럼 순한 이가 나를 얼마나 못살게 굴었는지……"

이건 순 거짓말이다. 젊었을 때의 조서방은 지금보다 더 바보였다. 까딱하면 장모한테 매 맞기가 일쑤였고 노랑녀한테도 꼼짝 못 했다.

"그저 사내 속을 긁어놓으면 언제든지 지집헌티 손해여. 사내가 가려워하는 딜 잘 살펴서 고길 살살 긁어줘야지…… 그럼 사내들은 지집헌티 폭 빠지게 마련이여, 어떤 사내구 마찬가지지……"

똥례는 무릎 위에 턱을 괴고 열심히 듣고 있다. 아궁이에 타는 불빛이 똥례의 표정을 한층 더 진지하게 만든다.

"사내랑 지집이 서로 만나서 살게 되면 똥창이 맞아야지. 똥창이 맞지 않으면 큰일이여, 그건 사내보다두 지집이 맞춰줘야는 거여."

"………"

"그저 부엌에 와선 부엌데기가 되구, 잠자리에선 갈보처럼 해야 하구, 밥 먹을 때는 기생이 돼야 그게 알짜 지집이여……"

밥은 다 되어가고 있다. 윗방에서 채영감의 기침소리는 여전히 들려오고 노랑녀는 술상을 본다. 동평이 사 온 약주와 바글바글 끓고 있는 고기 찌개를 상 위에 놓는다.

"얘, 니 신랑 깨워서 밥 좀 멕여 잉……"

노랑녀는 술상을 들고 부엌을 나가며 밥을 푸는 똥례에게 소리친다. 똥례는 영철의 상을 봐놓고 건넌방으로 들어간다. 건넌방은 어둡다. 전등을 켜고 영철을 쳐다본다. 영철은 송장처럼 자고 있다. 똥례는 영철을 흔든다. 영철은 응응하며 눈을 뜬다. 잠이 아직도 부족한지 핏발이 선 눈은 그대로다. 그러나 감았다 떴다 몇 번인가 하자 눈은 한결 맑아진다.

"엄니가 밥 잡수래유."

똥례는 아직도 심통이 풀리지 않았는지 볼멘소리를 내지르고 작대기처럼 서 있다. 영철은 담배를 찾아 입에 물며 그대로 누워 있다. 천장으로 올라가는 연기를 쳐다보며 입을 연다. 안방에선 저녁 먹는 소리가 들리고 윗방에선 채영감의 기침 소리와 노랑녀의 웃음소리.

"밥 가져와……"

똥례는 부엌으로 나온다. 동평이 부뚜막에서 밥을 먹고 있다. 똥례는 상을 들고 방으로 들어간다. 영철은 이불을 걷어치며 일어난다. 똥례의 얼굴에 난 상처가 안 됐는지 얼굴을 돌린다. 똥례는 부리나케 방문을 열고 나간다. 그러나 영철은 냉큼 고함을 친다. 똥례는 다시 방문을 열고 고개를 디민다.

"정말 그러기여 잉…… 이리와 같이 먹어……"

"밥 먹었는디유."

"먹었어? 좋다…… 서방을 두고 혼자 처먹구……."

영철은 중얼거리며 숟갈을 집어 든다. 똥례는 부엌으로 나와 동평과 함께 밥을 먹는다. 동평은 또다시 같이 도망치자고 한다. 똥례는 죽어도 이 집 귀신이라고 한다. 이때 그러잖아도 왁자지껄하던 조선관에서 그릇 깨지는 소리와 사내들의 성난 소리가 들렸고 깨지는 듯한 기생의 비명소리가 들린다. 애숭이 손님들한테 어떤 기생이 매를 맞는 모양이다. 기생들은 모두 도망치기 시작한다. 치마를 너풀거리며 버선발로 튀어나오고 있다. 그러나 붙들린 한 명의 기생은 마구 울음을 터뜨리고 있다.

"어려서 기생이나 데리구 놀 줄 아나…… 데리구 놀라면 이이가 잘 데리구 놀 테지 깔깔……"

노랑녀는 채영감을 놀리며 깔깔거린다. 농업학교 학생들은 기생들과 어울리긴 아직 어리고 늙은 수컷 채영감은 기생들을 살 부드럽게 대해주며 잘 놀 것이라는 말이다.

"에이 이년, 빨리 못 와. 우린 손님이 아녀? 이 개 썅년……"

석양이 비낀 유리 창가에서 누군가 고함을 치고 있다. 그 학생은 도망간 기생을 찾으려고 기고만장이다. 얼굴을 벌겋게 하고 할 말 못 할 말을 지껄이며 조선관 안을 구석구석 뒤지고 있다. 이쪽 사철나무 울타리 쪽에서 어느 기생이 훌쩍훌쩍 울고 있다.

"에이구 고수해라. 내 서방하구 놀더니 벌을 받느라구 그려……."

동평은 울고 있는 기생이 월선이라는 걸 알아차리고 밥을 먹다 말고 통쾌스러워한다. 아까 필보와 서로 붙잡고 놀 때는 죽이고 싶도록 밉더니 지금은 고소한 것이다.

"아이구 그게 무슨 말여?"

"아까 우리 서방하구 지랄치더니 벌을 받느라구 그런단 말여."

"무슨 그이가 자기 서방이랴?"

"뭐 살을 섞었는디 내 서방 아니구 누구 서방여……."

똥례는 밥을 입에 넣은 채 눈을 동그랗게 뜨고 동평을 쳐다본다. 필보와 살을 섞었다니 놀라운 것이다. 그러나 동평은 끼들끼들 웃고 있다. ‘아이구 저이가 내 신세가 될라구 저러나베……’ 똥례는 목구멍에서 이런 말이 터져 나오는 것을 꾹 참고 다시 밥을 먹는다.

“아이구 애기씬 어쩔라구 그런 짓을 했댜. 당장은 아무렇지두 않은디 나중에 가보라구 얼마나 걱정스러운가……”

“뭐가 걱정스럽댜. 제 서방허구 그런 짓을 했는디. 누군 않구 사나……”

“애기씬 자꾸만 그 사람을 자기 서방이라구 허네. 사낸 모두 도둑놈이라구. 그 사람이 차버리면 어떡헐 것이여.”

“……”

“한번 당하고 나면 서방두 맘대로 고르지 못한다구……”

“………”

“나두 한 번 당……”

똥례는 무심결에 나온 말을 황급히 거두고 동평을 쳐다본다. 당하고 나면 ‘새벽닭 울 때의 호랑이’가 된다는 말을 하려던 참이다. 그러나 그것을 말하면 절대 안 된다. 그러나 동평은 밥을 꿀꺽 삼키고는 똥례를 찬찬히 들여다보는 것이 아닌가.

“언니두 처녀 때 그 짓을 해봤수?”

이 말이 떨어지자 똥례는 부르르 화를 내며 고함을 친다.

“아이구 저이가 사람을 어떻게 보구 저런디야……”

동평은 갑자기 화를 내는 똥례를 멍청히 쳐다본다. 똥례는 동평을 한참 동안 쏘아보다가 다시 밥그릇을 집어 들며 중얼거린다.

“자기가 바람이 났으니께 남두 바람이 난 줄 아나베. 참 별꼴 다 봐……”

"그럼 그런 거지, 뭘 그렇게 화를 낸다."

"난 고운 때도 묻지 않은 숫색시였다 말여, 산에 가서두 바람이 손 댈까봐 오줌두 제대로 못 눴으면 말 다했지 뭘⋯⋯ 바람이 사타구니 밑으로 들어오면 사내 손이 닿는 것 같아서 깜짝깜짝 놀랬다니께⋯⋯."

동평은 기가 폭 죽어 있다. 똥례는 밥을 우물거리며 기세를 올린다. 똥례는 서방에게 얻어맞았을망정 신이 났다. 풀이 죽어 있는 동평을 힐끗힐끗 쳐다보며 먹은 그릇을 치운다.

"상 내가, 상⋯⋯"

똥례는 쪼르르 방으로 들어간다. 영철은 방 가운데에 먹은 상을 놔두고 장롱 서랍에서 돈뭉치를 꺼내고 있다. 똥례를 돌아보고 돈뭉치를 안 호주머니에 넣는다. 돈뭉치가 또 들어 있는 장롱 서랍을 가리키며 방문을 연다.

"조금 이따 승원이 올지 모르니께 저기 있는 거 주라구, 알지?"

똥례는 영철이 나가자 남은 설거지를 마저 하고 방으로 들어온다. 영철이 자던 자리에 그대로 누워버린다. 얼마 동안 그쳤던 월선의 울음소리가 그쳤다간 또 들리고 그쳤다간 또 들리곤 한다. 어디서 들리는 은은한 다듬이 방망이질 소리에 섞여 월선이 울음소리는 더 처량하게 들린다.

어느덧 조선관에선 노랫소리가 들려온다. 농업학생들은 벌써 가버렸고 이제 점잖은 손님들이 다시 온 것이다. '노들강변'이 들리고 '천 안 삼거리 홍⋯⋯'도 들린다. 똥례는 천장을 쳐다보며 기생의 노랫소리를 듣고 있다.

밤도 깊었다. 기생들의 노랫소리는 벌써 끊겼고 윗방문이 열린다. 해엠. 채영감이 나오고 있다. 뒤따라 노랑녀가 나온다. 언제나 이때쯤이면 안방에서 배불뚝이노파의 고함소리가 들리게 마련이다. 노파는 쿨쿨 자고 있는 조서방을 깨우는 것이다. 그는 채영감이 제 계집과 윗방에서 있을 사이 안방에서 쓰러져 잠을 잔다. 얼마나 피곤할 것인가. 오늘만 하더라도 누구네 집 방구들을 하루 종일 놔주고 어두워서 돌아왔던 것이다.

"늙은이가 무슨 잠이 그렇게 많우."

채영감이 가버리자 노랑녀는 안방에서 나오고 있는 조서방을 돌아보고 나무란다. 조서방은 꾸벅꾸벅하며 그래도 제 계집 옆에 누우려고 윗방으로 들어간다.

"애, 불 끄구 자라 잉……"

노랑녀는 마루에 놓인 요강을 타고 앉아 불빛이 환한 건넌방을 쳐다보고 소리친다. 젊은 년이 정말 안 됐다. 노랑녀는 며느리가 서방 생각을 무척 할 것이라고 생각하며 오줌을 세차게 뽑아낸다.

똥례는 일어난다. 옷을 대강 벗고 전등을 끈다. 방 안은 캄캄해졌다. 그리고 주위가 갑자기 조용해진 것 같다. 이불 속으로 들어간다. 가슴이 허전하다. 이건 방이 아니라 논 벌에 누운 것 같다. 이불을 아무리 덮어보아도 덮은 것 같질 않다. 몇 번인가 몸을 뒤척이다 반듯이 눕는다. 그런데 천장에서 쥐들이 난동을 부리기 시작한다. 하늘에서 갑자기 천둥이 이는 듯하다. 한 놈은 쫓고 한 놈은 쫓기고 있다. 전등을 켠다. 장롱 옆에서 인두 판을 집어 들고 천장을 노려본다. 그러나 쥐들은 벌써 사라져 버렸다. 불을 끈다. 그러나 불이 꺼지자 쥐들은 다시 나타난다. 똥례는 다시 인두 판을 찾아든다. 쫓기던 놈은 천장 한복판에서 붙잡힌 모양이다. 찍찍, 비명을 지르고 있다. 똥례는 인두 판을 양손에 쥐고 반자를 죽 훑는다. 반자가 쭉 찢어지며 두 마리의 쥐가 둔탁하게 떨어진다.

불을 켜고 방 안을 둘러본다. 문 앞에 놓인 요강 뒤에 작은 쥐가 발 발 떨고 있다. 눈을 껌벅이며 숨을 몰아쉰다. 잿빛을 띤 털에 노르께한 무슨 딱지가 붙어 있다.

똥례는 한 놈마저 찾으려고 이불을 한곳으로 밀어붙인다. 그 바람에 이불 속에 있던 쥐는 부리나케 농 밑으로 들어간다. 인두 판을 농 밑에 넣고 쑤시어본다. 후루룩하며 그놈이 튀어나온다. 그놈은 엄청나게 큰 늙은 쥐다. 주둥이를 벌름댈 때마다 무성한 수염이 갈대잎처럼 흔들린다.

똥례는 그놈에게 살금살금 다가간다. 그놈은 다시 농 밑으로 도망친다. 다시 인두 판으로 그놈을 몰아내 양손으로 움켜잡는다. 그러나 똥례는 비명을 지른다. 쥐에게 물리면 약도 없다는데 똥례의 손가락에선 피가 나고 있다.

똥례는 피가 나는 손가락으로 그놈의 모가지를 꼭 쥐고 작은 쥐에게 다가간다. 작은 쥐는 그때까지 겁에 질려 꼼짝 않고 있다. 그러나 그놈마저 다른 한 손에 잡아들고 전등불 밑으로 다가간다. 불 밑에서 아래를 헤쳐본다. 작은 것은 암놈이고 늙은 것은 수놈이다. 틀림없이 짐작한 대로다. 늙은 색골이 처녀를 겁탈한 것이다.

똥례는 흥분하고 있다. 처녀 쥐를 방바닥에 내려놓고 늙은 쥐의 얼굴을 찬찬히 쳐다본다. 그러나 찬찬히 안 보아도 알 수 있다. 살살

다니며 처녀만 잡아먹는 상통이다. 똥례는 늙은 쥐의 모가지를 조르기 시작한다. 쥐는 찍찍대다가 네 다리를 축 늘어뜨린다.

똥례는 늙은 쥐의 시체를 창문턱에 놓아두고 와들와들 떨고 있는 처녀 쥐를 쳐다본다. 처녀 쥐는 제 차례를 기다리며 겁에 질려 있다. 살려달라고 애원하는 표정이다. 똥례의 눈은 갑자기 커진다. 쥐의 털에 똥이 묻어 있는 것이다. 낮에 변소에서 똥례 손에 죽을 뻔했던 바로 그 쥐다. 똥례는 처녀 쥐를 손에 들고 냄새를 맡아보다 방문을 열고 살며시 나온다.

동네는 고요한 어둠 속에 웅크리고 앉아 있고 똥례의 양손엔 늙은 쥐의 시체와 처녀 쥐가 들려 있다. 똥례는 숨소리도 죽여가며 우물로 다가간다. 늙은 쥐의 시체를 쓰레기통 속에 던져버리고 그는 대야 앞에 앉는다.

똥례는 하늘을 쳐다보며 처녀 쥐를 목욕시킨다. 하늘엔 유난히 반짝이는 별들이 깔려 있다. 강변의 모래처럼 셀 수 없는 별들. 그중에서 무엇인가 하나를 똥례는 찾아낸 기분이다. 똥례는 제 몸뚱이를 닦듯 처녀 쥐를 물로 깨끗이 목욕시키고 물에 젖은 몸뚱이를 치마로 훔쳐주며 뒤꼍으로 돌아간다. 거기 추녀 아래 굴뚝 위에 쥐덫을 놓았다. 철사로 망을 떠서 상자 모양으로 만든 쥐덫이다. 처녀 쥐 살기에 꼭 알맞을 것이다. 똥례는 어둠 속에서 그것을 찾아 처녀 쥐를 그 속에 집어넣는다. 부엌으로 들어가 밥 한 덩어리를 떼어 가지고 와서 그 속에 넣어 준다. 이것을 어디다 기를 것인가. 똥례는 사방을 둘러본다. 저 으슥한 사철나무 울타리 속이 좋을 것 같다. 똥례는 처녀 쥐의 집을 들고 그곳으로 다가간다. 이곳은 비가 와도 염려 없을 것이다. 아늑하기 그지없다. 똥례는 그것을 울타리 속에 집어넣는다. 사람 눈에 띄지 않도록 마른 사철나무 잎새를 수북이 쌓아놓는다.

3

도수장 안은 어둠이 깔려 있다. 높은 천장이며 넓은 콘크리트 바닥은 무슨 소리가 조금만 나도 찌릉찌릉 울린다. 콩조지의 코 고는 소리는 와글와글한다. 이 넓은 도수장 안을 빙 도는 코골음이 채 사라지기도 전에 코골음은 다시 나오고 또다시 나온다. 그러니까 연속적인 코 골음이 도수장 안에 뒤범벅이 되어 있다.

콩조지는 가마솥 앞에 있는 나뭇더미 위에서 자고 있다. 오늘 백정들은 용팔에게 나무 두 짐을 사서 돼지 잡는 데 썼다. 쓰고 남은 더미 위에서 자고 있는 것이다. 사지를 큰대자로 벌리고 늘어지게 자는데 그는 그때그때 아무 데고 쓰러져 자는 버릇이 있다. 극장에서 잘 때도 있고 여기서 잘 때도 있지만 얌전히 저희 집에 돌아가 잘 때도 있다.

도수장 안은 갑자기 조용해진다. 콩조지가 잠을 깬 것이다. 그는 사방을 둘러본 다음 버스럭대며 일어난다. 요즘 그는 한밤중에 일어나 가는 곳이 있다. 오늘 옥화는 어린애를 낳았을지도 모른다. 그는 매일 밤 옥화를 찾아가서 아랫도리를 헤쳐보고 돌아왔다. 밤송이는 밤알이 쏟아질 만큼 익어 있었다. 콩조지는 옥화의 뱃속에 든 아이를 제 아이라고 생각한다. 작년 늦은 여름 노랑녀네 장가게로 뛰어

들었던 그날부터 십 삭을 채우는 날은 바로 요즘인 것이다.

콩조지는 저벅저벅 소리 내며 문 쪽으로 걸어 나온다. 도수장 문을 살며시 열고 살며시 닫는다. 용팔이네 방엔 아직 불이 켜져 있고 졸졸졸 흐르는 개울물 소리가 들린다. 과수원 쪽에서 불어오는 시원한 바람과 함께 싱싱한 초여름의 어둠이 사방에 깔려 있다.

하늘엔 별이 많이 떠 있다. 콩조지는 하늘의 별들을 힐끗 바라보고 '수혼탑' 앞을 지나 용팔네 안마당을 빠져나온다. 벌써 용팔의 방문은 불빛이 없다. 그는 그 집을 지나쳐 정문으로 빠져나가다가 이상한 소리에 걸음을 멈춘다. 용팔의 방에서 노랫소리가 들렸던 것이다.

—잘했군 잘했군 잘했어 잘했군……

용팔과 병춘은 방사를 하며 '물명주 석자'를 부르는 중이다. 그러나 콩조지는 그런 소리에 관심을 둘 위인이 아니다. 그냥 걸음을 옮긴다. 그러나 칠성님께 빌고 있는 병춘을 언젠가 보고 걸음을 멈춘 적이 있다. 그때 촛불을 켜놓고 빌고 있는 병춘의 모습은 콩조지의 마음을 무척 사로잡았다. 병춘이 무엇을 간절히 구하는가도 잘 알았다. 콩조지는 제 씨를 주고 싶었다. 그러나 언젠가 병춘에겐 코를 크게 다치지 않았던가. 그래도 이 고집 센 병신은 씨를 주고 싶은 마음을 버릴 수가 없다. 직접 줄 수 없다면 모종이라도 해야 한다. 우선 아무 데고 싹을 내야겠는데 바로 그것이 옥화였던 것이다.

콩조지는 장벌을 들어서고 있다. 을씨년스러운 장터는 짙은 어두움이 깔려 있어 귀신이라도 금방 튀어나올 듯 무섭다. 그러나 어둠을 뚫고 깊숙이 들어간다. 장가게는 대개 네 기둥과 초가지붕만 있지만 노랑녀네 가게는 사방을 흙벽으로 쳐놓았다. 콩조지는 안에서 들리는 옥화의 신음소리를 들으며 밖에서 잠시 서성거린다. 안에서 숨이 끊어지는 듯한 비명소리가 들려오자 조용히 거적문을 열고 들어간다.

가게 안은 칠흑 같은 어둠이 깔려 있다. 다만 옥화가 누워 있는 쪽이 번할 뿐이다. 그는 그쪽을 힐끗 쳐다보고 허리춤에서 손가락만 한 초 토막과 성냥을 꺼낸다. 어둠 속에서 성냥불이 퍼지자 옥화는 눈이 부신 듯 고개를 흠씬 숙이며 손으로 두 눈을 가렸다가 콩조지를 쳐다보고 다시 신음을 토해내며 손을 젓는다.

"아저씨, 나 죽어. 나 좀 살려줘……"

옥화는 땀을 흘리고 있다. 눈을 딱 감고 이를 악물며 힘을 쓸 때마다 온몸에서 땀이 샘솟듯 한다. 그렇게 애를 쓰다 자지러지는 신음을 토해낸다. 그리고 숨을 가쁘게 몰아쉬며 콩조지를 뚫어져라 쳐다본다.

콩조지는 아랑곳하지 않고 저 할 일만 하고 있다. 옥화의 치맛자락을 걷어 올리고 속곳을 헤쳐본다. 어제보다 밤송이는 더 벌어졌고 퉁 퉁 부은 그곳엔 빨건 물이 흘러내린다.

"음음…… 나 죽어, 나 죽어……"

콩조지는 옥화가 신음을 토하며 몸을 뒤척일 때마다 조금씩 물러앉는다. 이제 쓰러진 짐승은 발악하다 죽을 것이지만 지금 대들면 사나운 이빨에 물릴 것이 두려운지 콩조지는 옥화와 일정한 간격을 두고 있다. 한쪽 무릎을 세우고 앉아서는 옥화의 밤송이만 지켜본다. 쇠기름 때가 묻어 번들번들한 무릎 위엔 불빛이 유난히 빛나고 떡 벌어진 어깨는 나무토막처럼 움직이질 않는다. 왼편 광대뼈에 붙은 동그란 검은 점은 병든 사과의 그것처럼 보이는데 그래도 새우 같은 눈은 유난히 빛난다.

벽을 기대고 세워놓은 좌판 다리에 꽂아놓은 촛불이 파르르 떨고 있다. 그것은 사면을 검은 흙으로 둘러친 가게 안을 더욱 우중충하게 만든다. 그 속에 누워 있는 옥화의 모습— 흥건히 젖은 얼굴은 부석부석하고 깡마른 넓적다리는 바들바들 떨린다. 베고 있던 보퉁이는 머리맡에서 뒹굴고 검불과 흙이 묻은 머리털은 헝클어질 대로 헝클어졌다. 그러나 콩조지는 옥화의 얼굴에 눈을 주는 법이 없다. 자세를 고치지 않고 그대로 앉아서 시선을 한곳에 고정시킨다.

"아이고 아저씨, 나 좀 잡아줘……"

옥화는 윽 하는 신음을 토해내며 쓰러진 채 콩조지에게 갑자기 달려든다. 콩조지는 재빨리 몸을 뺀다. 거적문에 걸렸던 그의 그림자가 저쪽 벽으로 옮겨간다. 그는 자리를 옮기면서도 옥화의 밤송이를 줄곧 쳐다보고 있다.

"아저씨, 손 좀 잡아줘……"

옥화는 콩조지를 쳐다보며 두 손을 마구 허공에 휘젓고 있다. 콩조지는 날쌔게 옥화의 양다리 사이로 들어앉는다. 어떤 짐승의 주둥이를 쥐면 물리겠고 꼬리를 잡으면 안전할 것 같으니까 그렇게 자리를 옮기는 것 같다. 몸을 뒤트는 바람에 옥화의 치마는 다시 내려졌고 콩조지는 그것을 걷어 올린다. 밤송이에선 뻘건 물이 골을 타고 밑으로 흘러내린다. 옥화는 발버둥을 치고 있다. 콩조지는 양다리를 꽉 잡은 채 밤송이를 뚫어져라 쳐다본다. 그 위 불룩한 아랫배 속에서는 무엇이 꿈틀꿈틀 세차게 움직이고 있다. 밤알은 와수수 쏟아질 것이다. 옥화는 꼭 잡힌 양다리를 빼려고 궁둥이를 버둥댄다. 콩조지는 꺼져가는 촛불과 밤송이를 번갈아 쳐다보며 양다리를 꼭 잡고 있다. 옥화는 뱃속에 있는 창자를 모두 아래로 쏟아내려는 듯이 크게 힘을 준다. 그때마다 창백한 옥화의 얼굴은 햇빛에 녹아나는 얼음처럼 점점 작아졌고 땀이 그렇게 흘러내린다.

그렇게 얼마를 용쓰고 있을 때 콩조지의 눈은 빛나고 있다. 붉은 물이 골을 타고 세차게 쏟아지며 밤송이는 활짝 벌어지는 것이다. 그러나 가물대던 촛불이 피그르르 꺼져버린다. 가게 안은 다시 어두워졌다. 옥화는 그것을 모르는 모양이다. 토악질하는 소리를 다시 내지르고 궁둥이를 들썩인다. 콩조지는 양다리를 놓아주고 옥화의 사타구니를 더듬는다. 이미 어린애는 나와 있다. 더운물에서 금방 삶아낸 고기덩이 같은 어린애의 머리가 만져진다. 옥화는 윽 하며 다시 힘을 준다. 콩조지는 쑥 빠지는 어린애를 양손으로 받는다. 이윽고 갓난애의 울음소리가 요란하게 들린다.

—응아아응응으끼르응아…….

옥화는 여전히 신음을 토해낼 뿐이다. 콩조지는 갓난애 배꼽에 달린 탯줄을 더듬어보고 그것을 이빨로 끊어낸다. 이빨로 끊으면 어린애의 명이 길다는 것이다.

어린애는 옥화에게서 완전히 떨어져나왔다. 콩조지는 옥화의 치마를 벗겨버린다. 갓난애를 그 속에 싸서 끌어안고 가게 안을 휘둘러본 다음 부리나케 밖으로 나와버린다. 어린애는 여전히 울고 있다.

콩조지는 어둠을 뚫고 쇠전으로 달려간다. 어린애의 울음소린 밤의 적막을 깨치고 있다. 아이의 울음소리가 두려운지 사방을 둘러보기도 한다. 그는 동둑개울로 접어들자 숨을 훅훅 몰아쉬며 어린애의 몸속에 손을 넣어본다. 물씬한 어린애의 몸뚱이에서 눈곱만 한 살점이 잡힌다. 고추다. 그는 안도의 숨을 내쉬고 저쪽으로 희미하게 보이는 도수장을 쳐다보고 걸음을 천천히 옮긴다.

어린애의 울음소리가 그쳐버리자 개울에서 용팔네를 쳐다본다. 그곳은 조용하다. 과수원 쪽에서 시원한 바람이 불어온다. 흘러가는 개울물 소리를 들으며 징검다리를 건넌다. 어린애가 다시 울고 있다. 새끼손가락으로 어린애의 입을 막아버린다. 어린애는 비죽비죽하는 성싶다. 그는 눈초리를 번득이며 개울둑을 올라선다. 발걸음을 죽이며 살금살금 다가간다. 부엌문 앞에 어린애를 내려놓자 마구 울음을 터뜨린다. 콩조지는 도수장 정문을 지나 어둠 속으로 사라지고 있다.

—응아, 응아응응으끄르르응아

하얀 치마폭에 싸인 갓난애는 그래도 살았다고 굼실굼실하며 세차게 울어댄다. 그 소리는 맑은 밤공기를 뚫고 맹렬히 퍼져나간다.

병춘은 눈을 번쩍 뜬다. 잠결에도 들리는 소리가 있었다. 그는 서방에게 올려놓았던 다리를 떼어내며 몸을 반쯤 일으킨다. 눈을 껌벅이고 어두운 방 안을 둘러보며 귀를 기울인다. 그것은 분명히 갓난애의 울음인 것이다.

"아이구 저게 무슨 소리유 잉……?"

병춘은 떨리는 가슴을 억제하며 일어나 앉아서 서방을 흔든다. 무엇인가 짚이는 것이 있어서다. 그러나 용팔은 잠에 떨어져 있다. 용팔은 '물명주 석자'를 부르고 나면 새벽녘 나무 갈 때까지 송장이 된다.

"아이구 일어나봐유."

병춘은 세차게 용팔의 어깨를 잡아 흔든다. 갓난애는 더 또렷하게 울고 있다. 용팔은 벌떡 일어난다. 계집을 힐끗 쳐다보고 귀를 바깥에 기울인다. 병춘은 어둠 속에서 서방의 표정을 살피며 떨리는 목소리.

"어린애지유?"

"지금 금방 난 애여."

용팔은 정확하게 말하고 잠시 무엇인가 생각에 잠긴다. 그러다 벌거벗은 채로 튀쳐나간다. 병춘은 등잔에 불을 붙이려다 말고 저도 튀쳐나간다.

여기는 원래 살덩이가 많이 드나드는 곳이다. 소나 돼지의 털은 말끔히 벗겨지고 번들번들한 살덩이로 변하는 곳이다. 용팔과 병춘은 그것을 닮아 그런지 홀랑 벗고 있다. 용팔은 미끈한 허리를 굽히고 치마폭에 싼 물건을 들여다본다. 병춘은 무서운 듯한 팔로 서방의 몸뚱이를 부여안고 그것을 들여다본다. 갓난애는 사지를 움직이며 울고 있으나 순전한 설덩이다. 흡사 용팔과 병춘의 살덩이를 조금씩 떼어 금방 뭉쳐놓은 살덩이 같다. 용팔과 병춘은 살을 떼어내기 위하여 홀랑 벗고 있는 것 같다. 셋은 모두 살덩이다. 서방살덩이 계집살덩이 새끼살덩이…… 세 몸뚱이는 아무것도 걸치지 않았고 발바닥도 맨발이다.

용팔은 치마폭을 벗겨버리고 갓난애의 알몸뚱이를 끌어안는다. 병춘은 서방을 부여안고 있던 한팔을 떼어내어 어린애를 만져본다.

세 알몸뚱이가 꼭 붙은 순간이다.

"빨리 목욕물 데워……"

용팔이 소리치자 병춘은 부리나케 방으로 뛰어간다. 용팔도 주둥이를 갓난애의 볼에 대고 뒤따라 들어간다. 병춘은 등잔에 불을 붙이고 용팔의 품속을 들여다본다. 애기는 핏덩이다. 병춘의 낯은 찡그려진다. 그러나 이것은 잠깐 동안이다. 서방을 쳐다보며 활짝 웃고 있다.

"경사지유?"

"경사구말구."

용팔은 어린애를 요 위에 내려놓고 옷을 입는다. 병춘은 옷을 입고 나서 갓난애의 고추를 헤쳐보고 활짝 웃으며 쪼르르 부엌으로 내려간다. 용팔은 부처님처럼 정좌하고 앉아 갓난애를 뚫어져라 쳐다본다.

"아이구 요거 좀 봐유."

병춘은 어린애를 목욕시키며 고추를 가리킨다. 용팔도 고추를 쳐다보며 씽끗 웃는다. 갓난애는 양손을 꼭 움켜쥐고 앙증스럽게 울어댄다. 울 때마다 흡사 굵은 지렁이 같은 배꼽이 파르르 떨린다. 누가 금방 내다 버린 것은 틀림없는 사실이지만 용팔이 부부에겐 이것이 문제가 안 될 수도 있다. 그들은 방금 전에 태몽을 꾸었던 것이다.

"꿈을 꿨는디 글쎄 안마당으로 숟가락이 떨어지잖어유. 얼른 가서 줏었유."

병춘이 꿈 애기를 하자 용팔은 그것을 해몽해 주고 제 꿈애기를 한다.

"그게 태몽여, 나두 태몽을 꿨는디 여기 과수원에 사과가 빨갛게 달렸잖어. 그걸 주인 몰래 훔쳐먹었지."

사과, 배, 감, 호두, 과실 꿈은 모두 태몽이라고 한다. 용팔도 그런 꿈을 꾸었던 것이다. 병춘은 꿈 얘길 듣고 몹시 신기한 기색이다. 입을 딱 벌리고 서방을 한참 동안 바라본다.

"아이구 어쩌면 우리 둘이 똑같이 그런 꿈을 꿨대유, 심봉사 부부처럼…… 이렇게 들어오는 애두 다 내 자식 아뉴…… 정말 지성이면 감천이라구 칠성님이 애를 보냈내벼유."

"아무렴, 지성이면 감천이구 곶감이 열 접이지."

시원하게 받아주는 서방의 말에 병춘은 찔끔거리며 울기 시작한다. 그동안 얼마나 애를 태웠던가. 병춘은 하루도 빠짐없이 칠성님께 빌었던 것이다.

"첨에는 애 울음소릴 듣고 무서워서 혼났유. 왜 공연히 그렇기 무섭대유? 그런디 지금은 애가 내 뱃속에서 금방 나온 거 같어유."

"애는 내 씨구 당신 뱃속에서 나왔어."

용팔의 표정은 자꾸만 병신스럽게 변하고 있다. 웃음기가 없던 그의 얼굴에 그런 것이 나타나니까 그렇게 보이는지 모른다. 그는 동네 사람들이 자신을 어떻게 보고 있다는 것을 잘 알고 있다. '왜 고자가 아니라구 말하지 안했유?' 재작년 동짓날 똥례도 이렇게 말하지 않았던가. 용팔은 날이 밝으면 호롱골 사람들이 모두 놀랄 것을 상상해 본다. '용팔이 어린앨 낳았어? 아따, 사내구실도 못 하는 줄 알았더니 어린애까지 낳아……?' 그들은 놀랄 것이다. 용팔의 집에서 살인이 나도 호롱골에선 잘 모른다. 병춘은 사람들과 거의 접촉이 없으니까 병춘이 어린애를 뱄던 것으로 하면 된다. 용팔은 날이 새기 전에 할 일을 곰곰이 생각한다.

병춘에겐 역시 궁금한 것이 그대로 남아 있다. 이 갓난애를 누가 낳고 누가 버렸단 말인가. 어떤 바람난 처녀가 버렸을지 모른다. 그리고 그년 서방이 옮기는 일을 맡았을지 모른다. 아니라면 돈 많은 늙은이가 계집을 보았으나 그 계집은 영감이 본 체를 안 하니까 아이를 낳는 대로 개구멍받이로 넣어주고 저는 또 다른 돈 많은 서방을 해가려고 이 짓을 했는지 모른다. 이것은 아무래도 좋았다. 병춘은 이 아이를 난 서방의 씨가 제 서방의 씨만큼 좋았으면 싶다. 병춘은 용팔의 씨가 세상의 어떤 사내 것보다 좋다고 생각한다. 좋은 종자는 잘 퍼지지 않는 법이고 그러니까 저는 어린애를 못 낳는 것이라고 생각하지만 이렇게 들어온 이상 제가 낳을 좋은 종자와 비슷한 싹을 기다려보는 것이다.

병춘은 어린애가 잠드는 것을 보고 설치기 시작한다. 용팔의 저고리를 고리짝에서 찾아내어 북북 뜯어낸다. 갓난애의 옷을 만들 참이다. 만들 것은 이것뿐 아니다. 요와 기저귀, 그리고 베개도 만들어야 한다.

용팔은 제가 할 일을 한참 궁리하며 방문을 열고 마루로 나온다. 호 롱골은 어둠 속에 잠겨 있고 동이 트려면 아직 시간이 있다. 그는 뒤꼍으로 돌아간다. 한 아름의 짚단과 새끼 한 발을 가져온다. 짚단은 마루에 놓아두고 새끼를 들고 부엌으로 들어간다. 빨간 고추 몇 개와 숯덩이를 어둠 속에서 찾아내어 새끼에 끼운다. 그는 금줄을 들고 문 쪽으로 다가간다. 문짝이 모두 달아난 있으나 마나한 문이다. 그것도 용팔네 문이 아니라 도수장 정문이다. 그러나 용팔은 금줄을 늘어뜨린다. 그리고 과수원 울타리 밑에서 빨건 황토흙을 파다 씨멘트로 된 문기둥 앞에 소복소복 몇 군데 갖다 놓는다. 이제 문에 대한 일은 끝난 것이다.

용팔은 다시 집 안으로 들어온다. 부엌문 앞에 허연 것이 펼쳐졌다. 아까 갓난애와 함께 들어온 물건이다. 그는 그것을 유심히 쳐다본다. 치맛자락에 피가 묻어 있다. 그것은 채 마르지도 않았다. 그는 그것을 둘둘 말아 마루 밑에 처넣고 도수장 쪽으로 걸어간다.

도수장 안은 어둡다. 용팔은 성냥을 켜지 않는다. 고기짝을 갈고리에 꿰어 걸어놓는 벽 아래엔 여러 개의 바께쓰가 놓여 있다. 그 속에 선지와 내장과 돼지족 같은 것들이 들어 있다. 그는 손을 더듬어 그것을 분별한다. 미끈미끈한 덩어리는 내장이다. 끈적끈적한 것은 선지다. 용팔은 선지와 내장이 담긴 바께쓰를 양쪽 손에 들고 어두운 도수장에서 빠져나온다.

어느 사이 동쪽에선 번한 여명이 밝아오고 있다. 용팔은 조용히 마루에 앉아 어린애의 태를 만들고 있다. 넓은 기름종이로 돼지의 내장을 싼다. 몇 번 싼 그것을 노끈으로 칭칭 동인다. 그것을 소중히 벽장 속에 간수한다. 그리고 마루에 놓인 짚단과 선지바께쓰를 방으로 들여간다.

병춘은 어린애의 베갯속을 넣고 있다. 쌀, 보리, 조, 콩, 기장, 수수, 강냉이, 팥, 메밀, 심지어는 깨까지, 집 안에 있는 알곡식은 모두 조금씩 거두어 베갯속을 넣는다. 이렇게 넣어주었다가 어린애의 백일 때 떡을 해주면 명이 길다고 한다.

병춘은 부처님처럼 점잖게 앉아 있는 서방을 쳐다보고 샐쭉 웃는다. 병춘이 옆에는 벌써 만들어놓은 어린애 물건이 어지럽게 놓여 있다. 큰 요에서 솜을 뜯어내어 조그맣게 만든 갓난애의 요와 이불이 이쁘게 개켜 있고 월경할 때 차는 제 걸레를 그대로 애기의 기저귀로 내놓았다.

용팔은 점점 밝아오는 방문을 사뭇 엄숙하게 쳐다본다. 그 사이 병춘은 베개 홑이불까지 깨끗이 씌워놓고 방소제를 한다. 너절했던 방은 다시 깨끗해졌다. 용팔은 깨끗한 아랫목에 짚단을 깐다. 병춘을 그 위에 눕힌다. 병춘의 아랫도리를 벗겨버리고 홑 치마만 입힌다. 선지는 엉키어 있다. 그러나 바께쓰 아래는 그대로 붉은 피다. 용팔은 피를 양손에 묻혀 병춘의 아랫도리에 칠한다. 병춘의 표정은 엄숙하다. 용팔은 산욕으로 쓰인 짚 위에도 피칠을 한다. 병춘의 발치에는 요강이 있다. 요강 속에는 오줌이 반쯤 들어 있다. 그곳에 몇 방울의 피를 떨어뜨린다. 노란 오줌은 붉게 변한다. 요강 뚜껑에도 약간 피칠을 해 본다. 방바닥에도 한 줄로 핏방울을 떨어뜨린다. 이렇게 되면 해산어멈이 사타구니에서 피를 떨어뜨리며 요강 쪽으로 간 것이 된다.

용팔은 병춘이 방금 벗은 속바지와 몇 개의 마른걸레에 피칠을 하고 일어난다. 양손에 피를 잔뜩 묻히고 서서 병춘을 내려다본다. 병춘은 방금 어린애를 빠친 여자 같다. 옆에는 방금 만든 제 이부자리를 덮고 눈을 딱 감은 핏덩이가 있지 않은가. 그래도 무엇인가 부족한 것 같다. 그렇지만 돼지 피를 더 쓸 필요는 없을 것 같다.

용팔은 바께쓰를 들고 밖으로 나온다. 해가 떠오르려고 저쪽 산이

번하다. 마루에 놓인 내장 바께쓰와 함께 그것들을 다시 도수장 안에 갖다 두고 우물에서 손을 씻고 들어온다. 병춘은 사타구니를 떡 벌린 채 그대로 누워 있다. 그러나 얼굴이 너무 빤빤하다. 용팔은 벽장에서 밀가루를 가져와 병춘의 얼굴을 칠한다. 그렇다고 해산어미처럼 얼굴이 부석부석하진 않다. 그는 혓바닥으로 병춘의 얼굴을 핥는다. 어미개가 새끼를 핥는 것 같다. 병춘은 눈만 깜박일 뿐 가만히 있다. 용팔은 침이 묻은 계집의 얼굴을 손바닥으로 싹싹 문댄다. 조금 나아진 것 같다. 그러나 부석부석하진 않다.

“내가 저돌어 아주머닐 보낼 테니까 그대로 꼼짝 말어.”

석서방댁을 보낸단 말이다. 석서방댁은 이 방의 흉측스런 꼴을 보고 놀랄 것이다. 그러나 병춘이 어린애를 낳았다는 증인을 용팔은 잘 골랐다. 병춘은 서방의 말에 고개를 끄덕인다.

해가 산 위에서 떠오르고 있다. 다른 때보다 늦었다. 제일 큰 짐으로 헛간에서 골라지고 용팔은 나무 팔러 나간다. 문에 금줄이 늘어졌다. 나뭇짐이 걸린다. 용팔은 작대기로 받쳐 올리고 도수장 정문을 빠져나간다.

나무전은 한참 붐비고 있다. 개울 양쪽으로 장작, 삭정이, 솔가리 짐이 죽 늘어서 있고 팔려 가는 나뭇짐들이 산 사람을 따라 줄렁줄렁 쫓아가기도 하지만 곳곳에서 이쪽으로 나뭇짐들이 모여들기도 한다. 용팔도 그 중의 하나다. 다른 나뭇짐은 모두 애기 같지만 용팔의 나뭇짐은 제일 어른이다. 그는 셋째 다리와 둘째 다리 사이에 나뭇짐을 받쳐 놓는다. 용팔의 나뭇짐은 이내 팔리기 마련이다. 서서 기다려본 적이 없다. 누구든지 용팔의 나뭇짐 앞에 오면 ‘가자’

고 한다.

용팔은 흘러가는 냇물 소리에서 막 다가온 여름을 듣고 있다. 그리고 오늘이 며칠이라는 것을 머리에 떠올린 용팔이 잠시 그러고 있을 때 누가 뒤에서 부르고 있다. '키 큰 양반……' 용팔은 돌아본다. 얼굴이 밉상은 아닌 젊은 여자다. 손에는 장바구니를 들었고 다홍치마에 조그만 앞치마를 치고 있다. 선주다.

"따라와요."

선주는 커다란 궁둥이를 흔들거리며 앞장선다. 장바구니엔 채소와 생선이 그득 담겨 있다. 용팔은 선주를 따라 쌍소나무박이로 올라간다. 궁둥이를 암팡지게 흔들며 걸어가는 선주에 비하면 나뭇짐을 털썩이며 쫓아가는 용팔은 어딘지 병신스럽다. 그러나 선주가 민물고기가 살고 있는 흙탕물이라면 용팔은 산곡에서 흘러내리는 맑은 물이다. 용팔은 싱싱한 정기가 몸에 스며 있다. 나뭇짐이 털썩 일 때마다 그 기운이 퍼져 나온다.

석서방은 식전부터 선주네 집에 와 있다. 어젯밤 노름방에 쓰러져 자고 해장술 먹으러 여기 온 것이다. 식모애는 주방에서 파를 다듬었고 꺼칠한 얼굴을 한 석서방은 식모애가 따라놓은 막걸리를 놓고 '니 아주매 뒷간에 갔니?' 묻는 중이다. '아줌마 반찬거리 사러 갔유.' 석서방은 식모애의 대답에 얼굴을 찡그린다. 해장술은 뜨듯하고 매운 국물을 마셔야 속이 풀린다. 선주가 있으면 술 한잔이라도 먹을 만하게 해주는데 저년은 뭘 알아야지. 석서방은 막걸리를 들이키고 찡그리며 김치 쪽을 입에 넣는다.

"아이구 석서방 왔수."

유리문이 와르르 열리며 선주가 반색을 하고 들어온다. 장바구니에는 좋은 국거리가 잔뜩 들었다. 요것아, 벌써 사 올 거지 이제 사 오니. 석서방은 껄껄거리며 선주를 쳐다본다. 선주는 문을 끝까지 연다. 용팔이 나뭇짐을 지고 거기 서 있다. '용팔이 아녀……' 석서방은 의자를 들고 비켜주며 용팔을 보고 껄껄 웃는다. 용팔은 아무 대꾸가 없다. 나무를 지고 묵묵히 부엌으로 들어간다.

"왜 하필이면 여자헌티 나물 팔어 이 사람아…… 아침부터 재수없게……."

용팔이 나뭇짐을 부리고 나오자 석서방은 다시 낄낄거린다. 용팔은 씽끗 웃는다. 선주는 눈을 하얗게 흘기며 석서방의 잔등을 때리고는 용팔에게 나뭇값을 준다. 용팔은 나뭇값을 받아 들고 석서방을 쳐다본다.

"형님. 집에 안 들어가쇼?"

"왜 안 들어가, 들어가야지."

석서방은 술은 그만 먹을 눈치다. 술 한 잔 값을 목로 위에 놓고 일어난다. 선주는 부엌에서 얼굴을 내밀고 소리친다. '왜 국을 끓일텐데 그냥 갈 테우?' '해장술 한 잔이면 됐지 뭘……' 용팔과 석서방은 선주네를 나온다. 선주네를 나오자 용팔은 불쑥—

"며칠 전 똥렐 만났유. 새말에서……."

말없이 사라진 똥례를 새말 조서방네 집에서 만난 것은 며칠 전이었다. 전에도 몇 번인가 그 집에 나무를 판 적이 있었다. 물론 똥례가 시집오기 전이다. 그때도 배불뚝이노파를 따라 그 집에 갔었고 며칠 전에도 그랬다. 똥례는 아침을 지으러 나왔는지 무척 졸린 표정이었다. 이쪽을 보자 찔끔찔끔 울었다. 나뭇값을 받아들고 그 집을 나왔을 때도 하천둑까지 따라 나와 '아저씨 잘 가유. 잉……'

석서방은 용팔을 힐끗 돌아보았을 뿐 아무 말이 없다. 사실은 똥례가 보고 싶다. 그러나 석서방은 그 집에 발을 뚝 끊었다. 왜 그런지 가기가 싫다. 정말 아는 처지에 딸을 줄 게 아니다. 더구나 노랑녀나 영철과의 사이라면 더욱 그렇다. 노랑녀는 박오분이를 통해서 알았고 영철은 노름방에서 알았다. 노랑녀를 누님이라고 불렀고 영철은 그저 친구 비슷하게 지냈다. 이런 사이라면 그저 그런대로 관계를 갖는 것이 좋다. 그러나 석서방은 딸로 해서 이들과의 관계를 잃은지도 모른다. 노름판에서만 해도 그렇다. 석서방은 영철의 뒤를 봐주고 술잔값이나 얻어쓰고 했으나 지금은 도무지 낯이 간지러워 그럴 수가 없다. 노름판에선 부자지간도 없다는 것이지만 영철은 엄연히 제 사위인 것이다. 아무리 석서방이 개백정놈의 자식일망정 딸을 봐서도 그럴 수가 없는 것이다. 석서방은 영철이 끼는 노름판에는 아예 달아나고 만다. 영철은 지금도 석서방을 '형님' 하고 부르는데 참 난처한 일이다. 석서방은 영철에게 딸을 준 것을 무척 후회한다.

"오늘은 다른 때보다 늦었지?"

석서방은 화제를 바꾸려고 딴말을 꺼낸다. 용팔이 나무 팔러 읍내로 온 것이 왜 늦었냐는 말이다. 용팔은 표정이 조금 굳어졌으나 태연하게 말한다.

"안사람이 오늘 새벽에 어린앨 낳았유. 그래서 오늘 나무두 못 갈 거 같어유."

석서방은 '뭐여?' 하고 입을 벌리며 용팔을 쳐다본다. 고자가 어린애를 낳았다? 작대기에서 싹이 나고 부뚜막에서 꽃이 필 노릇이 아닌가. 그러나 용팔의 표정은 조금도 변하지 않는다. 석서방은 벌렸던 입으로 '정말여?' 하고 다시 입을 벌리며 용팔을 쳐다본다. 용팔은 실없는 말을 지껄일 놈이 아닌 것이다.

"그러잖어두 형님넬 찾어갈 참였유. 아주머니헌티 해산구완 좀 해달라구…… 내가 어린앨 받긴 받았는디 안사람 첫국밥두 못 해줬구 방두 치지 못하고 그대로 나왔지유."

용팔의 표정은 엄숙하다. 서슴없이 얘기한다. 석서방은 껄껄댄다.

고자가 어린애를 낳았다니 믿어지지 않는다. 소문도 없이 어린애를 낳은 것은 그렇다고 치더라도…… 석서방은 자꾸만 껄껄댄다. 이것은 용팔을 모욕하는 웃음이다. 그러나 용팔은 불쾌한 빛이 조금도 없다. 석서방은 믿어지지 않으면서 억지로 한마디 해준다.

"정말 잘했구먼 잉…… 아들인감?"

"아들유."

석서방은 또 껄껄대고 있다. 정말 어린애는 낳은 모양이다. 용팔의 표정은 그저 담담하다.

"어허 참, 이 사람 한턱 내야겠구먼…… 그래 어쩌다가 이제서 아들을 본단 말여."

그들은 둘째 다리까지 왔다.

"형님 먼저 올라가쇼. 난 미역 한 잎 사가지고 가야겠유."

용팔은 빈 지게를 지고 어물 가게 있는 쪽으로 몸을 돌리며 석서방에게 말한다. 석서방은 의심이 완전히 사라졌다. 미역까지 사는 걸 보니 틀림없이 어린애는 낳은 것이다.

"그래 나 먼저 올라갈 테니까 빨리 와."

석서방은 과수원 너머 호롱골 쪽을 한번 쳐다보고 용팔에게 소리친다. 용팔은 능청스레 다시 한번 당부한다.

"아주머니 좀 빨리 보내슈. 안사람 혼자 누워 있는디……."

"아 걱정 마, 내가 빨리 보낼 테니께……."

쭈뼛쭈뼛 치솟고 있는 해는 벙실벙실 웃고 있다. 바람은 상쾌하게 불어온다. 용팔은 느지막이 아들을 보지 않았는가. 얼마나 경사스러운가. 석서방은 첫째 다리를 지나 장벌을 옆으로 끼고 올라가며 싱글거린다.

논에는 벼포기들이 싱싱하게 자라고 있다. 석서방은 그 너머 도수장을 쳐다본다. 어느 때보다 평화스럽게 보이는 용팔네 집엔 정말 금줄이 걸려 있는 듯하다. 석서방은 그쪽을 쳐다보며 호롱골로 들어선다. 기분이 좋다. 집에 들어가면 여편네가 움켜잡는 소리도 안 칠 것 같다. 어쩐지 그런 생각이 드는 것이다. 석서방은 공연히 기분이 좋아서 집으로 들어간다. 마당 한가운데엔 감나무의 그림자가 떨어져 있고 부엌에선 옥례가 아침을 짓고 있다. 철봉은 부엌문 앞에서 옥례와 뭐라고 지껄이며 히히 웃기도 한다. 석서방은 철봉을 힐끗 쳐다보고 마당으로 들어서며 방 안에 대고 고함을 친다.

"지어매, 용팔이 아들을 낳았다. 얼른 가봐."

서방의 고함소리가 마당에서 들려오자 머리를 빗고 있던 석서방댁은 방문을 꽝 열며 '뭐여?' 소리친다. 부엌에서 일하던 옥례도 나와서 아버지의 얼굴을 쳐다보았고 철봉이도 힝, 웃는다. 석서방은 여전히 싱글거리며 방으로 들어간다. 석서방댁은 방바닥에 흩어진 머리칼을 조급하게 쓸어모으며 서방의 얼굴을 멍청히 쳐다보곤 눈을 멀리 도수장으로 주고 부리나케 일어난다.

“그게 정말여?”

“놀래긴 왜 놀래여. 용팔이 어린앨 낳았다니께. 빨리 가봐.”

“아니 그게 웬일이랴. 그 양반이 어린앨 다 낳구 잉…….”

석서방댁이 눈을 동그랗게 뜨고 서방을 쳐다보자 석서방은 아무렇지도 않다는 듯 중얼거린다.

“이상하긴 뭐가 이상해여. 여편넬 가진 사람이 어린앨 낳았다는디…….”

“아이구 그래두 이상허지 않은감. 허긴 저놈의 집에선 살인이 나도 모르지만 말여.”

“빨리 가봐. 해산어미 밥두 못 해주구 있다는디…….”

석서방댁은 속곳 위에 치마를 걸치고 부리나케 토방으로 내려선다. 부엌문 앞에 있던 철봉은 옥례와 석서방댁을 번갈아 쳐다보며 도망칠까 말까 하는 표정이다. 석서방댁은 신발을 꿰며 코를 헹, 풀고 냉큼 고함을 친다.

“이놈의 새끼야, 왜 아침부터 여기 와서 지랄여 잉…… 왜 우리 집 지집애들만 후릴라구 그 지랄이니, 지집애가 이 동네에 우리 집밖에 없니, 없어? 이놈의 자식, 당장 못 가…… 너 같은 바보 놈은 거저 줘두 싫다.”

석서방댁이 신발짝을 집어 들며 고함을 치자 철봉은 핼끔핼끔 뒤돌아보며 도망친다. 석서방댁은 도망치는 철봉을 쳐다보고 깔깔대며 마당을 나온다.

철봉은 '다음 장날' 똥례에게 사다 준다던 영말엿을 사 왔다. 그러나 똥례가 없자 '뭐 우리 성만 사람인감……' 삐죽대는 옥례에게 그 엿을 주어버렸다. 그 후로 장날마다 옥례에게 무얼 사다 주는 것이다. 이제 철봉은 똥례가 아니라 '나 옥례헌티 장가간다' 동네방네 떠들고 다닌다. 옥례는 석서방댁한테 '열일곱이 되도록 왜 그게 없댜. 아마 돌지집이 될라내벼……' 이런 말을 듣지 않게 되었다. 열다섯이면서도 여주속 같은 게 다달이 '겁나게' 나온다. 젖가슴이며 궁둥이가 올들어 부쩍 커졌고 당장이라도 시집만 보내주면 두꺼비 같은 아들을 쑥쑥 빠쳐놓을 것이다.

석서방댁은 철봉을 생각하고 깔깔 웃다가 용팔네 집을 쳐다보고 부리나케 내려간다. 개울에 조막손이 며느리, 점순네 등 서너 명의 아낙네들이 아침 햇살을 받으며 빨래를 하고 있다. 석서방댁은 징검다리를 건너며 아낙네들에게 소리친다.

"우리 용팔이 데린님이 아들을 낳았댜. 아들을……."

아낙네들은 일손을 멈추고 모두 이쪽을 쳐다본다. 석서방댁은 개울둑을 올라서다 말고 다시 고함을 친다.

"우리 용팔이 데린님이 아들을 낳았다니께. 왜들 귀가 먹었나 저러고 있어……."

"뭐여, 아들을 낳았어……?"

아낙네들은 아가리를 딱딱 벌리고 서로 마주 보고 있다. 쑥덕쑥덕하다가 깔깔대기도 하고 깔깔대다가 석서방댁을 쳐다보기도 한다. 석서방댁은 잠시 그렇게 서서 그들을 통쾌한 빛으로 쳐다보고 부리나케 용팔네 안마당으로 들어선다. 싱싱한 아카시아 잎새들은 김을 모락모락 내며 아침 햇빛에 이슬을 말리고 있다.

"아이고 이게 어쩐 일여 잉……?"

석서방댁이 호들갑스럽게 소리치며 방으로 들어간다. 정말 이게 어쩐 일이냐. 해산어미는 어린애 난 사타구니도 못 씻고 짚 위에 누워있고 방 안엔 피비린내가 그대로 꽉 차 있다. 꼭 어미가 새끼를 깐 돼지우리 같다.

"아이고 성님……."

병춘은 석서방댁이 들어오는 걸 보고 훌쩍훌쩍 운다. 석서방댁은 병춘에게 다가앉으며 흡사 어린애를 어르듯 주둥이를 내민다.

"어이구 울긴 왜 울어 이런 경사에……."

병춘은 찔끔찔끔 울며 말을 계속한다.

"정말 어린애 낳기가 이렇게 어려운 준 몰랐유. 오늘 새벽엔 꼭 죽는 줄만 알었유."

"어이구 그러면 날 부르지 그랬어. 첫애 낳기가 얼마나 어렵다구……."

"성님, 그게 무슨 말씀유, 누가 오늘 날 줄 알었남유. 갑자기 이슬이 뵈더니 어린애가 쑥 나오잖유."

"어유 저런…… 아 그래 날두 짚지 못했구먼?"

"날을 짚는 게 뭐유. 애가 새달 앤디. 그러니께 무슨 준비나 해뒀남유."

"그러니께 일찍 나왔구먼……."

석서방댁은 딱하다는 듯 혀를 차며 뒤숭숭한 방 안을 둘러본 다음 어린애를 들춰본다. 용팔의 저고리로 만든 새 옷에 폭 파묻힌 갓난애는 석서방댁의 손이 닿자 얼굴을 찡그리고 울려다 다시 잠이 든다. 석서방댁은 어린애의 여기저기를 뜯어보며 신기하다는 듯 중얼거린다.

“아이구 워쩌면 그렇기 지 아버지를 쏙 빼놨디야 잉…… 얼굴판허구 코허구 입허구……아이구 귀는 에미를 담구. 제 자식은 누가 뭐래 두 속일 수 없다니께…….”

“그럼유, 제 자식 어디 가남유.”

‘아이구 그런디 어떻기 소문두 없이 어린앨 낳어. 난 자네가 어린애 밴 줄도 몰랐네.“

“어이구 성님도, 어린애 밴 걸 부끄러워서 어떻기 얘길 헌대유. 남들이 알면 알구 모르면 모르는 거지…….”

“어린애 밴 게 부끄럽긴 뭘 부끄러워 또……?”

“부끄러운 건 부끄러운 거구 소문을 퍼칠 건 없잖유.”

“허긴 그려. 자네가 남들허구 무슨 접촉이 있어야지. 그러니 남들이 어린애 뺀 걸 어떻기 안댜.”

“그럼유. 어린애 밴 걸 재 아버지두 몰랐는디…….”

“어유 또 그건 무슨 소리여, 살을 비비구 살면서 여편네 경도허는 것두 모르남?”

“어이구 성님두 그게 무슨 소리유. 그 무뚝뚝한 이가 뭘 알아유. 지 집이 자다가 옆에서 죽으면 알 줄 아남유.”

“허긴 그려, 그러니께 배두 부르지 안했구먼 잉?”

“하나두 표시 안 났유. 여섯 달이 되니께 아랫배가 조금 부르면서 어린애가 조금씩 놀던걸유. 톡톡 뱃속에서 발길질을 허잖어유.”

"정말…… 어린앨 배두 표시 안 나는 사람이 있어, 자네가 그랬구먼. 그러니 남들이야 소식 깡통이지……."

석서방댁은 해산구완을 하러 왔으면 그거나 할 거지 뭐가 그렇게 궁금한지 죄진 년 다루듯 병춘을 못살게 굴고는 이제 속이 후련한지 부리나케 일어난다. 병춘의 콧잔등엔 땀이 솟고 있다. 석서방댁을 앙큼스럽게 훔쳐본다. 몹시 말 대답하기 힘이 드나보다.

"아이구 성님. 그만두슈. 재 아버지 오걸랑 하라구 하지유, 곧 올텐디……."

"사내들이 이런 걸 허기 좋아하남. 내가 해야지."

석서방댁은 병춘의 속바지며 피걸레를 둘둘 뭉쳐 한곳에 놓고 걸레로 피 묻은 방바닥을 닦아낸다. 병춘이 깔고 있는 짚도 걷어내야 한다.

"이것두 걷어내야지. 이러구 어떻기 있댜."

"아이구 성님, 다리가 떨려서 못 일어나겠유."

병춘은 짚 위에 벌떡 자빠져서 잠시 죽어가는 시늉을 한다. 석서방댁은 그제서야 당황하기 시작한다. 해산어미를 덮어주지도 않고 씻겨주지도 않고 첫국밥도 해주지 않은 것이다. '아이구 내가 미친년이지…….' 석서방댁은 병춘을 부축해서 일세워놓고 짚단을 걷어낸다. 병춘은 숨을 훅훅 몰아쉬며 신음을 한다.

"성님, 왜 이렇기 배가 허전해유."

"왜 그려, 속에 들었던 게 몽땅 나왔으니께 그렇지……."

석서방댁은 짚을 깔았던 아랫목을 말끔히 치워주고 고리짝 위에서 이불을 가져온다. 병춘을 눕히고 덮어준다.

"우선 이불이래두 덮구 있어. 빨리 물 데워다 씻겨줄 테니께. 날 따뜻한 생각만 하구 이렇구 있었으니 내가 미친년이지……."

"더운디 뭘 이걸 덮는대유."

"아이구 그게 무슨 소리여, 애 낳구 바람 들면 늙어서 삭신을 못 쓸라구."

석서방댁은 너저분한 것들을 모두 마루에 내온다. 요강도 내온다. 부엌에 들어가 부리나케 물을 데워 대야에 들고 방으로 들어간다. 병춘을 다 씻기고 그 물을 찔드럭 마당에 버릴 때 용팔이 오고 있다. 용팔은 지게를 진 채 미역을 목도리처럼 목에 감고 있다. 얼굴 표정이 어느 때보다 밝아 보인다. 석서방댁은 마루를 내려서며 깔깔거린다.

"아이구 데린님, 어떻기 소문두 없이 어린앨 났댜……?"

용팔은 싱끗 웃으며 지게를 벗는다. 도령이란 총각이라는 말인데 고자 장가드나 마나 언제나 총각이라고 용팔을 그렇게 부른다. 그것이 버릇이 되어 지금도 '데린님' '데린님' 하는 것이다.

"사십이 가까워서 아들을 봤으니께 환갑 땐 며느리헌티 술잔을 받겠구먼……."

석서방댁은 양쪽 솥에 미역국과 쌀을 안쳐놓고 불을 때며 마당에 있는 용팔에게 소리친다. 용팔은 아무 대꾸가 없다. 갓난애와 함께 들어온 옥화의 치마와 돼지피가 묻은 짚을 태울 뿐이다.

"데린님 올해 몇살유. 난 나이두 잊어먹었네……."

"………"

"아들을 느지막이 봤는디 떡이래두 해야지, 데린님 그렇지유 잉."

"………"

고자가 아닌데도 말을 안하니 참 이상하다. 전에는 말을 안해도 고자니까 그렇다고 생각했으나 확실히 고자가 아닌데도 말을 않는 것이다. 석서방댁은 머리를 갸웃대며 불을 때다가 용팔의 긴 허리를 다시 한번 쳐다본다. 작대기 같은 사람이라고 생각했으나 지금은 그것에서 싹이 돋고 열매를 맺은 것 같다. 맹물 같다고 생각했으나 지금은 수정과로 변한 것 같다. 바보라고 생각했으나 아주 똑똑한 사람 같다.

"해산 어멈은 그저 잘 먹구 젖 물 잘 내면 그만여."

석서방댁은 미역국과 쌀밥을 가져와서 저도 폭폭 퍼먹으며 병춘에게 중얼거린다. 병춘은 약간 불안해진다. 이제 젖통을 쓸 때가 왔다. 그러나 병춘의 것은 처녀 젖통이나 마찬가지다. 작지는 않지만 젖꼭지가 애어멈의 것이 아니다.

"아이구 그래두 얼굴이 좋네. 난 어린앨 낳구 나면 얼굴이 부석부석 했었는디……."

석서방댁은 병춘의 밀가루 칠한 얼굴을 보고 해산어멈치곤 좋다고 한다. 병춘은 능청스럽게 때려잡는다.

"아이구 우리 친정 엄닌 어린엘 낳는 걸 뒷간에서 똥 누듯 했대유. 나두 따지자면 순산 아뉴."

"그럼 순산이구말구."

"지금 밥을 먹어서 그런지는 몰라두 배두 허전헌 걸 모르겠구 떨리던 다리두 말짱허네유."

"아이구 이 사람아, 친정엄닐 닮았구먼그랴."

"정말 그런개뷰."

"글쎄 말여, 우리 사촌 올케의 여동생이 그런디야. 무슨 여자가 쌀을 안쳐놓고 방에 잠깐 들어와서 어린앨 낳구 다시 부엌에 나가서 밥을 짓는다."

"아이구 성님, 우리 친정엄니가 그랬다니께유."

"아이구 무슨 사람들이 그렇디야, 소두 아니구 돼지두 아니구……."

"………"

"난 어린앨 날 때 얼마나 죽어나는디…… 왜 그렇기 오줌이 자주 마려운지 여우새끼처럼 오줌을 누다 만다니께."

"아이구 성님두, 누군 안 그래유. 그때가 되면 누구든지 오줌이 자주 마렵지."

"아이구 그래두 난 유난해여. 오죽했으면 똥례를 뒷간에다 낳았을라구……"

"왜 방에다 요강을 갖다 놓지유."

"이 사람아, 그 전전날 똥례아배랑 대판 싸웠단 말여. 싸우다가 요강을 깨쳤지 뭐여, 그래 요강이나 있었남."

"그래두 워쩌다 뒷간에다 나셨유?"

"글쎄 오줌을 눌라고 궁뎅일 갔는디 머리가 팽 돌더라니께, 그대로 쓰러졌지 뭘…… 누가 낳구 싶어서 낳았남."

"바로 똥 위에다 낳았다면서유?"

"그런 얘긴 묻지 마. 밥맛 떨어지잖어, 똥례가 살아서 시집을 간 건 다 삼신할매 덕분여."

“그러니께 시집갔구먼유 잉?”

석서방댁이 무심코 지껄인 말에 병춘은 정색을 하며 묻는다. 똥례가 시집을 간 것은 호롱골에서 다 알려졌다. 처음에는 남의 첩으로 들어갔다는 소문까지 있었다. 그러나 병춘만은 이 사실을 전혀 몰랐다. 용팔에게 물어보았으나 역시 모른다는 대답이었다. 병춘은 시집을 갔건 식모를 갔건 똥례가 없어진 것이 고소했다. 제 서방을 졸졸 따라다니는 똥례를 무척 미워했던 것이다.

“자넨 사람들허구 접촉이 없으니께 몰랐구먼그려. 글쎄 어떤 개종자가 입방아를 그렇기 찧었는지 우리 똥례가 남의 첩살일 한다구 소문이 퍼졌더라니께. 제 서방하구 버젓이 잘 살구 있는디두 말여…… 내 어떤 년이 그따위 말을 퍼친지 안다구. 순이어매허구 부뜰어매 같은 과부년들이 그랬을 거여.”

석서방댁은 국만 밥을 입속에 처넣은 채 열을 올리고 있다. 그때마다 밥알이 입속에서 툭툭 빠진다.

“그년들이 얼마나 입이 험하다구. 꼭 패거리로 몰려다니면서 사내 얘기만 하는디 뭐 나뭇잎이 떨어져두 서방 생각, 해가 져두 서방 생각이라나. 과실 망신은 모과가 시킨다는디 호봉골 망신은 그년들이 시킨다구. 그러니께 내가 똥례를 여기 데린님허구 낭구 다니라구 한거 아닌감.”

“성님은 무슨 말씀유, 서방이 없으니께 서방 생각두 나겠쥬, 뭘.”

“아이구 누가 그걸 몰라서 하는 얘기여. 그런디 그년들은 너무하다구. 여기 데린님이랑 낭굴 다녔으니께 똥례가 그래두 성했지, 그년들이랑 같이 다녔어봐, 벌써 바람이 나서 시집두 못 갔을 거라구……."

"그래 신랑은 착한 사람인감유?"

"아이구 말해서 뭘해여, 지집을 얼마나 위해준다구……."

"정말 다행이구먼유 잉……."

"다행이구말구, 이 사람아……."

석서방댁은 수선을 떨고는 먹은 그릇을 모은다. 병춘은 제 '친정엄니'를 들춘 때문인지 흉물을 떨지 않고 보통때와 똑같이 앉아 있다.

"아이구 우리만 먹어서 어떡헌디야. 데린님 진지두 빨리 차려다 줘야지."

석서방댁은 상을 들고 마루로 나가서 용팔에게 소리친다. 용팔은 여전히 무엇을 태우고 있다.

"데린님, 진지 잡숴야지, 빨리 들어와유 잉……."

용팔은 대꾸가 없다. 방에서 병춘이 조금 가냘픈 목소리로 '진지 잡숴유. 잉……' 하자 용팔은 그때서야 대꾸를 한다. '가만있어. 일 좀 마치구……'

—아이구 저희들끼린 얘길 곧잘 하는구먼……

석서방댁은 용팔이 괘씸한 생각이 든다. 사람이 말을 하면 대꾸가 있어야지 무슨 사내가 저런 게 있담. 석서방댁은 용팔의 밥은 상관 않고 해산어미 걸레와 피요강을 들고 개울로 내려간다.

개울에는 아낙네들이 더 많이 모여서 용팔의 얘기에 한참 꽃을 피우고 있다. 석서방댁이 내려오는 걸 보고 모두 일손을 멈춘다. 석서방댁은 장한 듯이 활짝 웃으며 그들에게 다가간다. 그들은 모두 해산어미의 빨래에 눈을 준다. 석서방댁은 그것을 내려놓고는 떠벌리기 시작한다. '우리 동세가 어쩌면 그렇댜. 두꺼비 같은 아들을 쑥 빠쳐놓구 두 얼굴이 쌩쌩하다니께, 자기 친정엄니가 그랬댜.' '아들은 어쩌면 그렇게 지아밸 닮았수……' '새달이 날 달인디. 새벽에 이슬이 뵈더니 금방 어린애가 나오더랴.'

석서방댁이 떠벌릴 때마다 아낙네들은 고개를 끄덕이기도 하고 무엇을 묻기도 한다. 석서방댁은 해산어멈 빨래를 하며 신이 나서 응답해 주는 것이다.

"세상에 고자가 어딨수. 사내면 한 개씩 죄 차구 있지."

"왜 없어, 왜. 우리 고모는 시집가서 그대루 도망왔는디. 그 서방놈이 고자더랴."

"고자가 여러 가지랴. 있긴 있다는디……"

석서방댁의 말이 떨어지자 빨래꾼들은 '고자'에 대해서 한참 입씨름이다. 이때 용팔네 안마당에선 어린애의 태를 태우는 파란 연기가 세차게 피어오른다. 용팔은 장작을 한 짐이나 날라다 놓고 정성껏 싼 기름종이를 태우는 것이다. 그는 봉홧불을 올리듯 연기를 일부러 많이 내고 있다. 이것은 냄새와 함께 조금씩 부는 바람을 타고 호롱골 동네 깊숙이 들어간다. 동네 사람들은 모두 용팔네 안마당을 쳐다보고 있다. 빨래터에서도 냄새와 연기를 맡고 있다.

"돼지괴기 타는 냄새 같구먼."

"아녀, 쇠괴기 타는 냄새여."

"아녀, 사람괴기 타는 냄새여."

용팔네집 안마당에서 흘러나오는 냄새를 맡고 빨래꾼들의 입에선 이런 말들이 튀어나온다. 어린애의 태를 태우면 송장을 태우는 특유의 냄새가 나는 법인데 빨래꾼들은 속이 언짢고 헛구역질이 난다면서 모두 코를 막고 있다. 그러나 석서방댁만은 해산어미의 피 걸레를 열심히 빨아대며 핀잔을 준다.

"아따, 지랄들 하네. 저희들은 어린앨 안 낳았나……."

4

본정통은 읍내에서 제일 번화한 거리다. 극장, 양복점, 철물점, 자전거포, 도장포, 인력거 정류장, 비단상점과 중국집, 동화루, 한성루 같은 음식점들도 거기 있다. 목조 이층이나 단층으로 된 건물들이 양쪽으로 죽 늘어서 있다.

옥화가 금오산 쪽에서 본정통 쪽으로 내려오고 있다. 어느 때보다 더러운 주제꼴로 속곳바람이다. 걸을 때마다 깡마른 볼기짝이 벌름벌름 내보이는데 어린애를 낳다 가랑이에 묻은 피는 말라서 거무튀튀하다. 그러나 부른 배를 내밀고 디룩거릴 때보다 홀쭉한 배에 보퉁이를 양손으로 끌어안고 걷는 모습은 어느 때보다 가볍다.

"아이고 저 가랭이 좀 봐. 어린앨 낳아서 어쨌다."

"저런 년이 어린애나 제대로 낳았겠수. 벌써 죽였을 테지."

"치마는 어디다 벗어던졌댜. 저걸 흉해서 어떡해여."

사람들은 모두 옥화를 쳐다보고 혀를 찬다. 그러나 버릴 옷 한 가지라도 입혀주는 사람은 없다. 옥화는 실쭉실쭉 웃으면서 태연히 걸어간다. 본정통 네거리에 당도하자 사방을 둘러본다. 옥화는 사람들의 수군거림을 피하여 어디로 가고 싶은 모양이다. 저쪽에서 뽀오얀 먼지를 일으키며 버스 한 대가 다가오자 손을 번쩍 쳐든다. 그러나 버스는 속력을 조금도 늦추지 않는다. 옥화는 버스가 그냥 지나칠 기미를 알아차렸는지 발을 구르며 손을 흔든다. 차창으로 승객들의 얼굴이 나오면서 버스는 쌩, 지나친다. 땀이 난 옥화의 얼굴에 뽀오얀 먼지가 끼얹어진다. 옥화는 먼지 속에서 눈을 비비다가 쌍소나무 박이 쪽으로 사라지는 버스를 멍청히 쳐다본다. 그 표정이 매우 얄궂고 야릇하다.

중국집 비단상점 안은 언제나 음침하다. 울긋불긋한 비단을 뒤에 진열해 놓고 뚱뚱한 사내가 말없이 앉아 있다. 출입문 앞에 엎드려 있는 늙은 개도 주인을 닮아 그런지 사람이 와도 짖질 않는다. 짖질 않지만 이 개는 무섭고 음흉하다. 물건을 사러 저희 집에 오는 손님은 쳐다보지도 않지만 거지나 수상한 사람이 오면 용케 알아보고 으르렁거린다.

이 비단상점 앞에서 이 집 식구들이 모두 나와서 파를 다듬고 있다. 모두 중국 여자들이다. 늙은이도 있고 처녀도 있고 어린 계집아이까지 대여섯 명이다. 이년들은 날파를 잘 먹는다. 쏼라쏼라 하면서 파를 다듬으며 연신 날파를 입에 넣는다. 그 옆에 어린애를 안은 젊은 여자가 저도 먹고 싶은지 손을 내밀자 그중 나이가 제일 많은 늙은 여자가 파 한 뿌리를 다듬어 건네준다. 이 젊은 년은 그것을 반쯤 입에 넣고 반은 어린애의 손에 쥐여준다. 이 어린애는 이빨도 제대로 없으면서 그것을 입에 넣고 끊으려고 애를 쓴다. 두어 살쯤 먹었을 계집아이이다. 얼굴은 이쁘게 화장하고 빨간 꽃신까지 신었다.

"아유 이쁘다."

옥화가 중국 계집아이의 볼따귀를 더러운 손으로 만져보자 어린애는 울음을 터뜨렸고 중국년들은 모두 큰일이나 난 것처럼 라대며 허풍을 떤다. 옥화를 사납게 쳐다보기도 하고 욕지거리도 하며 수선을 떤다. 안에서 뚱뚱한 사내가 뛰쳐나왔고 동시에 그 음흉스런 늙은 개도 어슬렁거리며 나온다. 뚱뚱한 중국 놈은 때릴 듯이 옥화에게 덤벼든다. 그러나 무슨 생각이 들었는지 눈을 하얗게 뜨고 그냥 돌아선다. 음흉스런 개도 옥화를 물려고 덤벼들다 그만두고 제자리에 가 엎드린다.

"우리 쌀라미 저런 쌀람 싫어해……."

인력거 정류장은 사람이 없다. 빈 인력거 서너 대가 어둠침침한 속에 쉬고 있다. 옥화는 그 속으로 들어간다. 인력거꾼도 없는데 인력거 속으로 들어간다. 가랑이가 말씀이 아닌 속곳이지만 궁둥이를 얌전하게 쓸어가며 반듯이 앉는다. 얼굴을 똑바로 하고 조급하게 고함친다.

"빨리 가요. 빨리……."

옥화는 보퉁이를 무릎 위에 놓고 거드름까지 피웠으나 인력거는 떠나지 않는다. 몇 번인가 빨리 떠나라고 고함친다. 바깥에 몰려든 구경꾼들의 웃음소리가 더해가자 옥화는 슬그머니 내려버린다.

어느덧 옥화의 뒤에는 아이들이 따르고 있다. 그들은 막대기를 들고 와서 옥화의 볼기짝을 떠들어 보기도 하고 돌맹이를 옥화에게 던지기도 한다. 그러나 옥화는 본정통을 누비며 유유히 걸어간다.

—정정 정저정 정정 정저정…….

본정통 입구에서 징 치는 소리가 들리며 극장 광고판을 멘 콩조지가 이쪽으로 올라오고 있다. 역시 뒤에는 아이들을 달고 있다. 아이들은 울긋불긋한 광고판을 쳐다보며 징소리에 맞추어 '콩콩 콩조지 콩콩 콩조지……' 하며 몰려오고 있다.

콩조지와 옥화는 시선이 마주친다. 옥화는 어디서 많이 보던 얼굴 같은데 도무지 생각이 안 나는지 콩조지를 멍청히 쳐다볼 뿐이다. 콩조지는 옥화를 뚫어져라 쳐다보며 태연스럽게 징을 쳐간다. 징소리가 징징 울리는 속에서 콩조지의 표정은 약간 일그러진다. 광대뼈에 있는 검은 점은 더 짙게 변하고 새우 같은 눈은 더 반짝여진다. 그러나 콩조지의 얼굴은 꼼짝 않고 있다. 옥화가 지나갈 무렵에도 얼굴은 가만두고 눈동자만 힐끗 움직여서 옥화를 쳐다본다.

옥화를 따라오던 아이들은 모두 콩조지의 뒤로 몰려간다. 미친년보다는 징소리에 맞추어 노래를 부르는 것이 더 재미있는 모양이다. 뒤에 아이들을 거느리고 올 때보다 옥화는 조금 외로워진 듯하다. 그러나 둘째 다리 쪽으로 지나가는 자전거를 발견하고 마구 뛰어가기 시작한다.

"아저씨, 나 좀 태워줘……."

옥화가 길게 소리치며 쫓아가자 안장에 올라탄 사내는 뒤를 힐끗힐끗 쳐다보며 페달을 힘차게 밟는다. 그러나 옥화는 기어이 자전거를 쫓아간다. 그 사내는 할 수 없이 자전거에서 잠시 내린다. 옥화는 가랑이를 쩍 벌리고 짐받이에 올라탄다. '재수 없이 왜 이려…….' 사내는 자전거를 눕히고 옥화를 떠다민다. 옥화는 애교를 부리며 '아저씨 태워줘…….' 몇 번인가 고개를 까닥인다. 그 사내는 애교를 부리면 부릴수록 옥화가 더 징그러운지 눈을 무섭게 부릅뜨고 바락 고함을 친다.

"이년아 못 가……."

옥화는 사내의 시퍼런 서슬에 잠깐동안 겁을 낸다. 눈을 동그랗게 뜨고 사내를 쳐다본다. 그러나 이내 깔깔대며 다시 가랑이를 적 벌리고 짐받이에 올라탄다. 사내는 주먹을 부르르 쥐며 옥화에게 달려든다.

"이년 정말 못 갈테여……."

옥화는 사내의 주먹을 피하며 어물쩍 짐받이에서 내린다. 그러나 한쪽 손은 짐받이를 꼭 붙잡고 있다. 사내는 옥화의 손을 주먹으로 탁 치며 다시 고함을 친다. "재수없게 미친년이 달라붙구 지랄여……."

옥화는 입을 씰룩대며 돌아선다. '간밤에 꿈자리가 뒤숭숭하더니…….' 사내는 옥화를 돌아보고 중얼거리며 자전거에 올라탄다.

옥화도 사내를 힐끗 돌아본 다음 하천둑으로 타박타박 내려간다. 얼마를 내려가다 조서방네로 쑥 들어간다.

조서방네 안마당은 반쯤 그늘이 져 있다. 그 집 안식구들은 김칫거리를 마당에 쌓아놓고 다듬고 있다. 문에 단 깡통이 덜그덕거리며 옥화가 들어오자 시선을 모두 그쪽으로 돌린다.

"어째 그동안 꿈쩍두 안 했니 잉……?"

노랑녀는 옥화를 보자 반색을 한다. 그사이 옥화는 좀체로 이 집에 나타나지 않았던 것이다. 그러나 옥화는 아무 대꾸 없이 배불뚝이노파와 똥례 틈에 끼어든다. 땀과 먼지가 뒤범벅된 쪼그라진 얼굴을 쳐들고 먼데를 뛰어다니다 방금 돌아온 강아지처럼 입을 헤 벌리고 숨을 가쁘게 몰아쉰다. 노랑녀는 측은한 시선으로 옥화의 주제꼴을 살피고 나서 똥례에게 분부한다.

"얘, 네 장롱에 허름한 옷이 있을 테니께 골라서 입혀줘."

똥례는 우물로 가서 흙 묻은 손을 씻고 마루로 올라선다. 그때 배불뚝이노파가 심술궂게 소리친다.

"이런 몸땡이에 옷을 입혀 뭘 해여……"

노랑녀는 대강 씻겨주고 입히라고 다시 분부한다. 똥례는 다시 마루를 내려와 우물로 간다. 바께쓰에 물을 퍼담아 뒤꼍으로 나른다.

"옥화야, 어린앤 어쨌니?"

열무를 다듬어 한곳에 쌓아놓으며 노랑녀가 묻는다. 옥화는 아무 대꾸 없이 토방으로 올라가 마루에 걸터앉는다. 동평은 옥화의 피 묻은 속곳 가랑이를 힐끗 돌아보고 장황하게 떠벌린다.

"옥화가 우리 가게서 어린앨 났내뷰, 지난 장날 가게에 나가보니께 가마니때기에 피가 흩어져 있구 생선 창자 같은 게 있잖유, 파리가 윙윙대면서 앉어 있는디 냄새가 얼마나 코를 찌르던지…… 내가 그걸 치느라구 얼마나 혼났다구……."

노랑녀는 딸의 말을 잠자코 듣고 나서 '정말 여우가 물어간 거두 아니구…….' 어린애는 어쨌는지 궁금한 표정으로 옥화를 쳐다본다. 옥화는 마루끝에 놓인 담뱃갑에서 한 개를 뽑아 유유히 연기를 뿜고 있다.

"너 우리 가게서 어린앨 났지 잉?"

노랑녀가 묻자 옥화는 아니라고 호호 웃는다. "그럼 어디서 났어?"

재차 묻자 옥화는 '우리 집에서…….' 하고 다시 호호…… 담배 연기를 파랗게 뿜어내며 웃는 모습이 천연스럽다. 노랑녀도 옥화를 따라 차라리 웃어버린다. '우리 장가게를 지네 집으로 아는 모양이구먼…….'

"장가게에서 잤으면 소제라두 해야지 어쩌면 소제 한 번 않는댜."

동평이 다시 불평스럽게 말하자 배불뚝이노파가 눈을 사납게 뜨고 고함친다.

"이년, 담부터 우리 장가게서 자기만 했다 봐라. 이년아, 서방질이나 해서 애새끼나 싸질러놓는 덴 줄 알어. 이 앙큼한 년…… 매일 서방질이나 하구……."

"할머니두 서방질해서 어린앨 배구 뭘……."

옥화는 깔깔거리며 노파를 놀리고 있다. 배가 부른 노파를 어린애 밴 줄로 아는 것일까. 노파는 바짝 약이 올랐다. 우르르 옥화에게 달려들어 따귀를 찰싹 갈긴다.

"이년아, 내가 너처럼 서방질해서 배가 부른 줄 알어…… 이 개 같은년아……."

노파는 숨을 씨근덕인다. 옥화는 통곡을 터뜨린다. 노랑녀는 양쪽을 다같이 나무라며 싸움을 말린다.

"엄닌 미친년 말 갖고 뭘 그런대유. 성낼 게 따루 있지…… 너두 입방아 좀 그만 쪄……."

옥화는 찔끔거리며 똥례에게 끌려 뒤꼍으로 들어간다. 똥례는 고약한 냄새가 풍기는 옷을 벗겨버리고 옥화를 널빤지 위에 앉힌다. 깡마른 몸뚱이는 무슨 썩은 나무토막처럼 가볍다. 보퉁이를 끌어안은 옥화의 몸은 씻기가 몹시 불편하다. 우선 돼지 잔등보다 더 더러운 머리부터 감겨준다. 비누거품과 함께 새까만 땟물이 계속 나온다. 똥례는 안마당에 대고 길게 소리친다.

"애기씨, 빗 좀 갖다 줘유……."

쿵쾅거리며 건넌방으로 들어가는 소리가 들린다. 동평은 뭐가 그렇게 기분이 좋은지 실쭉실쭉 웃으며 뒤꼍으로 들어온다. 빗을 똥례에게 건네주고 옥화 앞에 앉아서 고개를 반짝 쳐든다.

"어린앤 어쨌어?"

"………"

동평은 옥화가 말이 없자 똥례의 눈치를 슬쩍 살피고 다시 수작을 건다.

"우리 가게서 자는디 어떤 사내가 살금살금 들어왔지? 그게 누구여? 나한티만 말해봐……."

옥화는 입을 꼭 다물다 보퉁이를 더 끌어안는다. 동평은 신이 안 나는지 한숨을 푹 쉬고 다시 똥례를 힐끗 쳐다본다. 똥례는 시선이 닿으면 닿을수록 더 점잔을 피운다.

"난 애기씨 때미 요새 잠두 안 온다 말유. 어쩌면 겁두 없이 그렇게 바람을 피운댜."

동평은 봄보다 요새 들어 바람을 더 피우고 있다. 여기 뒤꼍에서 필보와 만나는 것을 똥례는 몇 번인가 보았다. 필보는 휘파람을 불다가 배불뚝이노파에게 들키기까지 했다. '저놈이 왜 여기 와서 기웃거리고 지랄여 잉…… 배암이 나오라고 휘파람을 부나…… 우리 집 망하라고 고사를 지내는구먼, 뱀이 집안에 들면 결국 망조가 들게 되니까 노파는 팔짝 뛰는 것이다. 그러나 똥례는 그럴듯하게 대답했다. '개 부르느라구 그러는디 뭘 그런대유……' 필보는 검둥이를 부를 때 꼭 휘파람을 분다. 검둥이는 조선관의 커다란 암캐다. 며칠 전 암내를 피우자 조선관을 수캐들이 서른 마리는 몰려들었고 어떤 놈과 검둥이가 붙는것을 똥례는 보았다. 똥례는 휘파람소리가 나면 뒤곁을 쳐다보는 버릇이 생겼다. 필보는 검둥이와 동평을 부를 때 구별하지 않고 똑같이 휘파람을 분다.

"남이야 바람을 피우건 말건 무슨 상관여. 나 시집살이 시킬라구 이 집에 왔남. 왜 날 못살리는 거여."

동평은 똥례를 사납게 노려보고 중얼거린다. 말끝마다 바람 핀다고 핀잔을 주니 아니꼬운 것이다. 동평은 약이 올라 눈을 희번덕이며 똥례에게 삿대질한다.

"니가 뭔디 사람을 잡아놀라구 하는 거여. 사람이 순하니께 별년이 다 지랄하네."

"어이구 저이가 미쳤나베. 올케 헌데 이런 법이 어딨다. 바람을 피우니께 핀다구 헌걸…… 내가 뭘 거짓말 시켰남……."

"그럼 구렁이는 구렁이라구 해야 좋은감. 말이 고우냐 비단이 고우냐 하면 말이 곱다는 거여."

똥례는 뒤곁을 나가고 있는 동평을 보며 다시 힐쭉 웃는다.

"아이구 보퉁이 좀 놓지 그려."

똥례는 옥화의 보퉁이를 뺏으려 한다. 옥화는 징징 우는 소리로 '싫어……' 한다. 정말 그 속에 무엇이 들었기에 옥화는 그것을 놓지 않는 것일까.

똥례는 그런대로 옥화의 몸을 씻어주며 사철나무 울타리 속을 힐끗힐끗 쳐다본다. 많은 사내들 중에 끼여 있는 제 샛서방을 몰래 쳐다보는 그런 시선이다. 그 속에는 처녀 쥐가 살고 있다. 똥례는 한밤중에 일어나 밥을 주곤 한다. 처녀 쥐는 한밤중에 찾아와 밥을 주는 여인과 정이 들었다. 똥례의 기척이 저만큼 들려오면 벌써 알아차리고 강아지처럼 날뛰는 것이다.

똥례는 옥화의 알몸뚱이를 앞치마로 폭 싸안는다. 어린애처럼 가볍다.

"옥화년 오늘 호강하는구나."

똥례의 품에 안겨 있는 옥화를 보고 노랑녀는 흐뭇하게 웃는다. 똥례는 옥화를 안은 채 마루로 올라와서 '애기씨, 방문 좀 열어줘유' 한다. 동평이 쪼르르 달려와서 방문을 열어준다. 노랑녀는 허름한 걸로 골라 입히라고 또다시 분부한다. 똥례는 옥화를 아랫목에 앉혀놓고 농문을 연다. 옷이 꽉차 있다. 허름한 옷을 찾으려고 한 가지 한 가지 옷을 방바닥에 내려놓는다. 모본단도 있고 양단도 있고 노랑, 빨강, 은행색, 검정, 온갖 색깔들의 옷이 방바닥에 쌓여간다. 옥화는 눈알을 굴리며 옷가지를 구경하다가 어떤 옷을 가리킨다.

"나 저거 입을 거야……."

"뭐 말여?"

똥례가 묻자 옥화는 옷가지 속에 섞여 있는 노랑저고리와 분홍치마를 헤집어본다. 바로 똥례가 시집올 때 입고 온 바로 그 옷이다. 똥례는 크게 입을 벌리며 하품을 한다.

"정말 미친 양반은 미친 소리만 하네. 이게 무슨 옷이라구……."

그러나 똥례는 성큼 그 옷을 입혀주기로 마음을 먹는다. 똥례는 이상할 정도로 그 옷이 싫다. 요즈음 매일 꿈에 봉순이 얼굴이 보이는데 봉순은 상엿집 대들보에 목을 매고 있는 것이다. 저는 그 아래에서 발가벗고 춤을 추다가 저 옷을 입곤 하는 것이다. 시집올 때 상엿집에 들어간 것이 잘못일까. 상엿집에 있던 귀신이 저 옷에 붙어서 이 방에까지 쫓아온 것 같다. 정말 옥화에게 저 옷을 주어버린다면 무서운 꿈도 꾸지 않을 것이고 마음이 한결 가벼울지 모른다. 똥례는 속옷부터 옥화에게 입혀준다. 그것도 시집올 때 입고 온 것이다. 귀신을 하나도 없이 몰아내고 싶다. 똥례는 옥화의 얼굴에 크림과 분을 발라주고 머리도 곱게 빗어준 다음 옥화를 일세우고 분홍치마와 노랑저고리를 입혀준다. 쌍희자가 새겨진 옥색 허리띠도 찾아 허리에 매준다. 옥화는 기분이 좋은지 벙실벙실 웃으며 소매도 들어보고 머리도 만져본다.

옥화는 어느덧 옛날 기생시절의 모습이 되었다. 너풀너풀 춤이라도 춘다면 사내들의 간장을 녹일 것이다.

"아이고 정말 이쁘네……."

똥례는 옥화를 쳐다보며 흐뭇하게 웃고 있다. 옥화도 기분이 좋은지 병실방실 웃으며 소매도 들어보고 머리도 만져본다.

"나 저 산 너머 갈테야."

오래간만에 새 옷을 입은 옥화는 어디로 가고 싶은 모양이다. 손가락으로 동쪽을 가리키며 일어난다. 똥례는 옥화의 표정이 아주 얄궂다고 생각하며 물어본다.

"산 너머가 어디여?"

"산 너머 해 뜨는디……."

"해 뜨는 데 살기 좋아…… 우리 서방님두 있구……."

똥례가 문을 열어주자 옥화는 건넌방을 나선다. 아직까지 김칫거리를 다듬고 있던 식구들의 눈이 휘둥그레진다.

"아이구 얘가 미쳤나, 저 옷을 입히구......"

노랑녀가 똥례를 나무라자 배불뚝이노파도 고함을 친다.

"이년아, 흔옷두 아까운디 새 옷을 입혀……."

"자꾸만 달라는디 어떡헌대유."

똥례는 궁상스럽게 대꾸한다.

"아이구 옥화가 용이 됐긴 헌디, 왜 허름한 걸루 골라주라니께."

노랑녀는 옥화의 예쁜 모습이 싫지 않은 듯하다. 옥화는 분홍치마를 너풀대며 판자문으로 사라진다. 똥례는 옥화의 사라지는 모습이 이상하게 가슴에 와 박히는 것을 느끼며 능청을 떤다.

"전 인정이 많아서 그런지 누가 뭘 달래면 안 줄 수가 없유."

배불뚝이노파가 똥례를 사납게 쳐다보며 '요년아 어른 말을 뒤꿈치에 묻은 때만치도 안 여기구……저 동평이년이랑 똑같어.' 윽박지른다. 그러나 똥례의 귀엔 노파의 말이 들려오지 않는다. 옥화의 방금 사라지던 뒷모습이 머리에 꽉 차 있을 뿐이다. 정말 밤마다 꾸는 무서운 꿈이 아니라면 그 옷을 주지는 않았을 것이지만 옥화가 산 너머 해 뜨는 곳으로 가는 게 사실이라면 더 값진 옷이라도 주고 싶다. 그러나 아직 모르는 것이 아닌가. 똥례는 다시 김치거리를 다듬으며 내일 또는 모레 옥화가 이 고장에서 사라졌는지 아니면 그 옷을 입고 여전히 돌아다니는지 그때가 기다려지는 것이다.

5

창문으로 들어오는 시원한 바람이 똥례의 모시적삼 속으로 스며든다. 똥례는 차디찬 방바닥에 누워 천장을 쳐다보며 옥화 생각을 한다. 정말 옥화는 사라진 것이다. 똥례의 옷을 입고 간 그 이튿날부터 옥화를 보았다는 사람은 아무도 없다. 똥례는 떠난다는 말을 지에게만 주고 간 사실이 이상해서 옥화를 자꾸만 생각한다. 그렇다고 옥화만 생각하는 것이 아니다. 옥화의 생각과 함께 용팔이 아저씨 생각도 간절하다. 요새 똥례는 그 무서운 봉순의 꿈 대신 용팔과 옥화의 꿈을 꾼다. 장소는 언제나 시름이고개 너머에 예산군과 공주군을 잇는 예의 편편한 간선도로다. 용팔은 지게를 지고 저는 손갈퀴와 부대뭉치를 들고 있다. 그러니까 둘이는 수철리로 나무를 가는 중이다. 이때가 되면 쭉 곧은 편편한 큰길— 저 까마아득한 산 위에서 멍석처럼 커다란 빨간 햇덩이가 나타나고 옥화가 그쪽을 향하여 마구 달려가고 있다. 옥화의 모습은 선녀처럼 예쁘다. 분홍치마를 너풀거리며 그쪽으로 달려가는 모습이 무척 부럽다. 똥례는 평소에도 그쪽으로 마냥 달려가면 어디에 닿을까, 그리고 그쪽으로 가고 싶은 생각이 여러 번 있었다. 똥례는 옥화를 쫓아 얼굴에 빨간 햇덩이를 받으며 달려가는 것이다. 그러나 얼마를 가다 보면 용팔이 없는 것이다. 용팔은 벌써 전불로 들어서는 길목으로 꺾어들고 있다. '옥화야 잘가…… 난 용팔 아저씨랑 낭구 해야 되어…….' 똥례는 정처 없이 사라져가는 옥화에게 소리치고 용팔을 쫓아가는 것이다.

똥례는 옥화를 따라가는 것보다 용팔이 더 좋은지 모른다. 늦은 봄 용팔이 이 집으로 예고 없이 들어왔을 때 똥례는 마구 울음을 터뜨렸다. 아침을 지으려 부엌에 나와 안마당을 쳐다보니 커다란 사람이 들어오는 것이 아닌가. 용팔이었다. 커다란 나뭇짐을 지고 있지 않은가. 아저씨 나뭇짐이었다. 똥례는 찔끔찔끔 울었다. 이집 식구들 때문에 울음을 삼켰다. 수철리 산속에서 만났다면 붙잡고 울었을 것이다. 용팔을 십 년 만에 만나는 것 같았다. 똥례는 사라져 가는 용팔을 쳐다보며 '아저씨, 잘가유 잉…….' 이제 다시 볼 수 없을 것 같은 그런 생각마저 들었던 것이다.

안방에서 동평을 꾸지람하는 배불뚝이노파의 고함소리가 들려오고 윗방에서 노랑녀의 웃음소리와 채영감의 기침소리가 들려온다. 이어 문에 단 깡통 소리가 들리자 똥례는 벌떡 일어난다. 방문에 단 유리쪽에 눈을 갖다 대고 어두운 바깥을 내다본다. 영철이 가방과 자루를 승원에게 들려서 안마당으로 들어오고 있다. 똥례는 경대 앞에서 부리나케 머리를 매만지고 방문을 슬며시 밀쳐논다. 영철이 들어온다. 이어 승원이 마루를 올라오는 소리가 삐걱거렸고 자루와 가방을 무겁게 들고 방으로 들어온다. 방문 옆에 멍청히 서 있는 똥례에게 인사한다.

"아주머니 안녕하시오. 껄껄……."

영철은 남방을 벗어붙이며 부채를 가져오라고 야단이다. 똥례가 부채를 갖다준다. 영철은 부채를 활활 부치며 그대로 서 있는 승원에게 앉으라고 한다.

"가야지요. 형님……."

승원은 방바닥에 있는 가방과 자루를 힐끗거리며 머뭇머뭇한다.

똥례도 그것을 쳐다보고 있다. 무엇인지 알 수 없다. 그러나 영철이 가방을 연다. 가방이 열리자 새파랗게 가득 찬 돈뭉치가 똥례의 눈에 들어온다. 똥례는 입이 벌어진다. 영철은 그 속에서 다섯 개의 돈뭉치를 꺼낸다.

"승원이 수고했어……."

"아이고 형님도 이렇게 많인, 뭘…… 껄껄……."

승원은 돈뭉치를 받아 양쪽 호주머니에 쑤셔 넣으며 영철과 똥례를 번갈아 쳐다보고 소리내어 웃는다. 영철은 껄껄거리며 '가서 한번 붙어봐……' 한다. 개평을 얻은 돈으로 가서 노름을 해보라는 말이다. 승원은 헤헤 웃는다. 그러잖아도 한번 붙어볼 참이다. 승원은 영철과 똥례에게 꾸벅꾸벅 절을 하고 나가버린다.

"형님 안녕히 기쇼. 아주머니 안녕히 기쇼."

영철은 활활 부치던 부채를 집어던지고 방문 옆에 멍청히 서 있는 똥례를 쳐다보며 "이 메주 같은 것아, 돈을 봤으면 웃어 좀 봐라……." 똥례는 어물쩍 옆에 앉으며 돈 자루를 쳐다보고 삐죽 웃는다. 영철은 똥례의 입술을 쿡쿡 짓찧으며 더 웃으라고 고함친다.

"저게 다 어디서 난 거유?"

"어디서 나긴? 그걸 말이라구 묻니?"

영철은 다시 호탕하게 웃으며 똥례를 한참 쳐다본다. 똥례는 영철의 시선을 피하며 돈더미를 쳐다보고 돈더미를 쳐다보다 다시 영철을 쳐다본다. 영철은 똥례를 한쪽 눈으로 찬찬히 쳐다본다. 마치 선을 볼 때처럼, 똥례는 전에 없이 그러는 서방이 우스워서 키들거린다. 저렇게 똑바로 쳐다볼 줄 알았다면 화장이라도 할 걸 싶다. 영철은— 한 참 뜯어본 결과는 여편네가 귀엽다는 듯— 빙긋이 웃으며 가을바람에 낙엽이 구르듯 얘기한다.

"내가 뭐라고 했니 잉…… 네가 나헌티 첨 올 때 말여, 한판 크게 잡으면 이 노릇은 그만둔다고 했지 잉…… 했니 안했니?"

영철은 말을 잠시 끊고 똥례를 쳐다보며 흰 눈과 검은 눈을 똑같이 껌벅인다. 똥례는 서방의 눈모습이 오늘따라 유난히 귀여워서 배시시 웃는다. 똥례는 그 말을 기억하고 있다. 국수로 첫날밤을 치르며 잘살자고 약속할 때 그런 말을 했던 것이다. 아니 그 후에도 영철은 그런 말을 몇 번인가 되풀이했다.

"했유."

"그래 했어, 분명히 했어. 그런디 그날이 언젠지 아니?"

"………"

"아느냐 말여, 요것아…… 껄껄……."

"몰러유."

"몰러? 몰르면 내 지집 아녀…… 비켜나 비켜……."

영철은 터지는 웃음을 호령으로 바꾸며 똥례의 허벅지를 쥐어박는다. 똥례는 냉큼 대답한다.

"오늘유."

"잘 맞췄다. 잘 맞췄어. 바로 오늘이다 오늘여……."

영철은 껄껄대며 웃는다. 똥례는 시집온 지 반년이 넘도록 서방이 이렇게 기분 좋은 것은 처음 보았다. 바로 오늘을 기다리려고 밤낮 고생을 한 서방을 생각하니 눈물이 나도록 고맙다. 아니 똥례의 눈에는 막 눈물이 모여들고 있다.

“야, 넌 정말 복두 많다. 나 같은 서방 만난 걸 고맙게 생각해야 되여.”

영철이 얼굴이 새빨갛도록 웃어젖히며 떠벌리자 똥례는 눈물을 찔끔대다가 윽 하며 얼굴을 치마폭으로 감싼다. 저렇게 좋은 서방을 두고 불만에 차 있던 자신을 생각하면 부끄럽다. 아무리 옹졸한 계집의 마음이지만 서방에게 죄스러운 것이다. 똥례는 어깨를 들먹이며 코먹 은 소리로 대답한다.

“왜 몰라유. 다 안단 말유. 우리두 이제랑 잘살어봐유…….”

“그래, 그래…… 에미덕 애비덕 모르는 놈두 사람 아니구 서방덕 모르는 년두 지집 아녀…….”

영철은 중얼중얼하며 장롱 쪽으로 몸을 돌린다. 똥례는 치마폭으로 콧물과 눈물을 훔치며 돈더미를 쳐다본다. 영철은 장롱 제일 밑 서랍을 열고 가방에서 돈을 꺼내어 차곡차곡 그 속에 넣는다. 이곳은 영철의 금고다.

“내가 다시 화투를 만지면 네 아들놈이다.”

영철은 똥례를 힐끗 돌아보고 이를 악문다. 표정엔 어떤 결의가 스치고 지나간다. 똥례는 배시시 웃고 있다.

“아니여 개새끼, 당장 자살한다.”

영철은 똥례를 다시 한번 돌아보고 이를 악문다. 표정엔 어떤 결의가 굳어 있다. 비누칠을 해가며 세수를 해도 지워지지 않을 만큼 진한 것이다. 그러나 영철은 자루 속에 든 돈을 가리키며 금방 흔들리는 소릴 한다.

“저 돈은 네가 가지고 있어. 노름쟁이 맘은 알 수 없는 거니께…….”

서방이 돈을 벌어오면 계집이 간수하는 것이다. 그러나 저것은 너무 많다. 똥례는 하품하듯 입을 딱 벌리며 양손을 마주 잡는다.

“저걸 다 내가 가지구 있슈?”

“내가 사업을 할 때까지 가지구 있어…….”

“사업유?”

“그럼, 노름을 집어치웠으니께 사업을 해야지 누가 밥을 멕여주나…….”

“아유, 그럼 당신은 뭘 할꺼유?”

“차차 생각해서…….”

영철은 가방에 들었던 돈을 모두 장롱 서랍에 집어넣고 열쇠로 채운다. 그 열쇠를 허리띠 밑에 넣으며 이쪽으로 돌아앉아 자루에 든 돈을 방바닥에 쏟아놓는다. 똥례는 방바닥에 쌓인 돈더미를 쳐다보며 다시 입을 벌린다. 저렇게 많은 돈을 보긴 생전 처음이다.

“나 돈 생겼다구 누구헌티 말하면 안 되어…….”

영철은 돈을 다시 자루에 세넣으며 똥례에게 다짐을 준다. 똥례는 자루를 벌려주며 진지하게 대꾸한다.

“알었슈.”

“이건 내가 달라구 해두 주지 말어…….”

영철은 정색을 하고 똥례를 쳐다본다. 똥례는 어리둥절한 표정을 짓는다. 영철은 그것이 답답한지 고함을 친다.

“내가 노름을 하려구 달라면 주지 말란 말여.”

“증발인감유?”

"증말이지."

"돈 내노라고 때리면 어떡해유?"

"이넌 봐라. 내가 널 언제 때렸니?"

영철은 잠깐 동안 화를 내며 똥례를 노려본다. 정말 때린 적이 없었던가. '젊은 넌 혼자 놔두구 이러기유.' '좀 일어나봐유.' 잠이 곤히 들려는 서방에게 이렇게 악을 쓰다 몇 번인가 얻어맞은 적이 있었다. 그러나 지금 와서 생각하면 서방한테 그렇게 했던 것이 후회된다. '맞아야 싸지, 조선놈의 종자는 그저 패줘야 약여……' 똥례는 밤낮 애쓰는 서방의 맘을 몰라주었으니까 맞았던 것이 오히려 개운하다.

"누가 맞았다구 했남유. 앞으로 때리면 어떡헐 거냐구 했지……."

"때릴 리두 없지만 때려두 주지 말어."

"증말유?"

"증말이라니께."

"죽이면 어떻게 해유?"

"뭐 죽여?"

영철은 껄껄 웃으며 잠시 일손을 멈춘다. 똥례는 눈을 크게 뜨고 정색을 하며 다시 다짐을 준다.

"하여튼 난 죽여두 안 내놀튜."

"그려, 그려…… 이 돈은 나 모르게 어디다 감춰둬."

영철은 자루 꼭지를 꼭 묶어 그것을 똥례 앞에 밀어붙인다. 똥례는 그것을 무릎 위에 안으며 다시 다짐을 준다.

"이 돈은 내 돈이나 마찬가지유."

"그려, 그려…… 네 돈이라구 해라."

영철은 귀찮다는 듯 담배를 뽑아 입에 문다. 똥례는 여럿이 모여 앉아 수수께끼를 내라고 독촉을 받았을 때처럼 망설이는 표정이다. 돈 자루를 어디에 감출 것인가, 처녀 쥐를 숨겨둔 사철나무 울타리 숲은 마땅치 않다. 그러면 어디에 감춘담? 똥례는 고개를 까딱이며 눈을 몇 번인가 껌벅인다.

"시간두 오래된 거 같은디 그만 주무슈 잉……."

서방과 밤중에 함께 자보기도 정말 오래간만이다. 똥례는 힐쑥힐쭉 웃으며 요를 깐다. 오늘 밤은 서방과 꼭 붙어 늘어지게 자고 싶다. 그러나 영철은 아무 대꾸가 없다.

"주무슈 잉…… 왜 저러고 앉었댜."

똥례가 적삼을 벗어 던지며 짜증스럽게 소리치자 영철은 힐끗 돌아보며 역시 짜증스런 목소리다.

"초저녁인디 뭘 벌써 자……."

"무슨 초저녁유, 동네가 조용헌디……."

조선관에서 기생들의 노랫소리가 들리지 않는 걸 보면 밤이 꽤 깊은 것이다. 영철은 팔목시계를 들여다보고 말이 없다.

"좀 바지두 벗구 그류. 아이구 날이 왜 이렇기 더웁댜."

똥례는 공연히 부채를 집어 들고 활활 부쳐댄다. 그러나 영철은 벽에 기대앉아 담배를 훅훅 빨아가며 무슨 생각에 잠겨 있다.

"난 졸려 죽겠는디……."

똥례는 억지로 하품을 터뜨리며 부채질을 한다. 영철은 하품하는 똥례를 쳐다보고 퉁명스럽게 소리친다.

"졸리면 자……."

영철은 다시 담배에 불을 붙이고 훅훅 빨아낸다. 어쩐지 마음이 허전하다. 십오 년 가까이 만졌던 화투짝을 오늘로 손을 때다니 서운하기도 한 것이다. 오늘이 너무 빨리 닥쳐온 때문일까. 오늘의 용단에 손뼉은 치면서도 공허한 구석은 그대로 남아 있다. 어째서 저 많은 돈을 두고 마음은 서글플까. 돈이 돈 같지 않은 것이다. 무슨 종이 뭉치를 쟁여놓고 돈이라고 착각하는 것 같다. 그것이야 어찌 됐든 영철은 노름에서 손을 뗀 서운함을 돈의 마력으로 채우고 싶다. 그러나 돈은 마력을 부리지 않는다. 정말 괘씸하다. 푹푹 썩히자. 그러면 언젠가는 내 돈이라는 실감이 날 것이다. 그때 무슨 일이고 시작하는 것이다. 그러나 그동안 이 공허하고 쓸쓸한 마음을 무엇으로 달랜 것인가, 영철은 담배를 세차게 빨아대며 눈을 껌벅인다.

"이 밤중에 어딜 가슈?"

영철이 담배를 비벼 끄고 일어나자 똥례는 눈을 동그랗게 뜨고 일어난다. 옷을 벗고 자려던 똥례의 모습은 무색해진다. 똥례는 적삼을 다시 꿰며 훌쩍인다.

"뭐 노름두 않는다면서 밤중에 어딜 가는 거여."

"볼일이 있어 그려, 나 없는 새 그 돈이나 감춰…… 잠깐 나갔다 올테니께……."

영철은 남방을 꿰기가 바쁘게 방문을 열고 나가 버린다. 똥례는 훌쩍이던 것을 그치고 냉큼 고함을 친다.

"오늘 밤에 들어오지유?"

"가만있어. 가봐야 알어……."

하천둑으로 나온 영철은 걸음을 크게 떼며 가슴을 꼭 편다. 솔솔 불어오는 바람은 공허했던 마음을 달래준다. 그러나 하천둑 가에 밀대방석을 깔고 앉아 시조가락을 부르던 동네 노인들은 영철의 기척에 시선을 모두 모은다. 영철이 꾸벅 절을 하고 그곳을 지나려 하자 시조가락을 딱 멈춘 어떤 노인이 "누군가?" 한다. 영철은 절을 했던 것을 후회하며 이쪽의 이름을 밝힌다. '누군가?' 물었던 노인이 무언가 근심스런 음성을 잔뜩 담고 신음하듯 토해낸다.

"조병주 아들이군. 음……."

음, 하는 소리가 영철의 귀엔 노름이나 하고 다니는 불량자놈, 하는 소리로 들린다. 불쾌하기 짝이 없다. 노름은 못 할 짓이라고 다시 한번 다짐하며 그곳을 빨리 지나친다.

둘째다리목에 이르자 촛불에 종이를 말아 지글지글 태우면서 길가에 참외와 수박이 죽 쌓여 있다. 상점의 문들이 거의 닫혔으나 본정통 쪽은 아직도 환하다. 그는 본정통의 환한 불빛을 힐끗 옆으로 쳐다보고 셋째다리 넷째다리를 지나간다. 어둡고 인가도 별로 없는 쌍소나무박이 선주네 주막집은 환하게 불이 켜져 있다. 목로에 막걸리병 몇 개와 주전자가 한켠으로 놓여 있고 그 옆에서 식모애가 꾸벅꾸벅 졸고 있다. 영철은 식모애의 머리통을 쥐어박으며 호기롭게 소리친다.

"니 아즈매 어디 갔니?"

"안에서 목욕해유."

식모애는 다시 졸고 있다. 영철은 목욕하는 소리가 들리는 안채를 힐끗 돌아보고 방으로 성큼 들어간다. 아랫목에 벌렁 자빠져서 담배를 뽑아 물며 방 안을 휘둘러본다. 창문에 걸린 선주의 모시 치마가 부하게 펄럭이다 가라앉는다.

"조서방 왔수, 깔깔……."

영철이 담배 한 대를 다 태워 갈 무렵 머리에서 물방울을 떨어뜨리며 속치마만 걸친 선주가 수건으로 물기를 씻으며 들어온다. 영철은 벌렁 자빠진 채 씽끗 웃어준다.

"얘, 졸지 말구 술상 좀 봐와……."

선주는 냉큼 고함을 치며 물 묻은 머리를 수건으로 비벼낸다. 식모애는 꾸벅꾸벅하며 술상을 차렸고 선주는 경대 앞에서 무엇인가 얼굴에 찍어 바른다. 술상이 들어오자 영철은 일어났고 선주는 상 앞으로 다가온다.

"그동안 내가 보구 싶지도 않았어…… 꼼짝두 않게……."

선주는 영철의 잔에 술을 따라주며 눈을 새쭉히 뜨고 입을 삐죽인다. 그러나 깔깔 웃으려다 그만두고 또 삐죽이다가 그냥 깔깔거린다.

영철은 코웃음을 치고 잔을 쭉 비우고는 술잔을 소리 나게 탁 놓는다. 그리고 야릇한 한숨을 쉰다.

"야 이젠 지집맛두 맹물에 조갯돌 삶은 맛이여."

"그래두 조서방 오는 날만 기다렸는데 그러면 되나."

선주는 제 잔에 술을 따라 홀짝 마시고는 입을 또 삐죽인다. 영철은 거푸 선주의 잔에 술을 따르려 한다. 그러나 선주는 사양하고 영철의 잔에 따라준다.

"딸기코 딸을 여편네 삼 구 나서 우리 집 한 번두 안 왔었지?"

"이년아, 말조심해여. 딸기코가 뭐여, 우리 장인 보구……."

영철은 바락 화를 내며 손을 번쩍 쳐든다. 저는 석서방을 '형님'이라고 부를망정 되잖게 술집 계집한테까지 놀림을 받긴 싫은 것이다. 선주는 영철의 주먹을 피해 방바닥에 반쯤 자빠져서 깔깔대다가 영철의 주먹이 내려지자 웃음을 거두고 일어난다.

"그럼 조서방은 술두 잘 못하면서 왜 이렇게 늦게 왔수? 깔깔…… 옛날이라면 내가 잘 알지만……."

옛날에 영철은 밤중 늦게 잘 찾아왔으나 요 근래엔 통 그런 일이 없었다. 홀아비로 살 때도 그런 일이 없었다. 오늘 늦게 찾아온 것이 선주는 이상한 것이다.

"이년아. 그럼, 사람 집에 사람도 못 온다 말여 잉……."

"누가 오지 말랬수. 내가 조서방을 얼마나 기다렸는데 깔깔……."

"그럼 왜 그따위 말을 해여?"

"아이구 바보, 조서방은 바보여. 남의 속두 모르고, 깔깔……."

선주는 야속함이 잔뜩 담긴 두 눈을 샐쭉히 뜨고 영철을 쳐다본다. 영철은 한쪽 눈으로 선주를 유심히 쳐다본다. 옛날 계집 중에서 선주가 제일 오래됐다. 십오 년이 조금 넘는다. 영철이 이렇게 찾아온 것도 가엾은 새끼 어미 얼굴 그리워서다. 술이라도 마시며 조용히 논다면 허전한 마음 풀릴 것 같아서다. 그러나 저년은 오입질하러 저한테 온 줄 알고 저 지랄이 아닌가. 영철은 술잔을 쭉 비우고 한숨을 크게 쉰다.

"이년아, 내가 니 속을 모르니, 니가 내 속을 모르지. 개도둑 년…."

영철은 술을 자꾸만 마셨으나 속은 허전하다. 그러나 관자놀이가 욱신거리고 가슴이 벌렁벌렁 뛴다. 꼭 토할 것같이 속이 메스껍다. 선주의 얼굴도 홍당무가 되었다. 속치마 허리 위에 걸친 모시 적삼에서 벌건 기운이 내비친다. 그래도 선주는 끄떡없이 마구 처먹고 있다. 영철은 가물가물하는 한쪽 눈알로 선주를 바라보며 너털웃음을 터뜨린다.

"이제 술은 그만 처먹구 소리나 해여……."

"소리? 지금이 몇 신데……."

선주는 안주를 잔인스럽게 씹어가며 얼굴을 찡그린다. 영철은 버럭 고함을 치며 벽을 기대고 쓰러진다.

"이년아, 그만 처먹구 소리나 해여."

선주는 술 한 잔을 더 마시고 안주를 재빨리 씹으며 일어난다. 홑치마를 걷어치고 무지무지한 알궁둥이를 씰룩대며 궁둥이 춤을 추기 시작한다.

처녀 궁뎅이는 방뎅이
유부녀 궁뎅이는 웅덩이
과부 궁뎅이는 궁뎅이

영철은 씰룩대며 돌아가는 물건이 구름이 가물가물하는 높은 산처럼 보인다. 그렇게 까마아득하다. 그는 맥이 빠져 벽을 타고 스르르 미끄러진다. 몸뚱이가 조그만 돌멩이로 변하여 땅속으로 꺼져 들어가는 것 같다. 천장을 향한 한쪽 눈동자에 흐릿한 안개가 끼고 있는데 선주는 깔깔대며 궁둥이를 영철의 코앞에 가져온다. 신나게 궁둥이 춤을 추며 방구타령으로 들어간다.

방구가 나온다 방구가
딸의 방구는 연지방구
며느리 방구는 앙알방구
아들의 방구는 유두방구
손주 방구는 고슴방구
시어매 방구는 암상방구
시아배 방구는 호령방구
머슴 방구는 너더리방구
동네 방구는 머듬방구
길에 간 방구는 흘린 방구
나무 올라간 방구는 떨어진 방구

"내가 똥 뒷간인 줄 아니, 이 쌍년아……."

영철은 고함과 함께 벌떡 일어난다. 신나게 씰룩대는 선주의 궁둥이를 발로 걷어찬다. 선주는 똥구멍을 내보이고 앞으로 쓰러지며 통곡을 터뜨린다. 영철은 숨을 몰아쉬며 계집년 똥구멍을 잠시 노려보다가 돈뭉치를 꺼내어 선주의 뒤통수에 집어 던진다.

"에이 쌍년, 갈 테다……."

영철은 비칠거리며 문설주를 잡고 고개를 밖으로 내민다. 식모애가 목로 위에서 자고 있다. 선주는 방바닥에 떨어진 돈뭉치를 쳐다보고 울음을 뚝 그친다. 금방 깔깔거리며 발딱 일어나서 영철의 목에 두 손을 착 감고 매달린다.

"조서방은 방구가 그렇게 싫우, 조서바앙…… 으흠."

영철은 매달리는 선주의 몸뚱이 때문에 픽 쓰러진다. 선주도 쓰러진다. 그러나 선주는 발딱 일어나서 술상을 밀어붙이고 주르르 요를 깐다. 쓰러진 영철을 데구루루 굴려 요 위로 가져간다. 남방도 벗기고 바지도 벗긴다. 영철은 눈을 껌벅이며 선주를 쳐다본다. 선주는 목로 위에 자고 있는 식모애를 힐끗 쳐다보고 방문을 닫아버린다.

"아이구 얼마 만이여, 정말 깔깔……."

선주는 적삼을 벗어붙이고 속치맛바람으로 영철의 곁으로 파고든다. 영철은 눈을 껌벅이며 천장을 쳐다본다. 정말 얼마 만이냐. 선주와 함께 누워보던 옛날의 정이 다시 가슴에 파고든다. 열다섯 살 때. 그러니까 채 익지도 않은 불알을 선주에게 바쳤다. 그때부터 오입질은 시작된 거다. 과부, 유부녀, 갈보, 기생, 처녀, 머리 깎은 중년, 늙은 년, 비린내 나는 어린것…… 닥치는 대로 먹어 치웠다. 창병도 헤아릴 수 없이 옮았으나 끄덕없이 계속되었다. 짐승의 자지라는 자지는 모두 먹어봤다. 말들이 흘레할 때면 물이 쏟아지는데 그것이 땅에서 썩으면 버섯이 나고 이 버섯은 값이 무척 비싸다고 한다. 영철은 그것도 먹어봤다. 그러나 근래에 들어 계집이 싫어졌다. 물건을 함부로 놀렸기 때문에 그런지 모른다. 그저 뜨물을 토해낼 때의 짜릿한 순간이 있을 뿐이다. 그러나 그 후의 피로와 불쾌한 기분은 어쩔 수 없는 것이다.

"조서방 자우?"

선주는 영철을 돌아보고 가만히 물어본다. 영철은 아무 말 없다가 헛기침을 몇 번 하고 선주의 젖통을 더듬는다. 목욕을 해서 땀을 쪽 빼 낸 젖통은 만질 만하다. 주물럭주물럭할 때마다 살덩이가 에누리 없이 한주먹씩 잡히는데 영철에겐 이런 짓이 은근해서 좋다. 이제 계집에 대해선 어떤 향수가 남았는지 모른다. 그러나 선주는 영철을 바짝 끌어안으며 투정을 한다.

"뭐 애긴가, 젖만 만져……."

영철은 눈을 껌벅이며 선주 냄새를 맡아본다. 옛날부터 맡아오던 그렇고 그런 냄새는 변함이 없다. 영철은 몸을 뒤척이다 젖통에서 손을 떼고 선주의 아랫도리를 더듬는다. 선주는 깔깔대며 전등을 쳐다 본다.

"불을 끌까?"

영철은 아무 대꾸가 없다. 구렁이 담 넘어가듯 투실투실한 선주의 배 위에 기어오른다. 선주는 연못 같고 영철은 연못 가운데에 팔짝팔짝 뛰고 있는 개구리 같다. '아유 감질나, 아유 솜방맹이.' 선주는 혀를 찼으나 영철은 캄캄한 굴속에 끌려 들어가는 기분이다. 어떤 개새끼가 그 속에 앉아서 자지를 꽉 잡고 늘어지는 것 같다. 그래도 기를 쓰고 뜨물을 싸버린다. '흐으음……' 영철은 비명인지 신음인지 토해 내고 나자빠진다. 선주는 눈을 감은 영철을 하얗게 흘겨보고 돌아눕는다. 홑이불을 잡아당겨 저 혼자 덮으며 중얼거린다.

"어유, 물건 못 쓰게 됐구먼……."

6

영철은 눈을 뜬다. 창문을 쳐다본다. 점심때가 훨씬 넘은 것 같다.

팔목시계를 쳐다본다. 세시다. 영철은 일어난다. 선주가 벗겨놓은 바지를 입으며 방문을 연다.

"아유 인제 일어났수. 착한 애기 잘 잤구먼……깔깔……."

선주는 목로 앞에 앉아서 영철을 놀린다. 영철은 찌푸린 얼굴을 하고 선주에게 다가간다. 선주는 영철을 유심히 쳐다보며 더 깔깔대다 정색을 하고 부엌에 소리친다.

"얘, 아저씨 세숫물 드려……."

부엌에서 식모애가 대야를 들고 나온다. 영철은 고양이 세수하듯 몇 방울의 물을 얼굴에 찍어 바르고 그만둔다. 선주 곁에 앉아서 바깥을 멍청히 쳐다본다. 선주는 창백한 영철의 얼굴을 돌아보고 부엌에 대고 다시 고함.

"아저씨 진지 갖다 드려……."

영철은 식모애가 차려준 점심을 반쯤 먹고 담배를 뽑아 든다. 선주는 남은 밥을 제가 먹고 상 내가라고 소리친다. 식모애가 상을 내간다. 영철은 꽁초를 밖으로 던져버리고 꽁초가 떨어진 곳을 뚫어져라 쳐다본다. 반쯤 타다 남은 담배꽁초는 모락모락 가는 연기를 내고 있다. 선주도 그것을 한참 쳐다본다. 그러나 그것이 꺼져버리자 파리채로 목로 위를 탁 때린다. 영철은 깜짝 놀라 파리채를 쳐다본다. 커다란 똥파리 한 마리가 죽어버렸다.

자꾸만 몸뚱이가 썩은 생선처럼 흐물흐물해진다. 영철은 죽어버린 똥파리를 유심히 쳐다보다 눈을 껌벅이며 바깥을 바라본다. 앞냇가 에선 빨래하는 아낙네들의 방망이질 소리가 들리고 저쪽 버드나무 밑에선 노인들이 장기를 두고 있다. 무엇이 잘못 됐는지 점잖지 못하게 고함을 치며 주먹을 휘두른다. 그들의 싸우는 목소리가 영철의 귀엔 까마득하게 들린다. 그렇게 정신이 몽롱하다. 날씨가 무더운 때문일까? 아니다. 간밤에 계집을 봤던 때문이다. 구름이 잔뜩 낀 날 햇빛이 반짝 할 때처럼 계집 생각이 나지만 말아야 한다. 참아야 한다. 그것을 못 참고 계집에게 말려들면 이렇게 그 이튿날은 죽어나는 것이다.

선주는 영철을 힐끗힐끗 돌아보며 파리채를 휘두른다. 영철은 그것이 못마땅한 것이다. 빨랫방망이 소리와 노인들의 싸움하는 소리는 그런대로 괜찮지만 바로 옆에서 딱딱 하는 소리는 영천의 약한 신경을 건드리는 것이다. 영철은 냉큼 고함을 친다. '이년아. 그만 수선 떨어……' 선주는 파리채를 집어던지고 가게 안을 둘러보며 중얼거린다.

"손님은 한 마리도 없고 똥파리만 이렇게 들끓으니……."

더운 공기가 꽉 들어찬 주막 안은 파리 떼들이 윙윙댈 뿐 조용하다. 냇가에서 들리는 빨래하는 소리도 잠시 뜸해졌고 서로 싸움을 하며 장기를 두고 있는 늙은이들 쪽에서도 아무 소리가 없다. 다만 그 주위를 빙 둘러서서 똥겨주는 훈수꾼들의 소리가 간간이 들려올 뿐이다. 선주는 아무 말 없이 바깥을 멍청히 쳐다보다가 목로 위에 엎드러지며 하품과 함께 크게 기지개를 한다.

"아유 돈 많은 영감한테 시집이나 갔으면……."

영철은 선주를 돌아보고 다시 바깥을 쳐다본다. 돈이라면 내가 많지. 정말 많어…… 그러나 실감이 나지 않는다. 무슨 종이 뭉치를 많이 쟁여놓고 돈이라고 착각하는 것 같다. 영철은 똥례에게 맡긴 돈도 생각해본다. 역시 마찬가지다. 계집 맛과 술맛이 당길 때 돈도 좋은 것이지 그 맛이 떨어진 지금엔 아무 쓸모가 없을 것 같다. 산 목구멍에 거미줄을 칠까. 정말 계집과 술 외엔 돈의 쓸모가 어디 있담. 영철은 허전함을 느낀다. 계집과 술이 없다면 세상 살 맛이 없다고 생각될 때도 있었다. 그러나 지금은 그것이 싫어졌다. 그러나 왜 돈을 모으려고 며칠씩 밤샘을 하며 그 지랄을 했을까. 버릇인지 모른다. 아니 재미인지도 모른다. 잃은 돈을 찾으려고 후끈 달았을 때는 그런대로 맛이 있고 긁어 들일 때는 또 긁어 들이는 맛이 따로 있다. 땡이나 잡아봐라. 더도 그만두고 솔밭에서 학이 날으는 콩땡쯤 잡아봐라. 엎어보아도 땡이요, 젖혀보아도 땡이요, 똑같은 두 장을 만져보다가 그것을 점잖게 까놓고 돈더미를 긁어들이는 맛은 기가 막히다. 그러나 영철은 노름을 했던 것이 후회된다. 컴컴한 골방 속에서 그 짓을 하며 인생을 다 보낸 생각을 하면 허무하다. 서른을 조금 넘긴 영철이지만 내일모레 죽을 늙은이 같은 생각이 든다. 제 나이가 벌써 환갑을 지난 것 같다. 계집과 술과 노름이 이렇게 사람을 병신 만드는가.

"조서방, 왜 그렇기 말이 없수? 응?"

선주는 목로에 엎드린 채 영철을 바라본다. 영철은 여전히 바깥만 쳐다본다. 얼굴이 가없도록 창백하다. 선주는 몸을 일으키며 다시 하품을 한다.

"아유 새색시가 집에서 기다릴 텐디 가보지그려……."

선주는 청승맞게 앉아 있는 영철이 귀찮다. 아무 말 없이 곁에 앉아 있자니 그것 또한 답답하다. 그러나 영철은 선주를 한쪽 눈알로 좋지 않게 쳐다본다. '개 같은 년.' 그래도 영철은 선주 곁에 있는 것이 좋다. 그놈의 술꾼들이 없어서 더욱 좋다. 옛날부터 맡아왔던 선주 냄새는 그래도 영철의 마음을 포근하게 해준다.

"새색시 눈이 빠지겠수, 딸기코 딸이……."

선주는 하얗게 영철을 흘겨보며 깔깔댄다. 영철은 발칵 고함을 치고 담배를 뽑아든다.

"이년아, 눈이 빠지면 나처럼 애꾸밖에 더 되겠니. 이 개 같은 년……."

"아유 또 뭘 화를 내우. 깔깔……."

선주는 한참 동안 웃어젖히다 제풀에 그만두고는 눈을 멀리 나무전 쪽으로 준다. 나무전엔 나뭇짐이 하나도 없는 대신 수박과 참외가 그 자리에 수북수북 쌓여 있다. 선주는 조서방을 부른다. 그러나 조서방은 고개를 까딱도 않는다. 선주는 영철에게 꼭 쓰러지며 등을 때린다.

"조서바앙, 차미나 사줘……."

영철은 선주를 떠다밀고 담배만 빨아댄다. 선주는 참외가 있는 나무전을 쳐다보고 다시 중얼거린다.

"차미를 사달라니께 뭐 저려……."

영철은 아무 대꾸가 없다. 선주는 주둥이를 내밀고 일어난다. 방에서 낮잠을 자고 있는 식모애를 돌아보고 부엌으로 들어간다. 찬물을

벌컥벌컥 마시고 나와서 나무전 쪽으로 걸어간다. 영철은 씰룩대는 선주의 궁둥이를 힐끗 쳐다보고 외면을 해버린다. 선주는 땡볕 속을 걷기가 싫은지 노인들이 장기를 두고 있는 버드나무 그늘에 서

서 참외 장수를 부른다.

"차미장수, 차미장수……."

선주가 고함을 치자 옆에서 장기를 두고 있던 늙은이들은 모두 선주를 돌아보았고 어떤 아낙네가 참외 광주리를 이고 부리나케 이쪽으로 오고 있다. 선주는 빨리 오라고 손짓을 하고 돌아선다. 다시 영철의 곁에 앉아 참외 장수가 오기를 기다린다.

"빨리 와요."

선주는 영철을 힐끗 돌아보고 손을 다시 흔든다. 참외장수 여편네는 땀을 뻘뻘 흘리며 선주네 주막으로 들어온다. 광주리를 목로 위에 내려놓고 땀을 씻으며 헤벌쭉이 웃는다. 선주는 영철을 힐끗 돌아보고 참외를 고른다. 참외의 배꼽을 꼭꼭 눌러보기도 하고 참외를 들어 보기도 한다.

"다 잘 익었유. 몽땅 익은 거루만 따온 건디."

참외 장수 여편네는 노란 참외들을 대견스럽게 쳐다보며 씽긋 웃는다. 그러나 선주는 꼼꼼히 하나하나를 골라 목로 위에 놓는다.

"그만 살까?"

선주는 다섯 개를 골라놓고 영철을 쿡 찌른다. 그러나 영철은 아무 대꾸가 없다. 선주는 갑갑하다는 듯 소리친다.

"더 사, 말어?"

"더 사유. 차미 뭘 먹을 거 있남유. 오줌 한 번만 누면 쑥 내려가는디……."

참외 장수 여편네가 영철과 선주를 번갈아 보며 말한다. 참외 장수 여편네까지 성화다. 영철은 시선을 바깥에 둔 채 호주머니를 뒤져 큰돈 한 장을 꺼내준다. 참외 장수 여편네는 치마를 홀짝 걷어치우고 때 묻은 속옷에 달린 호주머니에서 잔돈을 꺼내어 침을 묻혀가며 거스름을 해준다. 선주는 그것을 돌돌 뭉쳐 영철의 남방 호주머니에 살짝 꽂아주고 부엌으로 들어간다. 칼과 쟁반을 가져와서 영철의 옆에 다시 앉아 껍질을 벗기기 시작한다. 제일 잘생기고 맛있는 것을 깎아 영철에게 건네준다. 영철은 밑둥치를 다섯 손가락으로 꼭 쥐고 한입 한입 베어먹는다. 그러나 선주는 영철이 한 개를 먹을 사이 세 개를 먹는다. 세 개를 다 먹었을 때 영철은 참외 밑동을 길거리에 내던진다. 선주는 다시 한 개를 깎아 영철에게 디민다. 영철은 고개를 흔든다. '아이고 배야……' 선주는 배를 쓱쓱 문대고 그것마저 처먹고 일어난다. 물기가 있는 입 언저리를 치마로 닦고 참외껍질을 쟁반에 담아 부엌으로 들여간다.

서쪽에 있는 해는 점점 아래로 떨어지고 있다. 지나가는 사람들의 그림자가 미루나무처럼 길다. 참외와 수박들이 판을 치던 나무전으로 사방에서 나뭇짐들이 모여들고 있다. 저녁때가 된 것이다. 그러나 영철은 꼼짝 않고 그러고 앉아 있다. 선주도 영철 곁에서 아무 말 없이 그렇게 앉아 있다. 참외 먹은 것은 금방 오줌이 되었고 선주는 오줌을 누러 변소에 몇 번 다녀왔을 뿐이다. '애 고만 자고 저녁 해여' 선주는 식모애에게 고함친다. 식모애는 부시시 일어나 밖으로 나온다. 선주는 빨리 밥하라고 이르고는 부엌 찬장에 있는 참외를 먹으라고 한다. 얼굴이 돼지처럼 생긴 식모에는 부엌으로 들어간다.

—콩콩 콩조지 콩콩 콩조지.

왁자지껄한 아이들의 소리와 함께 징 치는 소리가 들리며 콩조지가 이쪽으로 오고 있다. 물론 그의 뒤엔 극장 광고판이 달려 있다. 울긋불긋한 요란한 광고판이다. 광고판과 징소리는 아이들을 끌고 있다. 깡쭝깡쭝 뛰는 아이도 있고 막대기로 광고판을 긁는 아이도 있다. 어떤 아이는 콩조지 앞에서 어른거리며 혀를 빼물고 놀린다.

"콩조지, 콩조지……."

콩조지는 징채로 그 아이의 이마빼기를 깐다. 그 아이는 되게 얻어맞고 앵 울음을 터뜨린다.

콩조지는 앞에서 어른거리는 놈들은 사정없이 때리지만 뒤는 괜찮다. 뒤에서 아이들이 아무리 지랄을 쳐도 얼굴을 똑바로 하고 징을 쳐 갈 뿐이다. 아이들이 광고판을 찢을 때도 있다. 찢어진 종이가 너풀거려 보이지 않아도 절대로 뒤를 돌아보는 법이 없다. 그는 그런대로 읍내는 도는 것이다.

—정정 정저정 정정 정저정.

쌍소나무는 읍내의 동쪽 끝이다. 콩조지는 선주네 주막 앞에 잠시 멈추어 서서 징을 울린 다음 왔던 길을 다시 내려간다. 아이들도 그쪽으로 다시 쫓아간다. 선주는 콩조지를 쳐다보고 영철을 부른다.

"조서방."

영철도 그쪽에 시선을 주었으나 아무 대꾸가 없다. 선주는 영철의 어깨에 손을 얹으며 속삭인다.

"조서방, 좋은 거 들어왔다는디 오늘 저녁엘랑 극장이나 시켜줘 응……."

해는 완전히 없어진다. 영철과 선주는 방에서 저녁을 들고 있다. 방문과 가게 문을 모두 열어놓았다. 극장에서 나팔 소리가 요란하게 들린다. 영철은 어두워지는 바깥을 쳐다보며 말없이 밥을 먹고 있다. 선주는 훌짝 일어나서 장롱 쪽으로 다가간다. 장롱문을 열어 새 옷을 꺼내 놓고 옷을 훌훌 벗는다. 영철은 마지막 밥순갈을 꿀꺽 삼키고 담배를 뽑아 든다. 선주는 새 옷을 입고 나비처럼 다가온다. 영철은 담배를 끄고 일어난다. 선주는 영철의 목에 매달리며 깔깔거린다.

"서방 서방 조서방 내 서방 우리 서방 샛서방 기둥서방……."

영철은 먼저 나간다. 선주는 '손님 오면 볼일 있어 나갔다구 해…….' 식모애에게 소리치고 부리나케 영철을 쫓아간다. 어두운 저 앞에 영철이 땅을 쳐다보며 힘없이 걷고 있다. 선주는 치맛바람을 날리며 재빨리 쫓아가 영철의 한쪽 팔을 꼭 껴안고 매달리듯 걸어간다.

극장 앞은 밝은 전등불이 몇 갠가 달려 있다. 이층에선 몇 명의 광대들이 읍내가 떠나가도록 나팔을 불어대고 아래에선 우 몰려든 아이들을 콩조지가 막대기를 들고 쫓고 있다.

극장 안은 사람이 와글거린다. 벌써 자리가 꽉 차 있다. 여기저기서 부채질하는 소리가 삐걱삐걱 요란하다. 선주는 아들을 데리고 온 엄마처럼 영철의 손을 꼭 잡고 이쪽저쪽을 돌아다니며 자리찾기에 바쁘다. 영철은 손목을 잡힌 채 졸랑졸랑 따라다닌다. 자리가 남아 있다. 선주는 숨을 몰아쉬며 '앉어요. 조서방…….' 그러나 영철은 얼굴을 찡그리며 바로 옆에 있는 변소간을 쳐다본다. 사람들이 열불나게 드나드는 변소 문이 열릴 때마다 냄새가 코를 폭폭 찌르는 것이다.

"아무 데서나 보지 뭘……."

선주는 중얼거리며 영철을 잡아당긴다. 영철은 손을 뿌리치고 선주를 노려보며 발칵 고함을 친다.

“광대놀음 보러 왔지 똥냄새 맡으러 왔니…….”

선주는 자리에서 다시 일어난다. 영철의 손목을 다시 꼭 잡고 저쪽으로 돌아간다. ‘개 도둑년……’ 영철은 선주의 뒤통수를 노려보며 줄렁줄렁 쫓아간다.

빠빠대던 나팔 소리가 끊어지고 무겁게 드리워진 막 뒤에서 징이 세 번 울린다. 와글와글하던 장내는 갑자기 쥐 죽은 듯 고요해지고 막이 서서히 올라간다. 그러나 영철은 얼굴을 선주의 한쪽 어깨에 기대고 쿨쿨 자고 있다. 선주는 영철을 깨운다.

“저거 시작되는디 빨리 일어나…….”

영철은 잠에 폭 떨어져 있다. 선주에게 더 쓰러지며 벌렁 자빠진다. ‘광대놀음 보러 왔지 자러 왔나……’ 선주는 영철을 끌어안으며 시선을 무대 쪽으로 준다. 영철은 선주의 젖가슴에 얼굴을 박고 쿨쿨 잠을 잔다.

얼마를 이렇게 잤을까. 영철이 잠을 깼을 때 장내는 물을 끼얹은 듯 조용하고 무대에서 들리는 광대들의 목소리가 쩌릉쩌릉 울린다. 영철은 선주의 가슴에 쓰러진 채 잠시 눈을 껌벅인다. 여기저기서 찔끔대는 소리가 들려오고 있다. ‘죽일 놈……’ ‘천하에 죽일 놈……’ 이를 바드득 갈며 주먹을 바르르 쥐는 소리도 들려온다. 영철은 선주에게서 일어난다. 영철이 일어난 줄도 모르고 선주는 목을 길게 빼고 찔끔찔끔 울고 있다. 영철은 아직 덜 깬 시선을 무대 쪽으로 준다. 무대는 깊은 산중이다. 눈 한쪽을 가린 애꾸눈 산두목이 산적들을 시켜 남의 재물을 약탈해 오고 여자를 잡아 오는 것이다. 방금 어떤 산골 처녀가 산두목 앞에 잡혀 왔다. 애꾸눈 산두목은 가죽띠로 처녀를 사정없이 때린다. 처녀가 비명을 지를 때마다 사람들은 울음을 같이하며 '죽일 놈……' '죽일 놈……' 하는 것이다.

영철은 슬며시 일어난다. 손수건에 눈물을 적시며 정신을 팔고 있는 선주를 놓아두고 밖으로 나온다. 불빛이 환한 극장 앞은 사람이 없다. 막대기를 쥔 콩조지가 극장 문 앞에서 졸고 있을 뿐이다. 영철은 콩조지를 힐끗 돌아보고 본정통을 지난다. 다른 사람들은 모두 밝은 표정이다. 건강한 모습이다. 그러나 영철에겐 자꾸만 허전한 것이 밀려온다. 세상에서 제일 고독한 것 같다. 영철은 힘없이 저희 집으로 내려간다.

영철은 판자문을 연다. 어느 때보다 집안은 조용하다. 건넌방문에 똥례의 그림자가 어른거리다 없어진다. 영철은 윗방을 힐끗 쳐다보고 신발을 벗는다.

"뭐 금방 갔다 온다는 양반이 이제 온댜."

똥례가 방문을 삐끗 열고 퉁명스럽게 내지른다. 웃통은 벗었다. 주둥이는 내밀고 있다. 그러나 서방이 들어왔으니 그래도 좋은 모양인가. 내민 주둥이에는 웃음기가 보글보글 끓고 있다. 영철은 똥례를 힐끗 쳐다보고 방으로 들어온다. 남방을 벗어 옷걸이에 걸고 방바닥에 펄썩 주저앉는다. 고린내 나는 양말을 벗으며 발칵 고함을 친다.

"발 씻게 물 떠와……."

똥례는 모시 적삼을 꿰며 부리나케 밖으로 나가 대야에 찬물을 떠온다. 영천은 하얀 물에 검정발을 담그고 뿌득뿌득 씻기 시작한다. 똥례는 깔아논 이부자리를 잘 다독인 다음 서방을 쳐다보며 다시 주둥이를 내민다.

“노름두 않는대면서 어젯밤은 어디서 잤댜?”

“이년아, 노름만 해야 밤을 새우는 거여. 사내가 볼일을 보다 늦으면 자기두 허는 거지…….”

영철은 똥례를 힐끗 돌아보고 중얼거린 다음 열심히 씻는다. 똥례는 흡족한 시선으로 서방을 쳐다본다. 그렇다고 오늘부터 영철이 알뜰한 서방이 되었다고 똥례는 믿지 않는다. 다만 오랜만에 돌아온 서방이 흡족한 것이다.

“걸레 줘…….”

영철은 물을 떨어뜨리며 대야에서 발을 빼낸다. 똥례는 마른걸레를 놓아준다. 영철은 물 묻은 받을 훔치며 똥례를 힐끗 쳐다보며 ‘개 같은 년…….’ 한다. 똥례는 갑자기 터진 욕설에 눈을 토끼처럼 동그랗게 뜨고 소리친다.

“아유 뭐가 개 같은 년유, 별꼴 다 보것네…….”

“이년아. 니가 서방 맘을 한 번이나 알아줬니, 잉……?”

영철은 제 허전한 마음을 몰라주는 똥례를 나무라는 것이다. 그래도 여편네라면 서방이 어디 갔다 오면 인사라도 할 줄 알고 사근사근 배 씹는 소리가 나야 하는데 이년은 어떻게 생긴 년이 그게 없다. 암내 난 암퇘지처럼 꽥꽥 소리나 치고 다 죽어가는 서방을 못 잡아먹어 안달이다. 집구석이라고 찾아오면 박오분이처럼 위해주는 맛이 있어야지. 언제나 보리수퉁니처럼 주둥이를 내밀고 있는 계집년 꼴 더럽게 보기 싫다.

“뭘 몰라줬유. 내가 서방 맘을 얼마나 알아주는디…….”

똥례는 대야를 들고 나가며 야속하다는 듯 소리친다. 도대체 뭐가 잘못됐는지 알 수 없다. 퍼뜩 시어머니 말이 떠오른다. 부엌에선 부엌데기, 밥 먹을 땐 기생, 그리고 잠자리에선 갈보가 돼야 그게 알짜 계집이라고 했다. 그러나 똥례는 이런 짓을 할 수가 없다. 갈보가 뭐냐. 서방 맛 한번 제대로 못 보았다. 기생이 뭐냐. 시집살이가 없는 이런 집에선 기생 노릇 하기도 좋지만 서방과 겸상을 해서 먹은 적은 셀 정도다. 남은 건 부엌데기뿐이다. 그러나 그것마저도 동평에게 빼앗기고 만다.

—뭘 몰라줬냐. 정말 답답하네.

똥례는 발 씻은 물을 마당에 혹 뿌리고 사뭇 근심스런 표정을 지으며 방으로 들어온다. 영철은 요 위에 누워 폭폭 담배를 빨고 있다. 똥례는 삐죽삐죽 웃으며 적삼을 벗고 불을 끈 다음 서방 곁에 누워 버린다. 그러나 영철은 똥례를 힐끗 돌아보고 점잖게 나무란다.

"왜 이렇게 달려드니, 젖을 먹을래?"

"뭐 젖만 먹을라구 달려드나……."

똥례는 자꾸만 파고든다. 사타구니를 서방의 넓적다리에 지그시 눌러가며 몇 번인가 한숨을 쉰다. 그러나 영철은 고함을 친다.

"더워 죽겠어……."

똥례는 찔끔해서 주춤한다. 영철은 계집이 제 살을 아무리 만져도 낙엽 속을 헤집고 다니는 다람쥐처럼 부스럭대지만 않으면 가만두지만 계집이 자꾸만 그러면 성가신 것이다. 똥례는 냉큼 돌아눕는다. 토라진 것이다. 그러나 서방이 뭐라고 하든 파고들면 그만이 아닌가. 바로 곁에 있는 서방이 노름방에 있을 때처럼 멀리 느껴진다. 돌아누운 것이 후회된다. 그러나 금방 몸을 돌리자니 멋쩍은 생각이 든다. 똥례는 동쪽에서 떠서 서쪽으로 지는 해처럼 조금씩 정말 조금씩 다시 서방에게로 몸을 옮겨가고 있다.

사방은 고요하다. 기생들의 노랫소리와 손님들의 떠드는 소리는 벌써 끊어졌고 윗방문이 꽝 열린다. 그때서야 채영감이 나오고 있다. 언제나 뒤따라 나오는 것은 노랑녀이고 '동평 아배, 동평 아배……' 앞 방에서 조서방을 깨우는 배불뚝이노파의 고함소리가 들린다. '이 년아. 너두 잘 자빠져자……' 아무렇게나 자고 있는지 동평의 궁둥이 때리는 소리가 퍽퍽 들린다. 영철은 바깥에서 들리는 소리를 들으며 담배를 빡빡 빨아낸다. 잠이라도 왔으면 좋으련만 잠은 몇 시간이 지나도 올 것 같지 않다. 밤새우는 것이 버릇이 된 때문인지 모른다. 아니면 선주네서 점심때가 훨씬 지날 때까지 늘어지게 잤고 또 극장에서 한잠을 폭 했던 때문일까? 정말 잠은 오지 않을 것 같다. 마음이 공허하다. 영철은 힐끗 장롱 서랍에 눈을 준다. 그 속엔 돈이 많이 들어 있다. 정말 많다. 그러나 돈이 돈 같지 않게 생각된다. 영철은 한숨과 함께 길게 담배 연기를 뿜어내는데 몸을 서방에게 돌린 똥례는 다시 도둑질하듯 서방의 몸뚱이를 어루만지기 시작한다.

"니 신랑 들어왔니?"

채영감이 가버리자 마루에서 노랑녀가 이쪽을 보고 소리친다. 어쩌다 영철이 밤중에 들어오면 노랑녀는 이렇게 꼭 물어본다. 아들이 매일 밤샘을 하고 있으니까 며느리 보기도 민망스럽지만 어쩌다 아들이 들어오면 저도 마음이 흡족한 모양이다. 시어머니의 목소리에 깜짝 놀란 똥례는 서방을 어루만지던 손을 찔끔 멈추고 냉큼 고함친다.

"예, 들어왔유."

영철은 담배를 빨아가며 천장을 쳐다본다. 똥례는 다시 눈을 껌뻑껌뻑하며 서방을 쳐다본다. 둘이는 똑같이 허전하다. 똥례는 누가 제 몸뚱이를 절구통에 넣고 쿵쿵 찧어줬으면 시원할 것 같고 영철은 무언지 모르게 그저 허전하다. 무엇으로 이 마음을 달랠 것인가, 영철은 한참 허공을 쳐다보다가 발딱 일어나 전등을 친다. 똥례도 눈을 동그랗게 뜨고 일어난다. 영철은 옷을 주섬주섬 꿰입고 장롱 앞으로 다가간다.

"그래 어제 내가 준 돈을 감춰뒀니?"

'감춰뒀는디?' 하고 똥례는 목을 길게 빼고 서방을 쳐다본다. 영철은 장롱 서랍을 열고 돈을 꺼낸다. 열 뭉치를 이쪽저쪽 호주머니에 쑤셔 넣고 똥례를 쳐다보고 '잘했다. 잘했어……' 하며 일어난다.

"왜, 노름을 않는다더니……?"

똥례는 말하고 입을 벌린 채 있다. 그러나 영철은 아무 말 없이 방문을 연다. 똥례는 호랑이처럼 날쌔게 대들어 서방의 허리띠를 재빨리 틀어쥔다.

"왜, 노름은 않는다더니…… 못 가유, 못 가. 하룻밤 집에서 자면 큰일 나남."

"이거 놔. 노름하러 가는 게 아니란 말여……."

"노름하러 가는 게 아니면 어디 가는 거여?"

"이년아. 심심해서 그려, 이거 놔라."

"죽어두 못 놔유. 젊은 지집 혼자 재워 놓구 서방이 나가면 좋은감.

바꿔 생각해 보란 말유."

"이년아, 동네 시끄러워, 왜 이렇게 소리치니. 남들 다 자는 거 몰러"

영철은 눈을 부라리며 똥례를 쳐다본다. 똥례는 언성을 약간 죽이고 '못 가유, 못가' 하며 허리띠를 꽉 틀어쥐었으나 방문 밖으로 질질 끌려간다. 영철은 마루에 있고 똥례는 방 안에 있다. 문지방을 사이하고 승강일 한다.

"이놈의 새끼야, 이 밤중에 어딜 나가. 노름에 미쳤어도 분수가 있지. 집에서 하룻밤 자면 동티가 난다데, 이놈의 자슥아……."

윗방문이 열리면서 노랑녀가 이쪽에 대고 이를 간다. 순간 똥례의 손엔 맥이 탁 풀리며 울음을 터뜨린다. 허리띠를 꽉 틀어쥐고 있던 양손으로 얼굴을 감싸고 있다.

"미치긴 뭐가 미쳐유. 내가 무슨 노름을 하러 가나……."

영철은 제 어미를 쳐다보고 중얼거린 다음 어깨를 들먹이는 똥례를 잠시 쳐다보고 휭 돌아선다. 웃통을 벗고 우는 계집의 꼴이 제깐에도 애처롭다. 들어가서 그만 잘까 생각도 해본다. 여편네 혼자 재우는 것도 미안한 감이 든다. 그러나 사내새끼가 칼을 했으면 휘둘러야지 비겁하게 다시 칼집에 넣을 수가 있을까. 그렇다고 노름을 하러 간다고 생각지는 않는다. 돈 딸 생각은 조금도 없다. 다만 허전한 마음을 달래기 위함이다.

"에이구, 천하에 죽일 놈의 자슥……."

노랑녀는 아들의 등 뒤를 쳐다보고 혀를 차다 똥례를 보고 '그만 자……' 한다. 똥례는 문을 꽝 닫아버리고 불을 끈다. 소리를 죽여가며 울음을 그치지 않는다. 판자문을 나온 영철은 참나무 울타리 사이로 제 방을 쳐다본다. 캄캄한 방 속에서 찔끔거리는 여편네의 울음소리가 측은하게 들린다. 그러나 영철은 어둠을 뚫고 골목으로 골목으로 간다. 어느 막다른 골목에 집이 나선다. 여노인네다. 이 집의 양주는 노름을 붙여먹고 산다. 방세도 비싸게 받고 술 받아주는 거며 밥해 주는 것도 여관집보다 더 비싸게 받는다.

영철은 그 집으로 들어간다. 불빛이 새어 나오지 못하도록 창문마다 포장을 쳐놓았다. 그는 방문 앞에서 헛기침을 몇 번 하고 신발을 벗어들고 방으로 들어간다. 담배 연기가 자욱하고 열기가 훅하는 방 안에선 시선이 모두 그에게 쏠린다. 그러나 누가 누구인지 분간할 수 없다. 그것은 희미한 촛불 때문이다. 전등은 있으나 그것은 일부러 쓰지 않고 촛불을 켜놓는다. 방 안이 밝으면 화투의 팻장이 드러나니 말이다.

"누구한테 쏠리는 거여?"

영철은 한쪽에 신발을 벗어놓고 방 안을 둘러본다. 열댓 명이나 되는 사내들이 앉고 서 있다. 석서방은 없다. 영철도 석서방이 없는 것이 좋다. 똥례를 여편네로 삼고부터 어쩐지 석서방과 함께 있는 게 싫어졌다. 오늘은 더욱 그럴 것 같다.

"안씨한테 몰려요, 안 씨……."

개평꾼들 틈에 끼여 있던 승원은 발딱 일어나며 소리친다. 영철은 승원을 돌아보고 잠시 판을 구경한다. 노는 것은 다섯 명이다. 그중에는 동창 상점 주인 김동창과 어물전을 크게 하는 안석환과 박오분이 사내 성기흔이 끼여 있다. 김과 안은 읍내에서도 갑부층에 속하는 인물들이다.

“한판 껴볼까?”

영철은 핏발이 선 눈, 눈들을 돌아보고 틈을 비집고 한자리 차지한다. 승원이 영철의 곁에 바싹 앉는다. 다섯이 여섯 패로 늘었다. 영철은 가지고 온 돈을 앞에 쌓아놓고 첫 패를 받는다. 영철의 돈이 제일 작다. 다른 사람은 가방과 자루를 양쪽에 놓고 있다. 그래도 영철은 여기 있는 돈을 모조리 긁을 자신이 있다. 아니, 긁고 못 긁는 것은 문제가 될 수 없다. 물에 나왔던 물고기처럼 맥이 없던 영철은 생기가 났다. 후끈 달아 있는 좌중의 노름꾼들이 천하게 보이기까지 한다. 영철은 그들을 멸시하듯 쳐다보고 겉장을 본다. 아홉짜리다. 뒷장은 촛불에 쬐봐야 한다. 엄지손가락으로 겉장을 꼭 누르고 조금씩 조금씩 까보는 맛은 기가 막히다. 흰 것이 떠오른다. 팔 아니면 삥이다. 째지면 구삥이 되고 안 깨지면 일곱 끗밖에 안 된다. 째져라 째져. 째졌다. 구삥이다.

“섰다.”

영철은 두 번을 선다. 뒤따라 성기흔과 김동창도 선다. ‘삼판 따라지가 뭐여…… 에이 씹할……’ 안석환은 팻장을 집어던진다. 다른 사람들도 추풍에 낙엽 떨어지듯 팻장을 떨어뜨린다. 성이 불린다. 쌔륙이다. 김은 장삥, 영철은 바짝 눌리고 만다. 세 명의 끗수가 나란히 나오자 개평꾼들은 ‘하아 참……’ 탄성을 지른다. 그러나 영철은 껄껄 웃는다.

“인사다. 인사여.”

돈은 김이 쓸어가고 화투를 치기 시작한다. 노름꾼들은 눈에 불을 켜고 손 놀리는 것을 쳐다본다. 야마시는 이때 많다. 그러나 영철은 그쪽은 쳐다보지도 않고 옆에 있는 승원을 돌아본다.

"한번 붙어봤어?"

"형님두…… 어제 형님이 준 돈 금방 홀딱 했유."

영철은 씽끗 웃으며 제 앞에 떨어진 화투장을 주워 든다. 다른 사람들은 어물쩍어물쩍 그것을 주워 들며 서로의 눈치 보기가 바쁘다. 노름이란 눈치싸움이다. 팻장이 잘 들어와야 돈 따먹는 것이지만 눈치만 빨라 봐라. 이팔 망통이나 오륙 따라지라도 몽땅 긁어 들일 수 있다. 이 짓은 영철이 제일 잘한다. 눈치가 그만큼 빠른 것이다. 한쪽을 싹 굴렸다가 '섰다.' 하면 모두 죽어버리는데 좌중을 노려보는 애꾸눈은 이때 제일 멋이 있다.

소주병에 꽂아놓은 초가 찌르르 초똥을 떨어뜨린다. 소주병은 초로 옷을 하얗게 입고 있다. 울뚱불뚱한 초똥은 자꾸만 불어간다. 한쪽에 놓여 있는 자장면 그릇엔 계란껍질이며 호떡 부스러기가 들어 있고 담배꽁초가 쌓여 있는 재떨이는 이제 차고 넘친다. 그러나 자꾸만 피워 댄다. 연기가 꽉 찼다. 게다가 열기는 훅훅 뿜어낸다. 열기와 연기가 꽉 찬 방에 모여 있는 사내들은 밤을 샌다. 그러나 이 방엔 노름을 않고 있는 놈이 더 많다. 웃통을 벗어젖히고 벌렁 자빠져서 코를 고는 놈도 있고 처량스럽게 앉아 담배를 빠는 놈도 있고 돈을 따가면 괜히 좋아서 손뼉을 치는 놈도 있다. 이들은 술잔값이나 생각나서 이러는 것이지만 이건 너무 고역이 아닌가. 이들의 수고가 굉장한 만큼 큰 몫을 한꺼번에 따가는 사람은 이들에게 얼마씩 나누어주기도 한다. 노름하는 데 드는 조그만 경비를 위하여 '고리찡'도

떼둔다. 방세도 줘야 한다. 밤을 새우려면 우선 잘 먹어야 한다. 이것저것에 쓰는 경비는 무척 많다. 어떤 때는 판돈보다 경비가 많이 들 때도 있다. 이들은 돈에 미쳐 노름하는 것이지만 돈의 가치를 모르게 되니까 우선 쓰는 것이다.

그때까지 땀만 흘릴 뿐 영철은 한 번도 못 먹는다. 그러나 사뭇 점잖다. 아이들과 함께 노는 어른처럼 의젓하다. 눈치를 보는 법도 없고 야마시 치는 것을 살펴지도 않는다. 그러나 돈이 너무 쏠쏠 나간다. 영철 앞엔 두서너 뭉치의 돈이 있을 뿐이다.

정말 이렇게 끗발이 안 나는 것도 처음 보았다. 쌔칠 따라지가 아니면 삼칠 망통, 잘해야 대여섯 끗이 고작이다. 정말 이럴 수가 있을까. 영철은 오줌 마려운 것도 참아가며 몇 패를 더 받아본다. 그러나 마찬가지다. 돈 딸 생각은 별로 없으나 하룻밤 장난, 아니 불과 두어 시간 장난에 이렇게 돈이 들다니……

"요씨……."

영철은 발칵 고함치고 일어난다. 이제 아랫배가 땡땡하다. 너무 오래 참았기 때문이다. 밤샘을 하면 유난히 오줌이 나오는데 이것은 영철뿐만이 아니다. 노름꾼들은 오줌이 마려워도 좀체로 일어나는 법이 없다. 정말 오줌통이 터질 지경이면 일어난다. 영철은 오줌통이 째지는 듯한 아픔을 느끼며 방 한쪽에 놓인 바께스 쪽으로 간다. 정말 커다란 바께쓰다. 그 옆엔 가마니가 깔려 있고 많은 구두와 흰 고무신들이 제 짝대로 놓여 있다. 아무리 난잡한 노름방이지만 신발만은 틀림없이 잘 놔야 한다. 그것이 포싹 엎어지기나 한다면 그 신발 임자는 재수 옴 붙는다. 돈 잃은 사람은 남의 신발을 몰래 엎어놓기도 하는데 제 신발이 엎어진 것을 알면 제딱 그것을 젖혀놔야 한다. 그러니까 노름하는 데 정신을 팔면서도 언제나 제 신발을 지켜야 한다.

영철은 제 신발이 잘 놓여 있는 걸 쳐다보고 바께쓰 앞에서 무릎을 괴고 자지를 꺼낸다. 된장에 박아놓은 무장아찌처럼 시커먼 게 흐늘흐늘하다. 둥그런 바가지엔 창병을 앓았던 흉터가 희끗희끗한 채 아직도 남아 있다. 영철은 지린내를 물씬 맡아가며 힘없는 자지를 바께쓰에 걸쳐놓고 오줌을 눈다. 그러나 질질 나오는 오줌 줄기는 언제 끊어질지 모른다. 땅기는 뱃살이 시원치가 않다. 영철은 아랫배에 힘을 주어 세차게 뽑는다. 시원하다. 땅기던 것이 풀어졌다. 기분이 좋다. 노름은 기분이다. 기분이 좋으면 이상하게 팻장이 좋게 들어온다. 영철은 껄껄 웃으며 돌아와서 팻장을 집어 들며 호기롭게 소리친다.

"오줌 누고 왔다…… 오주움……."

영철은 좌중을 쭉 훑어보고 팻장을 촛불에 켠다. 겉장은 삥이다. 이것만 봐도 오줌 눈 보람이 있는 듯하다. 오줌을 누고 오면 끗발이 세게 든다고 노름꾼들은 믿는 것이다.

"섰다."

성기흔이 소리친다. 뒤따라 모두 선다. 영철은 잠시 망설인다. 겉장이 삥짜리면 끗발은 붙게 마련이다. 그러나 모두 섰으니까 그대로 덤빌 순 없는 것이다. 영철은 눈곱만큼 까보고 돈을 지른다. 모두 섰을때 하나가 죽지 않으면 좋은 끗발임에 틀림없다. 성은 더 서지 않고 까버린다. 선이 더 안 서면 다음도 더 못 선다. 모두 까버린다. 깐 중에서 제일 센 것은 쌔륙이다. 영철은 콩땡 던지고 신나게 소리친다.

"에이 씹할, 서방 죽고 좆 맛보긴 처음이구나."

영철은 기분이 났다. 긁어 들인 돈에 침을 퉤퉤 뱉고 발로 쿡 찍는다. 처음 개시한 돈은 그렇게 해야 끗발이 붙는다. 영철은 좌중을 쪽 훑어보며 화투를 착착 치고 그것을 나누어준다. 끗발이 날 때는 눈치고 뭐고 없다. 팻장도 볼 필요 없다. 영철은 팻장을 나누어준 다음 제 팻장을 잡으며 소리친다.

"섰다."

영철은 팻장을 보지도 않고 선 것이다. 다른 사람들도 죽 선다. 영철은 꺼림칙하다. 촛불에 슬쩍 화투장을 죄보고 다시 선다.

"또 섰다."

그 밖의 사람들은 모두 죽고 성만 남는다. 성은 고개를 까딱이며 영철의 눈치를 살핀다. 영철은 껄껄 웃는다. 성은 냉큼 소리치며 돈뭉치를 탁 때린다.

"좋다. 돈 놓고 돈 먹기여."

"세 번 섰다."

영철은 까딱도 않고 또 선다. 성은 떨고 있다. 배짱을 부리려 해도 밑천이 없으니 말이다. 그대로 죽자니 두 번이나 풀 쑨 게 억울하다. 성기흔은 제 앞에 있는 돈뭉치를 쳐다본다. 댓 뭉치밖에 안 남았다. 이것마저 홀딱 날아가면 비칠거리며 집으로 돌아가야 한다. 박오분이 는 다 죽어서 돌아오는 서방을 보고 안절부절못할 것이다. 이집 저집으로 돈을 모아가지고 돌아와서 '사내대장부가 돈 쪼꼼 없앴다구 저런 디야.' 서방의 기분을 북돋아 줄 것이다. 성은 제 여편네를 믿고 그러는지 망설일 때와는 달리 냉큼 더 선다. 영철은 성을 노려본 다음 씽끗 웃으며 '섰다.' 소리친다. 성은 완전히 떤 모양이다. 이제 조금밖에 안 남은 돈을 만지작대고 고개를 반짝 쳐든다.

"그만 쇼부하지 잉……."

"싫어. 무슨 소리여……."

영철은 고개를 흔든다. 둘이 합의가 되면 여기서 팻장을 깔 수도 있으나 한쪽에서 싫다고 하면 안 된다. 그러나 영철은 인심이나 쓰듯 성의 남은 돈을 가리킨다.

"조거나……."

남은 돈을 몽땅 대고 이제 털려 나가라는 말이다. 성은 완전히 질린 모양이다. 배짱을 부려봐야 개밥에 도토리고…… 영철은 껄껄대며 돈을 긁어 들인다. 그러나 성은 영철의 팻장이 궁금한 모양이다.

"팻장이나 봐줘. 뭐여?"

"세상에 팻장을 봐주는 놈이 어딨어…… 별꼴……."

영철은 두 끗도 안 되는 따라지를 슬쩍 가운데 묻어놓고 화투를 치기 시작한다. '별것도 아닌데 참……' 성은 혀를 차며 다시 남은 돈을 만지작댄다. 노름이란 밑천이 달리면 언제나 이 모양이라는 걸 성기흔도 잘 알고 있다.

"이제 끗발이 나기 시작하는구나 잉……."

영철은 신이 나서 팻장을 돌려주고 '섰다' 소리친다. 그러나 김, 안, 성, 그밖에 모두 서는 것이 아닌가. 영철은 그만 까버린다. 끗발은 여기서 끊어진 것이다. 성은 삼땡으로 긁어간다. 그러나 성은 영철 때문에 더 못 먹은 것이 원통한 모양이다. 땡을 잡고도 '바닥'에 깔린 돈밖에 못 먹었으니……

"노름은 새벽닭 울 때 봐야능겨……."

그러나 성은 스스로 달래며 팻장을 나누어준다. 영칠은 여느 때 장단이 나온다. 좌중을 쭉 훑어보고 얼굴을 찡그릴 대로 찡그리며 팻장 을 죄보는 것이다.

"섰다."

성이 죽어버리자 안이 소리친다. 모두 따라 선다. 영철도 물론 섰다. 다음은 죽어버린다. 안은 또 선다. 그 밖엔 죽어버린다. 영철도 또 선다. '또 풀 쑤었구먼……' 하면서도 안은 또 선다. 김이 또 선다. 영철도 또 선다.

"이거 끝까장 해볼 티여."

안석환은 영철이 아무래도 무서운 모양이다. 영철의 눈치를 살피며 잠시 생각에 잠겼다가 '에라 그만 까버리자. 더 먹어서 뭘 허니…….' 한다. 안은 쌔륙이다. 김은 장사다. 힘이 제일 세다. 장사집에서는 장땡보다 더 어른이다. 그러나 여느 때는 쎄륙보다 못하다. '요놈은 죽 구……' 안은 김의 패가 죽었다고 소리치며 영철에게 빨리 까라고 소리친다. 신이 난 영철은 소리까지 하며 화투장을 펄쩍 던진다. 일이다.

"일월 솔학 학이나 되어 님의 품으로 날아간다."

영철은 님의 품속으로 날아가듯 두 손을 쭉 뻗쳐 돈을 긁어 들인다. 신이 났다. 시원하게 생긴 학 한 마리가 청솔밭에서 어디론가 날아가고 매화꽃 만발한 가지에 참새가 울고 있지 않은가. 좋다. 정말 좋다.

이 패만 들어오면 영철은 공연히 좋다. 이렇게 노름꾼들은 저 좋아하는 팻장이 따로 있다. 따라서 싫어하는 팻장도 따로 있다. 영철은 오 난초를 제일 싫어한다. 이 패는 영철뿐 아니라 모두 싫어하는 팻장이다. 이놈이 들어오면 아무리 기를 쓰고 죄봐야 가보가 고작이다. 물론 난초가 겹치면 오땡이지만.

그러나 영철은 다시 죽기 시작한다. 그동안 긁었던 돈이 다 나가도록 한 번도 못 먹는다. 정말 이럴 수가 있을까. 영철은 쓴웃음을 지으며 담배를 뽑아 문다.

이어 성기흔도 털렸다. 박오분이 돈 꾸려 가게 됐다. 영철에게 담배를 얻어 피우고 있는 성의 표정은 비통해 보인다. 그러나 영철은 돈 털린 노름꾼의 표정이 조금도 없다. 원래 돈을 따려고 여기 온 것은 아니니까. 그러나 털렸더라도 새벽쯤 해서 털렸으면 좋을 성싶다. 그때 집에 돌아가면 잠도 잘 올 것이고 그동안 기분 좋게 놀 수도 있지 않은가. 그렇다고 잃은 돈이 안 아까운 것도 아니다. 무척 아까운 것도 사실이다. 아니 본전을 찾는 것은 물론 여기 있는 돈을 몽땅 긁고 싶다.

"승원이, 이봐 승원이……."

영철은 저쪽에 벌렁 자빠져 자고 있는 승원을 부른다. 그러나 승원은 깰 기미가 안 보인다. 영철은 엉금엉금 기어간다. 승원의 옆구리를 쥐어박는다. 승원은 '어 어……' 하다가 발딱 일어난다. 영철은 열쇠를 꺼내주고 양 손바닥을 쫙 편다. 돈 열 뭉치를 가져오라는 것이다. 승원은 잠을 이기려고 멍청히 앉아 있다.

"영철이, 나 좀 봐주지……."

성기흔은 승원을 힐끗 쳐다보고 영철에게 사정한다. 그 사정하는 모습이 불쌍하다. 그러나 영철은 무슨 소리냐고 숫제 외면해 버린다.

"좀 봐줘, 친구 좋다는 게 뭔가."

"이 사람이…… 노름판에서 돈 꿔주는 미친놈이 어딨어."

"그래두 친구 아녀, 자네랑 나랑은 말여."

"이 사람아, 부자지간두 없다는 게 노름판인디 친구가 어딨어."

"헤에 그러지 말구…… 내가 돈을 얼마나 잃었는디 이 밤중에 이렇게 있으란 말인가."

"있건 말건 내가 무슨 상관여, 자꾸만 그러지 말라구……."

"자네두 잃구 나두 잃구 단둘이만 떨어져 나왔는디 과부 사정 과부가 알아줘야지…… 나두 집엔 돈이 있단 말여……."

"자꾸만 그러지 말라구……."

영철은 승원의 어깨를 때리며 빨리 가보라고 소리친다. 그러나 승원은 여전히 졸고 있다. 성기흔은 다시 처량스럽게 사정한다.

"이 사람아, 내 지금 심정 알아줘얄거 아녀. 이게 무슨 꼴이냐 말여."

"그래 좋다. 조금 봐주지……."

영철은 마지못해 응낙하고 승원의 어깨를 흔들며 다시 고함친다.

"이 사람아, 빨리 가보라니께……."

승원은 '어어……' 하며 눈을 감은 채 비틀거린다. 성은 살았다는 듯 얼굴에 금방 화색이 돌며 얼마나 봐주겠냐고 묻는다. 영철은 다섯 뭉치를 더 가져오라고 승원에게 다시 분부한다. 승원은 비틀비틀 걸어 나가며 쉰 목소리로 중얼거린다.

"문이 잠겼을 텐디……."

승원이 영철네 집에 오는 사이 잠은 완전히 깨버린다. 그는 영철네 집에 당도하여 잠시 서성거린다. 문은 역시 잠긴 것이다. 그러나 이 집에 들어가긴 아주 쉽다. 미루나무 위로 올라가서 안쪽으로 몸을 돌리면 저절로 집안으로 떨어진다. 참나무 울타리를 하나만 뜯어도 구멍은 난다. 그러나 그는 수챗구멍에 머리를 박는다. 썩은 수채 냄새가 욱 하고 코를 찌른다. 그는 캄캄한 집안을 쳐다보며 일어난다. 도둑놈처럼 살살 기어 건넌방 창문 앞으로 다가가서 안채 식구들이 듣지 못 하도록 낮은 목소리로 똥례를 부른다.

"아주머니……."

"………"

"아주머니……."

"………"

잠에 떨어진 것일까. 승원은 방문 쪽으로 돌아간다. 마루를 무릎으로 기어 올라가 방문을 두드린다. '아주머니……' 역시 대답이 없다. 그는 방문을 살며시 열고 들어간다. 자는 사람을 깨울 수밖에 없다. 승원은 어두운 방 안을 발로 더듬는다. 이부자리가 걸린다. 간신히 전등을 찾아 스위치를 비틀고 부신 눈으로 방 안을 둘러본다. 그러나 없다. 딸기코 딸이 없다. 자던 자리는 그대로 있다. 변소에 갔을 것이다. 그는 불을 켜둔 채 방을 나온다. 그러나 남의 여자가 뒤보는 데까지 쫓아가면 실례될 것 같다. 그는 방에 앉아 잠시 기다린다. 그러나 오지 않는다. 똥독 속에 빠져 죽은 것일까. 그러나 이 집 똥독은 빠져도 죽지 않는다. 그러면 뭘 하는 걸까, 서방질? 딸기코 딸은 그런 위인도 못 될 것 같다. 그런데 어디 갔을까. 이 한밤중에 자다 말고…… 그는 아무래도 이상해서 방을 나온다. 뒤꼍으로 돌아간다. 변소 앞에서 서성거리며 귀를 기울인다. 그러나 똥 떨어지는 소리도 오줌 깔기는 소리도 들리지 않는다. 정말 이상해서 '허어 참……' 하며 사방을 둘러본다. 사방을 둘러보던 그의 시선은 한곳에 딱 멈추어지고 눈은 갑자기 둥그레진다. 어둠이 유난히 짙은 사철나무 울타리 쪽에 흰옷이 도사리고 있는 것이다. 승원은 소름이 쪽 끼친다. 무슨 귀신 같다. 왜 저렇게 앉아 있을까. 승원은 고개를 갸웃거리며 변소 앞에 서 있다. 그러고 보면 저쪽 울타리에 사람이 있는 모양이다. 딸기코 딸은 울타리 속에 손을 넣고 있다. 저쪽 손과 마주 잡은 모양이다. 무엇이라고 소곤거린다. 저쪽의 사내는 누구일까 궁금하다. 조선관 보이? 그런 지도 모른다. 그러나 한가하게 그런 걸 생각할 수가 없다. 돈을 기다리고 있을 형님을 생각하면 마음이 조급하다. 승원은 헛기침을 살짝 한다. 그러나 몹시 크게 들린다. 딸기코 딸은 당황한 모양이다. 저쪽 사내에게 도망치라고 부리나케 손짓한다. 승원의 귀엔 달아나는 사내의 기척이 들리는 것 같다. 그러나 똥례는 꺼내놓았던 쥐덫을 부리나케 넣었던 것이다. 낙엽을 헤치며 쥐덫을 감추는 소리가 승원의 귀엔 그런 소리로 들렸을 것이다.

"밤중에 무슨 일유?"

똥례는 정말 당황한 목소리를 내지른다. 물론 승원은 돈을 가지러 매일 드나들다시피 하지만 이런 밤중에 온 적은 처음이다. 똥례의 가슴은 쿵쿵 방아를 찧고 있다. 그러나 승원은 능글맞게 웃으며 열쇠를 내보인다. 어둠 속에 드러난 승원의 허연 이빨이 똥례에겐 무섭게 느껴진다.

"미안하게 됐시다. 형님이 가져오라는 게 있어서……."

승원은 정말 미안하다는 표정이다. 샛서방과 만나는 걸 훔쳐봤으니 미안한 마음 금할 수 없다.

—형님두 신세 따분하구먼, 저런 걸 여편네라고 믿고 사니……

승원은 열쇠를 받아 들고 방으로 들어가는 똥례의 궁둥이를 유심히 쳐다보며 혀를 찬다. 똥례는 불이 켜져 있는 방 안이 이상해서 가슴은 더 뛰고 있다. 물론 승원이가 그랬을 것은 뻔하지만 그래도 똥례는 기분이 나쁘다. 처녀 쥐한테 가는 것은 아주 캄캄한 때라야 마음이 놓이는데 불이 켜져 있는 것도 모르고 그렇게 앉았던 걸 생각하면 꺼림칙한 것이다.

"기분 나쁘게스리 왜 전등을 켰다. 누구 맘대로……."

똥례는 전등을 꺼버리고 열쇠 구멍을 찾아 그것을 끼운다. 어둠 속에서 돈을 꺼내어 창문을 열고 굴뚝 앞에 서 있는 승원에게 돈뭉치를 하나하나 던진다. 승원은 이상한 년 다 보겠다고 혀를 차면서도 어둠 속에서 돈을 찾아들고 돌아선다. 똥례는 냉큼 소리치고 창문을 닫는다.

"담인 이런 밤중엘랑 오지 말어유."

"예, 예……."

서방질할 때 와서 안됐시다. 승원은 그런 웃음을 띄우며 수챗구멍을 뚫고 나간다.

그러나 수챗구멍엔 승원의 얼굴이 또 나타난다. 불과 삼십 분도 못 돼서다. 물론 영철이 금방 가져간 돈을 엣수했기 때문이다. 그중에서 성기흔에게 다섯 뭉치를 꿔주었으나 열 뭉치는 작은 돈이 아니다. 영철은 후끈 달아 있다. 이번엔 서랍에 있는 돈을 모두 가져오라는 것이다. 승원의 눈은 반짝 빛나고 있다. 사철나무 잎이 무성한 뒤꼍으로 다가간다. 그러나 딸기코 딸은 보이지 않는다. 샛서방과 한참 재미 보고 있을 거라는 그의 생각은 틀린 것이다. 승원은 굴뚝에 올라서 창문을 두들긴다.

"아주머니……."

"………"

"아주머니……."

"………"

자고 있는 건지 샛서방을 보러 밖으로 나간 건지 승원은 알 수 없다. 우선 전등을 켜고 방 안을 볼 필요가 있다. 그는 방문 앞으로 돌아와 잠시 망설인 다음 아까처럼 방으로 들어가 불을 켠다. 딸기코 딸은 벌렁 자빠져 자고 있다. 사람이 들어와도 세상모르고 자는 모습. 홑이불을 훌떡 걷어치고 웃통은 벗고 있다. 다만 속치마 하나를 어설프게 걸쳤다. 그러나 젖통이 다 보인다. 어린애 대갈통만 한 두 개의 젖통은 숨 쉴 때마다 발딱발딱 하는데 한쪽 손엔 치마끈을 꼭 쥐고 있다.

어느덧 승원의 눈은 침침해진다. 아래가 뿌듯하더니 사타구니는 벌써 천막을 치고 있다. 붙어볼까. 승원은 숨 쉴 때마다 벌렁벌렁하는 똥례의 배 위에 올라타고 싶다. 똥례가 소리치면 큰소릴 칠 수도 있다. 서방질하는 걸 똑똑히 보았으니까 그걸 동네에 풍겨놓으면 저도 망신이다. 그러나 영철을 보든지 딸기코를 봐서라도 그렇게 할

순 없을 것 같다. 승원은 말라붙은 입안에 침을 모으며 간신히 아주머니, 부른다. 그러나 숨은 할딱여지고 도무지 말이 안 나온다. 승원은 덮치고 싶은 것을 가까스로 참아가며 똥례의 어깨를 흔든다.

"아주머니……."

똥례는 몸을 꿈틀하며 벌떡 일어난다. 눈을 동그랗게 뜨고 승원을 쳐다본다. 그러나 치마끈은 여전히 꼭 쥐고 있다. 똥례는 치마끈을 꼭 쥔 채 승원에게 소리친다.

"남의 여자 자는 방에 뭣 하러 들어왔다. 별꼴 다 보겠네. 빨리 나가유."

똥례는 그제서야 깜짝 놀란 듯 치마끈을 놓고 젖통을 홑이불로 가린다. 승원은 똥례를 유심히 쳐다보다가 껄껄 웃으며 다시 열쇠를 내보인다.

"형님이 서랍에 있는 돈 몽땅 가져오랍니다."

승원은 열쇠를 집어던지고 밖으로 나간다. 똥례는 제가 쥐고 있던 치마끈을 힐끗 쳐다보고 장롱 서랍을 연다. 그 돈을 가방에 넣어 열쇠와 함께 마루에 내놓는다. 승원은 웃음소리를 남기고 사라진다.

"미안하게 됐시다. 껄껄……."

똥례는 멍청히 앉아 있다. 용팔의 얼굴이 부옇게 떠오른다. 그러나 똥례는 도리질을 한다. 제 서방을 두고 남의 서방을 생각하면 안 된다는 것이다. 그는 부리나케 일어나서 옷을 주워 입고 불을 끄고 살금살금 밖으로 나온다. 어둠을 헤치면서 숨을 죽이고 뒤꼍으로 돌아간다. 그러나 똥례가 바짝 다가가도 처녀 쥐는 반기는 기색이 전혀 없다. 시무룩한 표정으로 주둥이를 땅에 박고 돌아다닌다. 밥을 주어도 먹지 않는다. 어둠 속에 보이는 흰 것은 아까보다 조금도 줄지 않았다. 똥례는 처녀 쥐가 왜 병이 났는지 잘 알고 있다. 아까 승원이 뒤곁에 서 있을 때 똥례는 처녀 쥐의 사타구니를 검사하던 중이었다. 약간 부은 기가 있고 끈끈한 물이 흘렀다.

—너두 잠이나 자봐…….

똥례는 처녀 쥐를 어둠 속에서 쳐다보며 그 앞에 쭈그리고 앉는다. 서방 생각 때문에 병이 난 처녀 쥐가 가엾다. 자 지도 않고 저렇게 앓고 있으니 얼마나 가련한가. 좀 자기나 했으면 좋을 성싶다. 그러나 처녀 쥐가 자는 것을 한 번도 못 보았다. 똥례가 한밤중에 깨는 것은 이제 버릇이 되었다. 지금은 승원 때문에 억지로 깨었으나 처음 승원이 왔을 때쯤 똥례는 언제나 깬다. 살금살금 부엌으로 들어가서 밥을 갖다준다. 똥례가 오는 것을 기다리려고 그러는지는 몰라도 처녀 쥐는 자지 않고 언제나 울타리 밑에서 바스락댄다. 반갑다고 팔짝팔짝 뛰기도 한다. 똥례는 처녀 쥐가 무척 귀엽다. 자지도 않고 저를 기다리는 작은 짐승이 귀여운 것이다. 그러나 제발 자줬으면 싶다. 그러면 저처럼 꿈을 꿀지도 모르는 게 아닌가. 똥례는 방금 달콤한 꿈을 꾸었던 것이다.

노을이 빨갛게 깔린 수철리 산속에서 똥례는 솔가리더미 위에 누워 있었다. 소나무와 전나무 가지들은 노을을 받으면서 봄바람에 살랑댔다. 그러나 그 이름 모를 한 쌍의 새는 보이지 않았다. 그때까지 용팔은 부지런히 나무를 했다. 똥례는 점점 빛을 잃어가는 하늘을 쳐다보며 용팔을 불렀다. 용팔은 솔가리더미로 다가와서 똥례의 옷을 벗겼다. 바지만 벗기는 것이 아니라 작업복 윗도리도 벗겼다. 똥례는 알몸뚱이가 되었다. '왜 나만 벗긴댜.' 용팔은 저도 벗었다. 방아를 쿵쿵 찧어줄 때마다 똥례는 미치는 것 같았다. '아저씨, 오늘 밤 엘랑 집에 가지 말어유. 잉……' 똥례는 산속에서 자고 싶어 방아를 다 찧고 나자 용팔의 품속으로 기어들며 소곤거렸다. 용팔은 똥례를 꼭 껴안아 주며 그러자고 했다. 그러나 달아나려고 하는 것이다. 똥례는 못 간다고 소리치며 용팔의 물건을 꼭 틀어쥐었다. 이상하게 고드름처럼 찼으나 그것을 녹일 듯이 꼭 틀어쥐다가 잠에서 깨었다. 물론 승원이 때문이다. '형님이 서랍에 있는 돈 몽땅 가져오랍니다.' 똥례는 제 치마끈을 꼭 쥐고 꿈을 꾸었던 것이다.

다시 처녀 쥐는 찍찍내며 주둥이를 땅에 박는다. 그 소리는 유난히 크게 들린다. 처녀 쥐도 저처럼 그런 꿈을 꾸었다면 저렇게 울지는 않으리라, 그 꿈은 생시보다 더 기분이 좋았다. 해서 달아나려는 용팔아저씨가 꿈속에서도 얼마나 원망스러웠는지 모른다. 아니 잠을 깨워놓은 승원이 괘씸했다. 똥례는 한참 동안 처녀 쥐네 집 앞에 앉았다가 부시시 일어난다. 아무래도 쥐는 사람처럼 그런 꿈은 꾸지 못할 것이다. 내일이라도 수놈을 잡아다 흘레를 붙여줄 참이다.

7

이 집 저녁은 몹시 이르다. 해 떨어지기 전에 벌써 설거지까지 마치고 똥례는 건넌방 마루 앞에 앉아 있다. 이 집 식구들도 모두 나와 있다. 방문을 모두 열어놓고 마루에 앉아 바람을 쐬고 있다. 그러나 바람은 한 점도 없다. 노랑녀와 배불뚝이노파는 부채질을 한다. 모녀가 똑같이 가슴을 풀어헤쳤다. 오뉴월 황소불알처럼 척 늘어진 노랑녀의 젖통은 부채질할 때마다 털레털레한다. 그러나 배불뚝이노파는 사내 젖처럼 흔적만 남았다. 다만 가슴패기엔 쭈글쭈글한 주름이 있고 국에 든 쇠고기 한 점만 한 것이 양쪽에 붙어 있을 뿐이다.

이때 열려 있는 판자문으로 조서방이 들어온다. 조서방은 흙손이며 흙칼 같은 토역일 할 때 쓰는 연장을 양손에 들었고 논에서 방금 돌아온 농부처럼 베바지를 무릎까지 걷어올렸다. 그는 하루 종일 앞집 고서방네 담벽을 쳐주고 이제 돌아오는 중이다. 노랑녀는 연신 젖통을 털레거리며 서방에게 소리친다. '저녁은 어떡했수?' '먹긴 먹었는디……' 또 먹어야겠다는 말이다. 노랑녀는 동평에게 상을 차리라고 분부한다. 동평은 부엌으로 쪼르르 들어가 봐둔 상을 마루로 내왔고 조서방은 흙 묻은 연장과 발을 우물에서 씻고는 뒤꼍으로 들어간다. 연장을 두러 가는 것이다. 그러나 조서방은 금방 쥐덫을 들고나온다. 바로 처녀 쥐다. 서방 생각이 나서 찍찍대다가 조서방에게 발각된 것이다. 순간 똥례의 눈은 반짝 빛난다. 가슴이 두근거린다. 이 집 식구들은 잡힌 쥐에게 모두 시선이 쏠린다.

"어이구, 쥐 등쌀에 살 수가 있어야지. 쌀농사 많이 짓는 집에나 가서 파먹든지 지랄을 하든지 하지……우리 집에 뭐가 있다구 그 지랄들인지……."

노랑녀가 젖통을 털레거리며 푸념을 하자 배불뚝이노파는 쥐덫 속에 한 주먹이나 그대로 있는 밥 덩이를 보고 동평과 똥례를 번갈아 쳐다보며 야단이다.

"누가 밥을 저렇게 많이 놨어 잉…… 조금만 놔두 될 걸…… 도대체 쥐덫은 누가 논 거여……."

동평은 똥례를 쳐다본다. 제가 안 놨으니까 어리둥절한 표정이다. 똥례도 어리둥절한 표정을 짓는다. 공연히 흉물을 떠는 거다.

"이년들아, 밥이 썩어 문드러졌니, 저렇게 내버리게……."

노파가 손녀, 외손주 며느리 할 것 없이 이렇게 휩쓸어넣고 욕을 퍼붓자 노랑녀가 제 어미를 나무란다.

"어이구 엄닌, 뭘 또 저런댜. 손톱 밑에 가시 든 것만 알구 간뎅이 썩어들어가는 건 모르는구먼…… 쥐 한 마리가 있는 게 집안에 얼마나 손핸디. 밥 한뎅이 없어진 게 그렇기 아까운가……."

노랑녀 말 참 잘했다. 노파는 진무른 눈을 껌뻑이며 아무 말이 없다. 그러나 노랑녀의 말에 똥례가 생기가 난 듯 소리친다.

"밤에 잠을 못 자겠유. 쥐들이 반자서 지랄하는 통에……."

—뭐 쥐 땜에 못 자니, 서방 생각 때미 못 자지……

노랑녀는 똥례의 말에 부채질을 멈추고 며느리를 유심히 쳐다본다. 다른 것은 모르지만 그 잠 못 드는 심정만은 잘 알고 있다. 어쩌다 불이 꺼진 건넌방을 쳐다보면 잠을 못 자고 몸을 뒤척이는 며느리가 눈에 보이는 듯했다. 젊은 년이 얼마나 가엾으냐. 생각하면 영철이 죽일 놈인데 잠을 자다 들어보면 방문이 살며시 열리고 며느리는 변소를 드나드는 것이다. 아마 밤똥을 누나 보았다.

"너 밤 똥을 누니?"

순간 똥례는 가슴이 두근거려진다. 처녀 쥐와 만나려고 한밤중에 일어나는 소리를 들었음에 틀림없다. 그러나 밤똥을 누려고 그러는 줄 알지 않는가. 똥례는 냉큼 대답한다.

"밤똥 눠유."

"밤똥 누는 것두 병여. 밤중에 한번 똥을 누게 되면 버릇이 돼서 그때쯤은 꼭 일어나야 되는디 얼마나 성가시다구…… 닭장에다 세 번 절하면 낫는다. 빨리 닭장에다 절해여."

노랑녀가 소리치자 배불뚝이 노파가 덩단다. 노파도 외손주 며느리가 밤똥을 누려고 일어나는 것을 여러 번 들었다.

"이년아, 지금이 젤 존 때여, 빨리 해여."

밤똥 누는 버릇이 생기면 이 고장 사람들은 닭장에 세 번 절을 한다. 해가 떨어질 때, 그러니까 닭들이 둥우리에 오를 이맘때가 가장 좋다. 어렸을 때 물론 똥례도 그 짓을 해봤다. 또 밤중에 오줌 싸면 어떠냐. 날이 밝으면 머리에 키를 쓰고 봉순네로 소금을 받으러 가야 했다. '요놈 오줌을 쌌구나……' 봉순네는 부지깽이로 머리에 쓴 키를 두드리며 벼락을 때린다. 누구네 집에서든 아침에 키를 쓰고 오는 아이가 있으면 이렇게 울려놓게 마련이다. 똥례가 앙, 울음을 터뜨리면 봉순네는 똥례의 몸에 소금을 뿌려주고 그것을 한 움큼 쥐어준다. 똥례는 얻어온 소금으로 이를 닦았던 것이다.

그러나 이 집엔 닭장이 없다. 앞집 고서방네 닭장에 대고 절을 하면 되는 것이다. 고서방네는 닭을 많이 친다. 똥례가 시집오던 날 노랑녀가 날려주던 수탉도 그 집에서 가져온 것이다. 똥례는 조서방이 처녀 쥐를 죽이고 있는 안마당 쪽으로 걸어간다. 찍찍 옆에선 처녀 쥐가 죽임을 당하고 있는데 똥례는 중얼거리며 그쪽에 대고 정성껏 절을 한다.

"닭이 밤똥 누지, 사람이 밤똥 누니……."

조서방은 처녀 쥐의 대갈통을 뒤꿈치로 누르고 있다. 찍찍— 처녀 쥐는 날카로운 비명을 지른다. 똥례는 비명을 옆으로 들으며 멍청히 서 있다. 고서방네 뒤곁에 선 오동나무 잎새에 깔린 빨간 노을이 아름답다고 생각한다. 재작년 동짓날 수철리 산속에서 보던 그 노을이었다. 붉은 노을 속에서 내질렀던 비명소리는 온 산에 메아리쳤다. 똥례는 제 비명을 다시 들을 수 있었다. 그 소리가 다시 조서방네 안마당에서 퍼지고 있는 것이다.

"왜 그러구 서 있니. 빨리 허지……."

노랑녀가 뒤에서 소리치자 똥례는 깜짝 놀란 듯 몸을 움츠린다. 그러나 양손을 옆으로 들어올렸다가 앞으로 합장하며 정성껏 두 번째 절을 한다.

"닭이 밤똥 누지, 사람이 밤똥 누니……."

—찍찍.

처녀 쥐는 다시 비명을 지르고 있다. 똥례는 그 소리를 마지막으로 들으며 세 번째 절을 한다. 시집오던 날 노랑녀가 날려주었던 그 수탉을 생각하며 정성껏 절을 하는 것이다.

"닭이 밤똥 누지, 사람이 밤똥 누니……."

머리통이 박살 난 처녀 쥐는 피를 흘리며 쭉 뻗어 있다. 조서방은 그것을 문 옆에 있는 쓰레기통에 버리고 마루로 올라온다. 노랑녀는 조서방이 밥을 먹도록 자리를 비켜주며 일어나더니 부채를 들고 밖으로 나간다. 배불뚝이노파도 밖으로 나간다. 하천둑이나 개울 건너 강서방네로 가는 것이다. 시원한 바람을 쏘이며 동네 사람들과 이런 얘기 저런 얘기를 할 것이다.

해는 누가 훔쳐간 듯 금방 없어지고 참새들이 푸릉푸릉 제집으로 찾아들고 있다. 조선관 살구나무에선 해가 졌는데도 이상하게 까치가 짖고 있다. 똥례는 제가 이 집에 오던 날 들었던 까치소리를 생각하며 마루에 앉아 있다. 시선을 힐끗힐끗 처녀 쥐의 시체가 있는 쓰레기통을 쳐다본다. 가엾다. 마지막으로 서방맛을 못 보여 준 것이 서운하다. 똥례는 오늘 총각쥐를 잡으려고 집안을 돌아다녔으나 허탕을 쳤던 것이다.

"상 내가……."

조서방은 소가 '움매애……' 하듯 소리치고 윗방으로 들어간다. 그는 밥 먹으면 그대로 쓰러진다. 똥례는 상을 들고 부엌으로 들어간다. 동평은 배불뚝이노파와 노랑녀가 사라지자 벌써 나간 것이다. 똥례는 설거지를 간단히 마치고 방으로 들어와서 벌렁 자빠진다. 어쩐지 몸이 나른하다. 똥례는 어두운 천장을 향하여 그대로 누워 있다. 벌집을 쑤시어놓은 듯 머리가 산란하다. 조선관에선 기생들의 노랫소리도 들리지 않고 까치가 깍깍— 어디론가 날아가고 있다. 이 소리가 사라지자 이쪽으로 다가오는 발자국 소리가 들린다. 똥례는 잠자듯 그대로 누워 있다. 그러나 두 귀만은 방문을 지키고 있다. 방문이 꽝 열리고 승원이 안을 들여다본다. 그래도 똥례는 자는 척 가만히 있다. 승원은 잠시 망설이더니 어제처럼 방으로 들어오는 것이다.

"뭣 때미 사람두 부르지 않구 들어오는 거유."

똥례는 누운 채 발칵 고함친다. 승원은 주춤 방문 앞에 서서 껄껄 웃는다.

"난 또 자는 줄 알었지…… 미안하게 됐시다."

똥례는 다시 눈을 감고 있다. 승원은 아무 말 없이 그렇게 서 있다가 입을 연다.

"아주머니헌티 맡긴 돈이 있다구 해서…… 형님이 빨리 가져오라는디……."

똥례는 눈을 껌벅일 뿐 아무 말이 없다. 아궁이 속에 감춰둔 돈까지 가져오라니 할 말이 없는 것이다.

"빨리 가져오랍니다. 형님은 지금 잔뜩 화가 나 있는디……."

"누가 화났으면 겁 날 줄 아남…… 난 죽어두 못 내놔유."

"형님 맘 상하게 하지 말고 빨리 내노쇼. 노름이란 건 기분이 나쁘면 되지 않는 거니께 기분 좋게 해드려야지……."

"죽어두 못 내논다니께 왜 저 양반이 말 시키구 야단이랴……."

"그러지 말고 빨리 내노쇼, 시간 없는디……."

"정말 저 양반이 왜 저런댜. 말하기 싫다니께……."

"그러니께 빨리 내노시라구…… 껄껄……."

"말허기 싫단 말유. 빨리 가유."

정말 말하기 싫다. 똥례가 발칵 고함치자 승원은 어둠 속에서 똥례를 노려본다. 누굴 밥 얻어먹으러 온 거지로 아는지 불도 안 켜놓고 발랑 자빠져서 호령하는 저년이 괘씸한 것이다. 돈은 줘도 좋고 안 줘도 좋다. 저는 영철의 심부름만 해주면 그만이 아닌가. 그러나 저년의 태도 좀 보아라. 정말 배 위에 올라타야 일어날 것인가. 저년은 지금 한참 상심해 있을 것이다. 승원은 영철이 걱정하는 것을 많이 들었다. '약을 먹어야 할 텐디……' 무슨 약이 좋으냐고 승원에게 묻기도 했다. 도무지 가운뎃다리가 서질 않는다는 것이다. 그러니 어젯밤 샛서방과 만나던 것도 이해할 수 있다. 계집은 서방이 구실을 못 하면 그렇게 된다는 것을 승원은 알고 있다. 저를 그만큼 이해해주면 그것을 알아줘야지. 더구나 어젯밤 일도 있었으니 입을 막기 위해서라도 살부드럽게 대해주어야 할 게 아닌가. 승원이 약이 올라 한참 똥례를 노려보자 똥례는 발칵 고함을 치며 일어난다.

"왜 그렇게 사람을 노려봐유. 뭣 때미……."

승원은 껄껄거리며 문을 쾅 닫고 돌아선다. '미안하게 됐시다.' 그는 어디까지나 점잖게 대해주고 노랑녀네를 나온다. 덥다. 그는 남방을 벗어 어깨에 둘러메고 골목으로 더 내려간다. 여노인네에 당도하자 헛기침을 몇 번 하고 방으로 들어간다. 그러나 영철은 승원이 돌아온 것도 모르고 후끈 달아 있다. 영철의 모습은 핼쑥하다. 다른 두 명도 마찬가지다. 다만 독이 더 오른 눈들만 어제보다 더 살아 있다. 승원은 영철의 어깨를 탁 치며 걸껄거린다.

"형님, 안 줍디다."

"가만둬……."

영철은 중얼거리며 화투를 촛불에 된다. 승원이 잠깐 없는 사이 그래도 많이 긁은 모양이다.

"섰다."

영철의 목소리는 어느 때보다 날카롭다. 이틀 동안 계속되는 이번 판은 처음보다 규모가 훨씬 커졌으니 영철도 열이 오를 대로 올랐다. 노름이란 시간을 끌면 끌수록 판은 점점 커지는 법이다. 영철이 서자 안도 선다. 이어 김도 선다. 영철은 팻장을 깐다. 갑오다. 셋이

하는데 갑오면 서볼 만한 끗발이다. 영철이 갑오로 긁어 들인다.

영철은 입을 꾹 다물고 안석환과 김동창을 번갈아 노려보며 화투를 친다. 성기흔은 오늘 새벽에 털렸고 그 밖의 두 명도 그때 털렸다. 안의 양쪽으로 지전 뭉치들이 그득히 쌓여 있다. 김도 마찬가지다. 영철의 가방이 제일 허술하다. 허술하면 채워야 한다. 영철은 눈을 희번덕이며 화투장을 돌린다. 패를 돌리고 제 패를 집는다. 겉장은 삼짜리다. 좋지 않은 자다. 뒷자가 뭐냐. 영철은 얼굴을 찡그리며 쥔다. 팔짜리다. 삼팔 따라지다. 영철은 팻장을 집어던지며 이를 간다.

"에이 씨팔, 불 같은 집안에 뭣 같은 손님이 오네……."

돈은 안이 긁어 들이며 화투를 친다. 영철은 꾸러미에서 계란을 빼내어 툭 깨쳐 먹고 '요씨……' 한다. 계란을 먹고 힘을 내야 한다. 계란 껍질은 수북이 쌓여 있다. 사이다병, 소주병도 제 마음대로 뒹굴고 있다. 영철은 그것들을 쳐다보고 승원을 부른다.

"이 사람아, 이것들 좀 버리지 뭘 해여……."

승원은 담배꽁초며 계란껍질 같은 쓰레기와 함께 오줌바께쓰도 버리고 들어온다. 안은 다시 승원에게 돈을 내주며 심부름을 시킨다.

"한성루에 가서 말여, 우동 좀 시켜오구…… 괴기 좀 사다 여기 할머니헌티 볶으라구 허구 말여…… 소주두 사오구…… 또……."

하지만 내미는 돈은 몇 푼이 안 된다. 승원은 그것을 들고 밖으로 나간다.

승원이 나가고 한판을 끝냈을 때 성기흔이 들어온다. 그는 이발을 말끔히 했다. 옷도 시원한 모시 바지저고리로 싹 갈아입었다. 얼굴도 시원하다. 박오분이가 지켜보는 가운데 잠을 푹 잤나 보다. 그의 몸뚱이엔 박오분이 정성이 그대로 담겨 있다. 돈을 꾸러 이 집 저 집으로 뛰어다닌 박오분이가 그대로 그 보자기와 함께 여기 온 것 같다. 성기흔은 영철이 앞에 앉으며 중얼거린다.

"어젠 드럽게 끗발 안 붙데……."

패는 넷으로 불었다. 김은 팻장을 나누어준다. 영철은 팻장을 쥐보고 마구 신경질을 부리다가 무엇이 생각난 듯 성을 돌아본다. '어제 꾼 돈 주지……' 노름판에선 꿔주는 놈도 미친놈이고 꾼 것을 갚는 놈도 미친놈이다. 그러나 성은 아무 말 없이 영철에게 다섯 뭉치를 내준다. 영철은 그것을 허술한 가방 속에 넣는다.

그러나 심부름 간 승원이 돌아올 때까지 영철은 한 번도 못 먹는다. 다른 사람들은 우동도 먹고 이 집 노파가 볶아 온 고기와 함께 소주도 들었으나 영철은 빨리 하자고 소리칠 뿐 아무것도 먹지 않는다. 제일 많이 잃었으니까 여기 처음 올 때와는 달리 조바심이 나는 것이다. 그러나 판은 다른 사람들이 처먹을 것 다 처먹고 마실 것 다 마시고 시작된다. 영철은 입을 꾹 다물고 패를 조여본다. 역시 팻장은 신통치 않다. 돈은 성이 자꾸만 긁어 들인다. 그러나 드디어 올 것은 왔다. 영철의 얼굴에 긴장이 감돈다. 엎어보아도 구짜리, 젖혀보아도 구짜리, 바로 구땡이다. 영철의 손은 부들부들 떨린다. 노름꾼들은 좋은 패를 잡으면 누구나 떤다. 장땡을 잡아도 마찬가지다. 영철의 얼굴은 핼쑥하게 변한다. 어제 장땡 한 번 잡아보고 큰 패를 잡기는 이번이 두 번째다. 그러나 장땡을 잡았을 때는 선이 까버렸던 것이다. 얼마 먹지 못했다. 그러나 이번엔 영철이 선이다. '손님'을 많이 끌어야 한다. 영철은 좌중을 훑어보고 한마디 씹어뱉으며 한뭉치를 가운데 던진다.

"에이 씨팔, 못 해먹겠네……."

"섰다."

안과 성이 따라 던진다. 김은 영철의 눈치를 알아차렸는지 그대로 죽어버린다.

"사내는 배짱, 지집은 절개다……."

영철은 다시 한뭉치를 던진다. 안과 성은 따라 선다.

"산에 가야 호랭일 잡구 물에 가야 괴길 잡구……."

영철은 다시 한뭉칠 던진다. 안과 성은 또 따라 선다.

"돈 놓구 돈 먹기다. 돈 안 놓으면 누가 주나……."

영철은 또 선다. 안과 성은 또 따라 선다.

"못 따라오면 병신이다. 끝까지 해볼 테니께……."

안과 성은 영철을 따라 끝까지 선다. 그러나 영철은 열두 뭉치를 서고 더 못선다. 자본이 없다. 영철은 가운데 수북이 쌓인 돈을 보고 구땡이 아깝다고 생각한다. 안은 그만 까자고 한다. 영철은 팔짝 뛴다. 승원을 부르며 돈을 가져오라고 한다.

"에이 난 소용 없소. 형님이 가쇼."

"빨리 시간 없으니께…… 화투장을 잡고 어딜 가란 말여."

"내가 잡고 있을 테니께 빨리 갔다 오쇼."

만약 승원이 가서 아까처럼 허탕을 치면 시간만 잡아먹을 것이다. 영철은 제가 가야 한다고 생각한다. 정말 귀찮지만 영철은 일어날 기색이다.

"그럼 말여, 내 팻장을 승원이헌티 인계헐 테니 잘 보라구……."

승원은 손바닥을 편다. 영철은 팻장을 그 위에 놓는다. 성과 안은 뚫어져라 그것을 본다. 개평꾼들도 모두 와서 들여다본다. 영철은 허뚱거리며 일어난다. 만 하루 동안 꼼짝 않고 앉아 있었으니까 쓰러질 것 같다. 그러나 승원에게 단단히 부탁한다.

"남은 팻장이랑 잡고 있는 패 잘 봐……."

승원은 고개를 끄덕인다. 그러나 안은 팔목시계를 쳐다보며 조건을 붙인다.

"이십 분 안에 안 오면 우리 둘이 쇼부허는 거여."

"그건 걱정 말라고…… 십 분이면 갔다 올 테니께……."

영철은 집으로 달려간다. 그러나 칠흑 같은 어둠이 골목을 막고 있다. 다리는 휘청거린다. 눈은 외짝이다. 공연히 부렸던 객기가 후회된다. 그러나 이번만 따면 노름은 안 할 참이다. 장난하는 노름도 안 할 참이다. 영철은 한쪽 눈으로 좁고 어두운 골목길을 찾아 집으로 향한다.

영철은 판자문을 연다. 그러나 문은 열리지 않는다. 잠긴 것이다. 영철은 미루나무를 타고 올라가 몸을 안쪽으로 돌리고 그대로 떨어진다. 도둑놈이 담을 뛰어넘는 것 같다. 집안은 어둡다. 건넌방문을 열고 안으로 들어간다. 방 안은 쥐소리 하나 들리지 않는다. 영철은 전등을 찾아 불을 켠다. 똥례는 방바닥에 그대로 엎어져 누워 있다. 이부자리를 깐 것도 아니고 옷을 벗은 것도 아니다. 깊은 잠이 든 것도 같지 않은데 죽은 듯이 그대로 자빠져 있다. 영철은 똥례의 궁둥이를 발로 툭 치며 소리친다.

"이년아. 죽었니?"

"죽었유."

"죽은 년이 어떻기 말을 허니?"

"죽은 년은 왜 말을 못허나……."

"빨리 일어나. 이년아. 서방이 들어왔는디두 발딱 자빠져 있는 년이 어딨어."

영철이 고함을 치자 똥례는 냉큼 일어나 앉는다. 죽어 있기는커녕 말똥말똥한 눈엔 그동안 울고 있었던 듯 눈물이 점병점병하다.

"내가 맡긴 돈 있지, 내놔라……."

영철은 부드럽게 말한다. 똥례는 치마로 콧물을 닦을 뿐 아무 말이 없다.

"빨리 내놔, 시간 없으니께……."

영철은 기다리고 있는 노름꾼들을 생각하자 조바심이 난다. 그러나 똥례는 태연스럽게 영철을 쳐다본다.

"무슨 돈 말유?"

'무슨 돈?' 하며 영철은 능청을 떠는 계집을 쳐다보고 입을 벌린다. 아무래도 돈은 내놓게 되겠지만 시간이 바쁘다. 이십 분 안에 못가져 면 구땡이 허사가 될지도 모른다. 영철은 가슴에서 불이 오른다. 발칵 고함을 치며 이를 바드득 간다.

"빨리 내놔, 이년아…… 일 초가 급하단 말여……."

그러나 똥례는 꼼짝 않고 있다. 영철은 복통이 터질 듯하다. 눈에 새파란 불을 켜고 팔팔 뛰기 시작한다.

"정말 못 내놓기여, 이년아……."

"절대로 못 내놔유."

똥례는 그제서야 얼음장처럼 차게 버틴다. 영철은 주먹으로 똥례의 볼따귀를 세차게 때리며 다시 고함. '이 썅년아. 못 내놔……' 그래도 똥례는 까딱 않고 있다. 영철은 숨을 훅훅 몰아쉬며 이번엔 달래기 시작한다.

"이건 돈만 갖다 뵈면 금방 갖고 오는 거여. 승원이헌티 금방 보낼 테니께 귀먹던지 삶아먹던지 네 맘대루 허구 빨리 내놔……."

"죽어두 못 내 논다니께 왜 자꾸만 이런댜."

"이년아. 그 돈만 갖다가 뵈면 금방 그것버덤 열 배는 더 가져오는디……."

"………"

"정말 이러기냐 잉……."

영철은 주먹을 불끈 쥐며 이를 간다. 다시 대들 기세다. 그러나 똥례는 소 죽은 귀신처럼 말이 없다. 영철은 복장이 탁 터진다. 똥례를 치기 시작한다. 양다리와 손을 써가며 닿는 대로 짓이긴다. 돈을 내놓을 때까지 때릴 참이다. '빨리 내놔, 죽기 전에……' 똥례는 극극, 신음을 토해내며 나자빠져서 발버둥을 친다. 그러나 입을 꾹 다물고 있다. 어느덧 똥례의 얼굴엔 멍이 자꾸만 생기고 코에선 피가 흐른다. 영철은 이제 때릴 기운이 없는지 숨을 학학 몰아쉬며 엄살을 부리듯 신음하는 똥례를 노려본다.

"빨리 내놔. 니가 똥을 긇구 있는 모양인디…… 그 돈을 니 돈이라구 허구…… 나 잠깐만 빌려달란 말여, 빨리……."

똥례는 온몸이 축 처져 있다. 흐릿한 눈동자로 영철을 노려볼 뿐 말이 없다.

"똥 끓지 말어…… 내가 그 돈마저 내버릴 줄 아니…… 빨리 내놔. 시간 없단 말여, 이 쌍년아……."

똥례는 피투성이가 된 얼굴로 영철을 노려보고 악을 쓴다.

"죽여, 죽여……."

"야, 내가 지금 구땡을 잡아놓구 돈이 모자라서 온 거여…… 너 구땡이 뭔지 아니?"

"모른단 말유."

영철은 조급하게 '섰다'를 설명한다. 그러나 조급해서 그런지 졸가리가 닿게 말이 안 나온다. 사실 '섰다'를 설명할 경황이 없다. 그러나 그는 되는대로 씨부린다. 삥, 땡, 갑오, 따라지, 망통…… 입에 거품을 물고 한참 지껄이다 저는 구땡을 잡았다고 한다. 구땡을 잡으면 돈은 그냥 긁어 들이는 것이라고 얘기하고 '그래도 모르겠니?' 조급하게 다그친다.

"모른단 말유."

"이 똥이 모가지까지 꽉 찬 년아……."

영철은 답답하다는 듯 벽력같이 고함치며 죽을 힘을 다해서 똥례를 치기 시작한다. 똥례는 몸을 엎치락뒤치락하며 '죽이라'고 악을 쓴다. 영철은 완전히 미쳐버렸다. 젖혀지면 배를 발로 짓이기고 엎어지면 등을 그렇게 한다. 갈비뼈, 대갈통, 젖통, 닿는 대로……

—아가가, 그극……

똥례는 몸을 피할 생각도 않고 이상한 신음을 토해낸다. 벌써 정신은 달아났다. 그러나 정신이 혼미한 속에서도 죽는다는 생각이 퍼뜩 든다. 그래도 똥례는 입을 열지 않는다. 이때 윗방이 쾅 열리며 노랑녀가 뛰어나오고 있다.

"이놈의 새끼야, 왜 곤히 자는 애는 가지고…… 밤중에 뛰어 들어 와서……."

그래도 영철은 때리는 것을 그치지 않는다. 똥례는 눈을 홉뜨며 완전히 정신을 잃고 있다. 그러나 피가 흐르는 입은 드디어 터졌다. 똥례의 입에서 모기만 한 목소리가 터지자 영철은 때리는 것을 그친다.

"아궁이 속에……."

영철은 눈을 희번덕이며 밖으로 뛰쳐나갔고 노랑녀는 방으로 들어온다. 이어 배불뚝이노파도 건넌방으로 들어온다. 송장이 다 된 똥례를 보고 노랑녀는 부들부들 떨고 있으나 노파는 아무 말이 없다.

"천하에 죽일 놈의 자슥…… 아이고 이걸 어쩐댜……."

노랑녀는 건넌방 아궁이 속에서 돈 자루를 찾아들고 어둠 속으로 쏜살같이 사라져가는 영철을 쳐다보며 넋을 놓고 앉아 있다. 정말 저희들끼리 투닥투닥 싸우는 줄만 알았지 '제 지집'을 저 지경까지 만드는 줄은 몰랐던 것이다.

"아이구 이놈의 새끼, 인제 지집맛두 다 봤어……."

노랑녀는 맥없이 주저앉아 넋두릴 하며 똥례를 쳐다보다가 '엄닌 왜 그러구 있유. 사람이 다 죽어가는디…… 물 좀 떠 와유……' 제 에미 에게 소리친다. 배불뚝이노파도 눈을 홉뜨고 있는 똥례가 죽을까 겁이 드는 모양이다. 황급히 물을 뜨러 밖으로 나간다.

똥례는 벌렁 자빠져 있다. 그러나 똥례의 눈엔 무엇인가 보이는 것이 있다. 그리고 몸은 자꾸만 흔들린다. 가마를 탔다는 것이다. 아니 새 상여라고 했다. 지난겨울 호롱골에서 장만한 새 상여라고 했다. 똥례는 몸이 흔들린다. 어디를 가고 있는 모양이다. 똥례는 휘장을 걷어친다. 맨 앞에 상여를 멘 것은 용팔과 철봉이다. 다른 사람은 아무도 없다. 그래도 상여는 잘도 간다. 똥례는 이상하다고 생각한다. 그러나 상두꾼들의 음성은 여전히 들려온다.

—어허이 어하, 어허이 어하.

—병풍에 그린 닭이 푸드득 날면 오시려나.

—어허이 어하, 어허이 어하.

—가마솥에 폭 삶은 강아지 워겅컹 짖으면 오시려나.

—어허이 어하, 어허이 어하.

요령잡이의 구슬픈 노래도 들려오고 상두꾼들의 합창도 들려오지만 그들은 보이지 않는다. 똥례는 이상하다고 생각하며 어디를 가는 중이냐고 묻는다. 공동묘지로 간다고 누가 소리친다. 용팔의 음성인지 철봉의 음성인지 분간할 수 없다. 아니 다른 사람의 음성인지도 모른다. '난 이렇기 살어 있는디……' 똥례는 통곡을 터뜨린다. 산 사람을 송장처럼 상여에 싣고 공동묘지로 묻으러 가는 것이 억울하고 무섭다. 내려달라고 발버둥을 친다. 그러나 너는 죽은 거라고 누가 소리친다. 이 소리가 들리자 상여는 갑자기 멈춘다. 똥례는 울음을 그치고 상여 속을 쳐다본다. 그것은 상여가 아니라 상엿집이다. 똥례는 시집을 가려고 상엿집에 들어왔다고 생각한다. 방금 탔던 것도 상여가 아니라 시집갈 때 타고 가는 꽃가마라고 생각한다. 그러니까 용팔과 철봉이 꽃가마를 메주었을 것이라고. 똥례는 활짝 웃으며 상엿집 안을 둘러본다. 상엿집 대들보엔 어떤 처녀가 청띠로 목을 매고 죽어 있다. 몸이 허공에 둥실 떠 있다. 두 눈은 삐져나왔고 혀를 빼물었다. 벌거벗은 몸뚱이는 빨간 휘장으로 가려졌는데 그 밑으로 두 다리가 나와 있다. 그 두 다리가 조금씩 조금씩 흔들린다. 똥례는 흔들리는 두 다리만 쳐다보고 저게 누구냐고 소리친다. '똥례다' 누가 소리친다. 똥례는 대들보를 올려다본다. 그러나 그것은 틀림없는 봉순이인 것이다. 깻묵을 먹다 재채기를 했는지 얼굴에 주근깨가 잔뜩 흩어진 것만 보아도 틀림없는 봉순이다. 똥례는 통곡을 터뜨리며 '봉순인디……' 소리친다. 죽지 않은 사람을 보고 죽었다고 하니 답답하고 무서운 것이다. 그러나 저건 분명히 똥례라고 누가 다시 소리친다. 시집갈 때 상엿집에 들어간 까닭에 거기 있는 모든 귀신들이 붙어서 저렇게 죽었다는 것이다. 똥례는 그 소리에 몸을 바들바들 떨며 대들보를 다시 쳐다본다. 그것은 봉순의 얼굴이 아니라 바로 자신의 얼굴이다. 똥례는 악 비명을 지른다.

"얘야, 니가 어쩐 일여……."

노랑녀는 똥례가 깨어나자 물바가지를 배불뚝이노파에게 건네주며 반갑게 소리친다. 겁에 질려 있던 노파도 자리를 뜰 줄 모르고 그대로 앉아 있다. 그러나 똥례는 눈을 하얗게 희번덕이다 파란 불을 내뿜곤 한다. 바들바들 경련이 지나가는 입가엔 힐쭉힐쭉 웃음이 흩어진다. 이 집 모녀는 서로 쳐다보며 겁에 질려 있다.

8

영철이 돈 자루를 안고 들어가자 방 안은 갑자기 물을 끼얹은 듯 조용하고 시선들이 모두 영철에게 쏠린다. 안석환은 팔뚝시계를 쳐다보고 아무 말이 없고 성은 시선을 천장에 주고 있다.

"자, 쉰 뭉치여……."

영철은 세볼 것도 없이 자루의 돈을 쏟아버린다. 아까 댄 열 뭉치까지 합하여 예순 뭉치가 되었다. 안은 깊은 한숨을 쉬고 한참 망설인다. 영철은 승원에게서 팻장을 받아쥐며 고함을 친다.

"빨리 대라구……."

안은 쉰 뭉치를 하나하나 세며 던진다. 던지는 손이 파르르 떨린다. 화투장을 쥔 영철의 손도 떨린다. 성은 아무 말 없이 자꾸만 쌓여가는 돈더미만 쳐다본다. 개평꾼들이 모두 모여든다. 자던 놈까지 모두 모여든다. 숨을 죽이고 자꾸만 쌓여가는 돈더미를 쳐다본다. 열기가 훅하던 방 안은 금방 겨울을 만난 듯 써늘하다.

"이제 내 차례지……."

성이 말하고 쉰 뭉치를 댄다. 성이 쉰 뭉치를 모두 대자 앞에 쌓인 돈은 읍내 돈을 모두 모아놓은 듯하다. 영철은 부들부들 떨며 소리친다. 순간 방 안은 땅속으로 꺼져가는 듯하다.

"구땡."

영철이 국화 두 장을 까놓자 얼굴이 노래진 안석환은 발랑 자빠지며 팻장을 저쪽에 집어 던진다. 개평꾼들이 주워온다. 팔땡이다.

"빨리 까라구……."

영철은 돈을 긁어 들일 준비를 하며 날카롭게 고함친다. 그러나 성의 손에서 울긋불긋한 단풍 두 장이 춤을 추는 게 아닌가.

"장땡."

일은 끝난 것이다. 성기흔은 돈을 주체 못해서 영철의 빈 가방과 자루까지 집어 갔고 안은 다시 계속하려고 일어난다. 저보다 영철은 더 억울하니 위안이 되는 모양이다. 그러나 영철은 미친개처럼 날뛴다.

"야마시지, 야마시여……."

영철은 답답하다는 듯 이놈 저놈 붙잡고 소리친다. 그러나 입 여는 놈은 아무도 없다. 미친개에 물리지 않으려고 슬슬 피한다. 승원은 비통한 표정을 짓고 그대로 앉아 있다. 영철은 승원의 멱살을 움켜잡는다.

"임마. 어떻기 된 거여?"

승원은 벌벌 떨며 아무 말이 없다. '어떻게 된 거여……' 다시 소리쳤으나 승원은 멱살을 잡힌 채 잠자코 있다. 영철은 개새끼라고 소리치며 승원을 치기 시작한다. 한 대, 두 대, 세 대, 네 대에 가서 승원은 바닥에 픽 쓰러지며 통곡을 터뜨렸고, 영철은 비칠거리며 밖으로 튀쳐나간다.

"에이 개 쌍년……."

영철은 똥례에게 욕설을 퍼부으며 비칠거린다. 노름은 순전한 기분인데 사람을 그렇게 복장을 터쳐 놓았으니 일이 잘될 게 무엇인가. 성기흔에게 눌린 걸 생각하면 더 원통하다. '박오분이처럼 못 해 줄망정 개 같은 년…… 서방 속이나 썩여주지 말어야지……' 영철은 가슴을 칼로 북북 째도 시원찮을 만큼 비통하다. 이렇게 영철이 비통에 잠겼을 때 뒤에서 승원의 기척이 들린다.

"형님, 정말 이러기요……."

승원은 주먹 같은 눈물을 떨어뜨리며 쫓아온다. 영철은 승원을 노려보며 다시 고함을 친다.

"네 이 개새끼, 왜 말을 않느냐 말여……."

"형님, 내가 말을 안 한 건 말여, 형님 맘을 위로하려고 그런 거지…… 거기서 말을 해야 무슨 말이 나오겠소. 내가 형님헌티 꼭 해야 헐 말두 형님 맘이 상할까 베 어제부터 참고 있었다는 걸 모른단 말요."

"이 개새끼야, 그게 뭔디 그렇기 장황허냐?"

영철은 다시 고함을 치며 돌아서려던 발걸음을 잠깐 멈춘다. 승원은 비통하게 숨을 몇 번 쉬고 목소리를 가다듬는다.

"아주머니가 말여, 어떤 사내랑 몰래 만나서…… 그래두 난 형님 기분이 상할까베……."

"뭐여?"

영철은 경황에도 승원의 말을 들으려고 두 귀를 바짝 세운다. 승원은 어제 밤중의 일을 고해바친다. 물론 생각나는 대로 살을 붙이고 옷을 입혀서 소곤댄다. 승원의 말은 언제 끝날지 모른다. 영철은 갑자기 고함을 치며 승원의 아랫배를 발로 걷어찬다.

"이 개새끼야, 지금이 그런 말 헐 때여……."

승원은 말도 제대로 못 마치고 수챗구멍에 처박힌 채 꺽꺽 울고 있다. 그러나 영철은 승원의 울음소리가 들리지 않는다. 방금 들은 승원의 말도 대단할 것이 못 된다. 다만 그의 눈앞엔 돈더미가 보일 뿐이다. 그것은 영철이 더듬고 가는 좁은 골목을 꽉꽉 막고 있다. 그러잖아도 궂은 날 지팡이 구멍만도 못한 한쪽 눈이 아닌가. 그러나 영철은 용케 저희 집으로 들어간다.

영철이 방으로 들어가자 노랑녀는 근심스럽게 앉아 있다가 '네 이눔의 새끼야……' 영철에게 욕을 퍼부었고, 배불뚝이노파는 똥례가 헛소릴 한다고 중얼거린다. 영철은 입을 꾹 다물고 똥례를 쳐다본다. 똥례는 험상궂은 얼굴을 하고 그대로 누워있다. 눈을 감은 걸 보면 자고 있는 모양이다. 영철은 손가락으로 똥례를 가리키며 고함친다.

"저 쌍년이 말여, 한밤중만 되면 조선관으로 넘어가서 어떤 개새끼랑 붙고 온다누먼……."

영철의 말이 떨어지자 노랑녀는 입을 벌린다. 노파도 마찬가지다. 그러잖아도 어쩐지 이상하다고 생각했다. 울타리에서 어른거리던 필보를 여러 번 보았고 한밤중에 들락날락하는 소리도 수없이 들었다. 아까 저녁때 똥례는 닭장에 절까지 않았던가. '필보랑 그 짓을 했구먼…….' 노랑녀는 모든 것을 그제서야 알았다는 듯 혀를 찼고 배불뚝이노파는 똥례에게 우르르 달려들어 머리채를 잡으려 한다.

"아이구 이 깜찍한 년…… 빨리 나가, 이 화냥년아……."

노랑녀는 제 어미를 그러지 못하게 말린다. 영철은 승원에게서 들은 말을 그대로 전하려고 애쓰다가 그것이 제대로 안 되는지 방바닥에 픽 쓰러지며 소리친다.

"저 개 같은 년 빨리 내보내요, 보기 싫으니께……."

"아이구 우리 집엔 벼리별 년이 다 들어오능구먼…… 갈보년이 안 들어오나, 도둑년이 안 들어오나, 뱃놈 딸년이 안 들어오나, 화냥년이 안 들어오나……."

영철의 전처들도 그랬지만 이번 년마저 나쁜 짓을 했으니까 노파는 복장이 터지는 모양이다. 주먹을 부르르 쥐며 똥례에게 다시 달려든다. 그러나 노랑녀는 똥례가 다치지 못하도록 앞에서 가로막으며 고함을 친다.

"다 죽은 년 패주면 뭘 해여……누군 저년을 때려주구 싶잖아서 안 때려주는 줄 아남……."

노랑녀의 서슬에 노파는 영철의 발치께서 털썩 앉아버린다. 그러나 그의 짓무른 눈은 갓난애처럼 실쭉실쭉 웃으면서 잠이 든 똥례를 노려본다. 노랑녀도 심상치 않은 똥례를 바라보다 영철의 호주머니에서 담배를 뽑아 피우며 후, 한숨을 쉰다.

"서방이 오죽 잘했으면 지집이 서방질을 했을라구…… 그렇다구 저렇게 죽도록 패줘…… 천하에 죽일 놈……."

노랑녀는 한곳을 쳐다보며 중얼거린다. 너그러운 얘기다. 그러나 단순한 '노름돈' 때문이 아니라 서방질을 한 까닭에 맞은 것이라고 생각하자 아들이 그렇게 죽일 놈은 아닌 것 같다. 아까 '노름돈' 때문에 제 계집 몸뚱이를 젓 담았다고 생각했을 때는 죽이고 싶도록 미웠던 것이다. 저도 사내새낀데 세상에 제 계집과 남의 사내가 매일 밤 붙는 것을 좋아할 놈이 어디 있을까. 물론 내 서방은 말고. 나도 무서운 서방을 만났더라면 몰래 하는 서방질은 모르지만 그렇게 펴놓고 하지는 못했을 것이지만…… 노랑녀는 갈팡질팡하고 있다. 어떻게 생각하면 아들을 나무랄 수도 없고, 어떻게 생각하면 며느리도 과히 잘못이 아닌 것 같다. 노랑녀는 담배만 뻑뻑 빨아대며 한숨도 함께 쉰다.

"저 개 같은 년... 패주면 워떻구 죽으면 워띠여."

배불뚝이노파는 다시 똥례를 노려보며 중얼거린다. 똥례는 눈을 감은 채 힐쭉 웃고 저쪽으로 돌아눕는다. 노랑녀는 그러는 똥례를 쳐다보고 시선을 영철에게 돌린다. 영철과 똥례는 똑같이 자빠져 있다. 그러나 누구도 나무랄 수는 없을 것 같다. 생각하면 필보놈이 이가 갈린다.

"날만 밝아봐라. 필보 놈 이 새끼 다리몽둥일 분질러 놀 테니께……."

"필보놈이 뭐가 잘못여. 지집년이 꼬랑질 흔드니께 달라붙었지."

노파는 딸의 말을 암상스럽게 받는다.

"왜 이렇게 꾸무럭대는 거여. 빨리 내보내라니께……."

눈을 껌벅껌벅하며 천장을 쳐다보고 있던 영철은 제 어미와 할머니를 번갈아 쳐다보고 발칵 고함친다. 노랑녀는 담배만 피울 뿐 아무 말이 없고 손자의 말에 기세가 오른 노파는 똥례에게 우루루 달려든다.

"이년아, 빨리 나가…… 뜯어먹어도 시원찮을 년아……."

노파에게 머리끄덩이를 잡힌 똥례는 허옇게 눈을 뜨고 노파를 쳐다본다. 그러나 머리가 아픈지 음음, 신음을 토해내자 노랑녀가 제 어미를 떠다민다.

"조용히 내보내두 될 텐디 왜 이렇기 야단여."

노파는 영철 위에 나자빠진다. 영철은 노파를 밀어내고 여전히 자빠진 채 제 어미에게 고함친다.

"빨리 보따리 싸서 내보내여. 저 개 같은 년 이가 갈리니께……."

"지금 어디루 내보내란 말여. 날이 새면 곱게 내보낼 테니께 널랑 곱게 잠이나 자."

노랑녀는 부드러운 목소리로 아들을 달랜다. 그러나 영철은 몸을 반쯤 일으켰다가 다시 자빠지며 고함을 친다.

"빨리 내보내여. 저 개같은 년……."

"내가 다 알어서 헐 테니께 널랑 가만히 있어……."

노랑녀는 말하고 무엇을 생각하는 표정이다. 그렇다. 내일 딸기코 석서방을 만나서 이러저러한 일이 있었다는 것을 알아듣도록 얘기하고 똥례를 제집으로 보낼 참이다. 그래야 며느리를 쫓아내는 이 집의 도리가 아닌가. 그러나 영철은 발딱 일어나서 제 어미에게 때릴 듯이 덤벼든다.

"빨리 보따리 싸서 내보내라니께 이러기여 잉…… 정말……."

노랑녀는 아들의 서슬에 눈을 동그랗게 뜨고 아무 말이 없다. 제 어미를 때리려고 덤벼드는 것은 천하의 후레아들 놈이지만 서방질하는 계집꼴 안 보겠다는데야 무슨 말을 할 수 있을까. 노랑녀는 아들이 똑똑하다고 새삼스레 생각한다. 애비는 계집이 서방질을 해도 강짜 한 번 하는 것 못 보았으나 그 아들만은 애비를 닮지 않은 것이 기특하다. 노랑녀는 부드럽게 중얼거린다.

"보따리 쌀 건 뭐가 있니…… 지 입고 왔던 옷은 옥화 주고 없는디……."

"저 개 같은 년은 걸레 뭉치밖에 안 가져왔다. 저 개 같은 년……."

노파는 갑자기 소리치며 그거라도 찾을 양으로 농문을 열고 농틈을 뒤지고 한다. 영철은 노파의 하는 것을 보고 그대로 다시 자빠졌고 노랑녀는 다시 담배를 뽑아 든다. 그 많은 첫 번째 며느리의 혼수는 아무래도 이번 며느리가 갖게 되기를 바랐으나 그렇게 못 된 것이 서운하기까지 하다.

"이 게을러빠진 년…… 냄새나는 걸……."

노파는 농틈에서 찾아낸 개짐을 펴보고 소리친다. 그것은 치마 속에 찼던 것을 방금 뽑아낸 듯 살에 꼭 끼웠던 가운데가 주름이 졌고 핏덩이가 그대로 있다. 노파는 빨아서 네모지게 개놓은 개짐도 장롱에서 네댓 장 찾아 내놓는다. 몸엣것이 든 개짐과 함께 그것을 둘둘 뭉쳐놓고 똥례를 향하여 고함친다.

"이 화냥년, 빨리 나가……."

똥례는 노파의 고함소리에 비칠대며 일어난다. 둘둘 뭉쳐놓은 개짐 뭉치를 제 손으로 집고 세 사람을 둘러본다. 영철은 똥례의 시선이 닿자 눈을 감았고 이 집 모녀는 시퍼런 빛을 발하고 있는 똥례의 눈을 쳐다보고 무서움에 벌벌 떤다. 그러나 똥례는 실쭉 웃고 방문을 연다. 노랑녀는 똥례를 힐끗 쳐다보고 울음을 터뜨린다. 다시 홀아비가 된 아들을 생각하니 원통한 것이다.

세상은 어둠뿐이다. 날이 밝으려면 아직도 멀었다. 그러나 이 집 아래윗방엔 불이 켜져 있다. 조서방은 마루에 앉아 똥례를 물끄러미 바라본다. 동평은 아랫방문을 삐긋 열어보고 와락 울음을 터뜨린다. 그동안 싸움질도 많이 했지만 떠나는 올케가 안됐는 모양이다. 똥례는 동평을 힐끗 쳐다보고 비칠거린다. 주책없이 술을 퍼먹고 몸을 가누지 못하는 기생 같다. 그러나 몸을 가까스로 다스리며 문 쪽으로 걸어간다. 거기 두 개의 미루나무 문기둥은 무성한 잎새를 달고 바람에 흔들린다. 그 아래 쓰레기통에는 처녀 쥐의 시체가 들어 있다. 똥례는 허리를 굽히고 그것을 찾아 걸레 뭉치 속에 쑤시어 넣는다. 그것을 옆구리에 끼고 그 집을 빠져나온다. 그러나 골목을 이만큼 나와서 뒤를 돌아본다. 어둠을 담고 흔들리는 두 개의 미루나무는 지옥문 양쪽에 서 있는 악독한 파수병 같다. 똥례는 그것을 한참 동안 쳐다보다 다시 걸음을 옮긴다. 비틀거리는 걸음으로 하천둑까지 나와 사방을 둘러본다. 개울 건너 강서방네는 미루나무가 많이 서 있다. 그것들도 역시 바람에 살랑댄다. 똥례는 개울 건너 강서방네를 쳐다보며 앞 개울로 내려온다. 물이 많지 않은 개울이다. 똥례는 애써 징검다리를 건너지 않고 발목을 빠친다. 뜯겨진 치마폭이 아래로 떠내려가며 끌려온다. 사위도 적막하고 어둠이 깔려 있다. 다만 잔잔하게 흐르는 개울물 소리. 똥례는 돌부리에 걸려 몇 번인가 넘어지며 자갈밭을 지난다. 강서방네 뒤꼍에 선 미루나무에 잠시 등을 기대고 백씨네 과수원을 쳐다본다. 똥례는 히죽히죽 웃으며 발걸음을 그쪽으로 옮긴다. 울창한 아카시아 울타리 주위로 연한 풀잎들이 이슬을 맞고 깔려 있다. 똥례는 잠시 과수원 안을 기웃이 들여다 본다. 봉지에 쌓인 수밀도가 복숭아나무에 다닥다닥 붙어 있고 분실이가 살고 있는 과수원 안채는 보이지 않는다. 똥례는 힘없이 쓰러져 몸을 데굴데굴 굴린다. 그렇게 풀밭 위에 쓰러져 그대로 잠이 든다.

얼마 후 아카시아 울타리 사이로 숭설숭설하게 구멍이 나며 등불이 지나간다. 그것은 오톨도톨한 불빛이다. 그러나 그 불빛은 똥례의 코 고는 소리에 우뚝 멈추며 과수원 안에서 사내의 목소리가 들린다. 그것은 과수원 머슴들이다. 그들은 울타리 너머로 걸레 뭉치를 꼭 껴안고 아무렇게나 자고 있는 똥례를 쳐다본다. 옷은 이슬에 흠뻑 젖었고 벗겨진 신발 한 짝이 저 아래서 뒹굴고 있다. 두 놈은 서로 마주 쳐다보고 의미 있는 웃음을 나눈다. 한 놈이 등불을 훅 불어 끄자 한 놈은 열심히 개구멍을 만든다. 개구멍은 쉽게 만들어졌고 두 놈은 밖으로 나온다. 한 놈은 멀찍이 서 있고 한 놈이 똥례에게 다가온다. 어둠 속에서 똥례의 얼굴을 잠시 들여다보고 발로 몸을 툭 차본다. 걸레를 껴안고 있던 손이 양쪽으로 힘없이 떨어지며 걸레 뭉치도 떨어지자 그놈은 치마를 걷어치고 똥례의 배 위에 올라탄다. 똥례는 으응 눈을 뜨고 제 배 위에 엎어진 놈을 뚫어져라 쳐다본다. 잠에서 덜 깬 목소리로 무어라고 중얼대더니 똥례는 밑에서 흔들리며 사내의 목을 꼭 끌어안는다.

"용팔 아저씨."

"………"

"철봉아."

"………"

똥례는 사내 밑에 깔린 채 용팔과 철봉을 가만히 불러본다. 그러나 아무 대꾸가 없다. 이놈은 용팔이나 철봉일 수가 없다. 제가 좋아하던 길남이도 아니다. 제 서방 영철인 더욱 아니다. 똥례는 잘 안다. 사내를 쏘아보는 똥례의 입가엔 흡족한 미소가 지나간다.

나중 놈이 떨어지자 똥례는 저도 일어난다. 똥례는 피곤한 기색으로 치마를 내리면서 사내들을 쳐다본다. 그러나 과수원 머슴 놈들은 벌써 달아나고 있다. 과수원으로 되돌아가는 것이 아니라 개울물을 걷어차며 하천둑 쪽으로 사라진다.

똥례가 퍼질러 앉아 있는 풀밭 주위는 다시 조용해진다. 개울물 흐르는 소리가 은은히 들려오고 과수원 안에선 개 짖는 소리도 들려온다. 똥례는 어둠 속에 그렇게 앉아 사내놈들이 사라진 쪽을 바라보며 킥킥 웃음을 터뜨린다. 그러나 풀밭에 놓여 있는 걸레 뭉치를 발견하자 입을 다문다. 그 속엔 처녀 쥐의 시체가 있다. 똥례는 그것을 찾아 놓고 몸엣것이 든 개짐을 펼쳐놓는다. 처녀 쥐를 핏덩이 위에 놓고 잘 싼다. 솜씨 좋게 싼다. 그 위에 깨끗한 개짐을 다시 싼다. 개짐 세 장을 또다시 싼다. 개짐 한 장을 북북 길게 찢어 여러 개의 끈을 만든다. 그 끈을 모두 써가며 그것을 꽁꽁 묶는다.

똥례는 방금 만든 보퉁이를 옆구리에 끼고 일어나며 깔깔깔 웃음을 터뜨린다. 과수원 쪽으로 다가간다. 아까 과수원 머슴들이 만들어 놓은 개구멍을 통해 안으로 들어간다. 하얀 봉지들이 복숭아나무에 매달려 있는데 개 짖는 소리가 다시 들린다. 똥례는 개 짖는 소리가 들리는 과수원 안채를 쳐다본다. 아직도 분실이는 신랑과 함께 단꿈을 꾸고 있을 것이다. 그러나 과수나무에 가리어 안채는 보이지 않는다. 똥례는 힐쭉 웃으며 복숭아나무로 다가간다. 종이봉지를 잡아당기자 가지가 출렁대며 다른 것들도 후두둑 떨어진다. 소담스러운 노란 수밀도가 봉지에서 나오자 사납게 그것을 먹어젖힌다. 몇 개를 먹었는지 모른다. 배가 부르다. 기분이 좋다. 똥례는 분실이가 살고 있는 안채를 다시 쳐다본 다음 과수원을 나온다.

똥례는 아까 그 자리에 서 있다. 옆구리에 낀 보퉁이가 어둠 속에서 하얗게 드러났다. 그렇게 서서 잠시 호롱골 쪽을 쳐다본다. 호롱골 쪽은 아름다운 산의 곡선이 드러나고 있다. 새말 쪽에서 첫닭이 꼬끼오옥, 울자 여기저기서 덩달아 울어댄다. 한참 동안 요란하던 닭의 울음이 끊어지자 새말 쪽은 번하게 밝아온다. 해는 보이지 않으나 날은 자꾸만 밝아진다. 똥례는 조서방네로 들어가는 하천둑 골목을 힐끗 쳐다보고 걸음을 옮긴다. 다시 강서방네 앞을 지나 쇠전으로, 쇠전을 지나 장터로 빠진다. 장터를 빠지면 나무전이 펼쳐졌다. 크고 작은 나뭇짐들이 개울둑 양쪽으로 죽 늘어서 있고 방금도 나무를 팔러 오는 나무꾼들이 사방에서 모여들고 있다. 똥례는 나무전을 휘둘러본다. 유난히 큰 나뭇짐은 보이지 않는다. 용팔은 벌써 나무를 팔고 집으로 돌아갔거나 오늘은 나무전에 오지 않았는지도 모른다. 그렇다고 똥례의 그런 행동이 꼭 용팔을 찾기 위함은 아니다. 그저 둘러보았을 뿐이다. 똥례는 다시 고개를 땅에 박고 타박타박 나무전을 빠져나간다. 거기 서 있던 사람들은 모두 똥례에게 시선을 쏟는다. 거지 같은 행색을 하고 식전 댓바람에 어디를 가는 것인지 이상들 한 모양이다.

"저 여자가 누구랴. 저러고 식전에 어딜 가는 거여."

"아따, 미친년 아녀. 그새 안 뵈더니 어딜 갔다왔댜."

"저게 무슨 옥화여. 옥화는 바짝 말랐는디……."

똥례는 뒤에서 수군거리는 나무장수들의 소릴 들으며 선주네 주막을 지나 쌍소나무박이를 더 올라간다. 왼쪽에 공동묘지가 있고 바른쪽에 삽티가 있다. 똥례는 제가 나무하러 갈 때마다 넘어 다니던 그쪽을 쳐다본다. 그 너머는 제 친정이 있는 호롱골이다. 눈이 하얗게 쌓였던 날 마을 가듯 그곳을 빠져나오고 한 번도 못 가본 곳이다. 그쪽은 작은 소나무들과 잡목이 우거져 있고 키 큰 풀잎들이 시퍼렇게 깔려 있다. 송글송글 맺힌 이슬방울을 떨어뜨릴 듯이 맑은 바람이 불고 있다. 싱싱하고 조용하다. 이쪽, 냇가에 깔린 넓적한 돌멩이처럼 작은 묘지들이 수없이 흩어진 공동묘지에 비하면 그쪽은 금방 신선이라도 나올 듯 그윽한 정기가 어려 있다. 정말 신선이 나오고 있는가. 산새들이 푸릉푸릉 저만큼 날아가자 바로 그 자리에서 용팔의 모습이 나타난다. 수철리로 나무를 가는 모양이다. 지게를 걸머지고 머리엔 수건을 질끈 동여맸다. 똥례와 함께 나무 다니던 그 차림이다. 풀잎을 헤치며 삽티골을 빠져나오는 용팔은 어느 때보다 깨끗하게 보인다. 똥례는 용팔을 힐끗 쳐다보고 시름이고개를 쳐다본다. 촉촉하게 그늘이 진 그쪽을 향하여 뛰어가기 시작한다.

용팔의 두 눈은 점점 커지고 있다. 똥례를 뚫어져라 쳐다보며 밭둑과 논둑을 지난다. 용팔은 걷고 있고 똥례는 뛰고 있다. 그러나 어린애 뛰는 것과 어른 걷는 것은 마찬가지다. 용팔은 고갯마루에 올랐을 때 똥례의 어깨를 꽉 붙잡는다.

"아니, 어딜 가는 거여?"

똥례는 용팔을 뿌리치며 달아나려 한다. 그러나 용팔은 똥례를 꽉 붙잡고 아래위를 훑어본다. 머리는 헝클어질 대로 헝클어졌고 얼굴엔 피멍이 들어 있다. 잔등엔 풀물이 시퍼렇게 들어 있고 치마폭은 뜯겨 있다. 용팔은 똥례의 주제꼴을 살펴보고 나서 시름이고개 저쪽을 바라본다.

그쪽은 읍내 쪽보다 밝은 느낌이다. 파란 하늘을 머리에 인 산들의 능선은 멀고 가깝게 사방으로 뻗어 있고, 넓은 벌 한가운데로 곧게 뻗은 신작로가 보인다. 그 길은 막 떠오르려는 해가 붉은 기운을 내뿜고 있는 칠갑산 쪽으로 나 있다.

"옥화가 내 옷을 뺏어 입구 저 길 따라 떠났어. 내 옷 찾어 입구 나두 용이 돼야지. 용이 돼서 하늘로 올라가서 해님이랑 살어야지."

똥례는 양쪽으로 가로수가 서 있는 그 길을 가리키면서 황홀한 눈길로 점점 더 붉은 기운을 뿜어내는 산 너머를 바라본다. 용팔은 똥례를 바라보며 옥화의 모습을 떠올린다. 옥화는 읍내에서 완전히 사라졌는가. 아니면 다시 나타날 것인가. 옥화에겐 관심이 없다. 업으로 들어온 아이가 옥화의 몸에서 나왔을지 모른다는 생각도 해보았지만 전혀 관심이 없었다. 하지만 지금은 다르다. 똥례의 모습에서 왜 옥화가 느껴지는지. 업동이가 똥례의 몸에서 나온 게 아닐까, 그런 생각도 들고……

용팔이 그런 희한한 상념에 빠져 있을 사이 똥례는 시름이고개 너머 쪽으로 도망치기 시작한다. 용팔은 지게를 벗어 던지고 쫓아간다. 심하게 앙탈하는 똥례를 들쳐업는다.

"왜 붙잡어. 이거 놔유. 날 버려놓구 뭘 잘했다구 이런댜"

똥례는 몸부림을 치며 용팔의 목덜미를 할퀴기도 하고, 어깨를 쥐어박기도 하고, 통곡을 터뜨리기도 한다. 용팔은 그러거나 말거나 호롱골을 향하여 내달린다. 삽티로 들어와 일단 똥례를 내려놓았을 때 자신이 지게를 벗어던진 시름이고개 위로 해가 머리를 삐죽 내민다. 용팔은 숨을 가쁘게 토해내며 그쪽을 바라본다. 그러나 웬일인지 똥례를 그쪽을 돌아보지도 않고 다소곳해진다.

9

초저녁 땅거미가 호롱골을 짙게 감싸고 있다. 이 집 저 집 안마당에선 몰려드는 모기떼들을 쫓으려고 불을 모두 끄고 왕겨 더미에 불을 붙여놓고 있다. 매캐한 연기가 이쪽저쪽에서 퍼지는 속에서 사람들의 수런거림은 끊이지 않고 있다.

"그래, 개가 어쩌자구 서방질을 했어, 에이 고얀……."

"시집가서 얼마두 안 됐는디 서방질을 하다니 천하에 몹쓸 년……."

"아 똥례가 시집이나 제대로 갔나…… 소문두 없이 빠져나가더니 저 지경을 하고 돌아와……."

대나무안집 바깥마당에 앉아 있던 동네 노인들은 담배를 피워가며 불빛이 환한 석서방네를 쳐다보고 이렇게 혀를 찬다. 이런 소리는 여기서만 들리는 것이 아니다. 부뜰네 집 안마당엔 한때의 과부들이 몰려 있고, 호랑할매를 비롯한 노파들은 점순네 집에, 조막손이 며느리 등 젊은 아낙네들은 음전네 바깥마당에서 모두 석서방네를 쳐다보며 지껄인다.

"똥례가 그렇게만 안 됐으면 내가 그 여편넬 반짝 들었다 놀라구 했어……."

순이네가 코를 마당에 헹, 풀어내고 깔고 앉은 밀대방석에 손을 썩썩 문지르자 과부들은 저마다 몸을 부르르 떨며 이를 간다.

"그년이 똥렐 왜 우리덜이랑 낭굴 못 다니게 헌 줄 알어? 바람난다구 그랬다는디……."

"정말 원통해서 못 살겠구먼…… 지금 와서 우리 핑계를 대게……."

"그러기 말여. 누가 읍내까지 쫓아가서 서방질하라구 시켰나…… 참 어이가 없구먼……."

과부들이 화나게도 됐다. 식전 댓바람에 똥례를 업고 용팔이 달려왔을 때 동네 사람들은 우르르 몰려갔다. 사람들은 똥례의 험상궂은 화상을 보고 눈을 동그랗게 떴다. 똥례가 이상하다는 것은 금방 알 수 있었다. 똥례는 조선관에서 배운 듯한 노래를 월선이보다 더 곱게 뽑는가 하면 낯익은 동네 사람들의 얼굴을 보고 어디서 오셨대유? 하고 묻기도 했다. 자다가 속곳바람으로 뛰쳐나온 석서방댁은 낯색이 퍼렇게 질려버렸고 뒤따라 마당으로 뛰쳐나온 석서방은 잠시 똥례를 쳐다보다 무엇이 생각난 듯 부리나케 읍내로 내려갔던 것이다.

똥례가 서방질하다 시댁에서 쫓겨났다는 사실을 알게 된 것은 석서방이 새말 조서방네를 다녀와서였다. 입을 다물어버렸다면 그만이었지만 석서방댁은 딸이 서방질한 것은 과부들과 나무 다니던 그때에 벌써 물이 들었기 때문이라 생각하고, '이년들아, 뭣 때미 우리 딸을 버려놨니. 똥례가 이 지경이 된 건 모두가 네 년들 탓여' 하면서 동네 사람들이 지켜보는 가운데 과부들에게 달려들었던 것이다.

"그년이 처녀 때두 껄렁껄렁하지 안했남. 어떤 놈이 데려갈런지 그놈 속 썩을 줄 내가 알었다니께……."

"과실 망신은 모과가 시키구 어물전 망신은 꼴뚜기가 시킨다더니 왜 저년이 호롱골 망신을 시키느냐 말여……."

"저런 년은 사내만 붙여주면 첫날밤에두 샛서방을 볼 년여. 시집간 제 얼마나 됐다구."

"지가 죽은 봉순이 생각을 해서두 그렇지 잉…… 저런 년은 동네서 쫓아 내야여……."

늙은 노파들은 이렇게 욕을 퍼부었으나 조막손이 며느리 등 젊은 아낙네들 표정엔 무엇보다 흡족함이 넘쳐 있다. 호된 시집살이에 쉴 새 없이 일을 해도 부족한 그들의 몸뚱이는 언제나 피로하다. 김도 매야 하고 쇠죽도 쒀야 하고 빨래도 해야 하고 애새끼한테 젖도 물려야 하고— 죽을 때까지 그렇게 살 것이다. 시집 식구들에게 궂은 소리를 들을 때도 있고, 서방한테 맞을 때도 있고, 애새끼들이 속을 썩일 때도 있다. 속상한 일은 한두 가지가 아니고 금방 죽고 싶을 때도 없는 것이 아니다. 몸뚱이가 열 쪽이라도 모자라는 일들을 싫다 소리 한 번 않고 묵묵히 해나간다. 얼마나 피로하냐. 아무 맛이 없는 생활이다. 그러나 캄캄한 여름밤 별똥이 어디로 떨어졌는지, 뒷산의 참나무에선 잎새가 몇 개나 떨어졌는지, 개울물 속의 송사리가 어느 돌 틈을 비집고 들어갔는지, 그러니까 젊은 아낙네들이 조소를 퍼부으며 흡족해하는 것은 저희들 자랑이다. 똥례는 서방 맛에 미쳐 샛서방까지 보았으나 한 서방밖에 모르는 저희들이 새삼 자랑스러워지는 것이다.

석서방네 안마당엔 횃불이 환하게 밝혀졌다. 아까 무당 유문이가 올라갔고 무당서방 새끼중이 뒤따랐다. 유문이는 읍내에서 제일 유명한 무당이다. 그러나 이제 늙어 그런지 사람들은 별수 없게 생각한다. 그래도 옛날 장단이 있어 그의 춤은 볼 만하다. 그러나 사람들은 모여들지 않는다. 재수굿이라면 얻어먹을 것도 있고 볼 만한 것도 있으나 귀신을 쫓는 병굿에는 사람이 없다. 재수 없이 굿 집에 가서 귀신이라도 붙으면 어쩌느냐 말이다.

석서방네 안마당엔 멍석이 깔려 있고 가운데 소반이 놓여 있다. 소반엔 삶은 돼지 대가리 한 개와 일곱 개의 사발이 창호지에 덮여 있다. 그것들은 쌀과 그리고 보리 조 콩팥 수수 옥수수, 그러니까 한 가지의 주곡과 여섯 가지의 잡곡이 사발 속에 들어 있다. 유문이는 매운 재와 고춧가루를 섞은 삼태기를 마당 한구석에 놓고 가운데로 걸어온다. 핏기가 벌건 얼굴은 환갑이 넘은 늙은이 같지 않게 정정하다. 소반 앞에 앉아 창호지로 고깔을 접고 있던 무당서방 새끼중이 그 이쁜 얼굴을 들어 계집을 쳐다본다. 유문이와 새끼중은 할머니와 손자의 차이지만 유문이는 새끼중의 계집이라는 소문이 있다. 원래 새끼중은 향천사에 있었다. 유문이가 수양아들을 삼겠다고 저희 집에 데려간 것은 새끼중이 열 살 때였다. 그러나 새끼중이 이팔청춘 열여섯을 지나 이마빼기에 여드름을 만들자 유문이는 그를 끌고 다니며 장구를 치게 했다. 늙은 무당이 울긋불긋한 신복(神服)을 입고 춤을 추면 새끼중은 장구를 치는 것이다. 유문이는 굿하는 데뿐 아니라 어디를 가도 끌고 다닌다. 말이 수양아들이지 사람들의 말대로 진짜 어린 서방인지 모른다.

석서방댁은 두 눈이 퉁퉁 부어 있다. 딸이 그 지경을 당하고 시집에서 쫓겨났으니 어미의 마음이 얼마나 아프겠냐. 석서방댁은 하루종일 울고 또 울었다. 옥례도 울었다. 이제 처녀꼴이 완전히 박힌 옥례는 시집에서 쫓겨난 언니가 불쌍해서 어머니와 함께 많이 울었다. 옥례의 눈두덩도 부어 있다. 그러나 석서방은 사내니까 울지 않았다. 명정이 명철이 명수는 영문을 모르겠는지 눈을 껌벅이며 마당 한가운데를 쳐다본다. 감나무 밑에 앉은 철봉이도 마찬가지다. 그는 똥례를 보고 히잉, 웃었다. 정말 오랜만에 보는 얼굴이었다. 반가운 것이었다. 그러나 실성한 똥례가 이상해서 그는 더 웃지 않았다. 밝은 횃불에 비친 철봉의 얼굴은 어쩐지 외로워 보인다. 그의 모친은 올봄에 죽었다. 그의 조카, 승봉의 새끼도 죽었다. 형수 벙어리는 요새 들어 구박이 더 심해졌다. 꽥꽥대며 시동생을 나가라고 한다. 철봉은 장날마다 옥례에게 먹을 것을 사다 주고 '옥례헌티 장가간다' 떠들고 다니지만 옥례도 똥례처럼 어디론가 사라질 것 같은 것이다.

—해동 조선국 충청도 예산땅 호롱골 석씨가문 출가외인……

유문이는 구깃구깃 만 창호지에 불을 살라 공중에 높이 쳐들고 하늘을 쳐다보며 이렇게 중얼거린다. 돼지 대가리 앞에 꽂혀 있는 촛불은 더 가물거리고 무당서방 새끼중은 놋대야를 엎어놓고 창호지가 다 타기를 기다린다. 유문이는 창호지가 거의 타자 그것을 공중에 집어 던진다. 타다 만 창호지는 공중에서 펄펄 날리며 타버리다 검은 재가 되어 떨어진다. 유문이는 떨어지는 검은 재를 쳐다보다 새끼중을 돌아보고 고함친다.

"쳐라."

새끼중은 머리에 고깔을 쓰고 점잖게 앉아 춤을 덩실덩실 추고 있는 늙은 계집을 쳐다보며 놋대야를 친다. 그 소리는 징 소리와 똑같다. 석서방댁은 슬픔을 잠시 잊은 듯한 표정을 하고 어린 서방과 늙은 계집의 노는 꼴을 쳐다본다. 푸닥거리가 어서 끝나고 똥례는 소반에 놓인 일곱 개의 사발 중에서 쌀이 든 것을 골라 집어야 한다. 일곱 개의 사발에서 그것을 골라내기란 어려운 일이다. 석서방댁은 그것이 근심스러운 듯 다시 한숨을 쉰다. 그러나 유문이가 잡귀를 쫓아낸다면 그것을 잡기는 쉬운 일이다. 빨리 귀신을 쫓아내고 매운 재와 고춧가루를 섞은 것을 집안에 뿌려야 한다. 이것을 뿌리면 쫓겨난 잡귀가 다시 못 들어온다는 것이다.

석서방은 침통한 표정을 하고 연신 담배를 빨아댄다. 새끼중이 놋대야를 치는 소리가 그의 귀엔 잘 들리지 않는다. 어디 먼 데서 들리는 소리 같다. 그는 그만큼 혼이 빠져 있다. 식전부터 노랑녀 집에 쫓아갔다가 다시 유문이를 데리러 갔었고 푸닥거리를 하려고 이리저리 쏘다녔다. 아침부터 밥 한술 입에 못 댔다. 아까 술 몇 잔으로 배를 채우고 여지껏 그대로 있다. 그러나 그는 배고픈 줄도 모르고 있다. 똥례가 어서 제정신을 차렸으면 그만이다. 똥례가 저 지경을 당한 것은 동네 사람 보기도 부끄럽지만, 화냥질한 것은 제정신에서 한 짓이 아니니까 괜찮다고 생각한다. 석서방은 똥례가 벌써부터 이상했다고 생각한다.

식전 댓바람에 새말로 쫓아가 노랑녀에게 들었던 말은 뭐 하나 의심되는 바 없었다. 똥례가 한밤중에 몰래 일어나 뒤꼍으로 살며시 들어갔던 일이며, 필보가 사철나무 울타리로 다가와 휘파람을 불었다는 얘기 하며…… 누구보다 서방질한 년 꼴 보지 않겠다는 영철을 보기가 죄스러웠다. 하지만 서방한테 몇 대 맞았다고 금방 저 지경이 될 수 있을까. 맞아 죽었으면 죽었지 왜 저 지경이 되느냐 말이다. 하루 종일 생각해보았지만 똥례가 시집가던 날 상엿집에 들어갔던 것이 탈이었을 것이다. 평소 내 집 드나들듯 하던 상엿집이 똥례를 조서방네 집에 데려다주고 들어갔을 때 기분이 사뭇 나빴다. 딸년의 땀내와 살내가 밴 속옷이며, 치마 저고리와 다 해진 신발짝이 차라리 송장의 그것처럼 느껴졌다. 시집을 보내고 돌아오는 애비의 마음은 죽은 딸을 공동묘지에 파묻고 올 때와 흡사했다. 똥례에게 귀신이 붙었던 것은 이미 그때였다는 생각이다. 인륜대사를 치르러 가는 년이 무엇 때문에 귀신이 득실거리는 그 안에 들어간다고 지랄을 했더란 말이냐.

> 아침나절 성턴 몸이
> 저녁나절 병이 들어
> 부르나니 어머니요
> 찾느니 냉수로다

유문이가 덩실덩실 춤출 때마다 머리에 얹은 창호지 고깔이 달싹달싹한다. 무당서방 새끼중은 놋대야가 깨져라 하고 쾅쾅 쳐낸다. 그 소리는 호롱골 마을에 메아리친다.

용팔과 병춘도 새끼중이 치는 놋대야 소리를 들으며 마루에 나와 있다. 병춘은 불빛이 환한 똥례네를 쳐다보았고 용팔은 무성한 아카시아 울타리 밑에 있는 '수혼탑' 쪽을 쳐다본다. 그는 똥례를 저희 집에 업어다 준 다음 수철리로 나무를 갔다 방금 전에 돌아와서 저녁을 먹었다. 저녁을 먹었으면 얘기책을 읽다가 쓰러져 자야 한다. 자기 전에 '물명주 석자'는 부르지 않는다. 이미 목적을 달성한 터에 그따위 노래를 왜 부른단 말인가. 업동이가 병 없이 잘 자라도록 치성을 드리기 위하여 칠성당은 그냥 모시고 있지만.

"시집을 갔으면 잘살 것이지 어쩌자구 서방질을 했대유."

병춘은 서방을 쳐다보며 한심스럽다는 듯 혀를 찬다. 똥례가 없었을 때는 앓던 이 빠진 것처럼 시원했으나 똥례가 돌아오자 마음은 다시 꺼림칙해진다. 서방을 버젓이 옆에 두고도 다른 서방을 보는 년이 서방이 없던 처녀 때는 더구나 깊은 산중에서 얼마나 제 서방을 홀렸을까 싶다.

"난 이런 걸 차구 다니는디 세상엔 별 년두 다 있어."

병춘은 허리춤에서 칼을 꺼내 보며 다시 중얼거린다. 똥례가 제 서방을 다치기만 하면 칼로 배를 찌를 참이다.

"그래 시집가서 쫓겨났으니 어쩔 참이래유, 시집에선 다시 꼴 안 보겠다구 할 텐디……."

병춘은 잠을 자자고 조른다. 용팔은 여전히 아무 대꾸가 없다. 병춘은 서방의 눈치를 살핀다. 화난 빛도 없고 근심스런 빛도 없다. 과수원 쪽에서 시원한 바람이 불어오자 아카시아 잎새들이 조금씩 떨고 있다. 개울물 흐르는 소리도 들리고 새끼중이 치는 놋대야 소리는 조금 낮아지고 있다.

이때 방 안에서 무문이의 울음소리가 들린다. 병춘은 서방을 힐끗 돌아보고 황급히 방 안으로 들어간다. 백일이 방금 넘은 아이는 살이 통통 쪄 있다. 찹쌀가루로 미음을 쒀주고 사람 젖 대신 양젖을 먹인다. 무문이에 대한 병춘의 정성은 대단하다.

"아이고 우리 애기 깼구먼……."

병춘은 무문이 머리맡에서 미음을 떠넣어준다. 소문도 없이 낳았다고 해서 이름이 무문이다. 아이는 울음을 뚝 그치고 받아먹는다.

얼마를 그렇게 넣어주자 무문이는 다시 잠이 든다.

"이제 그만 들어와 주무슈."

마루에선 아무 대답이 없다. 방문을 열었으나 서방은 없다. 병춘은 눈을 동그랗게 뜨고 불빛이 환한 똥례네를 쳐다본다. 용팔은 그곳에 간 것이다.

병춘은 힐끗 자는 애기를 쳐다보고 부리나케 밖으로 나온다. 개울을 건너 똥례네로 올라간다. 승봉이네 사립문 앞에서 벙어리와 승봉이가 나란히 앉아 춤추는 유문이를 쳐다보고 있다. 병춘은 그들을 쳐다보고 입을 삐죽인다. 짐승도 새끼를 기를 줄 아는데 새끼도 기르지 못하는 것들이 무슨 사람일까 싶어서다. 무문이를 잘 기르고 있는 제 자신이 병춘은 무척 자랑스럽다.

용팔은 감나무 밑에 있는 철봉이 곁에 서서 춤추는 유문이를 쳐다보고 있다. 아니 소반에 놓인 삶은 돼지 대가리의 그 내민 주둥이를 보고 있다. 삶은 돼지 대가리는 저를 죽인 백정이 죽이고 싶도록 원망스러운지 주둥이를 쑥 내밀고 있다. 병춘은 새끼중이 치는 놋대야 소리를 들으며 한곳에 열중해 있는 서방을 못 본 척하고 근심스럽게 앉아 있는 석서방댁 쪽으로 걸어간다. 석서방댁은 병춘이 가까이 다가오는 것도 모르고 턱을 괴고 앉아 있을 뿐이다. 병춘은 때늦은 인사나마 드린다.

"아이고 성님, 똥례가 이게 어쩐 일이유."

"그리기 내가 알어……."

석서방댁은 병춘을 올려다보고 땅이 꺼지도록 한숨을 내쉰다. 병춘은 아까 구경꾼들이 들이닥쳤을 때도 이 집에 안 왔었다 고개를 처음 디민 것이다.

"그래 똥넨 어딨유."

"저기……."

석서방댁은 턱으로 윗방을 가리키고 한숨을 쉰다. 병춘은 들어가서 한번 봐줄까 하다가 한숨만 푹 쉬어주고 서방 곁으로 다가간다.

"워쩌면 말두 없이 여길 왔유."

병춘은 서방을 쳐다보고 입을 삐죽인 다음 유문이를 쳐다본다. 그동안은 유문이에게 반해 있었던 셈이지만 웬일인지 유문이가 시들하게 생각된다.

"애기 깨면 어쩐대유."

볼 것도 없고 하니까 이제 돌아가자고 병춘은 서방을 돌아본다. 그러나 용팔은 계집의 말을 못 들은 척하고 시선을 삶은 돼지대가리에서 떼지 않는다.

높이 놀면 천상놀이
얕이 놀면 지하놀이
천수산에 안개 걷듯
만수산에 구름 걷듯
주사침을 맞은 듯이
불로초를 먹은 듯이

이렇게 얼마가 지나가자 유문이는 춤을 딱 멈춘다. 새끼중도 치던 것을 멈춘다. 고개를 땅에 처박고 담배만 빨고 있던 석서방은 깜짝 놀란 듯 고개를 든다. 유문이는 치맛자락으로 이마에 흐르는 땀을 씻으며 방 안에 대고 소리친다.

"나와라 시악시, 나와라 시악시."

유문이가 소리치자 석서방은 부리나케 달려가 안방문을 열었고 석서방댁이 쪼르르 방 안으로 들어간다. 방 안은 어둡다. 등잔에 불을 붙인다. 막내 명수가 아무렇게나 쓰러져 자고 있다. 석서방댁은 등잔을 들고 윗방을 기웃이 들여다본다. 똥례는 누워 있는 것이 아니라 걸레 보퉁이를 끌어안고 방구석에 오두마니 앉아 있다.

"이년아, 일어나. 남의 집 가서까지 에미 속을 썩이는 년아."

석서방댁은 징징 우는 소릴 하며 똥례를 가까스로 일세운다. 똥례는 비칠거리며 아랫방으로 넘어온다. 그러나 걸레 보퉁이를 꼭 끌어안고 있다.

"이걸랑 놓구."

석서방댁은 그것을 뺏으려 했으나 똥례는 뺏기지 않으려고 가슴에 꼭 끌어안는다. 석서방댁은 그것이 뭐라는 것을 알고 있다. 계집은 마을을 잠깐 가더라도 개짐을 가지고 다녀야 한다. 그러니까 시집에서 저것만 달랑 들고 쫓겨난 것이 석서방댁은 이상할 것이 없다. 다만 사람이 저렇게 되면 쓸모없는 개똥이라도 누가 가져갈까 봐 벌벌 떠는 모양인데 역시 똥례도 그러는 것이 가엾은 것이다.

똥례가 석서방댁에 부축되어 마당으로 나온다. 머리는 곱게 빗겨졌으나 잔등의 풀물이며 뜯겨진 치마폭은 그대로다. 시퍼렇게 피멍이 든 얼굴을 숙이고 새색시처럼 얌전히 걸어 나온다. 철봉은 헤, 웃는다. 그가 감나무 밑에 여지껏 앉아 있는 것은 똥례의 얼굴을 보기 위함이다. 아무리 생각해도 옥례보다는 똥례가 더 좋은 것이다. 연신 헤벌쭉이 웃으며 똥례에게 다가온다. 그러나 석서방댁이 냉큼 고함을 친다.

"이놈의 자식아, 저리 비켜……."

철봉은 머쓱한 표정으로 다시 감나무 밑으로 돌아온다. 석서방댁은 철봉의 등 뒤를 하얗게 흘겨보고 똥례를 소반 앞에 앉힌다. 일곱 개의 사발 중 쌀이 든 사발을 잡아야 한다. 그것을 못 잡으면 오늘 일은 헛일이다. '잡귀는 물러나라. 잡귀는 물러나라.' 석서방댁은 유문이가 중얼대는 대로 따라하며 두 손바닥을 싹싹 비빈다.

"저게 뭐래유 잉?"

병춘은 똥례의 보퉁이를 보고 용팔에게 소곤댄다. 용팔도 그것을 뚫어져라 쳐다본다.

"옥화두 저런 걸 끼구 다녔지유 잉?"

"암마."

"미친년은 저런 걸 갖고 다니내뷰?"

감나무 밑에서 용팔과 병춘이 소곤대자 똥례는 시선을 그쪽으로 준다. 병춘은 똥례를 하얗게 흘겨본다. 그러거나 말거나 똥례는 고개를 앞으로 숙이고 돼지 대가리를 쳐다본다. 돼지 대가리 앞에는 일곱 개의 사발이 있다. 내민 주둥이는 왼쪽에서 두 번째 사발을 가리키고 있다. 똥례는 그 사발의 창호지를 벗겨낸다. 수북이 쌓인 것은 하얀 쌀이다. 옳거니, 똑바로 잡은 것이다.

"아이고, 증말 수고하셨유 잉……."

석서방은 유문이에게 치사를 하며 마당에 서 있는 사람들을 휘둘러본다. 모두들 탄성을 지르고 있다. 석서방댁은 사람들의 탄성 속에서 똥례를 다시 방으로 데려가며 기분 좋게 웃어댄다. 유문이는 똥례가 잡은 쌀이 든 사발을 정성껏 한쪽에 놓아두고 다른 여섯 개의 사발 속에 든 잡곡은 옥례가 가져온 큰 그릇에 쏟아버린다. 이것은 냇가에 있는 버드나무 둥치에 빨강 파랑 헝겊으로 액막이를 달아놓고 그 밑에 버릴 것이다. 지나가던 걸인이 주워가지 않으면 까치나 참새떼들이 찍어갈 것이다.

"요걸랑 말여, 낼 아침에 시악시 밥 해주라구……."

석서방댁이 다시 방에서 나오자 유문이는 쌀 사발을 가리키며 분부한다. 석서방댁은 여부 있느냐고 깔깔대며 유문이와 함께 집 주위에 고춧가루와 매운 재를 뿌리고 있다.

"가봐유."

용팔은 계집의 말에 걸음을 옮긴다. 병춘은 서방의 뒤를 따라 밭둑으로 들어선다. 여기저기 질펀한 밭에선 싱싱한 채소들이 자라고 있다.

용팔은 잠에서 깨는 대로 나뭇짐을 지고 읍내를 다녀온다. 밥을 먹고 양 우리로 다가간다. 양은 풀을 먹고 싶은 듯 주둥이를 쫑긋거리며 용팔을 쳐다본다. 용팔은 양을 끌고 개울둑으로 다가간다. 뒷다리 가운데 발간 젖통은 밤새 고인 젖 물로 땡땡하다. 용팔은 양을 개울둑에 매놓고 사방을 둘러본다. 논에서 자라고 있는 벼포기들이 조용히 굽이치고 있다. 개울물 흐르는 소린 유난히 크게 들린다. 싱싱한 풀잎들은 하얀 이슬방울들을 안고 있다. 어느 때보다 맑은 아침이다. 참새떼들은 푸릉푸릉 날아다니며 재재굴거린다. 용팔은 똥례네를 쳐다본다. 식구들은 아직 일어나지 않았는지 조용하다.

용팔은 지게를 짊어지고 나온다. 빡빡 깎은 머리엔 수건을 질끈 동여맸고 베잠방이와 베바지가 시원하게 보인다. 용팔은 똥례네를 쳐다보며 개울둑을 내려선다. 금방 그쪽에서 울음소리가 들렸던 것이다.

용팔의 시선은 똥례네 집에 고정되어 있다. 방금 석서방은 황급히 집을 나와 동구 밖으로 사라졌고 그 집 안방에선 석서방댁의 울음소리가 처량히 들려왔던 것이다.

"똥례야, 니가 어딜 갔니…… 아이구, 아이구……."

똥례는 식구들이 잠든 사이 집을 튀쳐나간 것이다. 지금 읍내를 방황하고 있거나 어디로 사라졌는지도 모른다. 그러나 용팔은 그것을 벌써 예상했다. 석서방이 똥례를 다시 잡아 온다 해도 또다시 도망칠 것은 뻔한 것이다.

용팔은 석서방대의 울음소릴 들으며 삽티고개를 올라간다. 우거진 수풀 사이를 헤집고 천천히 올라간다. 방금 누가 올라간 흔적이 있다. 이슬 맞은 깨끗한 풀잎이 흙 묻은 신발에 짓밟혀 있다. 용팔은 그것을 주의 깊게 살펴 가며 삽티고개에 올라서자 눈을 크게 뜨고 걸음을 멈춘다. 똥례가 봉순이의 묘 위에 올라앉아 똥을 누고 있는 게 아닌가. 치마를 흠씬 까붙이고 궁둥이를 약간 들어 올렸다.

용팔은 똥례를 한참 동안 바라보다 얼굴을 석서방네 쪽으로 돌린다. 석서방댁의 울음소리가 여전히 들려온다. 울음소린 한층 크게 들린다. 똥례를 바로 뒤에 두고 저렇게 우는 것도, 읍내로 내려간 석서방도 얼마나 어리석으냐. 용팔은 똥례와 석서방네를 몇 번인가 번갈아 쳐다본다. 여기서 용팔이 소리친다면 석서방댁은 부리나케 뛰어올 것이다. 그러나 용팔은 삽티골을 내려간다. 그는 지금 수철리로 나무를 가면 그만이다. 수풀 속에서 방아깨비 한 마리가 저쪽으로 날아간다. 산새떼들이 푸릉푸릉 저쪽으로 도망친다. 똥례가 뒤를 힐끗 돌아보고 풀잎을 뜯어 밑을 씻는다. 사루마다를 황급히 올리고 일어나서 용팔을 돌아보고 크게 웃는다. 웃음소린 아침 공기 속에 크게 메아리친다. 그러나 용팔은 무표정하게 걸어간다. 똥례는 용팔이 점점 다가가자 새끼 밴 암여우처럼 뒤를 핼끔핼끔 돌아보며 도망친다.

용팔은 시름이고개를 천천히 올라가서 저 아래를 쳐다본다. 벌써 똥례는 고개를 다 내려가서 쭉 곧은 신작로를 걷고 있다. 똥례는 옆구리에 보퉁이를 끼고 바쁘게 도망친다. 저 까마득한 산 위에서 방금 해가 떠오르고 있다. 그것은 똥례의 그림자를 길게 만든다. 빨간 햇덩이가 점점 위로 치솟자 똥례는 그쪽을 향하여 미친 듯이 달려간다.

용팔은 말뚝처럼 서서 똥례를 바라본다. '수혼탑'이란 세 글자 외엔 아무것도 씌어 있지 않은 싱거운 물건을 떠올린다. 그것은 장황한 비문도, 왜 세운다는 이유도, 언제 세웠다는 날짜도, '이놈아, 너희들을 왜 잡아먹는지 아니?' 소나 돼지에 대한 저들의 변명도 없다. 그러나 그것을 가만히 보고 있으면 무엇인가 써주려고 애쓴 백정들의 흔적은 보인다. 그것은 보면 볼수록 더 뚜렷하게 보인다. 그러나 '수혼탑'이란 글자 외엔 더 못 쓰지 않았던가. 용팔도 마찬가지다. 아무리 생각해도 할 말이 없다. 다만 잘 가라는 말은 할 수 있다. 용팔은 까마아득하게 사라져가는 똥례를 마지막으로 쳐다보며 양손을 입에 가져간다. 이것은 똥례에게 세워주는 용팔의 '수혼탑'인지도 모른다.

"똥례야, 잘 가라."

용팔의 음성은 넓은 벌판에 울린다. 그러나 똥례는 벌써 보이지 않고 용팔은 수철리를 향하여 흥얼거리며 걸어간다.

달래야 달래야 진달래야
바위야 바위야 가새바위
구름 같은 말을 타고
수철리 고개를 넘어가서
곱사대야 문 열어라
춘향이 얼굴 다시 보자
너 죽어서 꽃이 되고
나 죽어서 나비 된다
나비 됐다 설워 마라
꽃밭으로 날아든다.

자연- 인간 분례의 의미와 가치

방영웅의 분례기(糞禮記)』는 1967년에 연재되고(『창작과비평』 여름호~겨울호), 1968년에 출간되었던(홍익출판사, 1월) 작품이다. 당시 창간한 지 1년밖에 되지 않았던 『창작과비평』(이하 창비)은 이 작품을 3회에 걸쳐 연재했는데, 이에 대해서는 논란의 여지가 없지 않았다(송현호, 「체험의 소설화와 민중의 낙관주의」, 『한국소설문학대계 64』, 동아출판사 1995). 당시 작가는 스물여섯 살밖에 되지 않은 신인이었으므로 잡지의 편집 담당자들이나 혹은 평단으로서도 이 작품의 가치를 특정하기란 쉽지 않았을 것이다.

그로부터 긴 시간이 흘렀다. 시간이라기보다는 세월이라는 말이 더 잘 어울리는 긴 시간이 지나서 이 작품은 이음출판컨텐츠에서 재출간되려 한다.

한 가지 재미있는 사실은 이 『분례기』의 작가 방영웅이 필자와 마찬가지로 본관을 온양으로 하는 방씨(方氏)로 성이 같을 뿐만 아니라. 일제시대 작가 방인근(方仁根)의 고향이기도 한 그의 고향 예산(禮山)이 실은 필자의 고향이기도 하다는 점이다. 물론 그는 예산 읍내의 오리정 출신이고 필자는 거기서 삽교를 지나와야 하는 덕산(德山)에서 났지만, 대개 군 단위까지만 출생지를 밝히는 요즘의 관례에 비추어 보면 그와 필자의 인연이란 그리 단순치만은 않다. 이로 인해 필자는 이 작품에 대해 다른 작품들에서보다 더 많은 관심을 갖지 않을 수 없다. 예를 들어 주인공 똥례의 남편 영철의 전처들을 나열하는 장면에서 작가는 그 두 번째 며느리가 "서산(瑞山) 갯바닥에서 데려온 뱃놈 딸년"이고 세 번째 며느리는 "나무가 많기로 유명하다"는 덕산에서 데려왔다 하고 있는데, 이런 때 덕산은 물론 서산까지도 집안 내력에서 깊은 연관을 맺고 있는 필자로서는 눈을 크게 뜨지 않을 수 없었다.

다행스럽게도 그런 관심은 단지 개인적인 차원의 것으로만 그칠 수는 없었다. 앞에서 작가가 예의 그 덕산을 운위하고는 그 뒤에서 "'어, 덕산 바지게만 허네' 하면 여기 고장 사람들만 아는 말인데 무엇이 몹시 크다는 뜻이다"라고 써나갈 때, 필자는 작가가 이 작품의 배경을 이루는 예산 및 그 인근 고장과 그곳 사람들에 대해 직접 체험한 자의 생생한 지식을 작품으로 옮겨놓을 수 있는 능력을 지니고 있으리라는 느낌을 갖지 않을 수 없게 되었고, 또 실제로 그러한 면모를 확인할 수도 있었던 것이다.

이미 많은 이들에 의해 지적되었듯이 작가는 자신이 그리고자 하는 대상을 객관적이고도 정확한 필치로 묘사하면서 이야기를 이끌어가는 솜씨를 지니고 있는데, 이 작품에서 그러한 작가의 면모는 가히 유감없이 드러난다. 그의 손에 의해 창조되는 개개의 인물들은 사투리와 행동거지와 사고방식 등의 면면에서 마치 살아 있는 듯한 생동감을 지니고 있다. 개개의 인물들이 작가의 관념의 산물이라는 느낌을 전혀 주지 않고 마치 작가로부터 놓여나 제각기 삶을 꾸려나가고 있는 인물들처럼 나타난다는 점에서, 그는 예리한 관찰자이자 솜씨 있는 작가이다. 『분례기』를 통해 작가가 말하고자 했던 것이 무엇인지를 밝히기 전에 이 점 먼저 지적하지 않으면 안 되겠다.

2

이 작품의 주인공은 물론 분례, 즉 똥례지만 그녀와 그를 둘러싸고 있는 두 남자, 즉 영철 및 용팔과 함께 석서방댁, 노랑녀와 그밖의 여성 인물들을 주의 깊게 살펴볼 필요가 있다. 이로써 『분례기』를 통해 작가가 그리고자 했던 참 주제에 접근해 갈 수 있을 것이기 때문이다. 이를 위해 먼저 『분례기』 전편의 줄거리를 요약하면 다음과 같다.

어머니 석서방댁이 변소에서 낳았다 하여 똥례라는 이름으로 불리는 분례는 먼 친척인 용팔이와 함께 나무를 하러 다니다 그에게 겁탈을 당한다. 그녀는 같은 동네 친구 봉순이가 혼인을 앞두고 겁탈을 당하고는 목을 맨 것을 보고 자신도 죽으려 하나 용팔의 만류에 마음을 돌려먹는다. 노름꾼인 똥례의 아버지 석서방은 전문적인 노름꾼인 영철의 어머니 노랑녀의 구슬림에 넘어가 똥례를 영철에게 주기로 한다. 똥례는 혼인만도 네 번이나 했던 영철에게 자신도 헌것이라는 자책 속에서 시집을 가지만 영철은 그녀를 돌보기는

커녕 노름에 열중할 뿐이다. 똥례는 자신의 신세를 한탄하지만 벗어날 길이 없다. 어느 날 영철은 노름판에서 큰돈을 따 돌아오지만 허탈감에 빠져 다시 노름에 빠진다. 생사를 건 판을 이기기 위하여 맡겼던 돈을 가지러 온 영철에게 똥례는 죽을 지경으로 얻어맞고서야 그것을 내주지만, 돈을 몽땅 잃고 좌절감에 빠진 영철에게 서방질을 했다는 의심을 받고 쫓겨난다. 그녀는 과수원에서 겁탈을 당하면서 집으로 돌아오지만 실성하여 집을 떠나고 만다.

이상에서 볼 때, 똥례의 삶을 파탄으로 몰아간 것은 직접적으로는 물론 영철이지만, 똥례의 정조를 빼앗은 용팔 또한 그 책임으로부터 벗어날 수 없다. 그럼에도 불구하고 작가는 작품의 처음과 끝 부분을 통해 용팔로 하여금 그녀를 지켜보도록 하고 있는데 이는 작가의 시각이 용팔의 생각과 행동에 비중을 두고 있음을 의미한다.

작가에 의해서 용팔은 자연의 순리대로 살아가는 사람으로 그려진다. 예를 들어 그는 똥례를 겁탈한 후 그녀가 죽으려 하자 “지난겨울에 졌던 꽃이 지금 또다시 폈잖어. 그러니께……”라고 말하면서 똥례를 타이른다. 뿐만 아니라 그는 자신을 버려놓았다고 항의하는 그녀에게 “때려잡을 때는 때려잡아야 하구 세워줄 때는 세워줘야 하는 법 이여” 하고 변명하기도 한다. 그런데 이는 도수장의 수혼탑(獸魂塔)을 두고 한 말로서, 작가는 이 수혼탑의 존재를 독자들에게 이따금씩 상기시키고 있을 뿐만 아니라 시집갔다 쫓겨온 똥례가 미쳐서 집을 뛰쳐나가는 마지막 대목에도 다시 한번 등장시킴으로써 그것에 어떤 상징적 의미를 부여하고자 한다. 다음은 그 대목이다.

용팔은 시름이고개를 천천히 올라가서 저 아래를 쳐다본다. 벌써 똥례는 고개를 다 내려가서 쭉 곧은 신작로를 걷고 있다. (중략) 용팔은 말뚝처럼 서서 똥례를 바라본다. '수혼탑'이란 세 글자 외엔 아무것도 씌어 있지 않은 싱거운 물건을 떠올린다. 그것은 상황 한 비문도, 왜 세운다는 이유도, 언제 세웠다는 날짜도, '이놈아. 너희들을 왜 잡아먹는지 아니?' 소나 돼지에 대한 저들의 변명도 없 다. 그러나 그것을 가만히 보고 있으면 무엇인가 써주려고 애쓴 백정들의 흔적은 보인다. 그것은 보면 볼수록 더 뚜렷하게 보인다. 그러나 '수혼탑'이란 글자 외엔 더 못 쓰지 않았던가, 용팔도 마찬가지다. 아무리 생각해도 할 말이 없다. 다만 잘 가라는 말은 할 수 있다. 용팔은 까마아득하게 사라져가는 똥례를 마지막으로 쳐다보며 양손을 입에 가져간다. 이것은 똥례에게 세워주는 용팔의 '수혼탑'인지도 모른다.

용팔로 하여금 길을 달아나는 똥례를 위해 자신의 수혼탑을 세워주도록 한 것은 작가가 똥례의 삶을 도수장에 끌려가 죽음을 당하는 짐승들과 마찬가지로 인간의 욕망에 의해 파괴되는 존재로 파악함을 의미한다. 작가는 똥례를 짐승의 본성, 즉 자연의 본성에 가까운 삶을 살아가는 자로 보는데, 이때 그 짐승이란 순박하고도 질긴 생명력을 소유한 자연적 존재를 의미하는 것이 된다.

작가는 작품의 첫머리부터 시작해서 똥례의 그같은 성격을 부각하기 위해 여러 가지 장치를 마련하고 있는데, 그녀를 계절의 변화를 따라 신체적 리듬이 변화하는 존재로, 또 꽃들과도 교감할 수 있는 존재로 상정한다든지, 숙성과 더불어 자연스레 이성에 눈뜨고 시집을 가고 싶어 하고 남편의 사랑을 받고 싶어 하고, 그러면서도 그 같은 욕망을 치장할 줄 모르는 존재로 그린다는지 하는 것들이 그것이다. 이 모든 것이 그녀에게는 자연스럽기만 하다.

이 작품에 등장하는 대부분의 인물들이 그같은 똥례의 본성에 대립하지만, 앞에서도 말했듯 용팔만큼은 근본적으로는 그녀와 같은 부류의 사람으로 나타난다. 그는 똥례가 열여덟의 숙성한 여자로 피어나자 그녀의 몸을 취했을 뿐만 아니라, 그녀가 죽음을 생각하자 졌다가 또다시 피어나는 꽃들을 들어 그것을 만류할 줄 알며, 그녀가 친정과 시댁이 강요한 인종의 수레바퀴에 짓밟히자 그녀의 혼을 기려주기도 한다. 작가는 그를, 똥례라는 본성의 여인을 그 자체로 보고 그렇게 대할 수 있었던 유일한 인물로 설정하고 있다. 따라서 똥례의 비극은 어쩌면 자기와 동류에 속하는 용팔과 같은 사람과 짝지어질 수 없는데 있었을 수도 있다.

그에 반해 영철은 용팔과는 전혀 대립되는 인물이다. 그는 노름에 정신이 팔려, 네 번씩이나 아내를 갈아치우고 얻은 똥례마저도 거들떠보지 않는다. 뿐만 아니라 그는 마침내는 노름 판돈을 주지 않는다는 이유로 그녀를 가혹하게 폭행하고, 서방질을 하는 것 같다는 승원의 말에 넘어가 그녀를 쫓아내기에 이른다. 작품 전반을 통해 그는 노름이라는 음울한 인간적 욕망의 소유자이자 똥례의 삶을 파탄으로 이끄는 직접적 원인 제공자로 나타난다.

흥미로운 것은 그런 영철이 이 작품에서는 거의 유일하게 생의 의미를 추구하는 존재로, 생에서 어떤 결핍과 허무를 발견하는 존재로 그려지고 있다는 점이다. 물론 이것은 그가 노름꾼이기 때문이다. 노름꾼이기에 노름 속에서 생의 희열과 절망을 맛보는 것이며 노름꾼이기에 똥례와는 전혀 다른 의미에서 생의 막다른 지점에까지 도달하기도 한다. 거금을 손에 쥐고 돌아와 허탈한 상태에 빠져버린 영철의 모습에서 독자들은 자연이 준 욕구와는 대립되는, 인간의 인위적 욕망 이 그 속에 휘말린 인간을 위해서 파놓은 깊고 거대한 구덩이를 보게 된다. 이로 인해 그 또한 나날이 파멸을 향해 나아갈 수밖에 없지만 문제는 그가 추구하는 것과 같은 인위의 욕망이 똥례와 같은 본성의 삶을 파괴하게 된다는 점이다. 그러므로 이와 같은 맥락에서 본 『분례기』는 일단 영철이라는 한 불순한 욕망의 소유자에 의해 파괴되는 순박한 여인의 운명을 그린 것으로 이해될 수 있다. 그러나 문제가 그리 단순하지만은 않다.

3

더 나아가 생각해 볼 필요가 있다. 만약 영철이 그와 같은 속성을 지닌 인물이라 할지라도 만일 똥례가 용팔말고도 그녀의 가까이에 있는 어떤 인물에 의해 보호될 수 있었다면 그같은 비극은 초래되지 않았을는지도 모른다. 또 누군가 시집가서 사는 삶만이 여자에게 주어진 삶이 아니며 아닐 수 있고, 남편만을 기다리는 삶이 여자가 가져야 할 삶이 아니며 아닐 수 있다는 점을 가르쳐주었다면 똥례는 다른 삶을 선택해 갈 수도 있었을 것이다.

그러나 그런 사람은, 그런 일은 없었다. 누구도 운명이라는 이름을 빈 인습에의 항거를 말해줄 수 없었다. 그것은 그들도 모르는 것이기 때문이다. 특히 그녀 주변의 여자들이 그랬다. 그녀들은 모두 같은 방식으로 살아가는 것은 아니었지만 그럼에도 불구하고 그들에게는 공통적으로 결여된 무엇인가가 있었다.

억척스러운 생명력을 과시하는 똥례의 어머니 석서방댁도, 동네 처녀들에게 호통을 치며 살아가는 호랑할매도, 과부가 되어 삯바느질을 하며 살아가는 봉순의 어머니도, 버젓이 살아 있는 서방을 두고도 샛서방과 놀아나는 노랑녀도, 서방을 잃고 살아가는 동네의 과부들까지도……, 그 모든 여성들이 공유하는 것이 있었다면 그것은, 여자는 남자에게 딸린 것이고, 그 팔자는 남자에게 매인 것이라는 남존여비(男尊女卑)의 의식이며, 여자는 시집가기 전까지는 순결을 유지해야 하고 그 후에는 어떤 일이 있어도 정조를 지켜야 한다는 순결과 정조에의 강박관념이었다.

이러한 관념은 분명 일종의 이데올로기와도 같아서 실제로는 그와 전혀 다른 삶을 살아가는 노랑녀 조차도 생각만큼은 거기서 멀지 않으며, 시집도 가지 않은 가운데 이웃하고 있는 기생집 조선관(朝鮮館)의 보이 필보와 정을 통하고 있는 시누이 동평도 자신의 행위를 정당화할 만한 근거를 지니지 못하고 있다. 그 결과 똥례에게 그녀는 바람난 여자로만 비칠 뿐인 것이다.

똥례가 동네 과부들을 따라다니다 바람이 날까봐 걱정했던 석서방댁이 노랑녀네로 시집가는 딸에게 한 말이 "가서 잘살어, 잉…… 잘살고 못사는 건 다 제 팔잔 거여……" 하는 숙명론이었고, 아들에게 얻어터진 며느리를 위로한다며 노랑녀가 던진 말이 "그저 부엌에 와선 부엌데기가 되구, 잠자리에선 갈보처럼 해야 하구, 밥 먹을 때는 기생이 돼야 그게 알짜 지집이여……" 하는 남존여비론이었음을 볼 때, 똥례에게는 비극적 파탄으로부터 벗어날 수 있는 가능성이 애시당초 봉쇄되어 있었다고도 볼 수 있다. 어떤 새로운 사고방식도 수혈받지 못 한 그녀가 동평을 바람난 여자로 몰아세움으로써 떳떳하지 못 한 과거를 지워버리려 하는 데서도 알 수 있듯 새로운 생, 다른 방식의 생을 선택할 수 있는 사유는 전적으로 결여되어 있다. 작품의 말미에서 그녀가 미치지 않을 수 없었던 것은 바로 그 때문이다. 이성에 힘입은 합리적 사유는 결여되어 있지만 극도로 불합리한 삶으로부터 벗어나고자 하는 희구는 절실하기 그지없을 때 구원은 광기의 이름을 빌려서라도 출현하지 않으면 안 된다. 광기는 저항의 다른 이름이다.

한편 작가는 그 본성상 생명스럽고 자유로운 생을 살아가야 할 똥례의, 그러나 탈출구 없는 그 기막힌 상황을, 한 마리 쥐를 통해 강렬 하게 상징화하고 있다. 노랑녀네 집에서 남편의 손길 한번 변변히 받지 못한 채 꽃들이 만발한 봄날에도 방에만 처박혀 있다 변소에 간 똥례는 똥독 속에서 한 마리 쥐를 발견한다.

> 똥례는 거름바가질 잡고 쥐를 위에서 누르기 시작한다. 틀림없이 한마리 잡고 마는 것이다. 그러나 똥례는 답답하다. 누가 자기의 목을 조르는 것 같다. 숨을 몰아쉬며 쥐를 뒤에서 몰아낸다. 쥐는 펄쩍 뛰어 변소 바닥으로 올라온다. 그때서야 똥례의 숨통은 확 터진다.
>
> 똥례는 벌건 얼굴을 하고 방으로 들어온다. 벽에 등을 기대고 푹석

주저 앉는다. 봄이 되어 그런지 기운이 하나도 없다. 아니 답답하다. 방 안은 똥이 가득 찬 똥독 같은 생각이 들고 누가 똥바가지로 똥독 속에 든 자신을 꾹 누르는 것 같다.

이 쥐를 똥례는 늙은 쥐와 함께 다시 붙잡게 되는데, 그녀는 이 처녀쥐만을 살려 고이 씻어 쥐덫에 넣어 사철나무 울타리 속에 감추어 둔다. 자신의 운명을 닮은 것만 같은 처녀쥐에게 애착을 느꼈기 때문이다. 그러나 바로 이로 말미암아 똥례는 울타리 너머로 서방질을 했다는 누명을 쓰기에 이른다. 자신이 돌보아주려고 가둬두었던 쥐가 시아버지에게 발각되어 죽음을 당했듯 그녀는 그 쥐로 말미암아 파탄의 종국에 이르는 아이러니컬한 비극의 주인공이 되는 것이다.

이 쥐의 존재와 함께 똥례의 운명을 암시하는 또 하나의 강력한 장치는 미친 기생 옥화의 존재다. 그녀는 남에게 빼앗길세라 보퉁이 하나를 꼭 껴안고 다니는 것으로 그려지는데 이 보퉁이야말로 인습의 힘에 의해 생을 유린당하는 당대 우리 여성들의 비참한 운명을 상징하고 있다. 옥화는 보퉁이에 들어 있는 것을 한사코 보여주지 않으려 하지만, 미친 똥례가 개집 뭉치에 처녀쥐의 시체를 쑤셔넣는 장면을 보는 독자들은 그 속에 든 것이 무엇인지를 어렵지 않게 짐작할 수 있다. 그것은 남성 위주의 세계가 가하는 폭력 앞에 노출된 여성의 한, 고통 바로 그것이다.

또 이렇게 볼 때 독자들은 이 작품의 주제가 매우 급진적인 것일 수도 있음을 알 수 있다. 작가는 운명의 이름으로 포장된 인습의 끔찍한 폭력성을 독자들 앞에 드러내 보이고, 그것에 대한 각성을 촉

구했던 것이다. 물론 이는 작품 내의 수혼탑이 말이 없었던 것과도 같이, 논리적이고 분석적인 언어로 제시된 것은 아니었다. 그러나 똥례의 비극을 제시하는 작가의 시선에는 이미 지금 우리가 여성적 운명을 운위할 때 함축하고자 하는 것이, 그보다 더 깊은 의미가 담겨 있었다고 보는 것이 오히려 타당할 것이다.

4

필자는 이제까지의 논의를 통해 방영웅이 매우 솜씨있는 작가라는 점, 남성 위주의 세계가 여성에게 가하는 폭력의 끔찍성을 드러내고자 했다는 점. 이 과정에서 매우 많은 문학적 장치들을 도입하고 있다는 점 등을 지적했다. 여기서 다시 앞의 이야기로 되돌아갈 필요가 있겠다. 그는 자신이 곁에서 보고 듣고 경험했던 것들을 소설적으로 소화할 줄 아는 능력의 소유자다. 이 작품에서 그는 평범한 소읍 예산의 몇몇 동네에서 살아가는, 얼핏 천편일률적인 삶을 살아갈 것만 같은 그 어떤 사람도 그렇게 보지 않으려 했다.

서산과 예산이 다르고, 같은 예산에서라 하더라도 읍내 사람들과 읍 바깥의 사람들이 다르고, 또 농사짓는 이와 장사하는 이가 다르고, 똑같이 노름을 하는 이라 하더라도 그 기질이 전혀 다를 수 있음을 그는 의식했다. 작품 속의 인물들이 보여주는 생활과 사고의 방식에 있어서의 개성과 다양성이 이를 확인하게 해준다. 그리고 이는 그가 『우리 동네』 연작의 이문구나 『태백산맥』의 조정래 등과 마찬가지로 우리 소설의 어떤 전통을 이루고 있음을 의미한다. 그들의 소설에서는 대부분의 인물들이 마치 실재하는 사람들과도 같이 생기롭지 않던가. 『분례기』의 인물들 또한 그러하다.

주인공인 똥례말고도 그녀의 아버지 석서방과 어머니 석서방댁, 시어머니 노랑녀와 그녀의 시외조모 배불뚝이노파, 남편인 영철, 시누이 동평, 기생 옥화, 노름꾼 성기혼, '물명주 석자'를 부르며 관계를 맺는 용팔과 그의 처 병춘, 병춘을 겁탈하려다 실패하고 옥화로 하여금 자신의 애를 갖게 하는 백정 콩조지 등 읽는이는 이 작품에서 강렬한 인상을 선사하는 인물들을 다수 목도하지 않을 수 없게 된다. 이러한 인물들로 말미암아 이 작품은 시종 흥미를 자아내는데 그중에서도 노름꾼의 아내이자 다섯 자식의 어머니로서 악착스럽고 능청스러우면서도 본능적인 가족애를 드러내는 석서방댁 앞에서 독자들은 시선을 떼지 못하게 된다. 느리고 진한 충청도 내륙 사투리, 남편과 자식들을 대하는 무지막지하면서도 유머러스한 태도, 관습에서 끝내 벗어나지 못하는 순박성 등은 그녀를 다른 작품에서는 전례를 찾기 어려운 아낙으로 만들어준다.

노랑녀 또한 주의를 끌기에 충분한 인물이다. 그녀는 똥례의 아버지 석서방과 누님 아우 하면서 지내는 사이로, 버젓이 서방을 두고도 채영감이라는 샛서방과 붙어살다시피 하며 '대개 한패가 되어 몰려다니는 술도 잘 먹고 여러 사내 맛도 심심찮게 본 남의 첩이나 술장사하는 그런 여자들' 한테는 형님 대접을 받으며 살아간다. 딸 동평도 실은 채영감의 아이임이 분명하다. 장거리에서 국수를 파는 아낙으로 스스로는 도덕적으로 문란하면서도 아들을 위해 며느리에게는 인종을요구하지 않을 수 없는 그녀 또한 우리 소설 속에서 보기 드문 존재라 하지 않을 수 없다.

그런데 더욱 중요한 것은 이들 인물들이 각자로서는 이처럼 강렬한 개성을 지니고 있음에도 불구하고 그 개성을 통해 존재하는 어떤 공통적 요소가 똥례의 비극적 운명과 뗄 수 없는 관계를 맺도록 그려지고 있다는 사실이다. 이것은 이미 지적했지만 노름꾼 영철과 함께 똥례를 실성하지 않을 수 없게 하는 유기적인 억압의 체계를 이루고 있다. 그럼에도 불구하고 이 체계는 결코 뼈대만의 것으로나 도식적인 분석으로는 제시되지 않는다. 작품에 등장하는 주요 인물들은 모두 똥례를 비극의 주인공으로 몰아가는 공범자들이지만 독자들은 몇 인물 외에는 그들을 표지를 통해서 확인하지는 못한다. 이들 또한 생활의 과정 속에 숨겨진 억압의 희생자들이며 동시에 그 담지자들이기 때문이다.

그러므로 똥례는, 비유하면 무정형의 물결들 속에 밀리고 부딪혀 부서져 버린 조각배와도 같다. 그 똥례라는 한 시골 여자의 이야기 속에 당대 농촌사회 속에 유지되고 있던 남존여비와 순결 및 정조에 대한 강조와 같은 인습의 힘이 극히 자연스럽게 용해됨으로써 읽는 이로 하여금 소름끼치는 간접체험을 맛보게 한다는 점에 이 작품의 참다운 가치가 있다. 이처럼 말하지 않으면서도 말하고 드러내지 않으면서도 드러내는 우리의 소설적 전통을 형성하는 한 계기가 되었다는 점에서 『분례기』는 현재의 우리 소설이 의식하지 않으면 안되는 중요한 작품의 하나가 된다.

마지막으로 첨언할 것은, 지금 우리 소설이 그와 같은 전통의 단

절 위기를 겪고 있다고 보는 필자로서는 우리의 젊은 작가들이 『분례기』와 같은, 60년대 말에서부터 70년대에 걸쳐 풍요롭게 펼쳐졌던 소설의 세계에 보다 많은 관심을 기울여야 한다고 생각한다는 것이다. 이들 소설이 보여주었던 언어의 다채로움, 수사학적 배려, 개성과 차이에 대한 천착 등을 물려받지 못한 채 관념의 치장과 유희에 몰두하거나 이념의 형상화에만 몰두하게 된다면 우리 소설은 그만큼 빈곤해질 뿐이기 때문이다.

시간이 오래 흐르는 사이에 이 문제작의 작가 방영웅에 다다르는 문학적 계보학을 설정할 수도 있는 시야가 확보되었는지도 모른다. 나도향에서 김유정과 이효석을 지나 방영웅에 흐르는 하나의 흐름이 한국 소설사의 중요한 내처럴리즘의 계보일 수 있다. 이 독특한 자연주의는 자연에 가까운 인간의 본성에 연민과 공감을 표명한다. 자연으로서의 인간은, 그의, 그녀의 본성에는 죄가 없다.

방민호

분례기

초판 1쇄 발행 2024년 8월 26일

지은이 방영웅

펴낸곳 이음출판컨텐츠
고문 현정욱
총괄기획 권은미
디자인 최다은

출판등록 2024년 1월 16일 제2024-000009호
주소 경기도 파주시 산내로 62-9
전자우편 info@euumlink.com
인스타그램 www.instagram.com/euum_link
대표전화 070-8800-3762

ISBN 979-11-987176-2-7 03810

※ 책값은 뒤표지에 있습니다.